DEAN R. KOONTZ

DIE AUGEN DER DUNKELHEIT

Roman

Deutsche Erstausgabe

WILHELM HEYNE VERLAG
MÜNCHEN

HEYNE ALLGEMEINE REIHE
Nr. 01/7707

Titel der englischen Originalausgabe
THE EYES OF DARKNESS
Deutsche Übersetzung von Alexandra von Reinhardt

5. Auflage

Printed in Germany 1990
Umschlagfoto: Photodesign Mall, Stuttgart
Umschlaggestaltung: Atelier Ingrid Schütz, München
Satz: werksatz gmbh, Wolfersdorf
Druck und Bindung: Presse-Druck Augsburg

ISBN 3-453-02564-4

Dieses Buch habe ich einigen Menschen
in Bedford, Pennsylvania, gewidmet –
Ross und Angela Cerra,
Henry und Virginia Hillegass –
deren Freundschaft mir viel bedeutet.

Teil I

Dienstag, 30. Dezember

1

In der Nacht zum Dienstag – genauer gesagt, um vier Minuten nach Mitternacht – glaubte Tina Evans auf der Heimfahrt von einer späten Probe ihrer neuen Show ihren Sohn Danny in einem fremden Auto zu sehen, obwohl Danny schon seit über einem Jahr tot war.

Sie wollte in einem Supermarkt, der rund um die Uhr geöffnet hatte, rasch noch Milch und Weizenbrot kaufen und parkte ihren Wagen im gespenstisch gelben Licht einer Natriumbogenlampe neben einem funkelnden, cremefarbenen Chevrolet-Kombi. Der Junge saß auf dem Beifahrersitz des Chevrolets. Vermutlich wartete er auf seine Mutter oder auf seinen Vater. Tina konnte sein Gesicht nur im Profil sehen, aber sie zuckte wie vom Blitz getroffen zusammen, und ihr stockte jäh der Atem.

Danny.

Der Junge im Kombi mußte etwa zwölf Jahre alt sein, also in Dannys Alter, und er hatte Dannys dichte dunkle Haare, Dannys Nase und Dannys zartes Kinn. Und nun führte er auch noch eine Hand zum Mund und begann am Daumen zu lutschen – eine Unsitte, die Danny sich etwa ein Jahr vor seinem Tod angewöhnt und die er allen Bemühungen Tinas zum Trotz nicht wieder abgelegt hatte.

Während sie jetzt den Jungen anstarrte, hatte sie das merkwürdige Gefühl, daß seine Ähnlichkeit mit Danny mehr als nur ein reiner Zufall war. Ihr Mund wurde trokken, und sie bekam rasendes Herzklopfen. Weil sie sich immer noch nicht mit dem Verlust ihres einzigen Kindes abgefunden hatte, diente ihr die Ähnlichkeit dieses Jungen mit Danny nun als Entschuldigung für die Fantasie, daß es tatsächlich Danny *war*, und je mehr sie darüber nachdachte, desto weniger absurd kam ihr diese Idee vor. Schließlich hatte sie ja Dannys Leiche nie gesehen. Die Polizei, der Gerichtsmediziner und der Leichenbestatter, alle hatten ihr erklärt, Danny sei so gräßlich verstümmelt, daß sie sich diesen Anblick lieber ersparen solle. Vor Trauer und Schmerz wie betäubt, hatte sie diesen Rat befolgt, und so war bei Dannys Beerdigung der Sarg geschlossen geblieben. Aber vielleicht war bei der Identifizierung der Leiche ein Irrtum passiert. Vielleicht war Danny bei dem Unfall doch nicht ums Leben gekommen. Vielleicht hatte er nur eine Kopfverletzung erlitten und dadurch sein Gedächtnis verloren. Ja, so könnte es gewesen sein – Gedächtnisschwund! Vielleicht hatte er sich von dem völlig zertrümmerten Bus entfernt und war einfach immer weiter und weiter gelaufen und schließlich meilenweit vom Unfallort gefunden worden, ohne irgendwelche Ausweise, außerstande zu sagen, wer er war oder woher er kam. So etwas war doch möglich, oder etwa nicht? Man sah es schließlich in Filmen. Natürlich – Gedächtnisschwund! Und in diesem Fall konnte er ohne weiteres bei Pflegeeltern gelandet sein und dort ein neues Leben führen. Und jetzt saß er hier in diesem cremefarbenen Chevrolet. Das Schicksal hatte ihn ihr wiedergeschenkt und...

Sie wurde jäh aus ihrem herrlichen Fantasietraum gerissen, als der Junge ihre Blicke spürte und sich langsam zu ihr umdrehte. Sie hielt den Atem an. Während sie einander durch zwei Fenster hindurch betrachteten, hatte Tina einige Sekunden lang den Eindruck, als nähmen sie über einen unermeßlichen Abgrund von Zeit und Raum hinweg Kontakt miteinander auf. Aber dann wurde ihr bewußt, daß der Junge von vorne gesehen nicht die geringste Ähnlichkeit mit Danny hatte.

Sie wandte ihre Augen von ihm ab und blickte auf ihre Hände, die das Lenkrad so fest umklammert hielten, daß es weh tat.

»Verdammt!« murmelte sie.

Sie ärgerte sich über sich selbst. Sie hielt sich für eine starke, ausgeglichene und vernünftige Frau, die mit jeder Lebenssituation fertig werden konnte, und es verstörte sie, daß sie sich immer noch nicht mit Dannys Tod abfinden konnte.

Und dabei hatte es nach dem Begräbnis, nachdem der erste Schock überwunden war, zunächst ganz so ausgesehen, als würde es ihr gelingen, den schweren Schicksalsschlag zu verkraften. Allmählich konnte sie Danny ein wenig vergessen, jeden Tag und jede Woche etwas mehr, unter Schmerz und Bitterkeit, Schuldgefühlen und Tränen, aber doch mit aller Energie und Entschiedenheit. Sie war in diesem Jahr seit Dannys Tod einige Stufen auf der Karriereleiter vorangekommen, und sie hatte sich mit harter Arbeit betäubt, bis die Wunde verheilt zu sein schien.

Aber dann, vor einigen Wochen, war sie in jenen Zustand zurückgefallen, der direkt nach Erhalt der Unglücksnachricht ihre Gesundheit bedroht hatte. Sie wurde immer wieder von dem beklemmenden Gefühl überfallen, daß ihr Sohn lebte. Die Zeit hätte ihren Schmerz eigentlich lindern müssen, aber statt dessen schien er von Tag zu Tag zuzunehmen. Dieser Junge im Chevrolet war nicht der erste, in dem sie Danny wiederzuerkennen geglaubt hatte. Seit einigen Wochen passierte ihr das auf Schritt und Tritt. Außerdem träumte sie immer wieder, daß Danny lebte, und nach dem Aufwachen konnte sie sich nicht mit der Wahrheit abfinden; sie redete sich ein, daß diese Träume eine Vorahnung von Dannys Rückkehr zu ihr seien, daß er irgendwie überlebt hatte, daß sie ihn in naher Zukunft wieder in ihre Arme schließen würde. Es war eine herrlich tröstende Fantasie, die sich aber natürlich nicht lange aufrechterhalten ließ. Obwohl sich alles in ihr gegen die bittere Wahrheit sträubte, wurde sie doch jedesmal auf den Boden der Realität zurückversetzt und mußte sich mit der Tatsache abfinden, daß ihre Träume eben doch keine Vorahnungen waren. Und trotzdem wußte sie, daß sie auch beim nächstenmal wider alle Vernunft neue Hoffnung aus diesem Traum schöpfen würde.

Und das war nicht gut.

Das war krankhaft.

Sie schaute zum Kombi hinüber und sah, daß der Junge sie immer noch anstarrte. Unter Aufbietung aller Willenskraft zwang sie sich, das Lenkrad loszulassen.

Seelischer Schmerz konnte einen Menschen in den Wahnsinn treiben. Das hatte sie irgendwo gelesen. Aber sie würde nicht zulassen, daß ihr etwas derartiges widerfuhr. Sie mußte hart gegen sich sein. Sie durfte sich einfach nicht erlauben, auf Dannys Rückkehr zu hoffen. Sie hatte ihn von ganzem Herzen geliebt, aber er war nicht mehr da. Verdammt, er war tot! Zusammen mit vierzehn anderen Jungen war er bei dem tragischen Busunglück ums Leben gekommen, war bis zur Unkenntlichkeit verstümmelt worden. *Tot*. Er lag in einem Sarg unter der Erde, für immer.

Ihre Unterlippe zitterte. Nur mit großer Mühe konnte sie die Tränen zurückhalten.

Der Junge im Chevrolet hatte das Interesse an ihr verloren und fixierte jetzt wieder den Ausgang des Supermarktes.

Tina stieg aus ihrem VW-Käfer. Die Nacht war angenehm kühl. Sie holte tief Luft und betrat das Geschäft. Drinnen war es viel zu kalt, und die Leuchtstoffröhren waren viel zu grell.

Sie kaufte einen halben Liter Magermilch und einen Laib Weizenbrot, der für Diäthaltende in besonders dünne Scheiben aufgeschnitten war. Obwohl sie keine Tänzerin mehr war, sondern jetzt als Intendantin von Shows hinter den Kulissen arbeitete, fühlte sie sich doch physisch und psychisch am besten, wenn sie ihr früheres Gewicht hielt.

Fünf Minuten später war sie zu Hause. Sie machte sich zwei Scheiben Toast, bestrich sie mit Erdnußbutter, goß sich ein Glas kalter Milch ein und setzte sich an den Küchentisch.

Toast mit Erdnußbutter hatte seit jeher zu Dannys Lieblingsspeisen gehört. Schon als ganz kleiner Junge hatte er ›Adusputter‹ haben wollen. Sie schloß die Augen und sah ihn deutlich vor sich – drei Jahre alt, Mund und Kinn mit Erdnußbutter beschmiert; er lachte ihr zu und rief: »Mehr Adusputtertoss, bitte!«

Sie öffnete rasch wieder die Augen, denn sein Bild war viel zu lebendig, und sie wußte genau, daß sie sich nicht ihren Erinnerungen ausliefern durfte. Aber es war viel zu spät. Sie hatte einen Kloß im Halse, und ihre Unterlippe begann wieder zu zittern. Sie ließ ihren Kopf vornüber auf den Tisch sinken und brach in Tränen aus.

In dieser Nacht träumte sie, daß Danny am Leben sei. Irgendwie. Irgendwo. Er lebte. Und er brauchte sie.

In ihrem Traum stand Danny am Rande eines tiefen Abgrunds, und Tina stand ihm gegenüber auf der anderen Seite der Schlucht und blickte zu ihm hinüber. Danny rief nach ihr. Er war allein und fürchtete sich. Sie war verzweifelt, weil sie nicht wußte, wie sie zu ihm gelangen könnte. Der Himmel wurde mit jeder Sekunde dunkler; dichte düstere Sturmwolken verdrängten das letzte Tageslicht. Dannys Schreie und ihre Antworten wurden immer schriller und angstvoller, denn sie wußten beide, daß sie vor Einbruch der Nacht zusammenkommen mußten, wenn sie einander nicht für immer verlieren wollten. Die Nacht hielt etwas Schreckliches für Danny bereit. Etwas Grauenvolles lauerte ihm auf und würde ihn erwischen, wenn er im Dunkeln allein war. Plötzlich zerriß ein Blitz den Himmel, und danach trat totale Finsternis ein, und ein heftiger Donnerschlag krachte.

Tina Evans setzte sich abrupt im Bett auf, überzeugt davon, ein Geräusch im Haus gehört zu haben. Es konnte nicht der Donner aus ihrem Traum gewesen sein. Sie hatte dieses Geräusch in dem Moment wahrgenommen, als sie aus ihrem Alptraum aufgeschreckt war, ein *reales* Geräusch, kein Produkt ihres Unterbewußtseins. Sie lauschte angespannt, bereit, beim leisesten Laut aus dem Bett zu springen, aber im Haus blieb alles völlig still. Allmählich stiegen Zweifel in ihr auf. Sie *war* in letzter Zeit übernervös. Dies war nicht das erste Mal, daß sie nachts einen Einbrecher zu hören glaubte. In den vergangenen zwei Wochen war ihr das ein halbes Dutzend Mal passiert, und jedesmal, wenn sie nach der Pistole auf dem Nachttisch gegriffen und mit der Waffe in der Hand ein Zimmer nach dem anderen überprüft hatte, war kein Eindringling zu finden gewesen. Sie stand in letzter Zeit unter starkem seelischem Druck, sowohl beruflich als auch im Privatleben. Vielleicht war das Geräusch, das sie gehört hatte, doch nur der Donner aus ihrem Traum gewesen. Sie spannte noch eine Zeitlang ihre Sinne an, aber die Nacht war so ruhig, daß ihr Herzklopfen nachließ. Niemand außer ihr selbst hielt sich im Haus auf. Sie streckt sich wieder im Bett aus.

In Augenblicken wie diesen wünschte sie sich von Herzen, daß Michael noch bei ihr wäre. Sie schloß die Augen und malte sich aus, er läge neben ihr, und sie könnte im Dunkeln nach ihm tasten, ihn berühren, sich in seine Arme schmiegen. Er würde sie trösten und beruhigen, und sie könnte geborgen wieder einschlafen.

Aber sie wußte genau, daß die Realität ganz anders aussähe, wenn Michael und sie jetzt tatsächlich nebeneinander im Bett lägen. Sie würden sich nicht lieben, sondern heftig zanken. Er würde ihre Zärtlichkeiten im Keim ersticken und einen Streit vom Zaun brechen, würde sie so lange provozieren, bis auch sie die Geduld verlöre und zurückbrüllte. So war es gegen Ende ihrer Ehe meistens zugegangen. Ihm war jeder Vorwand recht gewesen, um seinen Zorn an ihr abreagieren zu können. Sie hatte unter seiner

Aggressivität und unter der zuletzt unvermeidlichen Trennung sehr gelitten, weil ihre Liebe zu ihm noch nicht erkaltet war, aber gleichzeitig war sie doch erleichtert gewesen, als schließlich alles hinter ihr lag.

Sie hatte ihr Kind und ihren Ehemann in ein und demselben Jahr verloren, zuerst den Mann, dann den Jungen, den Sohn an den Tod, den Mann an die Wechselfälle des Lebens. Während der zwölf Jahre ihrer Ehe hatte sie sich stark gewandelt, Michael hingegen nicht im geringsten. Es war eine Liebesheirat gewesen, und anfangs hatten sie Freud und Leid miteinander geteilt. Aber im Laufe der Zeit hatten sie sich dermaßen auseinandergelebt, daß die Scheidung nur noch der äußerliche Schlußpunkt einer längst eingetretenen Entfremdung gewesen war. Obwohl Michael weiterhin in dieser Stadt lebte, obwohl die räumliche Entfernung zwischen ihnen nur etwa einen Kilometer betrug, so lagen doch Welten zwischen ihnen, war er für sie in gewisser Hinsicht genauso unerreichbar wie Danny.

Mit einem resignierten Seufzer öffnete Tina ihre Augen.

Sie fühlte sich hellwach, aber sie wußte genau, daß sie dringend etwas Schlaf benötigte. Sie mußte morgen frisch und ausgeruht sein, denn der vor ihr liegende Tag würde einer der entscheidendsten ihres bisherigen Lebens sein. Der 30. Dezember... In anderen Jahren hatte dieses Datum keine besondere Bedeutung gehabt, aber jetzt hing ihre gesamte Zukunft davon ab, wie dieser Dienstag verlaufen würde.

Seit fünfzehn Jahren lebte und arbeitete Tina Evans nun schon in Las Vegas. Sie hatte ihre Karriere mit achtzehn – zwei Jahre vor ihrer Heirat – als Tänzerin im Lido de Paris begonnen, einer grandiosen Bühnenshow im Stardust Hotel. Es war eine jener unglaublich aufwendigen Produktionen, die es nirgends auf der Welt außer in Las Vegas zu sehen gibt, denn nur hier konnte eine Show, die Millionen Dollar kostete, jahrelang laufen, ohne Gewinn abzuwerfen. Die prächtigen Bühnenbilder und Kostüme sowie das riesige Ensemble schluckten solche Unsummen, daß das Hotel normalerweise schon froh war, wenn dieser Einsatz durch den Karten- und Getränkeverkauf einigermaßen gedeckt war. So großartig die Show auch sein mochte, so war sie doch letztlich nur eine Art Magnet, der allabendlich Tausende von Menschen ins Hotel ziehen sollte. Um in den Aufführungssaal und von dort wieder zum Ausgang zu gelangen, mußten die Besucher sämtliche Würfel- und Kartentische, Roulettescheiben und Spielautomaten passieren, und *dort* wurden die riesigen Profite erzielt. Tina genoß es, im Lido zu tanzen, und sie blieb dort zweieinhalb Jahre, bis sie feststellte, daß sie schwanger war. Sie zog sich vorübergehend von der Bühne zurück, brachte Danny zur Welt und widmete sich in den ersten Monaten seines Lebens ausschließlich ihrem Sohn. Als er ein halbes Jahr alt war, begann sie hart zu trainieren, um wieder in Form zu kommen, und nach drei anstrengenden Monaten eroberte sie einen Platz im Ensemble einer neuen spektakulären Show. Es gelang ihr, sowohl eine gute Tänzerin als auch eine gute Mutter zu sein, obwohl es nicht immer leicht war, dies miteinander in Einklang zu bringen. Sie liebte Danny, und sie liebte ihre Arbeit, und deshalb machte ihr die Doppelbelastung nichts aus.

Vor fünf Jahren, an ihrem achtundzwanzigsten Geburtstag, war ihr jedoch zu Bewußtsein gekommen, daß sie nur noch etwa zehn Jahre lang als Tänzerin gefragt sein würde, und sie beschloß, sich im Showbusiness einen neuen Aufgabenbereich zu suchen, um nicht mit achtunddreißig auf der Straße zu stehen. Sie fand eine Stelle als Choreographin einer billigen Foyer-Revue, einer blassen Imitation der Lido-Shows, und sie war dort nach kurzer Zeit auch für die Kostüme verantwortlich. Danach führte sie erfolgreich eine Reihe ähnlicher Jobs aus, zuletzt in dem kleinen Revuetheatern für vier- bis sechshundert Zuschauer, die es in den zweitrangigen Hotels mit begrenzten Show-Budgets gab. Nach gelungenen selbständigen Inszenierungen mehrerer

Revuen machte sie sich rasch einen Namen in der Unterhaltungsbranche von Las Vegas, und seit damals wußte sie, daß der Durchbruch zum ganz großen Erfolg für sie kein unerfüllbarer Traum bleiben mußte.

Vor einem knappen Jahr, kurz nach Dannys Tod, erhielt sie dann das verlockende Angebot, zusammen mit dem berühmten Joel Bandiri eine wirklich aufwendige Bühnenshow zu inszenieren, die drei Millionen Dollar kosten würde und im prächtig ausgestatteten, zweitausend Zuschauer fassenden Theatersaal des Desert Mirage aufgeführt werden sollte, eines der größten Luxushotels am Strip. Sie empfand es irgendwie als pietätlos, daß sie diese großartige Chance erhielt, noch bevor sie richtig Zeit gehabt hatte, um ihren Sohn zu trauern; man hätte fast glauben können, das Schicksal wollte sie mit dieser einmaligen Gelegenheit für Dannys Tod entschädigen. Trotz des Gefühls einer tiefen Leere und Sinnlosigkeit, trotz ihrer Verbitterung und Trauer nahm sie das Angebot an. Sie wußte, daß sie es annehmen *mußte*, um ihren Schmerz überwinden zu können. Wenn sie sich dieser Herausforderung nicht stellte, wenn sie nur zu Hause herumsaß oder bei kleineren und leichteren Inszenierungen mitwirkte, würde sie zuviel Zeit zum Grübeln haben, und dann würde sie den Verlust ihres Kindes nie verwinden.

Die neue Show hatte den Titel *Magyck!*, weil zwischen den großen Tanznummern verschiedene hervorragende Varietémagier auftraten und auch die Tanzszenen selbst die übernatürlichen Mächte zum Inhalt hatten. Die originelle Schreibweise des Titels war nicht Tinas Einfall gewesen, der größte Teil des Programms hingegen beruhte auf ihrem Ideenreichtum, und sie war stolz auf ihre Leistung, allerdings auch erschöpft. Sie hatte im vergangenen Jahr zwölf bis vierzehn Stunden täglich gearbeitet, ohne Urlaub, mit nur wenigen freien Tagen. Aber obwohl *Magyck!* sie so stark in Anspruch genommen hatte, war es ihr sehr schwergefallen, sich mit Dannys Tod abzufinden. Eigentlich hatte sie erst vor einem Monat zu glauben begonnen, daß ihre Trauer nun bewältigt sei. Zu dieser Zeit hatte sie erstmals an den Jungen denken können, ohne in Tränen auszubrechen, und sie hatte sogar sein Grab besuchen können, ohne hysterisch zu werden. Sie hatte sich im großen und ganzen wieder leidlich gefühlt, war mitunter sogar heiter gewesen. Ihr war bewußt, daß sie Danny niemals vergessen würde, dieses bezaubernde Kind, das eine so überaus wichtige Rolle in ihrem Leben gespielt hatte, aber sie hatte geglaubt, daß die Wunde, die sein Tod aufgerissen hatte, inzwischen fast verheilt wäre. Ja, das hatte sie vor nunmehr einem Monat geglaubt, und diese Hoffnung hatte zwei Wochen angehalten. Und dann begannen die Träume. Und sie waren noch schlimmer als jene, die sie unmittelbar nach Dannys Tod gehabt hatte.

Vielleicht waren ihre Ängste in bezug auf den Erfolg von *Magyck!* schuld daran, daß die Wunde nun wieder schwärte. In weniger als siebzehn Stunden – um 20 Uhr – würde im Desert Mirage Hotel vor geladenen wichtigen Persönlichkeiten die Premiere stattfinden, und am folgenden Abend, an Silvester, würde die Show erstmals für das normale Publikum zugänglich sein. Falls die Zuschauerreaktion so enthusiastisch ausfiel, wie Tina es hoffte, dürfte ihre finanzielle Zukunft gesichert sein. Sie würde vertragsgemäß zweieinhalb Prozent der Bruttoeinnahmen, abzüglich der verkauften Getränke, erhalten, sobald die ersten drei Millionen eingespielt waren. Wenn *Magyck!* ein Hit wurde und drei Jahre lang lief, was bei erfolgreichen Shows in Vegas durchaus vorkam, würde sie nach Ablauf dieser Zeit Millionärin sein. Sollte die Produktion sich allerdings als Reinfall erweisen, würde sie vermutlich gezwungen sein, wieder in den kleinen Revuetheatern zu arbeiten. Im Showbusiness herrschten gnadenlose Gesetze.

Tina hatte demnach allen Grund, unter Ängsten zu leiden. Ihre an Verfolgungswahn grenzende Furcht vor Einbrechern, ihre beunruhigenden Träume von Danny, ihr neu erwachter Schmerz um ihn – das alles waren vielleicht nur Auswirkungen ihrer Besorgnis wegen *Magyck*! Wenn dem so war, dann würden all diese Symptome verschwinden, sobald das Schicksal der Show sich entschieden hatte. Sie mußte nur noch wenige Tage durchhalten. In der verhältnismäßig ruhigen Zeit danach würde sie sich erholen und neue Kräfte schöpfen können.

Aber zunächst einmal mußte sie in dieser Nacht etwas Schlaf bekommen. Um zehn Uhr vormittags hatte sie einen Termin mit zwei Herren der Fremdenverkehrsbranche, die in Erwägung zogen, sich für die nächsten drei Monate nicht weniger als achttausend Karten für *Magyck!* reservieren zu lassen. Und für eins war die Generalprobe angesetzt.

Sie schüttelte ihr Kissen auf, zog die Decken bis zum Hals hoch und glättete ihr kurzes Nachthemd. Sodann versuchte sie sich zu entspannen, indem sie die Augen schloß und sich einen nächtlichen Strand vorstellte, an dem im silbrigen Mondlicht sanfte Wellen rauschten.

Bumm!

Sie setzte sich abrupt auf.

Etwas war irgendwo im Haus umgestürzt. Es mußte etwas ziemlich Großes und Schweres gewesen sein, denn trotz der dazwischenliegenden Wände, die den Schall dämpften, war das Geräusch relativ laut gewesen.

Aber dieser Gegenstand war nicht einfach umgefallen. Nein. Was immer es auch gewesen sein mochte – es war umgeworfen worden. Von allein fiel in einem leeren Raum nichts um.

Sie legte den Kopf zur Seite und lauschte angestrengt. Sie hörte ein anderes Geräusch, leiser als das erste, geheimnisvoller, aber es hielt nicht lange genug an, als daß sie es hätte identifizieren können.

Diesmal bildete sie sich die Bedrohung nicht nur ein. Jemand war tatsächlich im Haus.

Sie schaltete die Lampe ein und öffnete die Nachttischschublade. Die Pistole war geladen. Sie entsicherte die Waffe.

Sie horchte wieder.

Stille. Die spröde Stille der herben Wüstennacht.

Sie stieg aus dem Bett, schlüpfte in ihre Pantoletten. Mit der Pistole in der rechten Hand ging sie zur Schlafzimmertür.

Nichts. Stille.

Sie überlegte, ob sie die Polizei anrufen sollte, aber sie wollte sich nicht lächerlich machen. Wenn nun ein Streifenwagen mit rotem Licht und heulender Sirene angebraust kam, und dann stellte sich heraus, daß außer ihr kein Mensch im Haus war? Wenn sie in den vergangenen zwei Wochen jedesmal, wenn sie sich eingebildet hatte, einen Einbrecher im Haus zu hören, die Polizei angerufen hätte, würde man sie dort bereits für verrückt halten. Natürlich war sie sich sicher. Aber eben doch nicht hundertprozentig. Sie war eine stolze Frau, der die Vorstellung unerträglich war, daß ein paar Macho-Bullen sie beruhigend angrinsen würden, nur um dann später bei Kaffee und Doughnuts Witze über das hysterische Frauenzimmer zu reißen. Sie würde das Haus lieber selbst durchsuchen, auf eigene Faust.

Sie holte tief Luft, schloß die Schlafzimmertür auf und trat auf den Korridor hinaus.

2

Tina durchsuchte das ganze Haus, außer Dannys ehemaligem Zimmer, fand aber nirgends auch nur die geringste Spur eines Einbrechers. Es wäre ihr fast lieber gewesen, jemanden in der Küche oder in einem Wandschrank aufzuspüren, als gezwungen zu sein, Dannys Zimmer zu betreten. Aber nun blieb ihr keine andere Wahl.

Vom Elternschlafzimmer aus gesehen, lag es am anderen Ende des kleinen Hauses. Ursprünglich hatte es Tina und Michael als gemütlicher Aufenthaltsraum gedient, aber kurz nach seinem zehnten Geburtstag, etwa ein Jahr vor seinem Unfalltod, hatte Danny sich mehr Platz und Zurückgezogenheit gewünscht, als er sie in seiner bisherigen Bude neben dem Elternschlafzimmer hatte. Seine Eltern hatten Couch, Lehnstuhl, Beistelltisch und Fernseher in dieses kleine Zimmer gestellt und dem Jungen geholfen, seine Sachen in den Aufenthaltsraum zu schaffen und sich dort wohnlich einzurichten.

Tina war damals überzeugt gewesen, daß Danny in erster Linie umziehen wollte, um die nächtlichen Auseinandersetzungen zwischen ihr und Michael nicht mehr mitanhören zu müssen. Obwohl sie sich zu jener Zeit noch nicht gegenseitig anbrüllten, ja noch nicht einmal ihre Stimmen erhoben, sondern sich in normaler Lautstärke und manchmal sogar im Flüsterton stritten, mußte der Junge mitbekommen haben, daß seine Eltern Probleme hatten. Tina hatte das zutiefst bedauert, aber nicht mit ihm darüber gesprochen, ihn weder zu beruhigen versucht noch irgendwelche Erklärungen abgegeben. Was hätte sie ihm auch sagen sollen? Schließlich konnte sie einem Zehnjährigen nicht ihre eigene Einschätzung der Situation anvertrauen: *Danny, Liebling, mach dir keine Sorgen, wenn du uns durch die Wand hindurch streiten hörst. Dein Vater macht nur eine Identitätskrise durch. Er führt sich in letzter Zeit wie das letzte Arschloch auf, aber er wird sich bestimmt wieder fangen.*

Und das war ein weiterer Grund für ihr Schweigen gewesen – sie hatte geglaubt, ihre ehelichen Schwierigkeiten seien nur vorübergehender Art. Sie hatte ihren Mann geliebt und war überzeugt gewesen, daß ihre Liebe alle Probleme lösen konnte. Sechs Monate später hatten Michael und sie sich getrennt, und knapp fünf Monate danach waren sie geschieden worden.

Auf ihrer Suche nach dem Einbrecher – den sie nun

schon wieder eher für eine Ausgeburt ihrer überstrapazierten Nerven hielt – öffnete sie die Tür zu Dannys Zimmer, schaltete das Licht ein und trat widerstrebend über die Schwelle.

Es war leer.

Mit der Pistole vor der Brust ging sie zum Schrank, zögerte einen Moment und schob sodann energisch die Tür auf. Niemand hielt sich dort versteckt. Trotz der Geräusche, die sie gehört hatte, war sie allein im Haus.

Während sie den Inhalt des dumpf riechenden Schrankes anstarrte – die Schuhe des Jungen, seine Jeans, Hemden, Pullis, die blaue Baseballmütze, den grauen Anzug, den er bei besonderen Gelegenheiten getragen hatte –, schnürte sich ihr die Kehle zu. Sie schloß hastig die Tür und lehnte sich mit dem Rücken dagegen.

Obwohl die Beerdigung nun schon über ein Jahr zurücklag, hatte sie sich bisher nicht dazu überwinden können, Dannys Sachen zu verschenken. Seine Kleidung wegzugeben hätte etwas Endgültiges an sich gehabt und wäre fast noch schmerzlicher gewesen, als mitansehen zu müssen, wie sein Sarg in die Erde gesenkt wurde.

Und es war nicht nur seine Kleidung, die sie behalten hatte. Sein Zimmer sah noch genauso aus, wie er es verlassen hatte. Das Bett war ordentlich gemacht. Auf der breiten Abstellfläche am Kopfende standen mehrere Star-Wars-Spielzeuge. Das Regal mit den fünf Brettern enthielt über hundert Taschenbücher, sorgfältig alphabetisch geordnet. Der Schreibtisch stand in einer Ecke; Tuben mit Klebstoff, Röhrchen mit Email in allen Farben sowie eine Vielzahl von anderem Zubehör für den Modellbau nahmen eine Hälfte der Platte ein. Die andere Hälfte war leer und schien nur darauf zu warten, daß er sich an die Arbeit setzte. Neun Modellflugzeuge füllten eine Vitrine, drei weitere hingen an Angelschnüren von der Decke herab. Die Wände waren mit Postern geschmückt – drei Baseballstars und fünf Monster aus Horrorfilmen. Im Gegensatz zu vielen Jungen seines Alters hatte Danny Ordnung und Sauberkeit geliebt, und hauptsächlich deshalb hatte Tina ihre Putzfrau Mrs. Neddler, die zweimal in der Woche kam, angewiesen, Dannys Zimmer weiterhin zu pflegen, so als ob er noch am Leben wäre.

Sie betrachtete die Spielzeuge und die Basteleien, die ihrem Sohn soviel bedeutet hatten, und ihr kam – nicht zum erstenmal – zu Bewußtsein, daß es nicht gut für sie war, dieses Zimmer wie ein Museum zu behandeln. Oder wie einen Reliquienschrein. Solange sie Dannys Sachen unberührt ließ, konnte sie sich in der Hoffnung wiegen, daß er nicht tot war, daß er nur für eine Weile irgendwohin verreist war, daß er bald zurückkehren und sein gewohntes Leben wieder aufnehmen würde. Ihr Unvermögen, sein Zimmer auszuräumen, ängstigte sie plötzlich; sie hatte das beklemmende Gefühl, als handle es sich nicht einfach um Schwäche oder Sentimentalität, sondern als sei es ein Symptom für ernsthafte geistige Krankheit. Sie *mußte* den Toten in Frieden ruhen lassen. Wenn ihre beklemmenden Träume von dem Jungen aufhören sollten, wenn sie ihre Trauer bezwingen wollte, mußte sie mit dem ersten schmerzhaften Schritt hier in diesem Zimmer beginnen und ihr irrationales Bedürfnis überwinden, seine bescheidenen Besitztümer unangetastet zu lassen.

Sie faßte den festen Vorsatz, das Zimmer am Donnerstag – an Neujahr – auszuräumen. Sowohl die VIP-Premiere als auch die allgemeine Premiere von *Magyck!* würden dann hinter ihr liegen. Sie würde sich endlich entspannen können und etwas Freizeit haben, und diese Freizeit würde sie gleich am Donnerstagnachmittag nutzen, um die Kleider, Spielsachen und Poster ihres Sohnes in Kartons zu packen.

Ihre nervliche Anspannung löste sich nach diesem Entschluß und machte einer tiefen Erschöpfung Platz. Sie hatte plötzlich nur noch den Wunsch, ins Bett zu fallen und zu schlafen.

Auf dem Weg zur Tür streifte ihr Blick zufällig die Staffelei. Sie blieb bestürzt stehen. Danny hatte sehr gern gemalt, und die Staffelei samt Bleistiften, Farben und anderen Utensilien war ein Geschenk zu seinem neunten Geburtstag gewesen. Auf der Rückseite befand sich eine Schiefertafel. Danny hatte die Staffelei an der Wand neben seinem Bett aufgestellt, und dort hatte sie auch gestanden, als Tina zuletzt in diesem Zimmer gewesen war. Nun aber war sie umgekippt und lag – mit der Tafelseite nach unten – quer auf einem niedrigen Tischchen und hatte ein elektronisches Kriegsschiff-Spiel hinuntergeworfen.

Zweifellos war es dieses Geräusch gewesen, das Tina erschreckt hatte. Aber wie um alles in der Welt hatte die Staffelei plötzlich umfallen können?

Tina ging um das Bett herum, richtete die Staffelei mit einem Griff wieder auf, bückte sich und stellte die einzelnen Teile des Kriegsschiff-Spiels auf das Tischchen. Während sie dann die auf dem Boden verstreuten Kreidestifte und Filzradierer aufsammelte, fiel ihr plötzlich auf, daß auf der Tafel etwas geschrieben stand. Es waren zwei Wörter:

NICHT TOT

Sie starrte die Botschaft fassungslos an. Sie war sich ganz sicher, daß die Tafel blank geputzt gewesen war, als Danny jene verhängnisvolle Reise mit der Pfadfindergruppe angetreten hatte. Und es stand auch nichts auf ihr, als sie zuletzt in diesem Zimmer gewesen war.

Die Bedeutung der beiden Wörter wurde ihr erst nach einigen Sekunden bewußt. Ein kalter Schauer überlief sie. *Nicht tot*. Das war ein klares Dementi von Dannys Tod. Eine Weigerung, die schreckliche Wahrheit zu akzeptieren. Ein Widerspruch zur Realität.

Hatte sie diese beiden Wörter selbst geschrieben?

Sie konnte sich beim besten Willen nicht daran erinnern.

War es möglich, daß sie in einem ihrer schrecklichen Anfälle von Schmerz, in einem Augenblick schwärzester Verzweiflung, hierher gekommen war und unbewußt diese Botschaft auf Dannys Tafel gekritzelt hatte?

Wenn dem so wäre, so müßte sie unter Blackouts leiden, unter zeitweiligem Gedächtnisschwund. Das war unvorstellbar. Sie war doch nicht unzurechnungsfähig!

Folglich mußten die Wörter die ganze Zeit auf der Tafel gestanden haben. Danny mußte sie geschrieben haben. Seine Schrift war – wie alles an ihm – sauber und ordentlich gewesen, kein so nachlässiges Gekritzel, und doch *mußte* er es getan haben.

Und der offensichtliche Zusammenhang dieser Botschaft mit dem Busunglück?

Zufall. Reiner Zufall, weiter nichts. Etwas anderes *konnte* es nicht sein.

Sie weigerte sich, irgendeine andere Möglichkeit auch nur in Betracht zu ziehen, weil die Alternativen viel zu erschreckend waren.

Sie schlang ihre Arme um die Brust. Ihre Hände waren eisig. Sie spürte die Kälte sogar durch ihr Nachthemd hindurch.

Zitternd löschte sie die Schrift von der Tafel und verließ den Raum.

Sie war hellwach.

Sie wußte, wie dringend sie etwas Schlaf benötigte. Sie hatte soviel Arbeit vor sich. Ihr großer Tag...

In der Küche holte sie eine Flasche Wild Turkey – Michaels Lieblingsbourbon – aus dem Schrank neben der Spüle und goß einen ordentlichen Schluck in ein Wasserglas. Sie machte sich nichts aus harten Getränken, bevorzugte Wein, aber nun zwang sie sich, das Glas in zwei Zügen zu leeren, wobei sie eine Grimasse schnitt und sich fragte, wie Michael nur über die Milde des Geschmacks hatte schwärmen können. Nach kurzem Zögern schenkte sie sich noch einmal die gleiche Menge ein, trank sie so schnell, als handle es sich um eine Medizin, und stellte die Flasche in den Schrank zurück.

Sie legte sich ins Bett, drückte ihr Gesicht ins Kissen,

schloß die Augen und versuchte, nicht an die Tafel zu denken.

Aber sie sah sie immer wieder deutlich vor sich, und obwohl sie die Wörter ausgewischt hatte, schienen sie förmlich in ihr Gehirn eingebrannt zu sein. Sie verschwammen erst, als der Bourbon seine Wirkung tat und sie endlich in den ersehnten Schlaf fiel.

3

Am Dienstagnachmittag verfolgte Tina die Generalprobe von *Magyck!* nervös von einem Sitz im dritten Rang aus. Das Theater des Desert Mirage Hotels hatte die Form eines riesigen Fächers, der sich unter einer hohen gewölbten Decke ausbreitete. Breite und schmale Galerien wechselten nebeneinander ab und fielen zur Bühne hin terrassenartig ab. Auf den breiten Abschnitten waren – im rechten Winkel zur Bühne – lange, weiß gedeckte Tische aufgestellt. Jede der schmalen Galerien bestand aus einem Gang mit einem niedrigen Geländer auf der einen und bogenförmig angeordneten, weich gepolsterten Plüschlogen auf der anderen Seite. Die Bühne hatte die riesigen Ausmaße, die für eine gigantische Show in Las Vegas typisch sind. Sie war mehr als doppelt so groß wie die größte Bühne am Broadway. Sogar eine DC-9 würde nur die Hälfte der vorhandenen Fläche einnehmen, und im MGM Grand Hotel in Reno war tatsächlich für eine Shownummer ein Flugzeug dieses Typs auf eine ähnliche Bühne gerollt worden. Aber trotz dieser phänomenalen Größe wirkte der Raum durch verschwenderischen Einsatz von blauem Samt, dunklem Leder, Kristallkandelabern und dicken blauen Teppichböden sowie durch die raffinierte Beleuchtungstechnik so gemütlich wie ein kleines Kabarett.

Die Probe verlief ohne den kleinsten Zwischenfall. Bei

sieben rasanten Tanzszenen und fünf anspruchsvollen Varietéeinlagen mit insgesamt 42 Tänzerinnen, 42 Tänzern, 15 Showgirls, zwei Sängern, zwei Sängerinnen, 47 Technikern, einem zwanzigköpfigen Orchester, einem Elefanten, einem Löwen, zwei schwarzen Panthern und zwölf weißen Tauben für einen reibungslosen Ablauf zu sorgen, war außerordentlich kompliziert, aber die Schwerstarbeit eines ganzen Jahres machte sich nun bezahlt. Am Schluß versammelten sich alle Mitwirkenden auf der Bühne, applaudierten sich selbst, umarmten und küßten einander. Die Atmosphäre knisterte förmlich vor Erregung; jeder Beteiligte spürte, daß diesem Mammutprogramm ein triumphaler Erfolg beschieden sein würde.

Joel Bandiri, der die Generalprobe vom ersten Rang aus verfolgt hatte, stürmte zu Tina hinauf.

»Wir haben's geschafft!« rief er schon von weitem. »Wir haben's wirklich und wahrhaftig geschafft!«

Tina lief ihm entgegen.

»Wir haben einen Hit gelandet, Mädchen!« Joel riß sie in seine Arme und drückte ihr einen nassen Kuß auf die Wange.

Sie erwiderte seine Umarmung. »Glaubst du, Joel?«

»Glauben? Ich weiß es! Das wird ein Riese, sag ich dir, ein echter Riese! Ein Gargantua!«

»Danke, Joel. Oh, ich danke dir. Danke, danke!«

»Mir? Wofür bedankst du dich bei mir?«

»Daß du mir eine Chance gegeben hast, mein Können zu beweisen.«

»He, Mädchen, nun red mal nicht so'n Stuß daher! In den Schoß ist dir hier wirklich nichts gefallen. Du hast dich mächtig reingekniet und geschuftet wie ein Ackergaul. Du hast dir jeden Penny sauer verdient, den unser gemeinsames Baby dir einbringen wird, und mir war von Anfang an klar, daß du das Zeug dazu hast. Wir sind ein tolles Team! Wenn jemand anderer versucht hätte, dieses Mordsding hinzukriegen, so wäre er damit voll auf die Schnauze gefallen. Aber du und ich – wir beide haben's geschafft, einen echten Hit auf die Beine zu stellen!«

Joel war ein komischer kleiner Mann, nur 1,63 m groß, etwas plump, aber nicht dick, mit lockigen braunen Haaren und einem breiten Clownsgesicht, das so wandlungsfähig war, als sei es aus Gummi. Er trug einfache Blue Jeans, ein billiges blaues Arbeitshemd – und Ringe im Wert von etwa 80 000 Dollar, drei an jeder Hand. Zwei waren mit Diamanten besetzt, zwei mit Smaragden, einer mit einem großen Rubin und der sechste mit einem noch größeren Opal. Er strotzte nur so vor Energie und Temperament. Auch jetzt konnte er, nachdem er Tina endlich losgelassen hatte, keinen Augenblick stillstehen. Er trat von einem Bein aufs andere, während er über *Magyck!* redete, gestikulierte wild mit seinen edelsteingeschmückten Händen, tänzelte umher wie ein unruhiger Hengst.

Mit sechsundvierzig war er der erfolgreichste Produzent von Las Vegas. Seit zwanzig Jahren gelang ihm eine Supershow nach der anderen. Die Ankündigung ›Joel Bandiri Presents‹ auf einem Werbeplakat garantierte für erstklassige Unterhaltung. Er hatte einen Teil seiner beträchtlichen Einnahmen in Immobilien in Vegas angelegt, war Miteigentümer von zwei Hotels, Inhaber eines Autohauses und eines Spielautomatencasinos im Stadtzentrum. Er war so reich, daß er sich ohne weiteres von einem Tag auf den anderen aus dem Showbusiness zurückziehen könnte, ohne für den Rest des Lebens auf irgendeinen Luxus verzichten zu müssen. Aber Joel würde seine Arbeit niemals freiwillig aufgeben, denn er liebte sie. Höchstwahrscheinlich würde er dereinst auf der Bühne sterben, während er an irgendeinem schwierigen Inszenierungsproblem herumtüftelte.

Er hatte Tinas Werke in einigen Foyers und kleinen Theatern gesehen und sie mit seinem Angebot überrascht, die Inszenierung von *Magyck!* zu übernehmen. Sie hatte anfangs gezögert anzunehmen. Sie wußte, daß er als Perfektionist bekannt war, der von seinen Mitarbeitern geradezu übermenschlichen Einsatz verlangte. Auch die Vorstellung, für eine Produktion von drei Millionen verantwortlich zu sein, ängstigte sie. Mit solchen Summen umzugehen, bedeutete für sie einen gewaltigen Sprung. Aber Joel hatte sie davon überzeugt, daß sie seinen Ansprüchen durchaus gewachsen sein würde, und während ihrer gemeinsamen Arbeit hatte er immer wieder ihr Selbstbewußtsein und ihr Vertrauen in die eigenen Fähigkeiten gestärkt. Sie hatte in ihm nicht nur einen hochgeschätzten Kollegen gefunden, sondern auch einen guten Freund, eine Art älteren Bruder. Und nun sah es ganz danach aus, als hätten sie zusammen eine Erfolgsshow geschaffen. Während Tina ihre Blicke von den prächtig kostümierten Menschen auf der Bühne zu Joels ausdrucksvollem Gesicht schweifen ließ und zuhörte, wie er ihre gemeinsame Arbeit aufrichtig lobte, fühlte sie sich glücklicher als seit langem. Falls das Publikum bei der VIP-Premiere enthusiastisch auf *Magyck!* reagierte, würde sie sich Bleigewichte kaufen müssen, um nicht in den siebten Himmel zu schweben.

Zwanzig Minuten später, um 15.45 Uhr, trat sie auf das kunstvolle Kopfsteinpflaster vor dem Haupteingang des Hotels hinaus und übergab dem Parkwächter ihren Parkschein. Während er ihren VW-Käfer holte, stand sie in der warmen Nachmittagssonne und lächelte immer noch selig vor sich hin.

Sie drehte sich um und betrachtete das Desert Mirage Hotel. Ihre Zukunft war verknüpft mit diesem imposanten Gebäude aus Beton, Stahl und Glas. Die schweren Drehtüren mit ihren Bronzerahmen funkelten im Licht. Zu beiden Seiten des Eingangs waren die Mauern mit hellrosa Stein verkleidet, fensterlos und mit riesigen Steinmünzen üppig geschmückt, mit einer regelrechten Münzflut, die sich aus einem steinernen Füllhorn ergoß. An der Decke der riesigen Einfahrt waren Hunderte von Lämpchen angebracht, die nach Einbruch der Dunkelheit das glänzende Kopfsteinpflaster in strahlendes goldenes Licht tauchen würden. Der Bau des Hotels hatte mehr als 140 Millionen Dollar verschlungen, und die Eigentümer hatten dafür gesorgt, daß das auch zu sehen war. Tina vermutete, daß manche Leute dieses Bauwerk als geschmacklos, häßlich und protzig bezeichnen würden, aber sie liebte es, weil sie hier ihre große Chance erhalten hatte.

Nach den verhältnismäßig ruhigen Weihnachtstagen riß der Zustrom von Hotelgästen an diesem 30. Dezember nicht ab. Die Vorbestellungen wiesen für Silvester und Neujahr auf einen Besucherrekord hin. Das Desert Mirage mit seinen fast 2100 Zimmern war – wie alle anderen Hotels der Stadt – total ausgebucht. Wenige Minuten nach elf hatte eine Sekretärin aus San Diego fünf Silberdollar in einen Spielautomaten geworfen und einen Jackpot im Wert von 195 000 Dollar gewonnen; die Kunde von dieser Sensation war sogar hinter die Kulissen des Theatersaals gedrungen. Kurz vor Mittag hatten sich zwei Texaner an einen Blackjack-Tisch gesetzt und innerhalb von drei Stunden eine knappe Viertelmillion Dollar verspielt, worauf sie lachend und scherzend zu einem anderen Glücksspiel überwechselten. Das hatte Tina vor wenigen Minuten von Carol Hirson erfahren, einer Bedienung, mit der sie befreundet war. Carol hatte übers ganze Gesicht gestrahlt, denn die beiden Männer aus Dallas hatten ihr für das halbe Dutzend Drinks, das sie ihnen serviert hatte, als Trinkgeld grüne Chips im Wert von 400 Dollar gegeben, so als hätten sie nicht verloren, sondern gewonnen.

Sinatra hielt sich in der Stadt auf, im Caesar's Palace, und in Las Vegas hatte er größere Zugkraft als jede andere Berühmtheit; Tausende fanatischer Fans versuchten Karten für einen seiner Auftritte zu ergattern. Auf dem ganzen Strip und in den weniger eleganten, aber genauso überfüllten Casinos der Innenstadt herrschte enormer Betrieb. Und in vier Stunden würde die Premiere von *Magyck!* beginnen!

Der Parkwächter brachte Tinas Wagen, und sie gab ihm ein Trinkgeld.

»Hals- und Beinbruch für heute abend, Tina«, wünschte er ihr.

»O Gott, ich hoffe es so sehr!« sagte sie.

Um Viertel nach vier war sie zu Hause. Sie hatte zweieinhalb Stunden Zeit, bis sie wieder ins Hotel zurückfahren mußte. Da sie nicht soviel Zeit benötigte, um zu duschen, sich zu schminken und anzukleiden, beschloß sie, mit dem Einpacken von Dannys Sachen anzufangen. Sie glaubte, in ihrer augenblicklichen Hochstimmung dieser unangenehmen Pflicht gewachsen zu sein; nicht einmal der Anblick seines Zimmers würde sie – wie sonst immer – in tiefe Depression stürzen können, so großartig fühlte sie sich momentan. Wozu sollte sie es also, wie ursprünglich geplant, bis Donnerstag aufschieben? Sie würde genügend Zeit haben, wenigstens die Kleider des Jungen einzupacken.

Als sie Dannys Zimmer betrat, sah sie auf den ersten Blick, daß die Staffelei wieder umgeworfen worden war. Sie stellte sie auf.

Zwei Wörter standen auf der Tafel.

NICHT TOT

Ein kalter Schauer lief ihr über den Rücken.

War sie nachts, nachdem sie den Bourbon getrunken hatte, hierher zurückgekommen und...?

Nein!

Sie hatte keinen Blackout gehabt. Sie hatte diese Wörter nicht geschrieben. Sie war nicht daran, den Verstand zu verlieren. Sie war nicht die Sorte von Mensch, die vor Kummer wahnsinnig wurde. Sie war hart im Nehmen. Sie war immer stolz auf ihre Zähigkeit und Kraft gewesen.

Sie griff nach dem Filzschwämmchen und löschte die Botschaft.

Jemand trieb seinen grausamen Scherz mit ihr. Jemand war während ihrer Abwesenheit ins Haus gekommen und hatte diese beiden Wörter wieder auf die Tafel geschrieben. Jemand wollte ihr die Tragödie, die sie verzweifelt zu vergessen versuchte, immer wieder in Erinnerung bringen.

Die einzige Person, die Zutritt zum Haus hatte, war die Putzfrau, Vivian Neddler. Vivian hätte eigentlich an diesem Nachmittag kommen sollen, hatte jedoch gebeten, statt dessen ausnahmsweise abends arbeiten zu dürfen, wenn Tina bei der Premiere sein würde. Aber sogar wenn Vivian wie ursprünglich vorgesehen nachmittags hier gewesen wäre, hätte sie niemals diese Botschaft auf die Tafel geschrieben. Vivian war eine nette alte Frau, sehr selbständig und mitunter eigensinnig, aber auf gar keinen Fall der Typ für Gemeinheiten und üble Scherze.

Plötzlich fiel Tina ein, wer dafür verantwortlich sein könnte. Es war der einzig mögliche Verdächtige. Michael! Es gab kein Anzeichen dafür, daß jemand gewaltsam ins Haus eingedrungen war, und Michael besaß immer noch einen Schlüssel. Sie hatte nach der Scheidung die Schlösser nicht auswechseln lassen.

Michael hatte ihr Dannys Tod zum Vorwurf gemacht. Er war über den Verlust seines Sohnes so erschüttert gewesen, daß er noch Monate nach dem Begräbnis außerordentlich gehässig zu ihr gewesen war. Weil sie Danny erlaubt hatte, jene Fahrt mitzumachen, machte Michael sie für den Unfall verantwortlich. Aber Danny hatte sich diese Reise so sehr gewünscht. Außerdem hatte Mr. Jaborski, der Anführer der Pfadfinder, seit vierzehn Jahren jeden Winter ein solches ›Überlebenstraining‹ veranstaltet, und kein einziger Junge war dabei jemals auch nur im geringsten verletzt worden. Sie begaben sich schließlich nicht wirklich in die Wildnis, sondern hielten sich nur fern von belebten Wegen. Alles war äußerst sorgfältig geplant und bestens organisiert. Völlig ungefährlich. Alle hatten ihr versichert, daß überhaupt nichts passieren könne und, daß eine derartige Erfahrung für einen Jungen sehr nützlich sei. Woher hätte sie auch wissen sollen, daß Mr. Jaborskis fünfzehnte Fahrt mit einer Katastrophe enden würde? Dennoch hatte Michael ihr heftige Vorwürfe gemacht. Sie hatte geglaubt, er wäre in den letzten

Monaten endlich zur Vernunft gekommen, aber offenbar hatte sie sich getäuscht.

Sie starrte auf die Tafel und dachte an die beiden Wörter, die dort gestanden hatten. Zorn stieg in ihr auf. Michael benahm sich wie ein boshaftes Kind. Begriff er denn nicht, daß sie genauso um Danny trauerte wie er selbst? Was wollte er beweisen?

Sie ging wütend in die Küche, nahm den Telefonhörer ab und wählte Michaels Nummer. Nach fünfmaligem Klingeln sah sie ein, daß er nicht zu Hause war, und sie legte auf. Vermutlich arbeitete er.

Die beiden Wörter, weiß auf schwarz, waren eingebrannt in ihr Gedächtnis.

NICHT TOT.

Sie würde Michael nachts anrufen, wenn sie von der Premiere und der anschließenden Party nach Hause käme. Es würde ziemlich spät werden, aber es war ihr völlig egal, ob sie ihn aufwecken würde oder nicht.

Sie stand mitten in der kleinen Küche und versuchte die Willenskraft aufzubringen, Dannys Kleidung einzupacken. Aber sie konnte sich einfach nicht dazu durchringen, sein Zimmer wieder zu betreten. Heute nicht mehr. Und vielleicht würde sie nun mehrere Tage nicht dazu imstande sein.

Verdammter Michael!

Im Kühlschrank stand eine halbvolle Flasche Weißwein. Sie schenkte sich ein Glas ein und trug es ins Bad.

Sie duschte ausgiebig, ließ das heiße Wasser minutenlang auf ihren Nacken prasseln, um ihre steifen Muskeln zu lockern.

Nach der Dusche trug der kalte Wein dazu bei, ihren Körper vollends zu entspannen, aber er verfehlte seine Wirkung auf ihre geistige Verfassung. Von Unruhe getrieben, hatte sie immer wieder die Tafel vor Augen.

NICHT TOT.

4

Um 18.50 Uhr war Tina wieder im Theater, hinter der Bühne. Noch ging es relativ ruhig zu, nur aus dem Saal war durch die geschlossenen Samtvorhänge gedämpft das Stimmengewirr der VIP-Gäste zu hören.

Achtzehnhundert Personen waren geladen worden – einflußreiche Leute aus Las Vegas und aus der ganzen Umgebung –, und mehr als fünfzehnhundert hatten ihr Kommen zugesagt. Kellner in weißen Fracks, Kellnerinnen in flotten blauen Kostümen und nervöse Piccolos hatten schon mit dem Servieren des Abendessens begonnen.

Gegen halb acht herrschte hinter den Kulissen geschäftiges Treiben. Techniker überprüften ein letztes Mal die motorisierten Utensilien, die elektrischen Anlagen und die hydraulischen Pumpen, mit Hilfe derer Teile der Bühne gehoben und gesenkt werden konnten. Bühnenarbeiter stellten die Requisiten auf. Garderobenfrauen besserten in letzter Minute gerade entdeckte aufgeplatzte Nähte aus. Friseure und Beleuchter hatten noch alle Hände voll zu tun. Die Tänzer – schlanke, attraktive junge Männer in schwarzen Smokings –, die gleich zu Beginn einen Auftritt hatten, standen aufgeregt herum.

Dutzende bezaubernder Showgirls boten eine wahre Augenweide. Manche trugen Satin und Spitzen, andere Samt, bestickt mit Pailetten, besetzt mit Pelzen oder geschmückt mit Federn. Ein Teil kostümierte sich noch in den Umkleideräumen, während die übrigen sich in den Gängen oder am Rand der Bühne aufhielten und über Kinder, Ehemänner, Freunde und Kochrezepte plauderten, ganz so, als wären sie Stenotypistinnen während einer Kaffeepause.

Tina wäre am liebsten während der ganzen Vorstellung hinter den Kulissen geblieben, aber sie wußte, daß es hier für sie nichts mehr zu tun gab. Das Schicksal von *Magyck!* lag jetzt in den Händen der Mitwirkenden.

Fünfundzwanzig Minuten vor Beginn der Show begab sich Tina in den lauten Saal und steuerte auf die zentrale Loge in der VIP-Reihe zu, wo Charles Mainway, der Chefmanager und Hauptaktionär des Desert Mirage Hotels, sie erwartete.

In der Nebenloge saßen Joel Bandiri, seine Frau Eva und einige Freunde des Ehepaars. Eva, ein ehemaliges Showgirl, war siebzehn Jahre jünger als ihr Mann, blond, geschmeidig, von zarter Schönheit und seit 8 Jahren mit ihm verheiratet. Sie schüttelte Tina herzlich die Hand. »Machen Sie sich keine Sorgen. Sie haben so gute Arbeit geleistet, daß einfach nichts schiefgehen kann.«

»Wir haben einen Hit auf die Beine gestellt, Mädchen«, versicherte auch Joel Tina noch einmal.

Charles Mainway begrüßte Tina mit einem breiten warmen Lächeln. Er hatte das Auftreten eines Aristokraten, und seine gepflegte silberne Haarmähne sowie die strahlend blauen Augen trugen zu diesem von ihm gewünschten Image bei. Aber seine plumpen Gesichtszüge straften die aristokratische Fassade Lügen, und trotz der Bemühungen von Sprachlehrern erinnerte der rauhe Klang seiner tiefen Stimme Tina stets an schwere Zeiten und an einen harten Lebenskampf.

Sobald Tina neben Mainway Platz genommen hatte, schenkte ein befrackter Kellner ihr ein Glas Dom Pérignon ein.

Helen Mainway, Charlies Frau, saß an seiner linken Seite. Helen verkörperte von Natur aus all das, was Charlie als Ideal vorschwebte: sie hatte perfekte Umgangsformen, war gebildet, charmant und konnte sich jeder Umgebung anpassen. Niemand sah der großen, schlanken und gepflegten Frau ihre 55 Jahre an; sie wurde meistens auf etwa vierzig geschätzt.

»Tina, meine Liebe, ich möchte Ihnen einen Freund von uns vorstellen«, sagte Helen und deutete auf die vierte Person in der Loge. »Das ist Elliot Stryker. Elliot, diese bezaubernde junge Dame ist Christina Evans, die *Magyck!* aus der Taufe gehoben hat.«

»Eine von zweien, die *Magyck!* aus der Taufe hoben«, korrigierte Tina. »Joel Bandiri trägt größere Verantwortung für die Show als ich – besonders dann, wenn es ein Reinfall wird.«

Stryker lachte. »Freut mich sehr, Sie kennenzulernen, Mrs. Evans.«

»Nennen Sie mich einfach Tina«, sagte sie.

»Okay – wenn Sie mich Elliot nennen.«

Er war ein schlanker, gut aussehender Mann, mittelgroß, etwa vierzig. Seine dunklen Augen wirkten lebhaft und intelligent.

»Elliot ist mein Anwalt«, erklärte Charlie Mainway.

»Oh«, sagte Tina erstaunt, »ich dachte, das sei Harry Simpson.«

»Harry ist der Anwalt fürs Hotel. Elliot kümmert sich um meine persönlichen Angelegenheiten.«

»Und das macht er hervorragend«, warf Helen ein. »Tina, falls Sie einen Anwalt benötigen sollten – vor Ihnen steht der beste Mann von Las Vegas.«

»Falls Sie aber Bedarf an Komplimenten haben sollten«, fuhr Stryker fort, »was ich bei Ihrem Aussehen allerdings sehr bezweifle, so müssen Sie sich an Helen halten – niemand in Vegas kann einem charmanter und stilvoller schmeicheln als sie.«

»Sehen Sie, wie geschickt er ist?« fragte Helen Tina. »Mit einem einzigen Satz hat er es fertiggebracht, Ihnen und mir Komplimente zu machen und zugleich uns alle mit seiner Bescheidenheit zu beeindrucken. Verstehen Sie jetzt, warum er ein großartiger Anwalt ist?«

»Stellen Sie sich ihn nur einmal beim Plädoyer im Gerichtssaal vor!« rief Charlie.

»Wirklich ein äußerst redegewandter Mensch«, sagte Helen.

Stryker grinste Tina zu. »Wie Sie sehen, bin ich diesen beiden nicht gewachsen, wie beredt ich auch sein mag.«

In diesem Stil wurde das amüsante Geplauder eine Viertelstunde lang fortgesetzt, ohne *Magyck!* auch nur zu erwähnen. Es war Tina bewußt, daß die anderen versuchten, sie von der Show abzulenken, und sie wußte diese Bemühungen zu schätzen.

Selbstverständlich registrierte sie trotzdem, daß die Erregung des Publikums zunahm, je näher der Augenblick kam, da der Vorhang aufgehen würde. Die Wolken von Zigarettenrauch verdichteten sich zusehens. Die Kellner und Kellnerinnen eilten geschäftig hin und her, um vor Beginn der Show noch alle Getränke zu servieren. Das Stimmengewirr schwoll immer lauter an.

Obwohl Tinas Aufmerksamkeit einerseits der erwartungsvollen Stimmung der Menge galt und andererseits von Charlie und Helen Mainway in Anspruch genommen wurde, entging ihr nicht, daß Elliot Stryker an ihr sehr interessiert war. Die Anziehungskraft, die sie auf ihn ausübte, war an seinen Augen abzulesen, obwohl er sie keineswegs auffällig umwarb oder sich besonders produzierte. Sie spürte instinktiv, daß sich unter der liebenswürdigen, witzigen und etwas kühlen Fassade ein gesundes männliches Tier verbarg, und sie reagierte darauf nicht viel anders als eine Stute auf die ersten Anzeichen von Brunst des Hengstes.

Es war mindestens anderthalb, wenn nicht zwei Jahre her, daß ein Mann sie auf diese Weise angesehen hatte. Oder vielleicht bemerkte sie es jetzt einfach zum erstenmal seit langem wieder. Die heftigen Auseinandersetzungen mit Michael, der Schock der Trennung und Scheidung, die Trauer um Danny, die Inszenierung der Show – das alles hatte ihre Tage und Nächte so sehr beansprucht, daß sie keinen Gedanken an Romantik verschwendet hatte.

Unter Elliots bewundernden Blicken wurde ihr plötzlich warm, und sie dachte: Mein Gott, ich war ja dabei zu vertrocknen! Wie habe ich *das* nur vergessen können?

Nachdem sie nun über ein Jahr um ihre gescheiterte Ehe und um ihren toten Sohn getrauert hatte und auch *Magyck!* jetzt fast hinter ihr lag, würde sie in Zukunft wieder Zeit haben, eine Frau zu sein. Sie würde sich Zeit dafür *nehmen*. Zeit für Elliot Stryker? Dessen war sie sich noch nicht sicher. Sie hatte es nicht eilig, sich für entgangene Vergnügungen zu entschädigen. Sie brauchte nicht den erstbesten Mann, der sie begehrte, zu erhören. Das wäre bestimmt nicht klug. Aber andererseits sah Elliot wirklich gut aus und wirkte sehr sympathisch. Sie mußte sich eingestehen, daß er in ihr die gleichen Gefühle weckte, die sie offenbar in ihm wachrief.

Dieser Abend schien sogar noch interessanter zu werden, als sie erwartet hatte.

5

Vivian Neddler parkte ihren Nash Rambler, ein altes Modell von 1955, an der Bordsteinkante, wobei sie sorgfältig darauf achtete, die Weißwandreifen nicht zu beschädigen. Das Auto war in tadellosem Zustand, besser als die meisten neuen Wagen. Es bereitete Vivian Freude, die Trends der modernen Wegwerfgesellschaft zu mißachten und sämtliche Dinge, die sie kaufte – vom Toaster bis hin zum Auto – möglichst lange zu benutzen. Sie liebte dauerhafte Sachen. Auch sie selbst war nicht mehr die Jüngste, aber mit ihren siebzig Jahren noch gesund und rüstig. Die kleine, stämmige Frau hatte das liebliche Gesicht einer Botticelli-Madonna und den energischen Gang eines Feldwebels.

Sie stieg aus ihrem Wagen und eilte auf Tina Evans' Haus zu. Das gelbliche Licht der Straßenlampe erhellte nur einen Teil des Gartenweges. Niedrige Oleanderbüsche säumten ihn und raschelten in der leichten Brise. Hinter dem Haus brannte eine auf alt gemachte Kutscherlaterne. Im dunklen

Wasser des Swimmingpools spiegelten sich die Strahlen des Halbmondes, der hoch am wolkenlosen Himmel stand. Vivian schloß die Küchentür auf. Sie putzte nun seit fast zwei Jahren für Tina Evans, die ihr schon nach kurzer Zeit einen Schlüssel anvertraut hatte.

Das leise Surren des Kühlschranks war das einzige Geräusch im Haus. Vivian begann die Küche sauberzumachen. Sie wischte überall gründlich Staub, reinigte mit einem feuchten Schwamm die Lamellen der Jalousien und brachte die mexikanischen Bodenfliesen auf Hochglanz. Schlampige Arbeit war ihr ein Greuel, und sie hätte es als höchst unmoralisch empfunden, für schlechte Leistung Geld zu kassieren.

Normalerweise arbeitete sie tagsüber und nicht abends. An diesem Nachmittag hatte sie jedoch eine Glückssträhne an den Spielautomaten im Hilton Hotel gehabt und diese nicht unterbrechen wollen. Einige der Leute, bei denen sie putzte, bestanden darauf, daß sie ein- oder zweimal pro Woche zu fest vereinbarten Zeiten erschien, und wenn sie sich nur um wenige Minuten verspätete, gab es dort Ärger. Aber Tina Evans war großzügig; sie wußte, wie wichtig die Spielautomaten für Vivian waren, und es machte ihr nichts aus, wenn die Putzfrau gelegentlich ihr Kommen verschob.

Vivian war eine ›Nickel-Herzogin‹. Das war der Spitzname der Casino-Angestellten für ältere ortsansässige Frauen, die dem Spieltrieb verfallen waren. Nickel-Herzoginnen hielten sich immer an die billigen Automaten mit Einsätzen von fünf oder zehn Cents. Sie fütterten die Automaten stundenlang hintereinander, und ihre Getränkerechnung belief sich oft auf nur fünf Dollar. Ihre Philosophie war ganz einfach: *Es ist nicht so wichtig, ob man gewinnt oder verliert, solange man nur am Ball bleibt.* Mit dieser Einstellung, mit ihrer Ausdauer und Beharrlichkeit, gewannen die ›Herzoginnen‹ mehr Jackpots als die Touristen, die von einem Automaten zum anderen hüpften. Die ›Herzoginnen‹ trugen schwarze Handschuhe, um von den Münzen keine schmutzigen Finger zu bekommen, sie saßen beim Spielen immer auf Hockern, betätigten die Hebel oder Knöpfe abwechselnd mit der rechten und linken Hand und hatten für alle Fälle eine Salbe gegen Muskelschmerzen in der Tasche. Die meisten von ihnen waren Witwen oder alte Jungfern, die sich oft zum Essen trafen, einander beglückwünschten, wenn jemand einen hohen Betrag gewonnen hatte, und unbedingt zur Beerdigung gingen, wenn eine von ihnen starb. Sie bildeten eine feste Gemeinschaft und hatten das befriedigende Gefühl des Dazugehörens. In einem Land, das Jugendlichkeit zum Postulat erhoben hatte, sehnten sich die meisten älteren Amerikaner nach einem solchen Zugehörigkeitsgefühl, um sich nicht überflüssig vorzukommen, aber sehr vielen gelang es nicht, ihre Vereinsamung zu überwinden.

Vivian hatte eine Tochter, einen Schwiegersohn und drei Enkelkinder in Sacramento, die sie seit nunmehr fünf Jahren – seit ihrem fünfundsechzigsten Geburtstag – drängten, sie solle zu ihnen ziehen. Vivian liebte ihre Familie sehr, und sie wußte, daß sie dort wirklich willkommen wäre, daß man sie nicht nur aus Pflichtgefühl und Schuldbewußtsein einlud. Trotzdem wollte sie nicht in Sacramento leben. Sie hatte nach mehreren Besuchen den Eindruck gewonnen, daß es eine furchtbar langweilige Stadt war. Vivian liebte die Atmosphäre von Las Vegas, den Lärm, die grellen Lichter, die Geschäftigkeit. Außerdem könnte sie in Sacramento keine ›Nickel-Herzogin‹ mehr sein; dort wäre sie nur noch eine ganz gewöhnliche alte Frau, die bei der Familie ihrer Tochter lebte, ihre Enkel betreute und auf den Tod wartete.

Allein schon die Vorstellung eines solchen Lebens war ihr unerträglich.

Vivian schätzte ihre Unabhängigkeit über alles, und sie hoffte von ganzem Herzen, daß ihr Gesundheitszustand ihr erlauben würde, bis zum Tode weiterzuarbeiten und allein zu leben.

Während sie letzte Hand an die Küche legte und sich wieder einmal ausmalte, wie langweilig ihr Leben ohne ihre Freundinnen und ohne die Spielautomaten wäre, hörte sie plötzlich ein Geräusch im Haus. Es schien aus dem Wohnzimmer zu kommen.

Sie hielt in der Arbeit inne und lauschte angestrengt.

Der Kühlschrankmotor schaltete sich aus. Eine Uhr tickte leise.

Nach längerer Stille hörte Vivian eine Art Geklapper, das sie verwirrte.

Gleich darauf verstummte es wieder.

Vivian öffnete die Besteckschublade und suchte ein langes, scharfes Messer aus. Die Polizei zu rufen, kam für sie nicht in Frage. Wenn sie telefonierte und danach aus dem Haus rannte, würden die Beamten bei ihrem Eintreffen möglicherweise keinen Einbrecher vorfinden und sie für eine hysterische alte Frau halten. Vivian Neddler wollte um keinen Preis als Närrin gelten. Außerdem hatte sie in den letzten 21 Jahren, seit ihr Mann Harry gestorben war, immer selbst auf sich aufgepaßt, und das hatte großartig geklappt.

Sie trat aus der Küche auf den Korridor hinaus, knipste das Licht an und stellte fest, daß das Eßzimmer leer war.

Sie ging weiter zum Wohnzimmer und machte auch dort Licht.

Kein Mensch war zu sehen.

Sie wollte ihre Kontrollrunde durchs Haus gerade fortsetzen, als vier glänzende Fotos an der Wand über dem Sofa ihre Aufmerksamkeit auf sich zogen. Es waren immer sechs Fotos gewesen, doch es war nicht die Tatsache, daß zwei fehlten, die Vivian so bestürzte. Alle vier Fotos schaukelten an ihren Haken hin und her. Niemand war in ihrer Nähe, und doch begannen zwei von ihnen plötzlich heftig gegen die Wand zu schlagen. Sie lösten sich von ihren Befestigungen und fielen mit lautem Klirren auf den Boden hinter dem beigen Cordsofa.

»Was, zum Teufel?« murmelte Vivian erstaunt.

Eine Sekunde später rissen sich auch die beiden letzten Fotos von den Haken los. Eines landete auf dem Sofa, das andere dahinter.

Vivian zwinkerte erschrocken mit den Augen. Sie konnte das, was sie soeben gesehen hatte, einfach nicht begreifen. Ein Erdbeben? Aber sie hatte keine Erschütterung des Hauses wahrgenommen, und auch die Fenster hatten nicht geklirrt.

Sie ging zum Sofa und hob das Foto auf, das auf die Polster gefallen war. Sie kannte es gut, hatte sie es doch oft genug abgestaubt. Es war ein Porträt von Danny Evans, wie auch die fünf anderen. Auf diesem Bild war er zehn oder elf Jahre alt, ein braunhaariger Junge mit dunklen Augen und einem bezaubernden Lächeln. Vivian überlegte, ob vielleicht ein Atomtest stattgefunden hatte. Das nukleare Testgelände von Nevada, wo mehrmals im Jahr unterirdische Versuche durchgeführt wurden, befand sich nur etwa 150 Kilometer nördlich von Las Vegas, und jedesmal, wenn die Militärs eine Bombe zur Explosion brachten, schwankten die großen Hotels von Vegas, und jedes Haus in der Stadt wurde zumindest leicht erschüttert.

Aber dieses Haus hatte vor einer Minute nicht gebebt, und das bedeutete, daß die Fotos nicht durch einen Atomtest von der Wand gerissen worden waren. Außerdem wurden solche Versuche nie abends durchgeführt.

Verwirrt legte Vivian das Messer aus der Hand, rückte ein Ende des Sofas etwas von der Wand ab und sammelte die fünf gerahmten Fotos im Format 20 x 25 cm auf. Zwei davon hatten jene Geräusche verursacht, die sie ins Wohnzimmer geführt hatten, die drei anderen hatte sie ja mit eigenen Augen von den Haken springen sehen. Sie hängte sie wieder in der üblichen Anordnung auf und schob das Sofa wieder an die Wand.

Ein hohes schrilles elektronisches Geräusch tönte plötzlich durchs Haus: *Aiii-ie, aiii-ie, aiii-ie*...

Vivian schnappte nach Luft, wirbelte herum, drehte ihren Kopf nach allen Seiten. Sie war immer noch allein im Raum.

Ihr erster Gedanke war: *Einbrecheralarm.* Aber das Haus der Evans hatte überhaupt keine Alarmanlage.

Sie zuckte zusammen, denn das elektronische Kreischen wurde immer lauter. Die Fenster begannen zu vibrieren, ebenso die Glasplatte des Kaffeetisches, und Vivian spürte die Resonanz auch in ihren Zähnen und Knochen.

Sie konnte den Ursprungsort dieser durchdringenden Heultöne nicht orten; sie schienen aus jeder Ecke des Hauses zu kommen.

»Was, in aller Welt, geht hier vor?« sagte sie laut vor sich hin.

Sie ersparte sich die Mühe, das Messer wieder zur Hand zu nehmen, denn sie war inzwischen überzeugt davon, daß sie es nicht mit einem Einbrecher zu tun hatte. Es war etwas anderes – etwas Unheimliches.

Sie durchquerte den Wohnraum und schaltete das Licht auf dem Gang ein, der zu den Schlafzimmern, Bädern und zu Dannys Zimmer führte. In dem schmalen Korridor hallte das entnervende Geräusch noch lauter von den Wänden wider. Vivian blickte in beide Richtungen und ging sodann nach rechts, auf die geschlossene Tür am Ende des Flurs zu.

Die Luft war hier kühler als im übrigen Haus. Zunächst dachte Vivian, daß sie sich die Temperaturveränderung nur einbildete. Aber je mehr sie sich Dannys Zimmer näherte, desto kälter wurde es, und als sie vor der geschlossenen Tür stand, hatte sie eine Gänsehaut und klapperte mit den Zähnen.

Ihre Neugier wich allmählich der Angst. Etwas stimmte hier nicht. Ein unheimlicher Druck schien die Luft um sie herum zusammenzupressen.

Aiii-ie, aiii-ie, aiii-ie ...

Ihr schoß durch den Kopf, daß es am klügsten wäre, schleunigst das Haus zu verlassen. Aber sie hatte sich nicht mehr völlig unter Kontrolle; sie fühlte sich wie eine Schlafwandlerin. Eine Kraft, die sie spüren, aber nicht definieren konnte, schien sie magisch in Dannys Zimmer zu ziehen.

Aiii-ie, aiii-ie, aiii-ie...

Vivian streckte schon die Hand nach dem Türknopf aus, als sie plötzlich ihren Augen nicht traute. Sie zwinkerte mehrmals, schloß die Lider für einen Moment, aber als sie sie wieder öffnete, sah der Türknopf immer noch so aus, als sei er mit einer dünnen unregelmäßigen Eisschicht überzogen. Sie berührte ihn. Ja: *Eis*. Ihre Finger blieben leicht am Metall haften. Sie riß ihre Hand zurück und betrachtete die feuchte Hand.

Das elektronische Quieken wurde schneller, blieb aber so laut und durchdringend wie zuvor.

Mach auf der Stelle kehrt, sagte sich Vivian. Verlaß dieses Haus, so schnell du kannst.

Aber sie ignorierte den Rat, den sie sich selbst gegeben hatte. Sie zog ihre Bluse aus der Hose und faßte den eisigen Metallknopf mit einem Stoffzipfel an. Der Knopf ließ sich drehen, aber die Tür öffnete sich nicht. Die Kälte hatte das Holz verzogen. Vivian lehnte sich mit der Schulter dagegen, drückte kräftig, und schließlich schwang die Tür nach innen auf.

6

Magyck! war mit Abstand die beste Bühnenshow, die Elliot Stryker je gesehen hatte. Das Programm begann mit einer elektrisierenden Version von ›That Old Black Magic‹. Die großartig kostümierten Sänger und Tänzer agierten in einer verblüffenden Dekoration aus Spiegeltreppen, Spiegelwänden und großen Kronleuchtern aus Kristall, die sich langsam drehten und bunte Farbsplitter auf alle Mitwirkenden warfen, wenn die Scheinwerfer in regelmäßigen Abständen abgeblendet wurden. Die Choreographie war sehr kompliziert, und die beiden Solosänger hatten mitreißende Stimmen. Nach dieser Nummer trat vor geschlossenen Vorhängen ein erstklassiger Zauberkünstler auf. Als knapp zehn Minuten später der Vorhang wieder aufging, waren die Spiegel verschwunden, und die Bühne war in eine Eisbahn verwandelt worden. Die zweite Nummer wurde auf Schlittschuhen getanzt, wobei die Kulissen einer Winterlandschaft so wirklichkeitsgetreu waren, daß man die Kälte förmlich zu spüren glaubte.

Aber trotz der Faszination von *Magyck!* vermochte sich Elliot nicht voll darauf zu konzentrieren. Er mußte zwischendurch immer wieder Christina Evans ansehen, die genauso aufregend wie die Show war, die sie geschaffen hatte. Sie spürte seine Blicke nicht, denn ihre ganze Aufmerksamkeit war auf die Bühne gerichtet. Ihr Gesicht spiegelte ihre nervöse Spannung deutlich wider, und jedesmal, wenn das Publikum lachte oder applaudierte, spielte ein zögerndes Lächeln um ihre Lippen.

Sie war eine ungewöhnlich schöne Frau, schlank, langbeinig, mit schmalen und doch weiblich gerundeten Hüften und einer Wespentaille. Der V-Ausschnitt ihres Kleides enthüllte den Ansatz voller, wohlgeformter Brüste. Dennoch war es nicht so sehr der Körper, der ihre Schönheit ausmachte, sondern vielmehr ihr Gesicht. Ihre dichten glänzenden Haare waren dunkelbraun, fast schwarz, und schulterlang; die Stirnfransen und die federig geschnittenen Seitenpartien umrahmten ihr Gesicht, als wäre es das Gemälde eines alten Meisters. Und dieses Gesicht war auch tatsächlich ein Meisterwerk. Der Knochenbau war so zart, so klar, so überaus feminin, daß der Anblick Elliot Herzklopfen verursachte. Ihre makellose Haut hatte einen olivefarbenen Ton, der ihr ein verwirrend exotisches Aussehen verlieh. Ihr Mund war voll und sinnlich. Und ihre Augen... Bei ihrer Haarfarbe und ihrem Teint hätte man dunkle Augen erwartet, aber sie waren blau, strahlend blau, von dem kräftigen Blau einer Gasflamme. Der Kontrast zwischen ihrem sonstigen südlichen Typ und diesen nordischen Augen wirkte einfach umwerfend. Elliot vermutete, daß andere Menschen vielleicht ihre Stirn zu breit, ihren Mund zu groß und ihr Kinn etwas zu betont finden könnten, daß manche sagen würden, ihre schmale gerade Nase verleihe ihr ein strenges Aussehen. Aber für Elliots Geschmack war ihr Gesicht vollkommen. Geradezu perfekt.

Doch obwohl dieses hinreißende Gesicht und auch dieser attraktive Körper sein Verlangen weckten, war es letztlich doch nicht ihre physische Schönheit, die ihn am meisten erregte. In erster Linie war er daran interessiert, mehr über diesen Menschen zu erfahren, der ein Werk wie *Magyck!* geschaffen hatte. Nach einem knappen Viertel des Programms war ihm bereits klar, daß es ein Riesenerfolg sein würde. Eine Vegas-Show dieser Dimension konnte unter falscher Regie leicht entgleisen, konnte sich als gigantisch aufgeblähte Luftblase entpuppen, geschmacklos, langweilig und protzig. Elliot wollte mehr über Christina Evans wissen, aber er war ehrlich genug, um sich einzugestehen, daß er sie auch heftig begehrte.

Kein weibliches Wesen hatte auf ihn eine so starke Faszination ausgeübt, seit seine Frau Nancy vor drei Jahren gestorben war.

Er grinste vor sich hin, nicht über den komischen Zauberer, der jetzt vor den geschlossenen Vorhängen seine Kunststücke darbot, sondern über den plötzlichen jugendlichen Überschwang seiner eigenen Gefühle.

7

Das von der Kälte verzogene Holz gab ein protestierendes Knarren von sich, als Vivian die Tür mit Gewalt öffnete.

Aiii-ie, aiii-ie, aiii-ie . . .

Ein eisiger Luftstrom drang aus dem dunklen Zimmer auf den Gang hinaus.

Vivian tastete nach dem Lichtschalter, fand ihn und trat vorsichtig ein. Der Raum war leer.

Aiii-ie, aiii-ie, aiii-ie...

Es war ein typisches Jungenzimmer, mit Postern von Baseballstars und Monstern aus Horrorfilmen an den Wänden und drei Modellflugzeugen, die an der Decke aufgehängt waren. Nichts schien sich hier verändert zu haben, seit Vivian – noch zu Dannys Lebzeiten – ihre Arbeit in diesem Haus aufgenommen hatte.

Aiii-ie, aiii-ie, aiii-ie...

Die elektronischen Heultöne kamen aus zwei kleinen Stereolautsprechern, die an der Wand hinter dem Bett befestigt waren. Plattenspieler und Radio standen auf einem der Nachttischchen.

Vivian kannte jetzt zwar die Quelle des Lärms, aber die eiskalte Luft im Raum war ihr nach wie vor ein Rätsel.

Sie ging auf die Stereoanlage zu. Auf dem Plattenspieler lag keine Schallplatte, die Geräusche mußten also vom Radio herrühren.

Aber welcher Rundfunksender strahlte anstelle von Musik elektronische Heultöne aus?

Als sie ihre Hand nach dem Gerät ausstreckte, brach das gräßliche Kreischen abrupt ab. Ihre gemarterten Ohren brauchten einige Sekunden, um sich an die Stille zu gewöhnen. Erst danach konnte Vivian das leise Zischen der immer noch eingeschalteten Lautsprecher wahrnehmen, und gleich darauf auch ihr rasendes Herzklopfen.

Die Metallteile der Stereoanlage waren mit einer dünnen Eiskruste bedeckt. Sie tippte mit dem Finger daran, und ein Stückchen Eis sprang ab und fiel auf den Nachttisch, wo es jedoch auch nicht schmolz; dazu war es im Zimmer viel zu kalt.

Der Spiegel und das Fenster waren gefroren.

Draußen ist es kühl, dachte Vivian. Aber *so* kühl nun

auch wieder nicht. Zehn oder zwölf Grad plus waren es bestimmt.

Der Abstimmknopf des Radios begann sich von allein zu drehen, und der Frequenzzeiger bewegte sich rasch über die Leuchtskala. Musikfetzen, Satzfragmente von Discjokkeys und Nachrichtensprechern sowie Werbespots gingen ineinander über, vermischten sich zu einer einzigen Kakophonie. Der Zeiger erreichte das Ende der Skala und wechselte die Richtung.

Zitternd schaltete Vivian das Gerät aus.

Sobald sie den Knopf losgelassen hatte, schaltete sich das Radio wieder ein.

Sie starrte es fassungslos und angsterfüllt an.

Der Zeiger sauste über die Skala.

Sie schaltete das Radio ein zweites Mal aus.

Es schaltete sich augenblicklich wieder ein.

»Das ist doch ganz unmöglich!« murmelte sie mit schwacher Stimme.

Als sie es zum drittenmal ausschaltete, ließ sie den Knopf nicht los und spürte sekundenlang, wie er unter ihren Fingern zuckte und wieder auf ›Ein‹ springen wollte.

Die Modellflugzeuge gerieten in Bewegung. Jedes hing an einem langen Stück Angelschnur, deren oberes Ende an einem in die Decke geschraubten Haken festgeknotet war. Alle drei Flugzeuge ruckten und zuckten.

»Es ist nur ein Luftzug«, sagte Vivian.

Gleich darauf fügte sie hinzu: »Aber ich spüre keinen Luftzug!«

Die Modellflugzeuge begannen an ihren Schnüren heftig auf und ab zu schaukeln.

«Gott steh mir bei!« rief Vivian.

Eines der Flugzeuge beschrieb nun Kreisbahnen, anfangs kleine, dann immer größere; gleichzeitig steigerte es seine Geschwindigkeit. Die beiden anderen Modelle stellten ihr Zappeln und Schaukeln ein und begannen wie das erste zu kreisen. Diese akkuraten Bewegungen ließen sich nun beim besten Willen nicht mehr als zufällige Auswirkungen einer Luftströmung erklären.

Gespenster? dachte Vivian. Ein Poltergeist? Aber ich *glaube* nicht an Geister. So etwas gibt es nicht.

Die Schiebetüren des Kleiderschrankes glitten zur Seite, und einen schrecklichen Moment lang dachte Vivian, daß irgend ein gräßliches *Etwas* aus dem dunklen Innern herausspringen würde. Aber kein Monster hatte sich im Schrank versteckt. Dort hingen nur Dannys Kleidungsstükke. Und dennoch öffneten sich die Türen, ohne daß jemand sie berührte... und schlossen sich... öffneten sich...

Die Modellflugzeuge drehten ihre Kreise.

Die Luft schien noch kälter zu werden.

Das Bett begann zu schwanken. Die Beine am Fußende hoben sich acht oder zehn Zentimeter, fielen krachend auf die Rollen zurück, die als Teppichschutz dienten, und stiegen sodann wieder in die Höhe. Die Sprungfedern surrten, als zupften Metallfinger an ihnen.

Vivian preßte sich gegen die Wand und verfolgte das Spektakel mit geballten Fäusten und schreckensweit aufgerissenen Augen.

Plötzlich stand das Bett wieder still. Die Schranktüren schlossen sich krachend – aber sie öffneten sich nicht mehr. Die Modellflugzeuge verloren an Tempo, der Radius ihrer Kreisbahnen wurde immer kleiner, bis sie schließlich regungslos an ihren Schnüren hingen.

Es war ganz still im Zimmer.

Nichts bewegte sich mehr.

Die Luft wurde wärmer.

Vivians Herzklopfen ließ allmählich nach. Schaudernd verschränkte sie ihre Arme vor der Brust.

»Eine logische Erklärung«, murmelte sie. »Es muß eine logische Erklärung hierfür geben.«

Aber ihr fiel keine ein.

Als der Raum sich erwärmte, fiel die dünne Eiskruste von den Türknöpfen, der Stereoanlage und anderen Metallgegenständen ab und hinterließ feuchte Flecken auf dem Teppich. Auch auf der Fensterscheibe taute die Frostschicht ab.

Nichts deutete mehr auf die ungewöhnlichen Vorgänge hin, die soeben stattgefunden hatten. Jetzt war es wieder das ganz normale Schlafzimmer eines Jungen, ein Zimmer, wie es Tausende gab.

Nur mit einem Unterschied – der Junge, der hier einst geschlafen hatte, war seit einem Jahr tot. Und vielleicht spukte er nun hier herum.

Aber ich glaube doch nicht an Gespenster, rief Vivian sich ins Gedächtnis. Es gibt keine Gespenster.

Trotz alledem wäre es eine gute Idee, wenn Tina Evans endlich die Sachen des Jungen wegräumen würde. Das hätte sie schon vor langer Zeit tun sollen.

Vivian hatte keine logische Erklärung für das, was geschehen war, aber eines wußte sie genau – sie würde keiner Menschenseele erzählen, was sie heute abend hier erlebt hatte. Wie überzeugend sie diese unheimlichen Ereignisse auch schildern mochte – niemand würde ihr Glauben schenken. Die Leute würden lächelnd nicken und beteuern, daß es ein seltsames und erschreckendes Erlebnis gewesen sein müsse, aber insgeheim würden sie denken, daß die arme alte Vivian nun doch senil wurde. Früher oder später könnten Gerüchte über ihre Fantasien sogar ihrer Tochter in Sacramento zu Ohren kommen, und dann würde ihre Familie sie noch mehr bedrängen, nach Kalifornien umzuziehen. Vivian hatte nicht die Absicht, ihre kostbare Unabhängigkeit zu gefährden.

Sie verließ Dannys Zimmer, ging in die Küche und genehmigte sich zwei kräftige Schlucke von Tina Evans' bestem Bourbon. Danach machte sie sich mit der ihr eigenen stoischen Gelassenheit wieder an die Arbeit.

Sie würde sich nicht von Poltergeistern aus dem Haus vertreiben lassen.

Vielleicht sollte sie aber am Sonntag in die Kirche gehen.

Sie hatte lange keine Kirche mehr von innen gesehen. Vielleicht wäre es ganz gut für sie, ab und zu hinzugehen, natürlich nicht jede Woche, aber doch ein- oder zweimal im Monat. Und es könnte auch nichts schaden, wenn sie hin und wieder eine Beichte ablegen würde. Sie hatte seit Ewigkeiten keinen Beichtstuhl mehr betreten. Sicher ist sicher, dachte sie.

8

Es war im Showbusiness allgemein bekannt, daß Premierenbesucher, die nichts bezahlen mußten, besonders kritisch und schwer zu begeistern waren. Aber an diesem Abend brachten es nicht einmal die hartgesottensten Gäste fertig, unbeteiligt und skeptisch zu bleiben.

Der Schlußvorhang fiel um elf Minuten vor zehn, und die Ovationen dauerten noch an, als Tinas Armbanduhr die volle Stunde anzeigte. Das Ensemble von *Magyck!* verbeugte sich immer wieder, danach das Orchester sowie die Crew von Technikern, Kostümbildnern und anderen wichtigen Mitwirkenden hinter den Kulissen. Alle hatten strahlende Gesichter und rote Wangen vor Aufregung über den grandiosen Erfolg. Die begeisterten VIP-Zuschauer ließen nicht locker, bis Joel Bandiri und Tina in ihren Logen von Scheinwerfern angestrahlt und ebenfalls mit donnerndem Applaus belohnt wurden.

Tina konnte die überwältigende Reaktion auf ihr Werk noch nicht richtig fassen. Ihr Herz drohte vor Glück zu zerspringen. Helen Mainway plapperte aufgeregt über die spektakulären Spezialeffekte, Elliot Stryker hatte einen schier unerschöpflichen Vorrat an Komplimenten auf Lager, machte aber auch einige kluge Bemerkungen über die technischen Aspekte der Inszenierung, und Charlie Mainway öffnete die dritte Flasche Dom Pérignon; die Lichter im

Saal gingen an, das Publikum begann widerwillig aufzubrechen, und Tina hatte kaum Zeit, an ihrem Champagner zu nippen, weil jeder ihr gratulieren wollte.

Gegen halb elf hatten die meisten Zuschauer den Saal verlassen; die restlichen bewegten sich langsam auf die Ausgangstüren zu. Obwohl an diesem Abend keine zweite Vorstellung stattfand, wie es vom nächsten Tag an der Fall sein würde, waren Hilfskellner schon damit beschäftigt, die Tische abzuräumen und neu zu decken.

Als der Gang vor ihrer Loge sich endlich von Gratulanten geleert hatte, stürzte Tina auf Joel zu, warf ihm die Arme um den Hals und brach zu ihrer eigenen Überraschung in Glückstränen aus. Sie umarmte ihn mit aller Kraft, und Joel verkündete, diese Show sei »ein Erfolg, wie er im Buche steht«.

Als sie schließlich auf die Bühne kamen, war die Premierenparty schon in vollem Gange. Die Kulissen und Requisiten waren von der zentralen Bühnenfläche entfernt und an der Stelle standen jetzt acht Klapptische. Die weiß gedeckten Tische bogen sich unter der Last der Speisen. Es gab fünf verschiedene warme Vorspeisen, Nudelsalat, Kartoffelsalat, Bohnensalat, kaltes Roastbeef, kalten Schinken, heiße Hähnchenbrust in Weinsauce, vier Sorten Käse, Brötchen, drei Torten, drei Kuchen, Petit fours, Nußpudding und frisches Obst. Angehörige des Hotelmanagements, Showgirls, Tänzer, Zauberkünstler, Bühnenarbeiter und Musiker scharten sich um das Buffet, während der Küchenchef des Hotels, Philippe Chevalier, alles höchstpersönlich überwachte. In Erwartung dieses Festmahls hatten die meisten Anwesenden nicht zu Abend gegessen, und die Tänzer hatten natürlich außer einem leichten Frühstück den ganzen Tag über nichts in den Magen bekommen. Alle sprachen deshalb den Speisen – und ebenso auch den Getränken – herzhaft zu, und die Stimmung war sehr ausgelassen, hatte doch jeder noch den Applaus im Ohr.

Tina schob sich durch die Menge und dankte allen Beteiligten für ihren Beitrag zum Erfolg der Show, für ihren Einsatz und Enthusiasmus. Mehrmals traf sie mit Elliot Stryker zusammen, und er schien aufrichtig interessiert daran zu sein, wie die verblüffenden Bühneneffekte bewirkt worden waren. Er war ein guter Zuhörer und stellte intelligente Fragen. Tina tat es jedesmal leid, ihn verlassen zu müssen, um mit anderen Personen zu sprechen, und von Mal zu Mal blieb sie länger bei ihm. Bei ihrem vierten Zusammentreffen verlor sie dann jedes Zeitgefühl.

Sie standen in der Nähe des linken Stützpfeilers der Vorderbühne, etwas abseits vom größten Gedränge, aßen Kuchen und unterhielten sich. Von *Magyck!* ging das Gespräch allmählich auf andere Themen über – Jura, Charlie und Helen Mainway, Immobiliengeschäfte in Las Vegas, alte Lieblingsfilme –, und Tina fand ihn immer sympathischer. Er war klug und gebildet, hatte einen trockenen Sinn für Humor, und sein dunkler Typ erinnerte sie an Al Pacino.

»Ich nehme an«, sagte er bedauernd, »daß Sie nun lange Zeit die meisten Abende hier verbringen müssen.«

»Nein«, erwiderte sie. »Das ist nicht notwendig.«

»Aber ich dachte, ein Intendant...«

»Der größte Teil meiner Arbeit ist beendet. Ich brauche mich nur noch alle paar Wochen zu vergewissern, daß die Show nicht vom ursprünglichen Konzept abdriftet.«

»Aber Sie sind doch auch Koproduzentin«, warf Elliot ein.

»Nun, nach der erfolgreichen Premiere wird meine Arbeit jetzt hauptsächlich im Bereich Public Relations und Werbung liegen, und das meiste davon läßt sich von meinem Büro aus erledigen. Ich brauche nicht ständig hinter den Kulissen zu stehen. Tatsache ist sogar, daß Joel der Meinung ist, es sei nicht gut, wenn wir jeden Abend – oder auch nur an den meisten Abenden – anwesend sind. Er sagt, das würde nur das Ensemble nervös machen und die Techniker veranlassen, nach dem Boß zu schielen, anstatt sich auf ihre Arbeit zu konzentrieren.«

»Aber werden Sie es fertigbringen, Ihrer Show fernzubleiben?«

Sie grinste. »Es wird mir nicht leichtfallen, aber was Joel sagt, leuchtet mir ein, deshalb werde ich versuchen, Distanz zu halten.«

»Aber in der ersten Woche werden Sie doch vermutlich jeden Abend hier sein?«

»Nein«, sagte sie. »Wenn Joel recht hat – und davon bin ich überzeugt –, gewöhne ich mich am besten gleich von Anfang an daran, wegzubleiben.«

»Und morgen abend?« fragte Elliot.

»Oh, ich nehme an, daß ich einige Male vorbeischauen werde.«

»Sie gehen doch bestimmt auf eine Silvesterparty?«

»Wieder falsch geraten«, lächelte sie. »Ich hasse Silvesterparties. Alle sind betrunken, und es ist schrecklich langweilig.«

»Nun, dann... glauben Sie, daß Sie Zeit hätten, zwischen Ihren Stippvisiten bei der Show mit mir zu Abend zu essen?«

»Bitten Sie mich um ein Rendezvous?«

»Ich werde versuchen, meine Suppe nicht zu schlürfen.«

»Sie bitten mich *wirklich* um ein Rendezvous!« stellte sie erfreut fest.

»Ja«, sagte Elliot, »und es ist lange her, daß ich mich dabei so ungeschickt angestellt habe.«

»Woher kommt das?«

»Daran sind Sie schuld.«

»Ich? Warum denn ich?«

»Sie geben mir das Gefühl, wieder jung zu sein. Und in meiner Jugend war ich sehr ungeschickt und schüchtern.«

»Wie süß!«

»Ich versuche, Sie für mich einzunehmen.«

»Und das gelingt Ihnen auch.«

Er schenkte ihr ein warmes Lächeln. »Plötzlich fühle ich mich gar nicht mehr so unbeholfen.«

»Sollen wir noch einmal von vorne anfangen?«

»Werden Sie morgen abend mit mir essen?«

»Aber ja. Wie wär's um halb acht?«

»Großartig. Abendgarderobe erforderlich?«

»Blue Jeans genügen vollkommen.«

Er zupfte an seinem gestärkten Kragen und an den Satinrevers seines Smokings. »Sie sind ein Engel!«

»Ich gebe Ihnen meine Adresse«, sagte sie und suchte in ihrer Handtasche nach einem Kugelschreiber.

»Wir können hier Zwischenstation machen und uns die ersten Nummern von *Magyck!* ansehen, bevor wir ins Restaurant gehen.«

»Warum gehen wir nicht direkt ins Restaurant?«

»Sie wollen nicht wenigstens einen Blick auf Ihre Show werfen?«

»Ich habe soeben beschlossen, heroisch darauf zu verzichten.«

»Joel wird stolz auf Sie sein.«

»Falls ich es tatsächlich schaffe, werde ich selbst stolz auf mich sein.«

»Sie werden es schaffen, denn Sie scheinen mir eine sehr charakterfeste Frau zu sein.«

Sie grinste. »Es ist durchaus möglich, daß ich mitten beim Essen plötzlich das unwiderstehliche Bedürfnis verspüre, hierher zu rasen.«

»Ich werde meinen Wagen direkt vor der Restauranttür parken und vorsichtshalber den Motor laufen lassen.«

Tina schrieb ihm ihre Adresse auf, und dann kamen sie irgendwie auf Jazz und Benny Goodman zu sprechen, und danach bemängelte sie den miserablen Service der Telefongesellschaft von Las Vegas. Sie plauderten so zwanglos, als wären sie alte Freunde. Elliot hatte vielfältige Interessen; unter anderem war er Skiläufer und Pilot, und er schilderte höchst amüsant seine anfänglichen Mißgeschicke in diesen Disziplinen. Sie fühlte sich wohl in seiner Gegenwart, doch gleichzeitig verwirrte er sie durch seine Ausstrahlung von männlicher Kraft und aggressiver Sexualität einerseits und von Güte und Einfühlungsvermögen andererseits.

Eine Erfolgsshow... viele fürstliche Schecks in Aussicht... unzählige neue Möglichkeiten, die sich ihr nach diesem Durchbruch eröffnen würden... vielleicht ein neuer, sehr aufregender Liebhaber... Tina war überrascht, wie sehr ein einziges Jahr ihr Leben verändert hatte. Hinter ihr lagen Verbitterung, Tragödien und Schmerzen, aber nun schien ein vielversprechender neuer Tag am Horizont zu dämmern. Die Zukunft sah nun wieder lebenswert aus. Sie konnte sich nicht vorstellen, daß jetzt noch etwas schiefgehen würde.

9

Ein trockener Wüstenwind blies in dieser Nacht um Tina Evans' Haus. Eine weiße Nachbarskatze jagte auf dem Rasen hinter einem Papierfetzen her.

Im Haus war es sehr still. Nur der Kühlschrank schaltete sich von Zeit zu Zeit ein und surrte gleichmäßig vor sich hin. Eine lockere Fensterscheibe im Wohnzimmer klirrte bei jedem Windstoß. Die Heizung flüsterte etwas Unverständliches, wenn heiße Luft durch die Ventile geblasen wurde.

Kurz vor Mitternacht wurde es in Dannys Zimmer immer kälter. Auf dem Türknopf, an der Stereoanlage und anderen Metallgegenständen kondensierte sich die feuchte Luft in Form von Flüssigkeit, und als die Temperatur weiter fiel, bildete sich daraus rasch eine dünne Eisschicht. Auch das Fenster war nach kürzester Zeit gefroren.

Die Stereoanlage schaltete sich von selbst ein.

Sekundenlang wurde die Stille durch einen schrillen elektronischen Heulton unterbrochen. Dann begann der Frequenzzeiger über die beleuchtete Senderskala zu wandern, von einem Ende zum anderen, immer schneller. Musikfetzen und Satzfragmente vermischten sich unter Knakken zu unheimlichen Dissonanzen, die in dem eisigen Raum widerhallten.

Aber da das Haus leer war, konnte niemand diesen Lärm hören.

Die Schranktüren öffneten und schlossen sich, öffneten sich wieder...

Im Schrankinnern begannen die Hemden und Jeans auf ihren Bügeln wild an der Stange zu schaukeln, und einige der Kleidungsstücke fielen auf den Boden.

Das Bett schwankte.

Die offene Vitrine mit den neun Modellflugzeugen begann zu rucken und gegen die Wand zu hämmern. Eines der Flugzeuge flog von seinem Regal, zwei weitere folgten, dann noch drei, und zuletzt lagen alle neun auf dem Fußboden.

An der Wand links vom Bett wurde ein Poster von Willie Stargell in der Mitte durchgerissen.

Der Frequenzzeiger blieb plötzlich auf einer unbesetzten Frequenz stehen. Nach kurzem Zischen und Knacken erscholl eine Stimme aus den Lautsprechern. Es war die Stimme eines Kindes. Eines Jungen. Sie brachte keine Wörter zustande, nur einen langen gequälten Schrei.

Die Stimme verklang nach einer Minute, aber das Bett schwankte nun noch heftiger auf und ab.

Und die Schranktüren öffneten und schlossen sich mit noch größerer Energie.

Auch andere Gegenstände begannen sich zu bewegen. Knapp fünf Minuten lang schien der ganze Raum lebendig zu sein.

Schlagartig war der Spuk wieder vorbei.

Stille trat ein.

Die Luft erwärmte sich.

Die Eisschicht am Fenster taute.

Draußen jagte die weiße Katze immer noch dem Papierfetzen nach.

Teil II

Mittwoch, 31. Dezember

10

Tina kam erst kurz vor zwei in der Nacht zum Mittwoch von der Premierenparty nach Hause. Erschöpft und leicht beschwipst, ging sie sofort zu Bett und fiel in einen tiefen Schlaf.

Wenige Stunden später hatte sie wieder einen Alptraum. Danny war auf dem Grund einer tiefen Grube gefangen. Sie hörte ihn mit ängstlicher Stimme leise nach ihr rufen, und sie beugte sich über den Rand der Grube und sah ihn in der Tiefe. Sein Gesicht war nur als kleiner heller Fleck zu erkennen. Er brauchte ihre Hilfe, und sie wollte ihn dort herausholen, aber er war unten angekettet und konnte nicht zu ihr hinaufklettern, und sie hatte auch keine Möglichkeit, zu ihm zu gelangen. Und dann trat ein von Kopf bis Fuß schwarz gekleideter Mann, dessen Gesicht im Schatten blieb, an die andere Seite der Grube und begann mit einem Spaten Erde hinabzuwerfen. Dannys Hilferufe wurden jetzt zu Schreckensschreien. Er wurde lebendig begraben. Tina brüllte den Mann in Schwarz an, aber er ignorierte sie völlig und setzte seine Arbeit gnadenlos fort. Sie rannte am Rand der Grube entlang; sie wollte ihm in den Arm fallen, ihm Einhalt gebieten. Aber er bewegte sich genauso schnell wie sie und stand ihr immer genau gegenüber. Sie konnte ihn nicht einholen, und sie konnte auch nicht zu Danny gelangen, und die Erde reichte dem Jungen schon bis zu den Knien, und dann bis zu den Hüften, und dann bis zu den Schultern. Danny schrie und weinte, und nun ging die Erde ihm schon bis zum Kinn, und der Mann in Schwarz hörte immer noch nicht zu schaufeln auf. Sie wollte diesen Verbrecher umbringen, ihn mit seinem eigenen Spaten erschlagen. Aber gerade, als dieser Gedanke ihr durch den Kopf schoß, blickte er sie an, und sie sah endlich sein Gesicht. Es war ein mit wächserner Haut überzogener Schädel. Er bleckte grinsend seine gelben Zähne, und seine roten Augen glühten. Auf seiner linken Wange, bis hin zum Augenwinkel, wimmelte es von Maden, die an ihm nagten. In Tinas Entsetzen über das grauenvolle Schicksal ihres Sohnes mischte sich Angst um ihr eigenes Leben. Dannys verzweifelte Schreie erstickten allmählich, als die Erde sein Gesicht zu bedecken begann und in seinen Mund eindrang, und sie wußte, daß sie zu ihm gelangen und sein Gesicht mit ihren Händen ausgraben mußte, bevor er erstickte. Sie stürzte sich in blinder Panik in die Grube hinab und fiel und fiel...

Sie fuhr keuchend und zitternd aus dem Schlaf auf und hatte das unheimliche Gefühl, daß der Schwarzgekleidete in ihrem Schlafzimmer war, daß er grinsend im Dunkeln stand. Mit rasendem Herzklopfen tastete sie nach der Nachttischlampe und befürchtete dabei, daß eine kalte, feuchte Hand sie daran hindern würde, auf den Schalter zu drücken. Sie blinzelte im Licht und stellte mit grenzenloser Erleichterung fest, daß sie allein war.

»O Gott«, murmelte sie schwach.

Sie wischte sich mit der Hand den Schweiß vom Gesicht und machte einige Atemübungen.

Immer noch am ganzen Leibe zitternd, ging sie ins Bad und wusch sich das Gesicht. Ihr Spiegelbild starrte sie bleich und angespannt an.

Ihr Mund fühlte sich rauh und trocken an. Sie trank zwei Glas kaltes Wasser.

Als sie dann wieder im Bett lag, hätte sie am liebsten das Licht brennen lassen, wollte aber ihren Ängsten nicht nachgeben und knipste deshalb schließlich die Lampe aus.

Die plötzliche Dunkelheit erschien ihr bedrohlich.

Sie war nicht sicher, ob sie wieder einschlafen würde, aber sie wollte es wenigstens versuchen. Es war noch nicht einmal fünf Uhr. Sie hatte weniger als drei Stunden geschlafen, und dabei hatte sie eigentlich einen enormen Nachholbedarf an Schlaf.

Gleich am Vormittag würde sie Dannys Zimmer ausräumen, und dann würden diese Alpträume aufhören. Davon war sie fast überzeugt.

Sie dachte an die beiden Wörter, die sie zweimal von Dannys Tafel gelöscht hatte – NICHT TOT –, und ihr fiel ein, daß sie Michael nicht angerufen hatte. Sie mußte wissen, ob er ohne ihr Wissen und ohne ihre Erlaubnis im Haus gewesen war, in Dannys Zimmer.

Es *konnte* nur Michael gewesen sein.

Sie könnte ihn jetzt anrufen. Nach all den schlaflosen Nächten, die er ihr bereitet hatte, müßte sie keine Skrupel haben, ihn zu wecken. Aber sie wußte, daß sie momentan einer Auseinandersetzung nicht gewachsen wäre. Ihr Verstand war von Alkohol und Müdigkeit benebelt. Und falls Michael sich ins Haus geschlichen hatte, um ihr diesen grausamen Streich zu spielen, falls er diese Botschaft auf die Tafel geschrieben hatte, so mußte er sie viel mehr hassen, als sie geglaubt hatte. Möglicherweise war er sogar geisteskrank und würde wilde Drohungen und Beschimpfungen ausstoßen. Für dieses Telefonat brauchte sie einen klaren Kopf. Sie würde ihn morgens anrufen, wenn sie wieder bei Kräften war.

Sie drehte sich gähnend auf die andere Seite und schlief ein, ohne erneut von bösen Träumen heimgesucht zu werden. Als sie um zehn Uhr aufwachte, fühlte sie sich frisch und beschwingt über den Erfolg des Vorabends.

Sie rief Michael an, aber er war nicht zu Hause. Sie beschloß, es in einer halben Stunde noch einmal zu versuchen, da sie wußte, daß er vormittags nie arbeitete – es sei denn, er hätte in den letzten sechs Monaten seine Schichten gewechselt.

Sie holte die Morgenzeitung von der Veranda und las die fantastische Kritik über *Magyck!* Der Theaterkritiker hatte an der Show nicht das geringste auszusetzen. Sein Loblied machte Tina sogar etwas verlegen, obwohl sie den Artikel allein las, in ihrer eigenen Küche.

Ihr leichtes Frühstück bestand aus Grapefruitsaft und einem Brötchen. Danach begab sie sich in Dannys Zimmer, doch als sie die Tür öffnete, blieb sie völlig fassungslos stehen.

Der Raum war ein einziges Durcheinander. Die Flugzeugmodelle aus der Vitrine lagen auf dem Fußboden, und einige waren beschädigt. Dannys Taschenbücher standen nicht mehr auf dem Regal, sondern lagen im ganzen Zimmer verstreut umher. Die Schreibtischplatte war leer – sämtliche Utensilien für den Modellbau lagen ebenfalls auf dem Boden herum. Das Poster eines Baseballspielers hing zerrissen an der Wand. Die Schranktüren standen offen, und sämtliche Kleidungsstücke waren von den Bügeln gerissen worden. Der Spieltisch war umgestürzt. Die Staffelei lag auf dem Teppich, mit der Tafelseite nach unten.

Zitternd vor Zorn, ging Tina darauf zu und stellte die Staffelei auf. Nach sekundenlangem Zögern warf sie einen Blick auf die Tafelseite.

NICHT TOT

»Verdammt!« rief sie wütend.

Vivian Neddler war am Vorabend zum Putzen im Haus gewesen, aber Tina wußte genau, daß Vivian etwas Derartiges niemals tun würde. Und wenn die alte Frau dieses Durcheinander schon vorgefunden hätte, hätte sie alles aufgeräumt und eine Notiz für Tina hinterlassen. Demnach mußte der Eindringling gekommen sein, nachdem Mrs. Neddler das Haus verlassen hatte.

Tina überprüfte, immer noch wutentbrannt, jede Tür und jedes Fenster im Haus, fand aber keinen Hinweis darauf, daß jemand sich gewaltsam Zutritt verschafft hatte.

Sie ging in die Küche und wählte Michaels Nummer, aber er meldete sich auch diesmal nicht.

Sie holte das Branchenverzeichnis aus einer Schublade, schlug die Seiten mit den Schlossereien auf und wählte die Nummer der Firma, die dort mit dem größten Inserat warb.

»Anderlingen Lock and Security«, meldete sich eine Frauenstimme.

»In Ihrer Werbung auf den gelben Seiten heißt es, daß Sie in einer Stunde nach Anruf Schlösser wechseln können.«

»Das ist unser Notdienst. Er ist teurer.«

»Das ist mir egal«, sagte Tina.

»Aber wenn Sie Ihren Namen auf die normale Liste setzen lassen, kommen unsere Leute höchstwahrscheinlich auch noch heute nachmittag oder spätestens morgen vormittag. Und der Normalservice ist um vierzig Prozent billiger als der Notdienst.«

»In meinem Haus haben letzte Nacht Vandalen gehaust«, erklärte Tina.

»In was für einer Welt leben wir eigentlich?« meinte die Firmenangestellte mitfühlend.

»Sie haben eine Menge kaputtgemacht...«

»Oh, das tut mir aber leid.«

»... deshalb will ich die Schlösser sofort auswechseln lassen.«

»Selbstverständlich.«

»Und ich möchte gute Schlösser installieren lassen. Die besten, die Sie haben.«

»Nennen Sie mir Ihren Namen und Ihre Adresse, dann schicke ich gleich jemanden los.«

Einige Minuten später stand Tina wieder in Dannys Zimmer und betrachtete das Chaos.

»Was zum Teufel willst du von mir, Mike?« murmelte sie unwillkürlich vor sich hin.

Sie bezweifelte, daß er ihre Fragen beantworten könnte, selbst wenn er sie gehört hätte. Welche Entschuldigung könnte er denn schon vorbringen? Welche Rechtfertigung könnte es für ein derart krankhaftes Verhalten geben? Es mußte blinder Haß sein, der ihn dazu getrieben hatte.

Ein kalter Schauer lief ihr über den Rücken.

11

Um 13.50 Uhr fuhr Tina vor dem MGM Grand Hotel vor und übergab ihren VW einem Parkwächter.

Das Grand gehörte zu den beliebtesten Hotels der Stadt, und an diesem letzten Tag des Jahres war es total überfüllt. Mindestens zwei- oder dreitausend Gäste hielten sich im Casino auf, das größer als ein Fußballfeld war. Hunderte von Spielern – hübsche junge Frauen, nette Großmütter, Burschen in Jeans und T-Shirts, ältere Herren in teurer, aber lässiger Freizeitkleidung oder in dreiteiligen Anzügen, Kaufleute, Ärzte, Mechaniker, Sekretärinnen, Anwälte, Amerikaner aus sämtlichen westlichen Staaten, Dienstreisende aus den Großstädten der Oststaaten, japanische Touristen, einige Franzosen und Araber – saßen an den halbelliptischen Blackjack-Tischen, machten ihre Einsätze mit Geldscheinen oder Chips, griffen gierig nach den Karten und betrachteten ihr Blatt kopfschüttelnd oder zufrieden grinsend, wütend oder enthusiastisch. Hinter den Spielern standen Hunderte von Zuschauern, die darauf warteten, daß ein Platz frei wurde.

An den Würfeltischen ging es wesentlich lauter zu. Die Spieler – größtenteils Männer – brüllten, stöhnten, heulten auf, feuerten einander an, fluchten und beschworen laut die Würfel. Auf der linken Seite reihte sich über die ganze Länge des Casinos ein Spielautomat an den anderen, grell und bunt beleuchtet, von Spielern umringt, die sich nicht ganz so wüst wie die Würfelspieler aufführten. Rechts, hinter den Würfeltischen, etwa auf halber Höhe des langen Saales, wurde auf einer erhöhten Tribüne an weißen Marmortischen Bakkarat gespielt; hier ging es wesentlich gesitteter und vornehmer zu; Bankhalter und Kartengeber mußten sogar Smokings tragen.

Bedienungen in knappen Kostümen, die viel Dekolleté und lange Beine zur Schau stellten, eilten überall in dem riesigen Casino geschäftig hin und her.

Tina schob sich durch die Zuschauer, die den breiten Mittelgang versperrten, und entdeckte Michael nach kürzester Zeit. Er fungierte als Kartengeber an einem der ersten Blackjacktische. Alle sieben Plätze waren besetzt. Der Mindesteinsatz betrug fünf Dollar. Michael plauderte und lachte mit den Spielern. Manche Kartengeber waren kühl und wortkarg, aber Michael sagte stets, der Tag vergehe schneller, wenn man nett zu den Leuten sei. Kein Wunder, daß er immer wesentlich mehr Trinkgelder erhielt als die meisten seiner Kollegen.

Michael war schlank und blond, mit strahlend blauen Augen. Er hatte etwas Ähnlichkeit mit Robert Redford, und die Frauen an den Spieltischen bedachten ihn meistens mit besonders großzügigen Trinkgeldern.

Michael mußte Tinas Blicke gespürt haben, denn er schaute plötzlich auf. Sie hatte damit gerechnet, daß sein Lächeln schlagartig einem gereizten Stirnrunzeln Platz machen würde, aber er reagierte völlig anders als erwartet. Sein Lächeln wurde noch breiter, und sie glaubte, echte Freude in seinen Augen zu lesen. Ohne das Kartenmischen zu unterbrechen, rief er ihr charmant zu: »Hallo, du siehst fantastisch aus, Tina. Die reinste Augenweide!«

Völlig verwirrt über seine Liebenswürdigkeit, ja sogar Herzlichkeit, murmelte Tina: »Äh... danke.«

»Das ist ein hübscher Pulli. Er gefällt mir. Blau stand dir schon immer hervorragend.«

Sie lächelte unbehaglich und rief sich in Erinnerung, daß sie hergekommen war, um ihn zu beschuldigen, ein grausames Spiel mit ihr zu treiben. »Hör mal, Michael, ich muß mit dir reden.«

Er warf einen Blick auf seine Uhr. »Ich habe in fünf Minuten Pause.«

»Wo kann ich dich dann treffen?«

»Warum wartest du nicht einfach hier? Du kannst zusehen, wie diese netten Menschen mir eine Menge Geld abnehmen.«

Alle Spieler am Tisch seufzten schwer und gaben ihre Kommentare dazu ab, wie unwahrscheinlich es sei, bei diesem Kartengeber etwas zu gewinnen.

Michael nickte Tina grinsend zu.

Sie lächelte hölzern.

Die fünf Minuten Wartezeit kamen ihr wie eine Ewigkeit vor. Sie hatte sich in Casinos noch nie wohlgefühlt. Das hektische Treiben, der ungeheure Lärm und die erregte Atmosphäre, die manchmal an Hysterie grenzte, gingen ihr auf die Nerven.

Schließlich wurde Michael aber doch von einem anderen Kartengeber abgelöst und gesellte sich zu ihr. »So, jetzt können wir uns unterhalten.«

»Nicht hier.« Sie mußte schreien, um den Lärm zu übertönen. »Hier kann ich keinen klaren Gedanken fassen.«

»Gehen wir runter in die Arkaden.«

»Okay.«

Um zu den Lifts zu gelangen, die zu den Einkaufsarkaden in der unteren Etage hinabfuhren, mußten sie das ganze Casino durchqueren. Michael ging voraus und bahnte sich mit den Ellbogen einen Weg durch die Menge, und Tina folgte ihm dicht auf den Fersen.

Etwa auf halbem Wege sahen sie einen Mann mittleren Alters vor einem Blackjack-Tisch bewußtlos auf dem Rükken liegen. Er trug einen beigen Anzug, ein dunkelbraunes Hemd und eine beige-gemusterte Krawatte. Hinter seinem Kopf lag ein umgekippter Stuhl, und auf dem Teppich um ihn herum lagen grüne Chips im Wert von mindestens 500 Dollar. Zwei uniformierte Aufsichtsbeamte leisteten ihm erste Hilfe, ein dritter hielt neugierige Gaffer zurück.

»Herzattacke, Pete?« fragte Michael.

Der dritte Aufsichtsbeamte drehte sich um. »Hallo, Mike! Nein, ich glaube nicht, daß es das Herz ist. Sieht mir eher wie eine Kombination von Blackjack-Blackout und Bingo-Blase aus. Er hat acht Stunden ununterbrochen an diesem Tisch gesessen.«

Der Mann im beigen Anzug stöhnte; seine Lider zuckten.

Michael schüttelte amüsiert den Kopf und ging weiter.

Als sie endlich im Fahrstuhl standen, erkundigte sich Tina: »Was ist ein Blackjack-Blackout?«

»Eine dumme Sache«, erklärte Michael grinsend. »Jemand setzt sich an den Kartentisch und merkt beim Spielen überhaupt nicht mehr, wie die Zeit vergeht. Natürlich ist es genau das, was das Management sich wünscht; deshalb gibt es in Casinos ja auch weder Fenster noch Uhren. Hin und wieder kommt es aber vor, daß jemand jedes Zeitgefühl total verliert und stundenlang wie in Trance spielt, ohne auch nur einmal aufzustehen. Gleichzeitig trinkt er zuviel. Und wenn er dann schließlich *doch* aufsteht, so tut er es viel zu schnell. Der Kreislauf versagt, und – peng! – fällt er in Ohnmacht. Blackjack-Blackout.«

»Aha.«

»So etwas kommt laufend vor.«

»Und Bingo-Blase?«

»Manchmal ist ein Spieler förmlich hypnotisiert. Er trinkt beim Spielen eine Menge, aber er ist so in Trance, daß er sein menschliches Bedürfnis völlig ignoriert – bis er einen Blasenkrampf bekommt. In schweren Fällen kann er sich dann nicht mehr auf natürlichem Wege Erleichterung verschaffen, sondern muß ins Krankenhaus gebracht und katheterisiert werden.«

»Mein Gott, stimmt das wirklich?«

»O ja.«

Auch in den Einkaufsarkaden herrschte lebhafter Betrieb, wenn auch kein solches Gedränge wie im Casino. Die Menschen wogten an den Souvenirläden, Kunstgalerien,

Juwelieren, Bekleidungsgeschäften und anderen Einzelhändlern vorbei.

»Ich sehe immer noch nicht, wo wir uns ungestört unterhalten könnten«, sagte Tina.

»Komm, wir gehen in die Eisdiele und holen uns Pistazieneis. Das mochtest du doch immer besonders gern.«

»Ich möchte kein Eis, Michael.«

Ihr Zorn auf ihn war verraucht, und nun befürchtete sie, daß sie den einzigen Grund für ihr Kommen aus dem Auge verlieren könnte. Er bemühte sich so sehr, nett zu sein. Das hatte sie nicht erwartet, und das sah Michael auch gar nicht ähnlich, zumindest nicht dem Michael, den sie in den letzten Jahren erlebt hatte. In der Anfangszeit ihrer Ehe war er fröhlich, charmant und verträglich gewesen, aber das war sehr lange her. Sie fragte sich verwundert, was ihn bewogen haben mochte, seine feindselige Haltung aufzugeben.

»Kein Eis«, wiederholte sie. »Ich möchte nur mit dir reden.«

»Aber *ich* habe Lust auf Pistazieneis«, sagte Michael. »Ich hole mir schnell eine Eistüte, und dann können wir ja rausgehen und um den Parkplatz schlendern. Es ist ein ziemlich warmer Tag.«

»Wie lange hast du denn Pause?«

»Zwanzig Minuten. Aber mein Kollege ist ein guter Kumpel und vertritt mich auch länger, wenn's sein muß.«

Die Eisdiele befand sich am Ende der Arkaden, in der Nähe des Kinos, in dem nur alte MGM-Filme gespielt wurden. Unterwegs unterhielt Michael sie mit anderen ungewöhnlichen Erkrankungen, zu denen Spieler neigten.

»Da gibt es beispielsweise das sogenannte Vegas-Syndrom«, berichtete er. »Jemand ist so damit beschäftigt zu spielen und von einer Show zur nächsten zu rennen, daß er einen ganzen Tag oder noch länger zu essen vergißt. Er – oder auch sie, denn es passiert Frauen genauso häufig wie Männern – verspürt dann schließlich irgendwann Hunger und verschlingt eine riesige Portion. Das Blut strömt aus seinem Kopf in den Magen, und er fällt mitten im Restaurant in Ohnmacht. Das Vegas-Syndrom ist allerdings nicht weiter gefährlich, es sei denn, man hat gerade einen vollen Mund, wenn man umkippt – dann kann man ersticken.«

Erst nachdem Michael seine Eistüte geholt hatte und sie das Hotel durch den Hinterausgang verließen und in der warmen Wintersonne am unbewachten Parkplatz entlangbummelten, fragte er: »Nun, worüber wolltest du mit mir sprechen?«

Tina wußte nicht so recht, wie sie beginnen sollte. Sie hatte ursprünglich die Absicht gehabt, ihn ohne Umschweife zu beschuldigen, Dannys Zimmer verwüstet zu haben. Sie hatte ihn völlig überrumpeln und auf diese Weise zum Eingeständnis seiner Schuld bringen wollen. Aber wenn sie jetzt, nachdem er unvermutet so liebenswürdig zu ihr war, diese Überraschungstaktik anwandte, würde sie wie ein hysterisches Ungeheuer erscheinen. Deshalb sagte sie nur: »Im Haus gehen merkwürdige Dinge vor.«

»Merkwürdige Dinge? Welcher Art?«

»Ich glaube, jemand hat eingebrochen.«

»Du *glaubst* es?«

»Nun gut... ich bin mir sicher.«

»Wann ist das passiert?«

»Dreimal im Laufe dieser Woche«, antwortete sie in Anbetracht der beiden Wörter auf der Tafel.

Er blieb abrupt stehen und starrte sie fassungslos an. »Dreimal?«

»Ja. Zuletzt gestern abend.«

»Und was sagt die Polizei?«

»Ich habe sie nicht verständigt.«

Michael runzelte die Stirn. »Warum denn nicht?«

»Nun ja... es fehlte nichts im Haus.«

»Willst du mir weismachen, daß jemand dreimal eingebrochen hat, ohne etwas zu stehlen?«

Wenn er sich nur unschuldig *stellte*, mußte er ein wesentlich besserer Schauspieler sein, als sie gedacht hatte, und sie glaubte immerhin, ihn sehr gut zu kennen. Sie wußte, daß er sich nicht gut verstellen konnte. Sie hatte es immer gemerkt, wenn er sie belog. Und sie glaubte nicht, daß er jetzt log. Er sah sie forschend, aber keineswegs arglistig an. Er schien wirklich nicht zu wissen, was im Haus geschehen war. Vielleicht hatte er doch nichts damit zu tun.

Aber wenn nicht Michael diese Verwüstung in Dannys Zimmer angerichtet hatte, wenn nicht er jene Botschaften auf die Tafel geschrieben hatte – wer dann?

»Warum sollte jemand einbrechen und dann nichts mitgehen lassen?« fragte Michael.

»Ich glaube, daß jemand mich nur verstören und mir Angst einjagen will.«

»Wer sollte dir Angst einjagen wollen?« meinte er, aufrichtig beunruhigt.

Sie wußte nicht, was sie sagen sollte.

»Du bist kein Mensch, der sich jede Menge Feinde schafft«, fuhr er fort. »Eine Frau wie dich kann doch niemand hassen.«

»*Du* hast es fertiggebracht«, erwiderte sie und deutete damit zum erstenmal an, welchen Verdacht sie gehegt hatte.

Er zwinkerte überrascht. »O nein! Nein, nein, Tina. Ich habe dich nie gehaßt. Ich war enttäuscht, weil du dich so verändert hast. Ich war wütend auf dich. Wütend und gekränkt, das gebe ich zu. Auch verbittert. Aber Haß war es zu keiner Zeit.«

Sie seufzte.

Michael hatte Dannys Zimmer nicht verwüstet. Davon war sie jetzt überzeugt.

»Tina?«

»Es tut mir leid. Ich hätte dich damit nicht belästigen sollen. Ich weiß selbst nicht genau, warum ich es getan habe«, schwindelte sie. »Ich hätte sofort die Polizei rufen sollen.«

Er schleckte an seinem Eis und betrachtete sie aufmerksam. Dann sagte er lächelnd: »Ich hab' schon verstanden.

Du wußtest nicht so recht, wie du es mir sagen solltest, und deshalb bist du mit dieser Geschichte zu mir gekommen.«

»Geschichte? Michael, das ist keine erfundene Geschichte!«

»Reg dich nicht auf, Tina. Es ist alles in Ordnung«, sagte er sanft.

»Jemand *hat* eingebrochen.«

»Ich verstehe, wie dir zumute ist.« Mit blasiertem Lächeln fuhr er in besänftigendem und leicht herablassendem Ton fort: »Ich verstehe es wirklich, Tina. Diese Geschichte von den Einbrechern diente dir als Vorwand, um zu mir kommen zu können. Aber jetzt brauchst du sie nicht mehr. Ich verstehe dich, und mich bewegt das gleiche wie dich. Du kannst es mir also frei heraus sagen.«

Sie war völlig perplex. »Was sagen?«

»Wir haben unsere Ehe in die Brüche gehen lassen. Aber anfangs klappte alles ganz großartig zwischen uns. Wir hatten jahrelang eine tolle Zeit. Und das könnte wieder so werden, wenn wir uns beide ein bißchen Mühe geben.«

»Ist das dein Ernst?« fragte sie verblüfft.

»Ich habe in den letzten Tagen viel darüber nachgedacht. Und als ich dich vorhin im Casino sah, wußte ich, daß ich recht hatte. Sobald ich dich sah, wußte ich, daß alles so kommen würde, wie ich es mir ausgemalt habe.«

»Es *ist* dein Ernst?«

»Aber ja.« Er legte ihr Erstaunen fälschlich als Glück aus. »Nachdem du dich jetzt als Intendantin austoben konntest, bist du bereit, häuslich zu werden. Das ist sehr vernünftig, Tina.«

Austoben! Er sah in ihr also immer noch eine flatterhafte Frau, die abwechslungshalber versucht hatte, sich im Showbusiness zu bestätigen. Dieser widerliche Mistkerl! Sie war wütend, aber sie schwieg; sie traute sich nicht, den Mund aufzumachen, weil sie befürchtete, daß sie wie eine Furie brüllen würde.

»Karriere ist schließlich nicht alles«, erklärte Michael salbungsvoll. »Im Leben zählen noch ganz andere Dinge – beispielsweise Haus und Familie. Sie sind vielleicht das Allerwichtigste überhaupt. In den letzten Tagen hatte ich das Gefühl, du könntest jetzt, nach dieser erfolgreichen Show, erkannt haben, daß du im Leben auch noch etwas anderes brauchst, etwas emotional Befriedigenderes als beruflichen Erfolg.«

Tinas beruflicher Ehrgeiz war einer der Gründe für das Scheitern ihrer Ehe gewesen. Zum Problem war die Tatsache, daß sie nach Erfolg strebte, allerdings nur durch Michaels kindische Reaktion geworden. Er selbst war völlig zufrieden damit, ein Blackjack-Kartengeber zu sein. Sein Lohn und die guten Trinkgelder genügten ihm, und es lag ihm nicht, sich Gedanken über die Zukunft zu machen. Aber Tina konnte nicht so einfach in den Tag hinein leben. Als sie sich allmählich von einer Tänzerin zur Kostümbildnerin und Choreographin hocharbeitete und schließlich sogar kleine Revuen inszenierte und produzierte, hatte sich Michael über ihr berufliches Engagement geärgert. Sie hatte weder ihn noch Danny vernachlässigt. Ihr Mann und ihr Sohn sollten nie das Gefühl haben, für sie weniger wichtig zu sein als früher, das hatte sich Tina fest vorgenommen. Danny hatte sie verstanden und großartig reagiert – ganz im Gegensatz zu Michael, der sie nicht verstehen konnte oder wollte. Noch komplizierter war die Lage geworden, als Michael ihr auch den kleinsten Erfolg zu neiden begann. Sie hatte ihn ermutigt, seine eigenen Aufstiegschancen zu nutzen, aber daran war er nicht interessiert gewesen. Er war immer mürrischer und gereizter geworden und hatte sich schließlich mit anderen Frauen eingelassen. Diese Reaktion hatte Tina zutiefst deprimiert. Um ihren Ehemann zu halten, hätte sie ihren neuen Beruf aufgeben müssen, und dazu war sie nicht bereit gewesen.

Mit der Zeit war ihr klar geworden, daß Michael die wirkliche Christina nie geliebt hatte. Er hatte in ihr nur das Showgirl gesehen, das von vielen Männern begehrt wurde, eine hübsche kleine Tänzerin, mit der er in seinem Freundeskreis Eindruck machen konnte. Solange er in Tinas Leben der absolute Mittelpunkt gewesen war, solange er sie überall wie ein ewig lächelndes, bezauberndes Püppchen präsentieren konnte, war er zufrieden gewesen. Aber sobald sie mehr als nur ein Sexobjekt hatte sein wollen, hatte er rebelliert. Zutiefst verletzt über diese Erkenntnis, hatte Tina ihn freigegeben.

Und jetzt glaubte er wirklich, daß sie zu ihm zurückgekrochen kam. Deshalb also hatte er gelächelt, als er sie am Blackjack-Tisch erblickte. Deshalb also war er so charmant gewesen. Sie fragte sich erschüttert, wie ein Mensch so egozentrisch und eingebildet sein konnte.

Sein selbstzufriedens, herablassendes Lächeln trieb sie fast zur Weißglut. Sie hatte ihn einmal sehr geliebt. Aber jetzt konnte sie beim besten Willen nicht begreifen, was sie an ihm gefunden hatte.

»Michael, falls es dir noch nicht zu Ohren gekommen sein sollte – *Magyck!* ist ein Hit. Ein großer Erfolg!«

»Sicher«, sagte er. »Das weiß ich, Baby. Und ich freue mich für dich. Ich freue mich für dich *und* mich. Nachdem du jetzt bewiesen hast, was immer du dir beweisen mußtest, kannst du dich entspannen.«

»Michael, ich beabsichtige, auch in Zukunft Shows zu inszenieren. Ich habe nicht vor...«

»Oh, ich erwarte nicht, daß du deinen Job ganz aufgibst«, gab er großmütig von sich. »Nein, nein. Ich sehe inzwischen ein, daß es gut für dich ist, dieses kleine Hobby zu haben. Aber nachdem *Magyck!* jetzt erfolgreich angelaufen ist, wirst du nicht mehr soviel zu tun haben wie früher.«

»Michael...«, begann sie. Sie wollte ihm erklären, daß sie im neuen Jahr eine weitere Show inszenieren würde, daß sie sogar mit dem Gedanken spielte, irgendwann einmal ihr Glück auch in New York am Broadway zu versuchen, mit Musicals im Stil von Busby Berkeley.

Aber Michael bemerkte in seiner Begeisterung überhaupt nicht, daß sie an einer Zukunft mit ihm nicht interessiert war. Er fiel ihr ins Wort, kaum daß sie seinen Namen ausgesprochen hatte. »Wir können es schaffen, Tina. Wir hatten in jenen ersten Jahren ein schönes Leben, und so könnte es wieder sein. Wir sind noch jung. Wir können eine neue Familie gründen. Vielleicht sogar zwei Jungen und zwei Mädchen. Das habe ich mir schon immer gewünscht.«

Als er eine kurze Pause machte, um an seinem Eis zu schlecken, sagte sie: »Michael, du fantasierst!«

»Na ja, vielleicht hast du recht. Vielleicht ist eine große Familie heutzutage keine gute Idee, bei der herrschenden Inflation und all den schwierigen Problemen auf der Welt. Aber zwei Kinder können wir uns ohne weiteres leisten, und vielleicht haben wir Glück und bekommen ein Mädchen und einen Jungen. Natürlich werden wir ein Jahr oder so warten. Ich kann mir vorstellen, daß eine Show wie *Magyck!* auch nach der Premiere noch Arbeit macht. Wir werden warten, bis die Sache läuft wie am Schnürchen, bis deine Zeit davon kaum noch beansprucht wird. Dann können wir...«

»Michael, hör auf!« rief sie streng.

Er blinzelte überrascht.

»Mein derzeitiges Leben ist durchaus nicht unerfüllt, wie du zu glauben scheinst. Ich sehne mich keineswegs nach dem Hausfrauendasein. Du verstehst mich heute keinen Deut besser als zur Zeit unserer Scheidung.«

Michaels Miene verdüsterte sich.

»Ich habe diese Geschichte über die Einbrecher nicht erfunden«, fuhr Tina fort. »Ich hatte nicht die Absicht, das schwache, ängstliche Weibchen zu spielen, um dir die Rolle des starken, zuverlässigen Mannes zu ermöglichen. Jemand hat tatsächlich eingebrochen. Ich bin zu dir gekommen, weil ich glaubte... na ja, das spielt jetzt keine Rolle mehr.« Sie wandte ihm den Rücken zu und ging auf den Hintereingang des Hotels zu.

»Warte!« rief Michael. »Tina, warte!«

Sie blieb stehen.

Er eilte auf sie zu. »Es tut mir leid, Tina. Es ist meine Schuld. Ich habe mit meinem Gerede alles verpfuscht. Ich habe es dich nicht auf deine Weise ausdrücken lassen. Ich wußte, was du sagen wolltest, aber ich hätte dir Zeit lassen sollen, es selbst zu formulieren. Aber das lag nur daran, daß ich so aufgeregt war, Tina. Ich hätte den Mund halten und zuerst dich zu Wort kommen lassen sollen. Es tut mir leid. Wirklich, es tut mir leid, Baby.« Er hatte wieder sein charmantes Lächeln aufgesetzt. »Du darfst mir nicht böse sein. Wir wollen doch beide das gleiche: ein harmonisches Ehe- und Familienleben. Diese Chance müssen wir nutzen.«

Ihre Augen schleuderten Blitze. »Ja, ich wünsche mir ein harmonisches Familienleben. In diesem Punkt hast du recht, aber in allem übrigen täuscht du dich gewaltig. Shows zu inszenieren und zu produzieren ist für mich keine Liebhaberei, kein Hobby zum Zeitvertreib. Es ist unmöglich, eine Show wie *Magyck!* als Hobby sozusagen nebenbei aus dem Ärmel zu schütteln. Ich habe schwer geschuftet, aber ich habe jede Minute davon genossen! Ich liebe diesen Beruf, und ich werde ihn, so Gott will, weiter ausüben. Ich werde Shows auf die Beine stellen, von denen man überall reden wird. *Magyck!* ist erst der allererste Anfang. Vielleicht werde ich eines Tages auch wieder Mutter sein – eine verdammt gute Mutter. Ich kann eine gute Mutter *und* eine gute Produzentin sein. Ich habe genügend Intelligenz und Talent, um mich nicht auf eine Sache beschränken zu müssen. Und ich kann mit hundertprozentiger Sicherheit mehr sein als nur dein Anhängsel – als deine Sexpartnerin und Haushälterin in einer Person.«

»Jetzt mach aber mal einen Punkt!« rief er verärgert. »Du...«

Sie fiel ihm ins Wort. Jahrelang hatte sie ihre Verbitterung heruntergeschluckt. Sie hatte ihre Gefühle vor Danny verborgen, um den Jungen nicht gegen seinen Vater aufzuhetzen. Und nach Dannys Tod hatte sie weiterhin geschwiegen, weil sie wußte, daß Michael wirklich unter dem Verlust des Kindes litt. Aber nun brach der seit langem angestaute Zorn aus ihr hervor. »Du hast dich gründlich geirrt, wenn du glaubst, ich käme zu dir zurückgekrochen. Warum in aller Welt sollte ich das tun? Was hast du mir zu geben, das ich nicht auch anderswo bekommen kann? Geben war ohnehin nie deine Stärke. Du gibst nur etwas, wenn du sicher sein kannst, doppelt soviel zurückzuerhalten. Du willst nehmen, nicht geben, Michael. Und bevor du weiter salbungsvoll von deiner großen Liebe zum Familienleben schwafelst, solltest du dir ins Gedächtnis rufen, daß nicht *ich* es war, die unsere Familie auseinanderriß. Nicht ich bin von einem Bett ins andere gehüpft. Du warst es doch, der mit jeder Frau schlafen mußte, und dann hast du mit deinen billigen Affären geprahlt, um mir weh zu tun. *Du* bist an den Wochenenden mit deinen Freundinnen weggefahren. Du hast mich damit demütigen und verletzen wollen, und das ist dir auch gelungen. Aber hast du dir eigentlich jemals überlegt, wie sich deine Abwesenheit auf Danny auswirkte? Warum hast du all jene Wochenenden nicht mit deinem Sohn verbracht, wenn das Familienleben dir soviel bedeutete?«

»Ich gebe deiner Ansicht nach also zu wenig? Und wer hat dir das Haus gegeben, in dem du lebst? Wer mußte in ein Apartment ziehen, als wir uns trennten, und wer behielt das Haus?«

Tina durchschaute seinen Versuch, vom eigentlichen Thema abzulenken, und sie entkräftete seinen Vorwurf kurz und bündig.

»Sei nicht albern, Michael«, sagte sie. »Du weißt selbst verdammt gut, daß das Grundkapital für das Haus von meinem Sparkonto stammte. Du hast dein Geld ja immer für schnelle Autos und teure Kleidung ausgegeben. Auch die Darlehensraten wurden von meinem Gehalt getilgt.

Außerdem habe ich bei der Scheidung auf Unterhaltsansprüche verzichtet. Aber das alles ist jetzt nebensächlich. Wir sprachen übers Familienleben, über Danny.«

»Jetzt hör mir mal zu«, wollte Michael sie wütend unterbrechen.

»O nein, mein Lieber, jetzt bist endlich du einmal an der Reihe zuzuhören – wenn du dazu überhaupt fähig bist. Du hättest an den Wochenenden mit Danny etwas unternehmen können, selbst wenn meine Gegenwart dir unerträglich war. Du hättest mit ihm nach Disneyland fahren können, oder zum Angeln an den Colorado. Aber du warst viel zu sehr damit beschäftigt, dich mit irgendwelchen Frauen zu amüsieren, um mir weh zu tun und gleichzeitig dir selbst zu beweisen, was für ein toller Hengst du bist. Du hättest diese Zeit mit Danny genießen können, Michael. Er hat dich vermißt. Er verstand nicht, warum du nicht da warst, und du hast ihm sehr gefehlt. Du hättest diese kostbare Zeit mit deinem Sohn verbringen können, aber das wolltest du nicht.«

Michael war blaß vor Zorn. Seine Augen funkelten. »Du bist immer noch ein verdammtes Luder – wie eh und je!«

Sie seufzte erschöpft. Nachdem der Staudamm jahrelang unterdrückter Gefühle nun endlich gebrochen war und sie Michael gründlich die Meinung gesagt hatte, fühlte sie sich völlig ausgelaugt.

»Ein gottverdammtes Drecksweib bist du!« tobte Michael.

»Ich habe keine Lust, mit dir zu streiten, Michael. Es tut mir sogar leid, wenn einiges von dem, was ich über Danny gesagt habe, dich getroffen hat, obwohl du es, weiß Gott, verdient hast, endlich einmal die Wahrheit zu hören. Aber es lag nicht in meiner Absicht, dir weh zu tun. Ich hasse dich nicht, Michael. Ich empfinde einfach überhaupt nichts mehr für dich. Nicht das geringste.«

Sie ließ ihn dort draußen in der Sonne stehen, mit seinem schmelzenden Eis in der Hand, durchquerte rasch die Einkaufsarkaden, fuhr mit dem Lift ins Casino hinauf und verließ das Hotel durch den Haupteingang. Einer der Parkwächter brachte ihren Wagen, und sie machte sich auf den Weg zum Desert Mirage Hotel, um in ihrem Büro einige Arbeiten zu erledigen.

Aber schon nach einem Block war sie gezwungen, am Straßenrand anzuhalten, weil sie vor Tränen blind war. Den Kopf auf das Lenkrad gelegt, brach sie zu ihrer eigenen Überraschung in heftiges Schluchzen aus.

Sie weinte um Danny, den ein ungerechtes und grausames Schicksal so jung aus dem Leben gerissen hatte, und sie weinte auch um sich und um Michael. Sie weinte um all das, was hätte sein können und nun nie mehr Wirklichkeit werden würde.

Nach einigen Minuten bekam sie sich wieder unter Kontrolle, trocknete ihre Augen, schneuzte sich und führte ein lautes Selbstgespräch: »Um Himmels willen, hör auf, Trübsal zu blasen! Das hast du jetzt lange genug getan. Versuch zur Abwechslung einmal glücklich zu sein. Üb dich mal in positivem Denken. Die Vergangenheit war zwar nicht so toll, aber dafür sieht die Zukunft doch verdammt gut aus!«

Sie betrachtete ihr Gesicht im Rückspiegel und stellte erleichtert fest, daß sie nicht so schlimm aussah, wie sie befürchtet hatte. Ihre Augen waren leicht gerötet, aber mit etwas Make-up und Puder ließen sich die Tränenspuren einigermaßen beheben.

Sie reihte sich wieder in den Verkehr ein, und während sie ein Stück weiter an einer roten Ampel warten mußte, wurde ihr plötzlich klar, daß sie sich mit einem Rätsel herumschlagen mußte. Sie war jetzt überzeugt davon, daß Michael mit der Verwüstung in Dannys Zimmer nichts zu tun hatte. Aber wer dann? Niemand außer ihm und Vivian Neddler besaß einen Hausschlüssel. Und warum sollte ein erstklassiger Einbrecher – denn nur ein absoluter Profi könnte ins Haus gelangen, ohne irgendwelche Spuren zu hinterlassen – alle Wertgegenstände unangetastet lassen und sich darauf beschränken, NICHT TOT auf Dannys Tafel zu schreiben und die Sachen des Jungen zu beschädigen?

Es war höchst eigenartig und beunruhigend. Als sie Michael der Tat verdächtigt hatte, war sie wütend und verstört gewesen, aber sie hatte keine Angst gehabt. Falls es aber einen *Unbekannten* gab, der ihr den Verlust ihres Sohnes immer wieder schmerzhaft ins Gedächtnis rufen wollte, so war das äußerst beängstigend, weil es einfach keinen Sinn ergab. Und doch – es *mußte* ein Fremder sein. Von allen Menschen, die sie kannte, war Michael der einzige gewesen, der sie für Dannys Tod verantwortlich gemacht hatte. Aber warum sollte ein wildfremder Mensch ihr die Schuld daran geben und sich zu derartig haßerfüllten Handlungen hinreißen lassen?

Die Ampel schaltete auf Grün.

Ein Autofahrer hinter Tina hupte wütend.

Während sie die Kreuzung überquerte und in die Einfahrt zum Desert Mirage einbog, konnte sie das unheimliche Gefühl nicht loswerden, von jemandem beobachtet zu werden, der ihr übel mitspielen wollte. Sie blickte immer wieder in den Rückspiegel, aber soweit sie feststellen konnte, wurde sie von niemandem verfolgt.

12

In der zweiten Etage des Hotels befanden sich ausschließlich Büros und Kanzleiräume. Hier war vom Glanz und Flitter von Las Vegas nichts zu spüren. Hier wurde hart gearbeitet. Hier war die komplizierte Maschinerie untergebracht, die den Touristen ihr paradiesisches Vergnügen ermöglichte.

Tina hatte ein ziemlich großes Büro mit holzgetäfelten Wänden, gemütlichen Möbeln und bernsteinfarbenen

Lampen, die warmes Licht spendeten. Die breite Fensterfront, die auf den Strip hinausging, war hinter schweren weinroten Vorhängen verborgen, um die grelle Wüstensonne abzuhalten.

Nachts bot der Strip einen überwältigenden Anblick, war ein einziges Meer von Lichtern und Farben. Tagsüber büßte er jedoch viel von seinem Glanz ein; dann wirkte dieses Zentrum der Vergnügungsindustrie mit seinen riesigen Bauten im Einheitsstil sogar etwas schäbig.

Aber Tina wußte den Ausblick auf den berühmten Boulevard ohnehin nicht zu würdigen. Auch an diesem Nachmittag setzte sie sich in dem abgedunkelten Raum sofort an ihren Schreibtisch, schaltete die Lampe ein und begann eine Zimmermannsrechnung für Kulissen von *Magyck!* zu überprüfen. Kurze Zeit später kam Angela, ihre Sekretärin, aus dem Vorzimmer herein und fragte: »Ist noch etwas Wichtiges zu erledigen, bevor ich gehe?«

Tina warf einen Blick auf ihre Uhr. »Aber es ist doch erst Viertel vor vier.«

»Ich weiß«, sagte Angelag. »Aber heute, an Silvester, ist um vier Dienstschluß.«

»Ach ja, natürlich«, entschuldigte sich Tina. »Ich hatte ganz vergessen, daß Silvester ist.«

»Wenn Sie wollen, kann ich ein bißchen länger hierbleiben.«

»Nein, nein«, sagte Tina. »Gehen Sie ruhig wie alle anderen um vier nach Hause.«

»Brauchen Sie noch etwas?«

Tina lehnte sich in ihrem Sessel zurück. »Ja, eine Kleinigkeit könnten Sie noch für mich erledigen... Viele unserer besonders lukrativen Stammgäste konnten zur gestrigen VIP-Premiere von *Magyck!* nicht kommen. Ich hätte gern eine Liste dieser Namen, und außerdem das Hochzeitsdatum all jener, die verheiratet sind.«

»Ich ruf's gleich im Computer ab«, sagte Angela bereitwillig. »Was haben Sie denn vor?«

»Ich will den Verheirateten im Laufe des kommenden Jahres spezielle Einladungen schicken und sie auffordern, ihren Hochzeitstag im Desert Mirage zu verbringen, selbstverständlich bei freier Kost und Logis für zwei oder drei Tage. Wir werden es unter dem Motto anpreisen: ›Verbringen Sie die zauberhafte Nacht Ihres Hochzeitstages in der Wunderwelt von *Magyck!*‹. Irgend etwas in dieser Art. Jedenfalls sehr romantisch. Wir werden ihnen während der Show Champagner servieren, und so weiter. Das gibt eine tolle Reklame – glauben Sie nicht auch?« Sie breitete in gespieltem Pathos die Arme aus. »Das Desert Mirage – unübertrefflich *Magyck!* für Liebespaare!«

»Das Hotel wird bestimmt begeistert sein«, meinte Angela, »denn das garantiert eine dauernde Berichterstattung in den Medien.«

»Die Casino-Bosse dürften sich ebenfalls freuen, wenn ihre besten Stammkunden ein zusätzliches Mal herkommen. Und ich werde ebenfalls Grund zur Freude haben, denn durch diesen Werbegag wird immer wieder von der Show die Rede sein.«

»Es ist eine großartige Idee«, versicherte Angela begeistert. »Ich lasse den Computer gleich die nötigen Informationen ausspucken.«

Tina vertiefte sich wieder in die Rechnung, bis Angela um fünf Minuten nach vier mit einem fast fünf Meter langen Papierstreifen zurückkehrte, den sie ziehharmonikartig gefaltet hatte.

»Danke, daß Sie es noch erledigt haben«, sagte Tina.

»Gern geschehen.«

»Frieren Sie?«

»Ja«, antwortete Angela. »Mit der Klimaanlage muß irgendwas nicht in Ordnung sein. Während der Computer die Angaben ausdruckte, wurde es eiskalt in meinem Zimmer.«

»Hier drin funktioniert die Anlage offenbar tadellos.«

»Hoffentlich war dieses Frösteln kein Vorbote einer Erkältung. Na, ich mache mich jetzt auf die Socken.«

»Wollen Sie auf eine Party?«

»Ja, später. Drüben am Rancho Circle.«

»Dem Wohnsitz der Millionäre?«

»Ja. Der Chef meines Freundes wohnt dort draußen und veranstaltet ein Riesenfest.« Sie wandte sich zum Gehen, blieb an der Tür aber noch einmal stehen. »Ein glückliches neues Jahr, Tina.«

»Danke, gleichfalls.«

»Also dann, bis Montag.«

»Was? Ach ja, ich weiß schon ... langes Wochenende. Ich bin heute etwas begriffsstutzig. Passen Sie auf, daß Sie vom vielen Feiern keinen Kater bekommen.«

Angela grinste. »Oh, ohne den wird's bestimmt nicht abgehen.«

Tina beendete ihre Rechnungsprüfung und wies sie zur Zahlung an. Sie beschloß, noch eine Stunde – bis um fünf – zu arbeiten und dann nach Hause zu fahren. Sie würde zwei Stunden benötigen, um sich für ihr Rendezvous mit Elliot Stryker zurechtzumachen. Sie freute sich auf diesen Abend mit ihm. Lächelnd nahm sie den langen Computerstreifen zur Hand.

Es war erstaunlich, wieviel Informationen das Hotel über seine Stammgäste besaß. Wenn sie wissen wollte, wieviel jeder dieser Menschen verdiente, konnte der Computer es ihr sagen. Er kannte auch die bevorzugte Alkoholsorte jedes Mannes, das Lieblingsparfüm und die Lieblingsblumen seiner Ehefrau, ihre Automarke, Namen und Alter ihrer Kinder, ihre Krankheiten, Lieblingsspeisen, Lieblingsfarben, ihren musikalischen Geschmack, ihre politische Tendenz und Dutzende – wenn nicht gar Hunderte – anderer Dinge, sowohl wichtige als auch nebensächliche. Dem Hotel lag daran, diese lukrativen Gäste voll zufriedenzustellen, und je mehr es über sie wußte, desto perfekter konnte der Service sein. Trotzdem fragte sich Tina manchmal, ob diese Leute sehr erfreut wären, wenn sie wüßten, daß das Desert Mirage ausführliche Dossiers über sie besaß.

Sie studierte die Liste der VIPs, die der Premiere von *Magyck!* nicht beigewohnt hatten, und kreiste jene Namen mit einem roten Bleistift ein, hinter denen das Datum ihres Hochzeitstages angegeben war. Sie wollte eine ungefähre Vorstellung von der Größenordnung der Werbekampagne erhalten, die ihr vorschwebte. Sie hatte erst zweiundzwanzig Namen gezählt, als sie zu einer unglaublichen Botschaft kam, die der Computer in der Liste aufgeführt hatte.

Ihr Herzschlag setzte für den Bruchteil einer Sekunde aus.

Sie rang nach Atem, während sie auf das Papier starrte, und Angst stieg in ihr auf – dunkle, kalte, ölige Angst.

Zwischen den Namen von zwei Stammgästen waren fünf Zeilen ausgedruckt, die nichts mit den angeforderten Informationen zu tun hatten.

NICHT TOT
NICHT TOT
NICHT TOT
NICHT TOT
NICHT TOT

Das Papier raschelte in ihren heftig zitternden Händen.

Zuerst zu Hause, in Dannys Zimmer. Und nun hier. Wer konnte ihr das antun?

Angela?

Nein, völlig absurd.

Angela war ein nettes Mädchen. Sie wäre zu einer solchen Gemeinheit niemals fähig. Angela hatte diesen Einschub nicht bemerkt, weil sie den Drucker bei seiner Arbeit nicht beobachtet hatte. Und später hatte sie den langen Papierstreifen einfach zusammengefaltet, ohne ihn sich anzusehen.

Außerdem hätte Angela nicht ins Haus gelangen können. Das Mädchen war schließlich keine professionelle Einbrecherin.

Tina entfaltete hastig das Print-out, auf der Suche nach weiteren Mitteilungen ihres bösartigen Feindes.

Nach sechsundzwanzig Namen von Gästen folgten wieder fünf Zeilen, die nichts in dieser Liste zu suchen hatten.

DANNY LEBT
DANNY LEBT
HILFE
HILFE
HILF MIR

Ihr Herz schlug jetzt so laut, als hätte sie einen Schmiedehammer in der Brust. Mit Schrecken wurde ihr bewußt, daß sich außer ihr vermutlich kein Mensch mehr in dieser Etage aufhielt.

Sie dachte an den Mann aus ihrem Alptraum, den Schwarzgekleideten, an dessen Gesicht Maden gefressen hatten, und die Schatten in ihrem Büro, außerhalb des Lichtkegels der Schreibtischlampe, kamen ihr plötzlich dunkel und bedrohlich vor.

Sie stand auf und ließ den Computerstreifen in seiner vollen Länge bis auf den Boden hinabfallen, um ihn schneller durchsehen zu können. Nach vierzig weiteren Namen hatte der Computer gedruckt:

ICH HABE ANGST
ICH HABE ANGST
HOL MICH RAUS
HOL MICH HIER RAUS
BITTE... BITTE
HILFEHILFEHILFEHILFE

Das war die letzte Einfügung auf der Liste.

Tina warf das Print-out auf den Boden und ging ins Vorzimmer hinüber.

Angela hatte das Licht ausgeschaltet. Tina knipste die Lampe wieder an.

Sie setzte sich an Angelas Schreibtisch und schaltete den Computer ein. Der Bildschirm leuchtete grün auf.

In der mittleren Schreibtischschublade lag ein Buch, in dem die Codenummern aufgeführt waren, mit deren Hilfe man Informationen aus der Datenbank des Computers abrufen konnte, die sich in einem Raum am anderen Ende des Gebäudes befand. Tina fand die Nummer der lukrativsten Hotelgäste – 1 001 012 – unter dem Stichwort ›Ehrengäste‹, einem Euphemismus für ›Verlierer großen Stils‹. Sie mußten für ihre Unterbringung und Verpflegung nie etwas bezahlen, wenn sie im Casino ein kleines Vermögen verspielt hatten.

Da in der Datenbank des Hotels viel vertrauliches Material über Gäste gespeichert war, konnten nur bestimmte Personen Informationen abrufen. Tina mußte ihre persönliche Nummer – EO 13 331 555 – sowie ihren Namen eingeben, die vom Computer auf Übereinstimmung geprüft wurden, bevor sie die gewünschten Informationen abrufen konnte. Die Namen und Adressen der VIPs, die nicht bei der Premiere anwesend gewesen waren, sowie die Hochzeitstage der Verheirateten unter ihnen tauchten auf dem Bildschirm auf. Gleichzeitig wurden sie auf dem Endlospapier ausgedruckt.

Der Drucker tippte mit phänomenaler Geschwindigkeit, aber die Zeilen über Danny fehlten auf diesem Print-out. Nach etwa hundert Namen entschied Tina, daß der Computer so programmiert worden war, daß er jene Zeilen nur in die erste von ihr angeforderte Information einfügen sollte. Sie stoppte das Gerät, und die Schrift verschwand vom Bildschirm.

Auf der Fahrt ins Hotel war Tina zu dem Schluß gekommen, daß es ein Unbekannter sein mußte, der ihr diese grausamen Streiche spielte. Aber wie könnte sich ein Fremder sowohl zu ihrem Haus als auch zum Hotelcomputer so leicht Zutritt verschaffen? Mußte es nicht doch jemand sein, den sie kannte?

Aber wer?

Und *warum*?

Aus welchem Grund sollte jemand sie so sehr hassen?

Ein Schauder überlief sie.

Gleich darauf erkannte sie, daß sie nicht nur vor Angst fröstelte. Die Luft war kalt.

Ihr fiel ein, daß Angela vorhin ebenfalls über die Kälte in diesem Zimmer geklagt hatte. Aber als Tina den Raum betreten hatte, war es hier warm gewesen, und jetzt war es sehr kühl. Wie konnte die Temperatur in so kurzer Zeit so stark fallen?

Mit einem scharfen, lauten elektronischen Knacksen, das Tina zusammenfahren ließ, begann der Computer wieder zu drucken, obwohl sie keine neuen Daten angefordert hatte. Sie warf einen Blick auf den Papierstreifen, dann auf den Bildschirm. Auf beiden stand zu lesen:

NICHT TOT NICHT TOT
NICHT TOT NICHT TOT
NICHT IN DER ERDE
NICHT TOT
HOL MICH HIER RAUS
HOL MICH HIER RAUS RAUS RAUS

Der Drucker verstummte. Die Botschaft war zu Ende.

Im Raum wurde es von Sekunde zu Sekunde kälter.

Oder bildete sie sich das nur ein?

Sie hatte das absurde Gefühl, nicht allein zu sein. Der Mann in Schwarz. Obwohl er nur ein Traumwesen war, obwohl er unmöglich als reale Gestalt hier sein konnte, schien er im Zimmer zu sein. Sie versuchte, über sich selbst zu lachen, aber sie war dazu nicht imstande. Der Mann in Schwarz. Der Mann mit den bösen rotglühenden Augen und den gelben gebleckten Zähnen. Er stand hinter ihr. Er würde sie mit einer kalten, feuchten Hand packen. Sie drehte sich in panischer Angst um, aber niemand hatte den Raum betreten.

Natürlich.

Er war schließlich nur ein Monster aus ihrem Alptraum.

Wie dumm von ihr!

Trotzdem hatte sie immer noch das Gefühl, nicht allein zu sein.

Wider Willen starrte sie erneut auf den Bildschirm.
Die Schrift flimmerte leicht.
Dann verschwand sie.
Unter Aufbietung aller Willenskräfte gelang es ihr, ihre lähmende Angst soweit unter Kontrolle zu bringen, daß sie ihre Finger auf die Tastatur des Computers legen konnte, um eine Frage einzugeben. Sie wollte wissen, ob diese Sätze über Danny von einer Diskette stammten, oder ob jemand sie erst vor wenigen Sekunden in irgendeinem anderen Büro getippt hatte.
Falls diese Zeilen nicht von einer Diskette stammten – und sie hatte ganz stark das Gefühl, daß der Urheber dieses bösartigen Scherzes sich *jetzt* im Gebäude aufhielt –, dann war der Dreckskerl möglicherweise sogar hier im zweiten Stock. Sie könnte ihn suchen, ihn erwischen. Sie sah sich den langen Korridor entlanggehen, Türen öffnen, in leere Büros spähen, bis sie schließlich einen Mann am Computer finden würde. Er würde sich überrascht nach ihr umwenden, und sie würde sein Gesicht sehen und endlich wissen, wer er war.
Und was dann?
Würde er sie töten?
Das war ein völlig neuer Gedanke: die Möglichkeit, daß er sie nicht nur verstören, sondern ihr letztlich etwas viel Schlimmeres antun wollte.
Sie verharrte mit den Fingern auf der Tastatur, unschlüssig, ob sie dem Computer Fragen stellen sollte. Sie würde dadurch ihre Anwesenheit in diesem Büro verraten. Dann wurde ihr jedoch klar, daß er – falls er wirklich irgendwo in der Nähe war – ohnehin schon wußte, daß sie allein hier war. Sie hatte also nichts zu verlieren, wenn sie versuchte, den Computer zu befragen. Aber als sie ihre erste Frage tippen wollte, sperrte die Tastatur. Statt dessen begann das Gerät eine neue Botschaft zu drucken.
Das Zimmer wurde kälter und kälter.
Sie las auf dem Bildschirm:

MIR IST KALT UND ICH HABE
SCHMERZEN
MOM? KANNST DU MICH HÖREN?
MIR IST SO KALT
ICH HABE SCHMERZEN
HOL MICH HIER RAUS
BITTE BITTE BITTE
NICHT TOT NICHT TOT

Eine Sekunde lang leuchtete diese Botschaft auf dem Bildschirm, dann verschwand sie.

Wieder versuchte sie, ihre Fragen zu stellen. Aber die Tastatur ließ sich nicht betätigen.

Ihr Gefühl, daß jemand im Zimmer war, wurde immer stärker, je kälter es im Raum wurde.

Wie konnte der Unbekannte das Zimmer so schnell abkühlen?

Als auf dem Bildschirm plötzlich wieder jene sieben Zeilen auftauchten, die soeben erst verschwunden waren, hatte Tina endgültig genug. Sie schaltete den Computer aus, und der grüne Bildschirm wurde dunkel.

Als sie gerade aufstehen wollte, schaltete das Gerät sich wieder ein.

MIR IST KALT UND ICH HABE
SCHMERZEN
HOL MICH HIER RAUS
BITTE BITTE BITTE

»Wo soll ich dich denn rausholen?« schrie sie hysterisch. »Aus dem Grab?«

HOL MICH RAUS RAUS RAUS

Sie rief sich energisch zur Ordnung. So ging es nicht weiter. Sie hatte mit dem Computer gesprochen, so als wäre er ein Mensch – so als wäre er wirklich *Danny*. Aber es war nicht Danny, der diese Botschaften tippte. Danny konnte mit Computern nicht umgehen. Und, verdammt, *Danny war tot!*

Sie schaltete das Gerät aus.

Es schaltete sich ein.

Sie stieß einen Schrei aus. Das verdammte Ding konnte sich doch unmöglich selbst einschalten.

Während Tina um den Schreibtisch herum zur Steckdose in der Wand hastete, warf der Computer in dämonischer Raserei seine Botschaft aufs Papier und auf den Bildschirm.

HOL MICH HIER RAUS
HOL MICH HIER RAUS
RAUS
RAUS

Tina bückte sich und packte die beiden Kabel. Sie schienen sich in ihren Händen zu winden wie Schlangen, so als wollten sie ihr Widerstand leisten. Sie riß heftig beide Stekker aus der Steckdose.

Der Bildschirm wurde dunkel.

Er blieb dunkel.

Sofort begann der Raum sich zu erwärmen.

»Gott sei Dank!« flüsterte sie.

Sie taumelte mit weichen Knien auf Angelas Schreibtischstuhl zu, als plötzlich die Tür zum Korridor geöffnet wurde. Sie schrie entsetzt auf.

Der Mann in Schwarz,

Elliot Stryker sah sie erstaunt an, und im ersten Moment war sie unendlich erleichtert, ihn zu sehen.

»Tina, was ist denn los? Ist alles in Ordnung?«

Sie machte einen Schritt auf ihn zu, doch dann fiel ihr ein, daß er vielleicht geradewegs aus einem anderen Büro auf dieser Etage kam, wo er den Computer bedient hatte. Konnte er der Mann sein, der sie quälte?

»Tina? Mein Gott, Sie sind ja leichenblaß!«

Er wollte auf sie zueilen.

»Halt! Warten Sie!«

Er blieb völlig perplex stehen.

Mit zitternder Stimme fragte sie: »Was machen Sie hier?«

Er zwinkerte verwirrt. »Ich hatte geschäftlich im Hotel zu tun, und dann kam mir der Gedanke, daß Sie vielleicht noch an Ihrem Schreibtisch sitzen. Ich beschloß, kurz nachzusehen.«

»Haben Sie mit irgendeinem Computer herumgespielt?«

»Was?«

»Was hatten Sie im zweiten Stock zu suchen? Sie können hier keine Verabredung gehabt haben. Alle sind schon nach Hause gegangen. Ich bin die einzige, die noch hier ist.«

Leicht gereizt, erklärte Elliot: »Ich hatte mit Charlie Mainway etwas zu besprechen. Wir haben unten im Restaurant Kaffee getrunken. Vor einigen Minuten haben wir uns getrennt, und ich bin in den zweiten Stock hinaufgefahren, um nachzusehen, ob Sie noch hier sind. Was ist nur los mit Ihnen?«

Sie starrte ihn durchdringend an.

»Tina, was ist passiert?«

Sie suchte in seinem Gesicht nach einem Anzeichen dafür, daß er log, aber seine Bestürzung schien nicht gespielt zu sein. Außerdem hätte er ihr bestimmt nicht erzählt, daß er mit Charlie Kaffee getrunken hatte, wenn es nicht stimmen würde, denn dieses Alibi ließ sich zu leicht überprüfen. Wenn er der Täter wäre, hätte er sich eine bessere Geschichte einfallen lassen. Er sagte die Wahrheit.

»Es... es tut mir leid«, stammelte sie. »Ich... ich hatte gerade... ein... ein Erlebnis... ein schreckliches Erlebnis...«

»Was für eines?«

Während er auf sie zuging, breitete er seine Arme aus, so als sei es für ihn die natürlichste Sache der Welt, sie festzuhalten und zu trösten, so als hätte er sie schon oft in seinen Armen gehalten. Und sie schmiegte sich mit dem gleichen Gefühl von Vertrautheit an ihn und fühlte sich plötzlich geborgen. Sie war nicht mehr allein.

13

Tina verfügte in ihrem Büro über eine gut sortierte Bar, denn hin und wieder brauchten ihre Geschäftsfreunde nach langen, anstrengenden Besprechungen einen Drink. Zum erstenmal mußte Tina nun selbst Gebrauch von ihren Alkoholvorräten machen. Ihre Hände zitterten allerdings so heftig, daß sie Elliot bat, den Rémy-Martin für sie beide einzuschenken.

Sie nahmen auf dem beigen Sofa Platz, und Tina war froh, daß das Lampenlicht nicht voll darauf fiel. Sie mußte ihr Cognacglas mit beiden Händen zum Mund führen.

»Ich weiß nicht so recht, womit ich beginnen soll«, sagte sie. »Am vernünftigsten wird es wohl sein, wenn ich Ihnen zunächst von Danny erzähle.«

»Von Ihrem Sohn?«

»Ja.«

»Helen Mainway hat mir gesagt, daß er vor einem Jahr gestorben ist.«

»Hat sie Ihnen auch gesagt, wie es dazu kam?«

»Nein.«

«Er gehörte zu der Jaborski-Gruppe.«

»Jaborski-Gruppe?«

»Sie haben damals bestimmt davon gehört«, sagte Tina. »Das *Review-Journal* brachte vier oder fünf Tage lang große Artikel auf der ersten Seite über diese Katastrophe. Bill Jaborski war ein Wildnis-Experte, der auch als Pfadfinderführer sehr aktiv war. Jedes Jahr fuhr er mit einer kleinen Gruppe von Pfadfindern in die High Sierras nördlich von Reno, zu einer siebentägigen sogenannten Überlebensexpedition in der Wildnis.«

»Ja«, murmelte Elliot mitleidig, »jetzt erinnere ich mich wieder daran.«

»Alle Jungen wetteiferten das ganze Jahr hindurch miteinander, um für diese Gruppe ausgewählt zu werden. Es hieß immer, ein solches Training wirke sich sehr positiv auf den Charakter aus und sei völlig ungefährlich. Bill Jaborski galt als einer der zehn besten Winter-Überlebensexperten der ganzen Welt. Und die zweite erwachsene Begleitperson, Tom Lincoln, war fast so gut wie Bill – so wurde jedenfalls behauptet«, fügte sie verbittert hinzu.

»Wenn mich mein Gedächtnis nicht täuscht, so hatten sie diese Fahrten jahrelang durchgeführt, ohne daß es den kleinsten Unfall gab«, sagte Elliot.

Tina trank einen Schluck Cognac; er schmeckte gut, half aber nicht gegen ihr innerliches Frieren.

»Letztes Jahr«, fuhr sie mit ihrem Bericht fort, »wählte Jaborski für die Tour vierzehn Jungen im Alter zwischen zwölf und achtzehn aus – alles hervorragende Pfadfinder. Alle vierzehn starben, und mit ihnen Jaborski und Lincoln.«

»Wurden die genauen Ursachen dieser Katastrophe jemals festgestellt?«

»Es wurde geklärt, *wie* es passiert ist«, antwortete Tina, »nicht aber, *warum*. Die Fahrt ins Gebirge wurde mit einem Kleinbus mit Vierradantrieb unternommen, einem Wagen, der speziell für winterliche Verhältnisse auf kleinen Straßen konstruiert worden war. Er war mit riesigen Reifen, Ketten und sogar einem Schneepflug ausgestattet. Geplant war selbstverständlich keine Expedition ins Zentrum der Wildnis, sondern nur in die Randgebiete. Kein vernünftiger Mensch würde zwölfjährige Jungen tief in die Sierras führen, wie gut vorbereitet, ausgerüstet und trainiert sie auch immer sein mochten. Jaborski beabsichtigte, vom Highway auf einen alten Holzfällerpfad abzubiegen und etwa anderthalb Kilometer in den Wald hineinzufahren, vielleicht noch ein kleines Stück tiefer, falls die Verhältnisse es erlaubten. Von dort aus wollten sie eine dreitägige Rucksackwanderung mit Schneeschuhen unternehmen – einen weiten Kreis beschreiben, mit dem Bus als Ausgangspunkt und Ziel. Sie hatten die beste Wildniskleidung, die besten Daunenschlafsäcke, die besten Winterzelte, Holzkohle und anderes Heizmaterial sowie jede Menge Nahrungsmittel bei sich, und zwei Wildnisexperten hatten die Führung dieser kleinen Expedition übernommen. Vollkommen sicher, sagten alle. Absolut gefahrlos. Was ging also schief?«

Sie konnte nicht länger stillsitzen. Sie sprang auf und begann im Zimmer auf und ab zu laufen, mit ihrem Cognacglas in der Hand.

Obwohl Elliot sich inzwischen wieder deutlich an dieses Drama erinnerte, unterbrach er Tina nicht, denn er wußte, daß es ihr gut tun würde, sich einmal alles von der Seele zu reden.

»Etwas ging nämlich schief, das steht fest«, fuhr sie fort. »Aus unerfindlichen Gründen entfernten sie sich mehr als *sechs* Kilometer vom Highway, fuhren einen steilen Weg hinauf, direkt in die verdammten Wolken, einen lange nicht mehr benutzten Holzfällerweg hinauf, der so vereist und zugeschneit war, daß nur ein Verrückter versuchen konnte, ihn mit einem Wagen zu befahren. Der Bus stürzte ab.« Sie mußte tief Luft holen, bevor sie weitersprechen konnte. »Der Bus stürzte dreißig Meter in die Tiefe... prallte auf zackige Felsen auf. Der Benzintank explodierte. Der Bus wurde zertrümmert, rollte weitere dreißig Meter in den Wald hinein. Alle Insassen kamen ums Leben.« Sie starrte Elliot an. »Warum? Warum hat ein Mann wie Bill Jaborski etwas so unvorstellbar Idiotisches getan?«

Elliot schüttelte nur stumm den Kopf und betrachtete seinen Cognac.

Aber Tina hatte von ihm auch keine Antwort erwartet; ihre Frage war eigentlich nicht an ihn gerichtet gewesen, überhaupt an keinen Menschen, sondern nur an Gott.

»Warum? Jaborski war der beste Mann. Der allerbeste. Er war so gut, daß er nicht die geringsten Bedenken hatte, solche Touren mit Jungen zu unternehmen – und vierzehn Jahre lang passierte nicht das geringste. Bill Jaborski war intelligent, enorm tüchtig und überaus erfahren – und er war sich aller Gefahren, die im Winter im Gebirge lauern konnten, durchaus bewußt. Er war nicht tollkühn, und auf seinen Expeditionen mit den Pfadfindern ging er nie irgendwelche Risiken ein. Wie konnte ein solcher Mann nur so dumm und verantwortungslos handeln und jenen Weg ins Gebirge hinauffahren?«

In Elliots Augen stand tiefes Mitgefühl geschrieben, als er vom Sofa zu ihr aufblickte. »Sie werden die Antwort vermutlich nie erfahren«, sagte er sanft. »Ich verstehe, wie schwer es für Sie sein muß, mit dem Wissen zu leben, daß Sie nie eine befriedigende Erklärung finden werden.«

»Ja, das ist wahnsinnig schwer.«

Sie setzte sich wieder auf die Couch. Er nahm ihr das leere Cognacglas ab, erhob sich und ging zur Bar.

»Mir bitte nichts mehr«, protestierte sie. »Ich möchte nicht betrunken werden.«

»Unsinn!« widersprach er. »Zwei Cognacs werden Ihnen nicht das geringste ausmachen.«

Diesmal konnte sie das Glas Rémy-Martin, das er ihr brachte, mit einer Hand halten.

»Danke, Elliot.«

»Sie dürfen mich nur nicht bitten, einen Drink zu mixen«, lächelte er. »Ich bin nämlich der miserabelste Barkeeper der Welt. Nicht einmal Wodka und Orangensaft kann ich ordentlich mixen.«

»Ich habe mich nicht für den Drink bedankt, sondern dafür, daß Sie sich das alles geduldig angehört haben. Sie sind ein großartiger Zuhörer, Elliot.«

»Die meisten Anwälte reden zuviel«, sagte er. »Das fiel mir schon während meines Studiums auf. Vielleicht wollen sie auf diese Weise im Training für Gerichtsverhandlungen bleiben. Wie dem auch sein mag – damals beschloß ich, als Anwalt in erster Linie zuzuhören. Und im Laufe meiner Praxis konnte ich feststellen, daß ich auf diese Weise meinen Klienten besser helfen kann, weil ich sie durchs Zuhören wirklich kennenlerne.«

Ein kurzes Schweigen trat ein. Beide nippten an ihrem Cognac.

Tina war immer noch nervös, aber zumindest fror sie nicht mehr.

»Ein Kind auf diese Weise zu verlieren, muß grauenvoll sein«, sagte Elliot schließlich. »Obwohl seitdem mehr als ein Jahr vergangen ist, kann ich mir vorstellen, daß Sie nur langsam lernen, mit diesem Drama zu leben. Trotzdem bin ich ganz sicher, daß es nicht einfach eine schmerzliche Erinnerung war, die Sie vorhin so verstört hat.«

»Doch – in gewisser Weise.«

»Möchten Sie darüber sprechen?«

Sie berichtete ihm von den eigenartigen Vorkommnissen der letzten Zeit, von den Botschaften auf Dannys Tafel, der Verwüstung seines Zimmers, den höhnischen Worten auf den Computerlisten.

Elliot sah sich die Print-outs aufmerksam an, und gemeinsam untersuchten sie den Computer in Angelas Büro. Sie schlossen das Gerät wieder an und probierten aus, ob es sich irgendwie ungewöhnlich verhielt, aber es funktionierte völlig vorschriftsmäßig.

»Jemand hätte den Computer natürlich so programmieren können, daß er diesen ganzen Unsinn über Danny auswarf«, dachte Elliot laut. »Aber ich kann mir beim besten Willen nicht vorstellen, wie es jemand fertigbringen könnte, daß sich das Ding von selbst einschaltet.«

»Und doch ist eben dies passiert.«

»Daran zweifle ich nicht. Ich kann nur nicht verstehen, wie so etwas möglich ist.«

»Vielleicht ist jemand nachts hergekommen und hat irgendwelche Spezialleitungen installiert.«

»Das scheint mir etwas weit hergeholt zu sein.«

»Absurd hört sich diese ganze Geschichte an.«

»Und was ist mit der Temperaturveränderung, die Sie erwähnten?«

»Was wollen Sie damit sagen?«

»Wie soll er das ausgelöst haben?«

»Ich weiß es nicht.«

»Und aus welchem Grunde sollte er sich diese Mühe machen?«

Sie zuckte mit den Schultern.

»Ich meine«, fuhr Elliot fort, »selbst wenn er die Klimaanlage auf irgendeine Weise manipulieren konnte – wozu sollte er sich damit abplagen? Welchen Sinn sollte das haben?«

»Ich weiß es nicht«, sagte Tina wieder.

»Könnte diese Temperaturveränderung vielleicht eine subjektive Empfindung gewesen sein?«

Sie runzelte die Stirn. »Sie glauben, ich hätte mir das nur eingebildet?«

»Nun, Sie hatten Angst und ...«

»Aber ich bin mir ganz sicher, daß es keine Einbildung war. Außerdem hat Angela die Kälte ebenfalls gespürt, noch *vor* mir, als der Computer jene erste Namensliste mit den Einschüben über Danny ausdruckte. Es ist doch höchst unwahrscheinlich, daß auch Angela sich die Kälte nur eingebildet hat.«

»Stimmt«, gab er zu und starrte nachdenklich den Computer an. »Kommen Sie.«

»Wohin?«

»Zurück in Ihr Büro. Dort steht nämlich mein Cognac, und den brauche ich jetzt, um meine Gehirnzellen anzuregen.«

Sie folgte ihm in den holzgetäfelten Raum.

Er nahm das Glas von dem niedrigen Tisch vor dem Sofa und setzte sich auf die Kante ihres Schreibtisches. »Wer?« fragte er. »Wer könnte Ihnen so etwas antun?«

»Ich habe keine Ahnung.«

»Sie müssen doch irgendeinen Verdacht haben.«

»Ich wünschte, dem wäre so.«

»Nun, offensichtlich ist es jemand, der eine starke Abneigung gegen Sie hegt oder Sie regelrecht haßt. Ein Spaßvogel würde sich bestimmt nicht soviel Arbeit machen. Es muß jemand sein, der den leidenschaftlichen Wunsch hat, Sie zu quälen. Ich halte es für wahrscheinlich, daß es jemand ist, der Sie für Dannys Tod verantwortlich macht. Und er – oder sie – empfindet den Tod des Jungen als schmerzhaften persönlichen Verlust. Folglich müßte es jemand sein, den Sie kennen.«

Tina mußte zugeben, daß seine Argumentation logisch war, aber damit würde sie nur wieder in jene Sackgasse geraten, in der sie sich früher am Nachmittag befunden hatte. »Ich bin vor einigen Stunden zu dem Schluß gekommen«, sagte sie, während sie zwischen Schreibtisch und Fensterfront auf und ab ging, »daß es *doch* ein Fremder sein muß. Niemand, den ich kenne, wäre zu so etwas fähig, selbst wenn er – oder sie – mich haßen würde. Und niemand außer Michael hat je auch nur angedeutet, daß er mich für mitschuldig an Dannys Tod hält.«

Elliot zog die Brauen hoch. »Ist Michael Ihr geschiedener Mann?«

»Ja.«

»Und er macht Ihnen Dannys Tod zum Vorwurf?«

»Er sagt, ich hätte Danny niemals mitfahren lassen dürfen. Aber Michael ist nicht der Übeltäter, den wir suchen.«

»Warum nicht? Meiner Meinung nach würde er der erste Verdächtige sein.«

»Nein.«

»Sind Sie sicher?«

»Hundertprozentig. Es muß jemand anders sein.«

Elliot trank einen Schluck Cognac. »Nun, es sieht ganz so aus, als würden Sie die Hilfe von Profis benötigen, um diesen Kerl bei einem seiner miesen Tricks zu erwischen.«

»Denken Sie an die Polizei?«

»Ich glaube nicht, daß die Polizei für eine Sache wie diese geeignet ist. Einerseits wäre man dort höchstwahrscheinlich der Ansicht, daß Ihr Problem nicht ernst genug ist, um Zeit damit zu verschwenden. Sie sind ja nicht bedroht worden.«

»Aber diese Vorgänge implizieren doch eine Art von Drohung.«

»Ich bin ganz Ihrer Meinung, daß man die Sache nicht auf die leichte Schulter nehmen darf. Aber Polizisten sind meistens Pedanten. Verhüllte Drohungen beeindrucken sie nicht besonders. Außerdem bräuchte man, um Ihr Haus wirkungsvoll observieren zu lassen, mehr Leute, als die Polizei zur Verfügung stellen kann – es sei denn, es geht um Mord, Kidnapping oder um eine große Rauschgiftaffäre.«

Sie blieb vor ihm stehen. »Was meinten Sie dann, als Sie von Profis sprachen, die diesen Kerl erwischen könnten?«

»Privatdetektive.«

»Ist das nicht ein bißchen melodramatisch?«

Er lächelte säuerlich. »Die Person, die solche Aktivitäten entwickelt, muß eine ausgeprägte melodramatische Ader haben. Es ist nie unvernünftig, Gleiches mit Gleichem zu vergelten.«

Sie seufzte, trank einen Schluck Cognac und ließ sich auf die Couch sinken. »Ich weiß nicht... Wenn ich Privatdetektive engagiere, erwischen sie möglicherweise nur mich.«

»Was? Das müssen Sie mir erklären.«

Sie machte sich mit einem kleinen Schluck Cognac Mut für das, was sie ihm sagen wollte. »Ich überlege mir, ob nicht vielleicht ich selbst diese Botschaften auf Dannys Tafel geschrieben und sein Zimmer verwüstet habe.«

»Ich kann Ihnen nicht folgen.«

»Ich könnte das alles im Schlaf getan haben.«

»Das ist doch lächerlich, Tina!«

»Wirklich? Ich dachte, ich hätte im September allmählich begonnen, über Dannys Tod hinwegzukommen. Damals hatte ich wieder einen guten Schlaf, und ich hörte auf, ständig über die Katastrophe nachzugrübeln. Ich glaubte, den schlimmsten Schmerz überwunden zu haben. Aber vor einem Monat begann ich wieder, von Danny zu träumen. In der ersten Woche passierte es zweimal, in der zweiten schon viermal. Und in den beiden letzten Wochen habe ich jede Nacht von ihm geträumt. Und diese Träume werden immer schlimmer. Inzwischen sind es regelrechte Alpträume.«

Elliot setzte sich neben sie auf die Couch. »Welcher Art?«

»Ich träume, daß er lebt, daß er aber gefangen ist, in einer Schlucht oder einem Brunnen oder einer tiefen Grube – irgendwo unter der Erdoberfläche. Er ruft nach mir, fleht mich an, ihn zu retten. Aber das kann ich nicht. Ich kann nie zu ihm gelangen. Und dann beginnt sich die Erde um ihn zu schließen, und ich wache schreiend und schweißgebadet auf. Und ... ich ... ich habe dann jedesmal ganz stark das Gefühl, daß Danny wirklich nicht tot ist. Es hält nie lange an, aber wenn ich aufwache, bin ich sicher, daß er irgendwo lebt. Sehen Sie, ich habe mein Bewußtsein davon überzeugt, daß mein Sohn tot ist, aber wenn ich schlafe, übernimmt mein Unterbewußtsein das Kommando, und mein Unterbewußtsein ist offenbar nicht überzeugt davon, daß Danny nicht mehr am Leben ist.«

»Sie glauben also, Ihr Unterbewußtsein treibe Sie zum Schlafwandeln und lasse Sie NICHT TOT auf Dannys Tafel schreiben?«

»Glauben Sie nicht, daß so etwas möglich ist?«

»Möglich ist es vermutlich«, sagte Elliot. »Ich bin kein Psychologe, aber mir kommt diese Theorie relativ einleuchtend vor. Trotzdem glaube ich nicht, daß die Sache sich so verhält. Ich gebe zu, daß ich Sie nicht allzu gut kenne, aber ich bilde mir ein, Sie gut genug zu kennen, um sagen zu können, daß Sie nicht auf diese Weise reagieren würden. Sie sind ein Mensch, der sich Problemen stellt. Wenn Ihr Unvermögen, Dannys Tod zu akzeptieren, ein gravierendes Problem wäre, würden Sie es nicht ins Unterbewußtsein verdrängen, sondern Sie würden lernen, es zu bewältigen.«

Sie lächelte. »Sie haben eine sehr hohe Meinung von mir.«

»Stimmt. Außerdem – falls Sie auf die Tafel geschrieben

und sich an Dannys Sachen abreagiert hätten – dann müßten Sie auch in der Nacht hierher ins Hotel gekommen sein und den Computer programmiert haben. Glauben Sie wirklich, Sie wären geistig derartig verwirrt, daß Sie so etwas tun könnten, ohne sich daran zu erinnern? Halten Sie sich für schizophren?«

Sie lehnte sich erleichtert zurück. »Nein.«

»Gut, wir machen Fortschritte.«

»Finden Sie?«

»Aber selbstverständlich. Wir eliminieren Möglichkeiten. Soeben haben wir Sie von der Liste der Verdächtigen gestrichen. Sie schließen Michael als Täter aus. Und ich bin davon überzeugt, daß es kein Unbekannter sein kann – somit bleibt nur ein relativ kleiner Personenkreis übrig.«

»Ich wiederum bin überzeugt davon, daß keiner von meinen Freunden oder Verwandten der Täter ist. Wissen Sie, was dann als einzige Möglichkeit übrigbliebe?«

»Was?«

Sie beugte sich vor, stellte ihr Glas auf den Tisch und vergrub ihr Gesicht in den Händen.

»Tina?«

Sie hob den Kopf. »Ich habe mir nur überlegt, wie ich es am besten in Worte fassen soll. Wissen Sie, es ist eine verrückte Idee. Völlig absurd. Vielleicht sogar die Ausgeburt eines kranken Hirns. Und nachdem Sie mich soeben davon überzeugt haben, daß ich nicht wahnsinnig bin, möchte ich nichts sagen, das Sie veranlassen könnte, Ihre Ansicht über meinen Geisteszustand zu ändern.«

»Ich werde Sie bestimmt nicht für verrückt halten«, beteuerte er. »Sagen Sie mir, was Ihnen im Kopf herumgeht.«

Sie zögerte immer noch, mit ihrer Idee herauszurücken. Die Möglichkeit, die ihr eingefallen war, schien so fantastisch... und doch... Sie beschloß, den Sprung ins kalte Wasser zu wagen. »Vielleicht *ist* Danny am Leben.«

Elliot sah sie mit schiefgelegtem Kopf aufmerksam an. »Am Leben?«

»Ich habe seine Leiche nie gesehen.«

»Warum nicht?«

»Der Gerichtsmediziner und der Leichenbestatter sagten, Danny sei gräßlich verstümmelt. Beide meinten, Michael und ich sollten uns diesen Anblick ersparen. Wir befolgten diesen Rat, und es war ein Begräbnis mit geschlossenem Sarg.«

»Wie wurde denn die Leiche identifiziert?«

»Mit Hilfe von Fotos. In erster Linie aber aufgrund zahnärztlicher Eintragungen.«

»Diese Methode ist fast so sicher wie Fingerabdrücke.«

»*Fast*«, betonte sie. »Aber vielleicht ist Danny bei dem Unfall doch nicht ums Leben gekommen. Vielleicht hat er überlebt. Vielleicht weiß irgend jemand, wo er ist. Vielleicht versucht dieser Jemand mir mitzuteilen, daß Danny lebt. Vielleicht will man mich mit diesen seltsamen Vorkommnissen der letzten Tage nicht quälten oder zu Selbstvorwürfen treiben, sondern mir ganz im Gegenteil Hinweise darauf geben, daß Danny nicht tot ist.«

»Zu viele ›vielleicht‹«, meinte Elliot.

»Vielleicht auch nicht.«

Er legte ihr sanft eine Hand auf die Schulter. »Tina, Sie wissen doch selbst, daß diese Theorie keinen Sinn ergibt. Danny ist tot.«

»Sehen Sie? Jetzt *halten* Sie mich für verrückt.«

»Nein. Ich glaube, daß Sie etwas durcheinander sind, und das ist mehr als verständlich, nach allem, was Ihnen zugestoßen ist.«

»Sie schließen die Möglichkeit, daß er am Leben sein könnte, also völlig aus?«

»Wie sollte er diesen schrecklichen Unfall überlebt haben?« fragte Elliot.

»Ich weiß es nicht.«

»Und wo könnte er diese ganze Zeit über gewesen sein... wenn nicht im Grab!«

»Ich weiß auch das nicht.«

»Wenn er am Leben wäre«, erklärte Elliot geduldig, »würde jemand einfach zu Ihnen kommen und es Ihnen sagen, ohne diese ganze Geheimniskrämerei.«

»Vielleicht.«

Sie war sich bewußt, daß ihre ausweichende Antwort ihn enttäuschte, und blickte niedergeschlagen auf ihre Hände, die sie so fest gefaltet hatte, daß die Knöchel weiß hervortraten.

Elliot berührte ihr Gesicht, drehte es sanft zu sich herum. Seine ausdrucksvollen dunklen Augen hatten einen besorgten Ausdruck.

»Tina, Sie wissen genau, daß von ›vielleicht‹ keine Rede sein kann. Wenn Danny leben würde und wenn jemand Ihnen das mitteilen wollte, würde er das bestimmt nicht auf diese Weise tun, nicht mit dramatischen Andeutungen und völlig sinnlosen Handlungen. Habe ich recht?«

»Vermutlich.«

»Danny ist tot.«

Sie schwieg.

»Wenn Sie sich in die Illusion hineinsteigern, daß er lebt«, sagte Elliot mit großem Ernst, »wird das Erwachen zwangsläufig schrecklich sein.«

Sie blickte ihm tief in die Augen, und nach kurzer Zeit nickte sie seufzend. »Sie haben recht.«

»Danny ist tot.«

»Ja«, murmelte sie.

»Sind Sie auch wirklich davon überzeugt?«

»Ja.«

»Gut.«

Tina stand auf, ging zum Fenster und öffnete die Vorhänge. Sie hatte plötzlich das Bedürfnis, den Strip zu sehen. Nachdem soviel vom Tod die Rede gewesen war, mußte sie sich vor Augen führen, daß es daneben auch noch das Leben gab, und der Boulevard, auf dem Tag und Nacht lebhaftes Treiben herrschte, war dafür ein überzeugender Beweis. Die frühe Winterdämmerung brach gerade herein; die riesigen Leuchtreklamen wurden eingeschaltet und verwandelten die Straße in ein faszinierendes Lichtermeer. Der Verkehrsstrom riß nicht ab, und auf den Trottoirs herrschte ein Gewühl von Menschen, die von einem Casino zum anderen, von einer Show zur anderen unterwegs waren.

Tina beobachtete diesen Rummel eine Weile, dann wandte sie sich Elliot wieder zu. »Wissen Sie, was ich tun möchte?«

»Was denn?«

»Das Grab öffnen lassen.«

»Sie wollen Dannys Leiche exhumieren lassen?«

»Ja. Weil ich sie nicht gesehen habe, fällt es mir so schwer zu akzeptieren, daß er tot ist. Deshalb auch meine Alpträume. Wenn ich die Leiche gesehen hätte, könnte mein Unterbewußtsein sich nicht an die Illusion klammern, daß Danny noch am Leben ist.«

»Aber der Zustand der Leiche...«

»Das ist mir egal«, sagte sie.

Elliot runzelte die Stirn. Es war ihm deutlich anzusehen, daß Tinas Wunsch nach einer Exhumierung ihm Sorgen bereitete. »Obwohl die Leiche in einem luftdichten Sarg liegt, wird sie jetzt zwangsläufig noch schlimmer aussehen als vor einem Jahr«, argumentierte er, »und schon damals hat man Ihnen geraten, Ihren Sohn lieber nicht noch einmal zu sehen.«

»Ich *muß* ihn sehen.«

»Sie werden einen furchtbaren Schock erleben.«

»Ja, aber es wird eine heilsame Schocktherapie sein«, entgegnete sie. »Dieser Schock wird endlich meine Zweifel zunichte machen. Wenn ich Dannys... sterblichen Überreste sehe, werde ich keine Zweifel mehr hegen können, weder bewußt noch unterbewußt. Die Alpträume werden aufhören.«

»Vielleicht. Möglicherweise werden Sie danach aber im Gegenteil noch schlimmere Träume haben.«

Sie schüttelte den Kopf. »Schlimmer als die jetzigen könnten sie gar nicht sein.«

»Eine Exhumierung wird Ihnen aber keine Antwort auf die entscheidende Frage geben, wer Sie quälen und ängstigen will.«

»Vielleicht doch«, widersprach Tina. »Wer auch immer es sein mag und welche Motive dahinterstecken mögen – diese Person ist jedenfalls labil und irgendwie krank. Wer weiß schon, was einen solchen Menschen total aus dem Gleichgewicht bringt? Wenn er von der Exhumierung erfährt, wird er vielleicht so heftig darauf reagieren, daß er sich verrät. Möglich ist alles.«

Elliot dachte kurz darüber nach und gab zu: »Ja, ich glaube, daß Sie recht haben könnten.«

»Aber selbst wenn die Exhumierung mich nicht auf die Spur des Täters dieser makabren Scherze führt, wird sie doch auf jeden Fall meine psychische Verfassung verbessern, und dann werde ich auch den ganzen Unsinn leichter verkraften können. Eine Exhumierung wird deshalb in jeder Hinsicht positive Auswirkungen haben.« Sie ließ sich wieder neben Elliot auf der Couch nieder. »Ich werde einen Anwalt benötigen, stimmt's?«

»Um das Grab öffnen zu lassen? Ja, wenn ein Anwalt Sie vertritt, dürften Sie wesentlich schneller eine Genehmigung erhalten.«

»Würden Sie diesen Fall übernehmen?«

Er zögerte keinen Augenblick. »Ja.«

»Wird es sehr schwierig sein?«

»Nun, ein wichtiger juristischer Grund für die Exhumierung liegt nicht vor. Ich meine damit – es besteht kein Zweifel an der Todesursache, und es geht auch nicht darum, durch eine neue gerichtsmedizinische Untersuchung die Wiederaufnahme eines Prozesses zu erreichen. In solchen Fällen ist eine Öffnung des Grabes sehr schnell durchzusetzen. Aber ich stelle mir die Angelegenheit dennoch nicht allzu schwierig vor. Ich werde mit dem Leiden und der Verstörung einer Mutter argumentieren, und diesem Appell ans Gefühl wird sich das Gericht vermutlich nicht verschließen.«

»Hatten Sie schon einmal einen ähnlich gelagerten Fall?«

»Ja«, sagte Elliot. »Vor fünf Jahren. Ein achtjähriges Mädchen starb plötzlich und völlig unerwartet an Nierenversagen. An einem Tag war die Kleine noch ein ganz normales glückliches Kind, am nächsten schien sie eine leichte Erkältung zu haben, und am dritten Tag war sie tot. Ihre Mutter war so verzweifelt, daß sie es nicht über sich brachte, von ihrer im Sarg liegenden Tochter Abschied zu nehmen. Sie war auch außerstande, an der Beerdigung teilzunehmen. Einige Wochen später begann die Mutter heftige Schuldgefühle zu entwickeln.«

»Ich weiß, wie das ist«, murmelte Tina.

»Diese Schuldgefühle führten allmählich zu schweren seelischen Störungen. Weil die Mutter die Leiche nicht gesehen hatte, konnte sie nicht akzeptieren, daß ihre Tochter wirklich tot war. Sie wurde hysterisch, stand am Rande eines Nervenzusammenbruchs. Ich beantragte eine Exhumierung und mußte mich selbstverständlich näher mit diesem Thema beschäftigen, um eine überzeugende Begründung vorlegen zu können. Dabei stellte ich fest, daß die Reaktion meiner Klientin in einer solchen Situation nicht ungewöhnlich war. Offenbar ist es ein verhängnisvoller Fehler, wenn Eltern sich weigern, beim Tod eines Kindes die Leiche zu sehen. Man braucht etwas Zeit am offenen Sarg des Verstorbenen, um die Tatsache verarbeiten zu können, daß dieser Körper niemals wieder lebendig wird.«

»Hat die Exhumierung Ihrer Klientin geholfen?«

»O ja. Ihre emotionalen Probleme ließen sofort nach und verschwanden schließlich völlig.«

»Sehen Sie!«

»Sie dürfen aber eines nicht vergessen«, wandte Elliot ein. »Die Leiche ihrer Tochter war nicht verstümmelt. Und die Exhumierung wurde bereits zwei Monate nach dem Begräbnis durchgeführt, nicht ein ganzes Jahr danach. Die Leiche war noch in ziemlich gutem Zustand. Aber bei Danny wird das nicht der Fall sein.«

»Dessen bin ich mir bewußt«, sagte Tina, »und – weiß Gott – mir graut davor. Aber ich bin überzeugt davon, daß es absolut notwendig für mich ist.«

»Okay, ich werde mich um die Sache kümmern.«

»Wie lange wird das voraussichtlich dauern?«

»Wird Ihr Ex-Ehemann Einspruch dagegen erheben?«

Tina erinnerte sich an den Haß in Michaels Gesicht, als sie ihn vor einigen Stunden verlassen hatte. »Ja«, sagte sie. »Vermutlich wird er das tun.«

Elliot brachte die leeren Gläser zur Bar und knipste dort eine Lampe an. »In diesem Fall müssen wir schnell handeln. Wenn wir geschickt vorgehen, wird Ihr geschiedener Mann nichts erfahren, bis die Exhumierung ein *fait accompli* ist. Morgen ist Feiertag, deshalb können wir erst am Freitag einen offiziellen Antrag stellen.«

»Das wird sich wahrscheinlich auch nicht durchführen lassen. Sie vergessen das verlängerte Wochenende.«

Elliot fand unter der Spüle ein Geschirrtuch und Spülmittel. »Normalerweise müßten wir wirklich bis Montag warten. Aber ich kenne zufällig einen sehr vernünftigen Richter. Harold Kennebeck. Er war mein Vorgesetzter beim militärischen Nachrichtendienst. Wenn ich...«

»Nachrichtendienst? Sie waren Spion?«

»Diese Bezeichnung weckt falsche Assoziationen«, sagte er lächelnd. »Ich habe weder einen Trenchcoat getragen, noch bin ich durch dunkle Sackgassen geschlichen.«

»Aber Karate, Zyanidkapseln und all sowas?«

»Nun, viel Kampftraining gehörte schon dazu. Das betreibe ich übrigens immer noch dreimal wöchentlich, um körperlich in Form zu bleiben. Aber ansonsten war es wirklich ganz anders, als es in Filmen dargestellt wird. Keine James-Bond-Autos mit Maschinengewehren, die hinter Scheinwerfern verborgen sind. Es ging ganz prosaisch bei uns zu.«

»Irgendwie habe ich das Gefühl«, sagte Tina, »daß es doch wesentlich interessanter war, als Sie es darstellen.«

»Keineswegs«, entgegnete er. »Analysen von Dokumenten, Auswertung von Satellitenfotos und all solche Dinge. Meistens war es stinklangweilig. Na ja, jedenfalls kenne ich Richter Kennebeck schon sehr lange. Wir respektieren einander, und ich bin sicher, daß er mir helfen wird. Ich sehe ihn morgen nachmittag bei einer Neujahrsparty und werde die Situation mit ihm besprechen. Vielleicht erklärt er sich bereit, am Freitag kurz im Gerichtsgebäude vorbeizuschauen, um meinen Exhumierungsantrag in Empfang zu nehmen und zu unterzeichnen. Das läßt sich in ein paar Minuten erledigen. Dann könnten wir das Grab am Samstagmorgen öffnen lassen.«

Tina ging zur Bar und setzte sich auf einen der drei Hokker, durch die Theke von Elliot getrennt. »Je eher, desto besser«, sagte sie. »Ich möchte diese Sache so schnell wie möglich hinter mich bringen.«

»Das ist nur allzu verständlich. Es gleich am Wochenende zu erledigen, hätte außerdem den großen Vorteil, daß Michael wahrscheinlich nichts von der Sache erführe. Und selbst wenn er doch irgendwie Wind davon bekäme, müßte er einen anderen Richter auftreiben, um die Exhumierung verhindern zu können.«

»Glauben Sie, daß er das schaffen könnte?«

»Nein. Das ist ja der springende Punkt. Über die Feiertage werden nur wenige Richter Dienst haben, und diese wenigen werden mit Trunkenheitsdelikten und Anträgen auf Kaution alle Hände voll zu tun haben. Mit größter Wahrscheinlichkeit wird Michael erst am Montagmorgen bis zu einem Richter vordringen, und dann wird es schon zu spät sein.«

»Ganz schön raffiniert!«

»Das ist sozusagen mein Markenzeichen.« Er stellte das erste gespülte Glas auf das Trockengestell.

»Elliot der Raffinierte!« neckte sie ihn.

Er lächelte. »Stets zu Ihren Diensten.«

»Ich bin froh, daß Sie mein Anwalt sind.«

»Beglückwünschen Sie sich nicht voreilig zu Ihrem weisen Entschluß. Warten Sie lieber ab, ob ich wirklich Erfolg haben werde.«

»Daran zweifle ich nicht«, sagte sie. »Sie gehören zu jenen Menschen, die alle Probleme in den Griff bekommen.«

»Sie haben eine sehr hohe Meinung von mir.«

»Stimmt«, bestätigte sie, so wie er es vor einer Weile in der umgekehrten Situation getan hatte.

Beide lachten, und dieses erste Lachen, seit Elliot im Büro aufgetaucht war, änderte schlagartig die Atmosphäre. Sie hatten plötzlich das Gefühl, als läge ihr Gespräch über Tod und Angst, Wahnsinn und Trauer schon lange zurück. Jetzt wollten sie sich auf den vor ihnen liegenden Abend einstimmen und alle Probleme wenigstens für eine Zeit vergessen.

Als Elliot das zweite Glas mit heißem Wasser nachspülte und zum Trocknen hinstellte, kommentierte Tina: »Das machen Sie ausgezeichnet.«

»Fensterputzen kann ich aber *nicht*.«

»Ich habe es gern, wenn Männer sich an der Hausarbeit beteiligen.«

»Dann sollten Sie mich einmal kochen sehen.«

»Sie können kochen?«

»Ich bin als Koch einsame Spitze!«

»Was ist Ihre Spezialität?«

»Alles.«

»Bescheidenheit gehört offenbar nicht gerade zu Ihren Tugenden.«

»Jeder große Küchenchef muß von seinen kulinarischen Künsten völlig überzeugt sein, wenn er etwas Erstklassiges kreieren will.«

»Und was wäre, wenn Sie etwas für mich kochten, und mir würde es nicht schmecken?«

»Dann würde ich auch Ihre Portion aufessen.«

»Und mich darben lassen?«

»Wenn Sie meine Kochkünste verschmähen, haben Sie es nicht besser verdient.«

Tina lachte. Es tat gut, nach so vielen Monaten der Trauer und Depression wieder einmal so richtig von Herzen zu lachen, und es war schön, mit einem attraktiven und sympathischen Mann zusammen zu sein.

Elliot trocknete seine Hände am Handtuch ab. »Wir könnten, anstatt im Restaurant zu essen, zu mir fahren, und ich stelle meine Kochkünste unter Beweis.«

»Ohne Vorbereitungen?«

»Als Kapazität brauche ich nicht viel Zeit, um eine Mahlzeit auf den Tisch zu bringen. Außerdem können Sie mir ja ein bißchen zur Hand gehen – Gemüse putzen, Zwiebeln schälen – lauter ehrenvolle Aufgaben!«

»Nun... ich weiß nicht so recht«, neckte sie ihn. »In welches Restaurant wollten Sie mich denn ausführen?«

»Ich dachte an Battista's Hole. Ich kenne Battista und Rio sehr gut, und sie würden uns bestimmt alle möglichen Köstlichkeiten auftischen.«

»Mmmmmm«, machte Tina. »In Battista's Hole gibt es das beste Essen der ganzen Stadt. Glauben Sie, daß Sie etwas wenigstens halb so Gutes zustande bringen?«

»Ich könnte beispielsweise mit herrlichen Fettuccine Alfredo aufwarten.«

»Aber vielleicht ist heute einer der Abende, an denen Battista für die Gäste singt«, fuhr Tina grinsend fort. »Das möchte ich auf keinen Fall versäumen. Er hat eine herrliche Stimme.«

»Ich kann statt dessen pfeifen!«

»Battista singt Opernarien. Ich liebe Opern.«

»Ich kann Opernmelodien pfeifen.«

»Oh! Welche denn?«

Elliot spitzte die Lippen, warf sich in die Brust und pfiff laut die bekannte Arie ›Vesti la guibba‹ aus dem ›Bajazzo‹.

Tina lachte schallend. »Das hört sich ja grauenhaft an!«

»Kochen kann ich besser als pfeifen.«

»Das hoffe ich sehr.«

»Wenn Sie mein großzügiges Angebot, heute abend für Sie zu kochen, nicht augenblicklich annehmen, werde ich weiterpfeifen. Etwas aus ›Turandot‹.«

»O nein, bitte nicht! Das ist eine meiner Lieblingsopern.«

Elliot warf ihr einen gespielt finsteren Blick zu. »Also – werden Sie mich für Sie kochen lassen?«

»Ja, ja. Ich tu alles, was Sie wollen, nur damit Sie nicht wieder Opernarien pfeifen.«

»Okay.« Er kam hinter der Bartheke hervor und streckte ihr die Hand entgegen. »Machen wir, daß wir in meine Küche kommen.«

»Ich müßte zuerst nach Hause und mich etwas frisch machen«, wandte sie ein.

»Sie sind schon jetzt viel zu frisch für mich.«

»Mein Wagen...«

»Sie fahren damit einfach hinter mir her.«

Sie schalteten die Lampen aus und verließen das Büro.

Als sie auf dem Weg zum Korridor das Vorzimmer durchquerten, warf Tina unwillkürlich einen nervösen Blick auf den Computer. Sie befürchtete, er könnte wieder von allein zu drucken beginnen und ihnen den ganzen Abend verderben.

Aber nichts Derartiges geschah.

14

Elliot Stryker lebte in einem repräsentativen Haus mit Blick auf den Golfplatz des Country Clubs. Die Räume waren warm und gemütlich, hauptsächlich in erdfarbenen Tönen tapeziert, mit Möbeln von Henreden sowie einzelnen auserlesenen Antiquitäten eingerichtet und mit herrlich gemusterten Teppichen ausgestattet. Er besaß eine ausgezeichnete Sammlung von Gemälden moderner Künstler, die im Westen der Vereinigten Staaten zu Hause waren und ihre Sujets aus dem alten und neuen Westen schöpften.

Elliot war sichtlich gespannt, ob ihr sein Haus gefiel, und Tina spannte ihn nicht lange auf die Folter.

»Es ist herrlich«, sagte sie. »Geradezu umwerfend. Wer war Ihr Innenarchitekt?«

»Er steht vor Ihnen.«

»Tatsächlich?«

»Als ich arm war, träumte ich von dem Tag, da ich ein schönes Haus mein eigen nennen würde, vom besten Innenarchitekten geschmackvoll eingerichtet. Aber als ich das Geld dann hatte, wollte ich mein Haus nicht mehr von einem Fremden ausstatten lassen. Ich wollte mich nicht um die Freude bringen, meine eigenen Vorstellungen zu verwirklichen. Nancy – meine verstorbene Frau – und ich suchten hingebungsvoll nach schönen Stücken; kein Möbelgeschäft zwischen Las Vegas, Los Angeles und San Francisco war vor uns sicher, kein Antiquitätengeschäft, keine Galerie, kein Trödler und kein Flohmarkt. Wir hatten eine wunderbare Zeit. Und als sie dann starb... nun, ich erkannte, daß ich niemals über den Verlust hinwegkommen würde, wenn ich an einem Ort blieb, wo jeder Gegenstand mit Erinnerungen an sie verknüpft war. Fünf oder sechs Monate lang war ich ein seelisches Wrack, weil die Erinnerungen mich ständig überwältigten. Schließlich zog ich einen radikalen Schlußstrich. Ich nahm einige wenige Stücke mit, die mich immer an sie erinnern werden, und zog aus, verkaufte unser Haus, kaufte dieses hier und betätigte mich von neuem als mein eigener Innenarchitekt.«

»Ich wußte nicht, daß Sie Ihre Frau verloren haben«, sagte Tina. »Ich dachte, Sie wären geschieden oder lebten getrennt.«

»Sie ist vor drei Jahren gestorben.«

»Woran?«

»Krebs.«

»Das tut mir leid, Elliot.«

»Wenigstens blieb ihr ein langes Siechtum erspart«, berichtete er. »Es war eine sehr aggressive Krebsart. Einen Monat nach der Diagnose war sie schon tot.«

»Waren Sie lange verheiratet?«

»Zwölf Jahre.«

Sie legte ihm sanft eine Hand auf den Arm. »Ich weiß, was Sie durchgemacht haben müssen.«

Ihre mitfühlenden Worte zeigten ihm, daß sie noch mehr gemeinsam hatten, als er gedacht hatte. »Ach ja – Sie hatten Danny ja auch fast zwölf Jahre lang, nicht wahr?«

»Ja. Wissen Sie... bei mir ist es ja erst etwas über ein Jahr, daß ich allein bin. Bei Ihnen sind es immerhin schon drei Jahre. Vielleicht können Sie mir sagen...«

»Was?«

»Hört er jemals auf?«

»Der Schmerz?«

»Ja.«

»Bei mir ist es bisher nicht der Fall«, gestand er. »Vielleicht wird er nach vier Jahren aufhören, oder nach fünf... oder zehn. Es tut nicht mehr so grausam weh wie anfangs, und es ist auch kein ständiger Schmerz mehr. Aber immer noch gibt es Momente, da...«

Er ließ seinen Satz unvollendet, und sie rührte nicht mehr an dieses Thema.

Er zeigte ihr auf ihren Wunsch hin das ganze Haus und konnte sich davon überzeugen, daß ihre stilvolle Bühnenshow kein Zufallstreffer war. Sie hatte Geschmack und ein sicheres Auge, das den Unterschied zwischen hübschen und wirklich schönen Stücken, zwischen bloßer Raffinesse und echter Kunst sofort erkannte. Es machte ihm viel Freude, sich mit ihr über Antiquitäten und Gemälde zu unterhalten, und eine Stunde verging dabei wie im Fluge.

Zuletzt führte er sie in die große Küche mit der Kupferdecke, den mexikanischen Bodenfliesen und der perfekten Ausstattung, die sogar einem kleineren Restaurant alle Ehre gemacht hätte. Tina bewunderte die riesige Kühltruhe, den Grill, die beiden Herde, den Mikrowellenherd sowie die zahlreichen arbeitssparenden Geräte und Vorrichtungen und kommentierte schließlich: »Sie haben hier ja ein kleines Vermögen ausgegeben. Offensichtlich ist Ihre Anwaltspraxis nicht einfach eine der unzähligen Scheidungsmühlen von Vegas.«

Elliot grinste. »Ich bin einer der Gründer von Stryker, Cohen, Dwyer, Coffey & Napotino. Das ist eine der größten Anwaltskanzleien der Stadt. Wir hatten sehr viel Glück. Wir waren zur richtigen Zeit am richtigen Ort. Orrie Cohen und ich fingen vor elfeinhalb Jahren mit einem billigen Laden als Büro an, und kurz darauf begann zufällig der größte Boom, den diese Stadt je erlebt hat. Wir vertraten einige Leute, an denen die renommierten Anwälte kein Interesse hatten – junge Unternehmer mit einer Menge guter Ideen, aber wenig Geld für Juristen. Einigen unserer Klienten gelang – bedingt durch das explosive Wachstum der Spielindustrie und des Immobilienmarktes – in der Folge die ganz große Karriere, und wir hängten uns einfach an ihre Rockzipfel und kamen auf diese Weise zu Geld und Ansehen.«

»Interessant«, sagte Tina.

»Finden Sie?«

»Ich finde es interessant, daß Sie in bezug auf Ihre Anwaltskanzlei so bescheiden sind und Ihren Erfolg als glücklichen Zufall hinstellen, und daß Sie angeben wie zehn nackte Neger, wenn es ums Kochen geht.«

Er lachte. »Das liegt daran, daß ich ein viel, viel besserer Koch als Anwalt bin. Könnten Sie uns vielleicht einen Drink mixen, während ich mich rasch umziehe? In fünf Minuten bin ich wieder hier, und dann werden Sie sehen können, wie ein echtes kulinarisches Genie arbeitet.«

»Falls es nicht klappt«, neckte sie ihn, »können wir zum Glück immer noch ins Auto springen und bei McDonald's einen Hamburger essen.«

»Philisterin!«

»Die Hamburger von McDonald's sind unübertrefflich.«

»Das trifft erst recht auf meine Fettuccine zu.«

»Wenn das stimmt, fresse ich einen Besen«, lachte sie.

»Roh oder gekocht?«

»Von Ihnen gekocht, würde ich ihn nicht so gern essen.«

»Schon wieder diese Beleidigungen«, stöhnte er. »Lassen Sie sich von mir eines gesagt sein – falls ich einen Besen kochen würde, so wäre er einfach köstlich. Sie würden ihn ratzekahl aufessen, sich die Finger lecken und um einen zweiten bitten.«

Ihr Lächeln war so hinreißend, daß er sie stundenlang hätte ansehen können.

Elliot war amüsiert über die Wirkung, die Tina auf ihn ausübte. Er konnte sich nicht erinnern, sich jemals so tollpatschig in der Küche angestellt zu haben wie an diesem Abend. Er ließ Löffel fallen. Er warf Gewürzdosen um. Ein Topf kochte auf dem Herd über, weil er nicht aufgepaßt hatte. Er vertat sich beim Mischen der Salatsauce und mußte eine zweite zubereiten. Sie neckte ihn, und das gefiel ihm sehr.

»Elliot, sind Sie sicher, daß Sie die Cognacs in meinem Büro nicht spüren?«

»Absolut.«

»Dann vielleicht den Drink, den Sie hier getrunken haben?«

»Nein, das ist einfach mein Küchenstil.«

»Sachen umzuwerfen und zu verstreuen ist Ihr Stil?«

»Ja – es gibt der Küche ein so gemütliches, *benutztes* Aussehen.«

»Sind Sie ganz sicher, daß Sie nicht doch lieber zu McDonald's gehen wollen?«

»Macht man sich dort die Mühe, der Küche ein gemütliches, *benutztes* Aussehen zu geben?«

»Es gibt dort nicht nur gute Hamburger...«

»Die *benutzt* aussehen«, warf er ein.

»... sondern auch wundervolle Pommes frites.«

»Und außerdem ... was das Umwerfen angeht – ein guter Koch braucht nicht graziös wie ein Ballettänzer zu sein.«

»Würden Sie sagen, daß er ein gutes Gedächtnis braucht?«

»Wie?«

»Dieses Senfpulver, das Sie gerade in die Salatsauce geben wollen.«

»Was ist damit?«

»Sie haben es vor einer Minute schon einmal verwendet.«

»Tatsächlich? O Gott! Vielen Dank für den Hinweis. Ich würde dieses verdammte Dressing ungern ein drittes Mal herstellen.«

Sie lachte – und stieß mit dem Ellbogen versehentlich gegen ein großes italienisches Brot, das auf der Arbeitsplatte lag. Der runde Laib landete auf den mexikanischen Fliesen.

»He, Sie spüren wohl Ihren Cognac?« neckte er zur Abwechslung einmal Tina.

»Nein.«

»Was ist es dann? Ich wette, Sie sind so aufgeregt, weil Sie mit einem attraktiven und erfolgreichen Mann wie mir zusammenarbeiten dürfen.«

»Keineswegs«, widersprach sie. »Ich mag mein Brot am liebsten, wenn es ein bißchen schmutzig ist.«

»Sie mögen schmutziges Brot?«

»Kennen Sie denn die alte Volksweisheit nicht – Dreck reinigt den Magen?«

»Ich streue meine Tagesration auf meine Frühstückseier.«

Sie lachte. Nancy hatte ein ähnlich kehliges Lachen gehabt.

Tina war in vieler Hinsicht ganz anders als Nancy, aber etwas sehr Wichtiges hatten die beiden Frauen doch gemeinsam: Es war schön, mit ihnen zusammen zu sein. Tina war – wie Nancy – eine großartige Gesprächspartnerin, klug, schlagfertig und sensibel.

Vielleicht war es noch zu früh, um sicher sein zu können, aber Elliot hatte das Gefühl, daß das Schicksal ihm eine zweite Glückschance bot.

Nach dem Dessert schenkte Elliot ihr und sich die zweite Tasse Kaffe ein. »Möchten Sie immer noch bei McDonald's einen Hamburger essen gehen?«

»Der Pilzsalat, die Fettuccine Alfredo und das Zabaglione... alles war köstlich«, sagte Tina. »Sie können *wirklich* kochen.«

»Würde ich Sie anlügen?«

»Ich nehme an, daß ich jetzt den Besen fressen muß.«

»Den haben Sie doch schon verzehrt.«

»Na sowas! Und ich hab' nicht mal die Borsten bemerkt!«

Noch während sie bei der Zubereitung des Essens in der Küche herumgealbert hatten, war Tina die Idee gekommen, daß sie vielleicht schon in dieser Nacht miteinander ins Bett gehen würden. Und gegen Ende des fürstlichen Mahles *wußte* sie es. Elliot drängte sie nicht, und auch sie forderte ihn nicht heraus. Aber sie fühlten sich wie von Naturkräften zueinander hingezogen. Instinktiv hatten sie beide schon erkannt, daß sie einander brauchten, körperlich und seelisch und geistig, und daß alles, was zwischen ihnen geschehen mochte, richtig und gut sein würde.

Es war unvermeidlich.

Anfangs machte die Unterströmung sexuellen Verlangens Tina nervös. Sie hatte in den letzten vierzehn Jahren – seit ihrem neunzehnten Lebensjahr! – nur mit Michael geschlafen, und seit nunmehr fast zwei Jahren hatte sie überhaupt mit *niemandem* geschlafen. Plötzlich befürchtete sie, es könnte sehr dumm von ihr gewesen sein, zwei Jahre wie eine Nonne zu leben. Im ersten dieser beiden Jahre war sie natürlich noch mit Michael verheiratet gewesen und hatte sich ihm gegenüber zur Treue verpflichtet gefühlt, obwohl er sich über derartige Moralvorstellungen schon lange hinweggesetzt hatte und es schließlich zur Trennung und später zur Scheidung kam. Und danach? Nach Dannys Tod war sie einfach nicht in der Verfassung für eine Romanze gewesen, und zudem hatte *Magyck!* ihre ganze Zeit in Anspruch genommen. Aber nun fühlte sie sich wie ein unerfahrenes junges Mädchen! Sie fragte sich, ob sie überhaupt noch wissen würde, was sie *tun* mußte. Sie befürchtete, sie könnte sich im Bett ungeschickt, töricht und lächerlich anstellen. Sie sagte sich zwar, daß man Sex nicht verlernt, genauso wenig wie Fahrradfahren, und innerlich mußte sie über diesen dummen Vergleich lachen – aber ihr Selbstbewußtsein wurde dadurch nicht gestärkt.

Während sie und Elliot dann aber das uralte Ritual der Werbung mit all seinen versteckten sexuellen Vorstößen und Paraden vollzogen, beruhigte sie sich allmählich, weil diese Spiele ihr so vertraut waren. Obwohl vierzehn Jahre vergangen waren, seit sie dieses Spiel mit Michael gespielt hatte, kam es ihr so vor, als wäre es erst gestern gewesen. Es war offenbar wirklich so wie mit dem Fahrradfahren.

Nach dem Essen gingen sie ins Wohnzimmer, und Elliot machte im offenen Kamin Feuer. Obwohl Wintertage in der Wüste oft fast frühlingshaft warm waren – die Winternächte waren immer kühl – oft sogar kalt. Die Scheite im Feuer knisterten anheimelnd, während draußen ein kalter Nachtwind ums Dach pfiff und an den Fensterscheiben rüttelte.

Elliot legte eine Sinatra-Platte auf.

Tina zog ihre Schuhe aus.

Sie saßen nebeneinander auf dem Sofa vor dem Kamin, blickten in die Flammen, lauschten der Musik, nippten an ihrem Pfefferminzlikör und unterhielten sich. Es kam Tina so vor, als unterhielten sie sich pausenlos den ganzen Abend hindurch, so als hätte jeder von ihnen eine Menge wichtiger Informationen, die der andere erfahren mußte, bevor sie sich trennen würden. Und je länger sie redeten, desto mehr Gemeinsamkeiten entdeckten sie. Und nach zwei Stunden am Kamin stellte Tina fest, daß Elliot ihr immer besser gefiel, je mehr sie über ihn erfuhr.

Sie hätte hinterher nicht sagen können, wie es zum ersten Kuß kam, ob Elliot sich zu ihr herübergebeugt hatte, oder ob sie näher an ihn herangerückt war. Wie dem auch sein mochte – plötzlich trafen sich ihre Lippen, sanft, flüchtig. Dann wieder. Und ein drittes Mal. Und danach begann er, ihr Gesicht mit Küssen zu bedecken: ihre Stirn, ihre Augen, ihre Wangen, ihre Nase, ihre Mundwinkel, ihr Kinn, ihre Ohren. Er ließ seine Lippen über ihren Hals gleiten, bevor er zu ihrem Mund zurückkehrte und sie nun leidenschaftlich küßte. Sie öffnete bereitwillig ihre Lippen, und ihre Zungen begannen miteinander zu spielen.

Seine Hände glitten langsam über ihren Körper, erkundeten sie behutsam, und auch sie berührte ihn, streichelte seine Schultern, seine Arme, seine harten Rückenmuskeln.

In einem traumhaften Schwebezustand zogen sie ins Schlafzimmer um. Er schaltete eine kleine matte Lampe auf der Kommode ein und schlug die Bettdecke zurück.

Sie befürchtete, daß damit der Zauber gebrochen sein könnte, aber als er sie wieder in die Arme nahm und küßte, spürte sie, daß sich nichts verändert hatte.

Sie umarmte ihn leidenschaftlich, während sie sich küßten, und preßte sich fest an ihn. Eigenartigerweise hatte sie das Gefühl, als wären sie schon oft in einer solch innigen Umarmung verschmolzen.

»Wir kennen einander kaum«, flüsterte sie.

»Hast du wirklich dieses Gefühl?«

»Nein.«

»Ich auch nicht.«

»Ich kenne dich so gut.«

»Seit einer Ewigkeit.«

»Und doch sind es erst zwei Tage.«

»Zu schnell für dich?« fragte er.

»Was meinst du?«

»Für mich ist es nicht zu schnell.«

»Für mich auch nicht.«

»Bist du sicher?«

»Hundertprozentig.«

»Du bist wundervoll.«

»Liebe mich!«

Er war kein außergewöhnlich großer Mann, aber er hob sie hoch, als wäre sie ein kleines Kind.

Sie schmiegte sich fest an ihn. In seinen dunklen Augen las sie ein machtvolles Verlangen, das nur zum Teil sexueller Art war, und sie wußte, daß in ihren Augen das gleiche geschrieben stand – das Bedürfnis, geliebt zu werden.

Er trug sie zum Bett und legte sie sanft auf das Laken, entkleidete sie ohne jede Hast, aber in atemloser Erwartung, die sein Gesicht strahlen ließ.

Er streifte rasch seine eigenen Kleider ab, legte sich zu ihr und nahm sie in seine Arme.

Langsam nahm er von ihrem Körper Besitz, zuerst mit den Augen, dann mit seinen zärtlichen Händen und schließlich mit Lippen und Zunge.

Tina erkannte, daß es ein Irrtum gewesen war zu glauben, sie müsse während der Trauerzeit enthaltsam sein. Genau das Gegenteil war der Fall. Sex mit einem Mann, der sie gern hatte, hätte ihr geholfen, sich schneller zu erholen, denn Sex war die Antithese des Todes, ein Freudenfest des Lebens.

Sie streichelte seinen Körper, liebkoste ihn.

Ihr Verlangen nach ihm wurde übermächtig.

»Du bist so süß«, flüsterte er.

Er nahm sie, und sie begannen sich im Rhythmus der Liebe zu bewegen. Für lange Zeit vergaßen sie die Realität des Todes. In jenen herrlichen Stunden hatten sie das Gefühl, als würden sie beide ewig leben.

Teil III

Donnerstag, 1. Januar

15

Tina blieb die Nacht über bei Elliot, und zum erstenmal seit Nancys Tod fühlte er wieder, wie schön es war, mit jemandem, den man aufrichtig gern hatte, ein Bett zu teilen. In den vergangenen zwei Jahren hatte er mehrere Frauen in seinem Bett gehabt, und einige hatten auch bei ihm übernachtet, aber keine jener Geliebten hatte ihm ein solches Gefühl von Wärme und tiefer Zufriedenheit gegeben wie Tina. Mit ihr war Sex ein wundervolles Erlebnis, aber es war nicht der Hauptgrund, weshalb er sie in seiner Nähe haben wollte. Sie war eine großartige Geliebte – langbeinig, mit vollen Brüsten und seidig zarter Haut, hingebungsvoll und leidenschaftlich – aber zugleich war sie ein *Mensch*, eine reizvolle Persönlichkeit, kein Durchschnittstyp, sondern eine unverwechselbare, warmherzige und intelligente Frau, und *deshalb* war es so schön, das Bett mit ihr zu teilen. Zu wissen, daß es jemanden wie sie gab, erfüllte ihn mit einem tiefen Glücksgefühl. Er lag neben ihr, lauschte auf ihre regelmäßigen Atemzüge im Schlaf und spürte, wie die Einsamkeit von drei langen Jahren allmählich von ihm wich.

Schließlich schlief auch er ein, aber um vier Uhr morgens wurde er von ihren Schreien abrupt aufgeweckt.

Sie fuhr aus ihrem Alptraum hoch, rang verzweifelt nach Atem und stammelte zitternd wirres Zeug über einen schwarzgekleideten Mann.

Elliot mußte die Nachttischlampe einschalten, um ihr zu

beweisen, daß außer ihnen beiden niemand im Zimmer war.

Sie hatte ihm zwar von ihren Träumen erzählt, aber erst jetzt begriff er, *wie* schrecklich sie waren, und ihm wurde klar, daß die Exhumierung von Dannys Leiche vielleicht tatsächlich das Beste für sie wäre, trotz des grauenvollen Anblicks, der sich ihr im Sarg bieten würde, wenn dadurch nur diese unerträglichen Alpträume aufhörten.

Er knipste die Lampe aus, überredete sie, sich wieder hinzulegen und hielt sie fest in seinen Armen, bis ihr Zittern nachließ. Zu seinem großen Erstaunen ging ihre Angst sehr schnell in Begierde über, und zu seinem noch größeren Erstaunen konnte er darauf eingehen, obwohl er vor wenigen Stunden völlig erschöpft gewesen war.

Und morgens nahm er sie wieder leidenschaftlich, als sie beide naß und eingeseift unter der Dusche standen.

Während des Frühstücks bat er sie, ihn zu der Nachmittagsparty zu begleiten, bei der er Richter Kennebeck wegen der Exhumierung ansprechen wollte. Aber Tina erklärte, sie wolle lieber Dannys Zimmer ausräumen, da sie sich im Augenblick dieser Aufgabe gewachsen fühle.

»Wir sehen uns doch aber heute abend?« fragte er.

»Ja.«

»Ich werde wieder für dich kochen.«

Sie lächelte herausfordernd. »In welchem Sinn meinst du das?«

»Ausschließlich im kulinarischen. Nach der vergangenen Nacht werde ich im Schlafzimmer erst wieder kochen können, wenn meine Batterien aufgeladen sind, und das wird einige Tage dauern.«

Sie beugte sich vor und küßte ihn. »Ich wette, daß du schon in einigen Stunden wieder auf der Höhe sein wirst.«

Ihr Geruch, ihre strahlend blauen Augen, ihre zarte Gesichtshaut unter seinen Fingern – all das weckte in ihm sofort wieder zärtliche Gefühle. »Mein Gott«, sagte er, »ich glaube, du könntest recht haben. Es ist wirklich unglaublich. Ich komme mir vor wie sechzehn!«

»Schrecklich, nicht wahr?«

»Ich werde noch völlig ausbrennen, und das ist einzig und allein deine Schuld.«

Er begleitete sie zu ihrem VW-Käfer, der vor seiner Garage stand, und als sie bereits hinter dem Steuer saß, zögerte er ihren Aufbruch noch um eine Viertelstunde hinaus, indem er ihr in allen Einzelheiten schilderte, welches Menu er für den Abend plante.

Als sie schließlich losfuhr, blickte er ihrem Auto nach, bis es hinter einer Kurve verschwand, und plötzlich wurde ihm klar, weshalb es ihm so widerstrebt hatte, sie gehen zu lassen: Er fürchtete, sie niemals wiederzusehen.

Es gab keinen rationalen Grund für diese Angst. Tina glaubte nicht, daß ihr von seiten des Kerls mit den makabren Scherzen eine echte Gefahr drohte, und Elliot war geneigt, ihr recht zu geben. Dieser Unbekannte wollte ihr seelische Qualen zufügen; ihren Tod wollte er gewiß nicht, denn das würde ihn ja um seinen perversen Spaß bringen.

Es war Elliot bewußt, daß seine Angst abergläubischer Natur war. Er traute ganz einfach dem Schicksal nicht über den Weg. Vielleicht hatte es ihm das kurze Glück mit Tina nur beschert, um dann wieder grausam zuschlagen zu können. Er hatte Angst, daß Tina ihm entrissen werden könnte wie Nancy.

Ohne seine düsteren Vorahnungen ganz abschütteln zu können, ging er ins Haus.

Die nächsten anderthalb Stunden verbrachte er in der Bibliothek, wo er in juristischen Fachwerken nach Präzedenzfällen für die Exhumierung einer Leiche ›aus rein humanitären Gründen‹ suchte. Elliot glaubte zwar nicht, daß Kennebeck irgendwelche Schwierigkeiten machen würde, geschweige denn, daß der Richter in einer verhältnismäßig einfachen und harmlosen Angelegenheit von ihm eine Liste der Präzedenzfälle verlangen würde, aber er wollte für alle Fälle perfekt vorbereitet sein. Kennebeck war als Offizier immer ein zwar gerechter, aber sehr anspruchsvoller Vorgesetzter gewesen.

Um eins fuhr Elliot mit seinem silberfarbenen Mercedes 450 SL zu der Neujahrsparty am Sunrise Mountain. Der Himmel war klar und blau, und Elliot wünschte, er hätte Zeit für einen kleinen Flug mit seiner Cessna. Es war ideales Flugwetter, einer jener kristallenen Tage, da man sich über der Erde besonders frei fühlte. Vielleicht würde er am Sonntag, wenn die Exhumierung überstanden war, mit Tina nach Arizona oder nach Los Angeles fliegen.

Die meisten der großen, teuren Häuser am Sunrise Mountain hatten ›natürliche Landschaftsgestaltung‹ – Felsen, bunte Steine und kunstvoll arrangierte Kakteen anstelle von Gras, Büschen und Bäumen – ein Zugeständnis an die Tatsache, daß die Wüste sich in diesem neuen Stadtteil noch erfolgreich gegen die Vergewaltigung durch den Menschen wehrte. Nachts hatte man von diesem Berg aus einen überwältigenden Blick auf Las Vegas, aber Elliot begriff beim besten Willen nicht, welche anderen Gründe jemanden veranlassen konnten, sich hier und nicht in einem der älteren und grüneren Viertel der Stadt niederzulassen. Diese öden, sandverwehten Abhänge würden auch in zehn Jahren noch nicht mit üppigem Grün bewachsen sein – vielleicht in zwanzig. Die riesigen Häuser ragten auf den braunen Hügeln empor wie Monumente einer alten, überholten Religion. Die Bewohner mußten damit rechnen, daß sie auf ihren Patios, Sonnenterrassen und Pool-Anlagen gelegentlich Besuch von Skorpionen, Taranteln und Klapperschlangen erhielten. An windigen Tagen war der Staub so dicht wie Nebel und drang durch alle Spalten und Ritzen. Elliots Einschätzung nach war Sunrise Mountain nur deshalb zu einer vornehmen Wohngegend geworden, weil ganz zu Beginn einige Millionäre hier gebaut hatten. Andere waren ihnen bald gefolgt, überzeugt davon, daß Millionäre nichts falsch machen konnten, wobei sie übersahen, daß diese Herrschaften sich nur deshalb auf dem Berg niedergelassen hatten, weil sie aus Senilität die riesigen Nachteile nicht mehr zu erkennen vermochten.

Die Party fand in einem imposanten Haus im neo-spanischen Stil etwa auf halber Höhe des Berges statt. Ein dreiseitiges, fächerförmiges Zelt war auf dem hinteren ›Rasen‹ errichtet worden, neben dem Swimmingpool, mit der offenen Seite zum Haus hin. Ein achtzehnköpfiges Orchester spielte im Hintergrund des bunt gestreiften Segeltuchzeltes. Schätzungsweise zweihundert Gäste tanzten und promenierten hinter dem Haus, weitere hundert feierten in den fünfzehn Räumen.

Elliot kannte viele Gesichter, denn die Hälfte der Gäste bestand aus Juristen und deren Ehefrauen. Staatsanwälte, Steueranwälte, Strafverteidiger und Justitiare unterhielten und betranken sich fröhlich zusammen mit den Richtern, vor denen sie nächste Woche wieder im Gerichtssaal erscheinen würden.

Elliot mischte sich unter die Menge, tauschte Neujahrsglückwünsche und höfliche Floskeln mit allen möglichen Leuten aus und machte schließlich nach zwanzig Minuten Harold Kennebeck ausfindig. Der Richter war ein großer, streng aussehender Mann mit lockigen weißen Haaren. Er begrüßte Elliot herzlich, und sie unterhielten sich über ihre gemeinsamen Interessen – Kochen, Fliegen und Floßfahren auf Flüssen.

Elliot wollte Kennebeck nicht in Hörweite von mindestens einem Dutzend Anwälten um einen Gefallen bitten, und er wußte, daß sie nirgends im Haus völlig ungestört sein würden, deshalb schlug er dem Richter einen kleinen Spaziergang vor, und sie bummelten die Straße hinunter, vorbei an den luxuriösen Wagen der Partygäste.

Kennebeck lauschte interessiert, während Elliot inoffiziell die Chancen für eine Exhumierung von Dannys Leiche sondierte. Von dem bösartigen Unruhestifter erwähnte Elliot nichts; er wollte die Angelegenheit nicht unnötig komplizieren. Nach wie vor war er der Ansicht, daß Tina, um dem Störenfried auf die Schliche zu kommen, Privatdetektive engagieren sollte. Um dem Richter zu erklären, weshalb eine Exhumierung plötzlich so dringlich war, übertrieb Elliot beträchtlich die Seelenqualen und die geistige Verwirrung, unter denen Tina litt, weil sie die Leiche ihres Sohnes nicht gesehen hatte.

Harry Kennebeck hatte ein Pokergesicht, an dem nicht abzulesen war, ob er Mitgefühl und Verständnis für Tinas Situation aufbrachte. Etwa eine Minute lang überdachte er schweigend das Problem, dann fragte er: »Und was ist mit dem Vater?«

»Ich hoffte, daß Sie diese Frage nicht stellen würden.«

»Aha!«

»Der Vater wird dagegen protestieren«, gab Elliot gezwungenermaßen zu.

»Sind Sie sicher?«

»Ja.«

»Aus religiösen Gründen?«

»Nein. Kurz vor dem Tod des Jungen wurde die Ehe der Evans geschieden. Michael Evans haßt seine Ex-Frau.«

»Aha... Er würde die Exhumierung also nur verhindern wollen, um seiner Frau eins auszuwischen?«

»So ist es«, bestätigte Elliot.

»Trotzdem muß ich die Einstellung des Vaters berücksichtigen.«

»Das Gesetz verlangt lediglich die Einwilligung *eines* Elternteils, sofern es nicht um Einspruch aus religiösen Motiven geht.«

»Ich habe dennoch die Pflicht, die Interessen aller Beteiligten zu berücksichtigen.«

»Wenn man dem Vater die Möglichkeit zum Einspruch gibt«, argumentierte Elliot, »kommt es unweigerlich zu einem langen Hickhack vor Gericht.«

»Das würde mir absolut nicht gefallen«, sagte Kennebeck nachdenklich. »Das Gericht ist ohnehin schon total überlastet. Es mangelt uns einfach an Richtern oder an Geld. Das System ächzt und kracht in allen Fugen.«

»Und wenn der Staub sich dann endlich gesetzt hat«, fuhr Elliot fort, »wird meine Klientin ohnehin gewinnen und die Erlaubnis zur Exhumierung erhalten.«

»Vermutlich«, gab Kennebeck zu.

»Mit Sicherheit«, verbesserte Elliot. »Der Ehemann würde ja nur gehässige Obstruktion betreiben; in dem Bestreben, seiner Ex-Frau weh zu tun, würde er tagelang die Zeit des Gerichts in Anspruch nehmen, und das Endresultat wäre genau dasselbe, als hätte man ihm nie die Chance zum Protest gegeben.«

Kennebeck legte die Stirn in Falten.

Sie blieben am Ende des nächsten Blocks stehen, und der Richter wandte mit geschlossenen Augen sein Gesicht der warmen Sonne zu. Schließlich sagte er: »Sie bitten mich also um eine Gesetzesübertretung.«

»Nein. Ich bitte Sie nur, auf Ersuchen der Mutter eine Exhumierungserlaubnis zu verfügen. Das ist gesetzlich erlaubt.«

»Sie möchten diese Erlaubnis vermutlich schnellstens haben?«

»Morgen vormittag, wenn es irgend möglich ist.«

»Und dann lassen Sie das Grab morgen nachmittag öffnen?«

»Spätestens am Samstag.«

»Bevor der Vater von einem anderen Richter eine einstweilige Verfügung erwirken kann«, konstatierte Kennebeck.

»Wenn wir Glück haben, wird der Vater nie etwas von der Exhumierung erfahren.«

»Aha.«

»Diese Lösung wäre doch für alle Beteiligten am vorteilhaftesten. Das Gericht spart sich eine Menge Zeit und Mühe. Meiner Klientin wird viel unnötiger Schmerz erspart. Und ihr Ex-Ehemann spart sich hohe Anwaltskosten, die völlig zum Fenster hinausgeworfen wären.«

»Hmmm«, brummte Kennebeck.

Sie gingen schweigend auf das Haus zu, wo die Party immer lauter wurde.

In der Mitte des Blocks sagte der Richter endlich: »Ich muß mir das eine Weile durch den Kopf gehen lassen, Elliot.«

»Wie lange?«

»Werden Sie den ganzen Nachmittag hier verbringen?«

»Das bezweifle ich. Für meinen Geschmack sind zuviel Juristen hier. Diese ewige Fachsimpelei geht mir auf die Nerven.«

»Fahren Sie anschließend nach Hause?«

»Ja.«

Kennebeck strich sich eine lockige Haarsträhne aus der Stirn. »Dann werde ich Sie heute abend anrufen.«

»Können Sie mir wenigstens verraten, in welche Richtung Sie tendieren?«

»In Ihre, glaube ich.«

»Sie wissen, daß ich recht habe, Harry.«

Kennebeck lächelte. »Ich habe Ihr Plädoyer gehört, Herr Rechtsanwalt. Lassen wir's dabei bewenden. Ich werde Sie heute abend anrufen, sobald ich etwas Zeit zum Nachdenken hatte.«

Zumindest hatte der Richter das Anliegen nicht strikt abgelehnt. Trotzdem hatte Elliot mit einer befriedigenderen Antwort gerechnet. Schließlich war es nur ein kleiner Gefallen, um den er Kennebeck gebeten hatte, und sie kannten einander seit einer Ewigkeit. Elliot wußte, daß der Richter ein vorsichtiger Mann war, aber übertrieben vorsichtig war er normalerweise nun auch wieder nicht. Sein Zögern in dieser relativ simplen Angelegenheit wunderte Elliot, aber er sagte nichts mehr. Ihm blieb jetzt nichts anderes übrig, als auf Kennebecks Anruf zu warten.

Auf dem letzten Stück Weges bis zum Haus unterhielten sie sich darüber, wie köstlich Nudeln mit einer dünnen, leichten Sauce aus Olivenöl, Knoblauch und süßem Basilikum schmecken.

Elliot blieb nur zwei Stunden auf der Party. Das Fachsimpeln der vielen Juristen ödete ihn an. Überall war die Rede von Beleidigungsklagen, Vorladungen, Plädoyers, Prozessen, Gegenprozessen, Berufungen, Verteidigungen und dergleichen mehr. Mit solchen Dingen hatte er ständig an fünf Wochentagen acht bis zehn Stunden zu tun, und er hatte nicht die geringste Lust, auch am Neujahrstag über juristische Themen zu diskutieren.

Gegen vier Uhr war er wieder zu Hause und begann mit den Essensvorbereitungen. Tina sollte ihm, wenn sie um sechs kam, nicht wieder zur Hand gehen und lästige Arbeiten übernehmen müssen. Er schälte und hackte eine kleine Zwiebel, putzte Sellerie und einige junge Karotten. Als er gerade Weinessig in einen Meßbecher goß, hörte er hinter sich ein Geräusch.

Er drehte sich um und sah zwei Männer durch das Eßzimmer in die Küche kommen. Einer der beiden war knapp einsfünfundsiebzig groß, hatte ein schmales Gesicht und einen ordentlich gestutzten blonden Bart. Er trug einen dunkelbraunen Anzug, ein beiges Hemd und eine dunkelbraune Krawatte, hatte eine Arzttasche in der Hand und machte einen nervösen Eindruck. Sein Begleiter sah wesentlich bedrohlicher aus – ein Kleiderschrank von einem Mann mit riesigen Pranken. In seinen frisch gebügelten Hosen, einem blauen Hemd, gepunkteter Krawatte und grauem Sportsakko wirkte er wie ein Football-Profi, den man für ein Festessen ausstaffiert hat. Ihm war von Nervosität nichts anzumerken.

Beide Männer blieben in der Nähe des Kühlschranks stehen, drei oder vier Meter von Elliot entfernt. Der kleinere trat unruhig von einem Bein aufs andere, der große grinste unverschämt.

»Wie sind Sie hereingekommen?« fragte Elliot verblüfft.

»Mit einem Hauptschlüssel«, erklärte der Riesenkerl bereitwillig. »Bob« – er deutete auf den Kleinen – »hat Hauptschlüssel für alle Arten von Schlössern. Das erleichtert einem die Arbeit beträchtlich.«

»Was, zum Teufel, soll das eigentlich?«

»Nur keine Aufregung«, sagte der Riese beruhigend.

»Raubüberfall?«

»Aber nein«, erwiderte der Riese.

Sein Begleiter Bob schüttelte mit gerunzelter Stirn den Kopf, so als sei er entrüstet, daß jemand ihn für einen gewöhnlichen Einbrecher gehalten hatte.

»Falls Sie mich kidnappen wollen...«

»Wir haben nicht die Absicht.« Der Riese war immer noch der Wortführer.

»Verdammt, was wollen Sie dann hier?«

»Immer mit der Ruhe! Entspannen Sie sich.«

»Sie haben den falschen Mann erwischt.«

»O nein, Sie sind der Richtige«, versicherte der Riese.

»Ja«, bestätigte Bob. »Sie sind unser Mann. Es ist kein Irrtum.«

»Ich habe meines Wissens nach keine ernsthaften Feinde«, sagte Elliot. »Sie *müssen* sich irren. Hören Sie, wenn...«

»Beruhigen Sie sich, Mr. Stryker«, fiel der Riese ihm ins Wort.

»Ja«, wiederholte Bob. »Bitte beruhigen Sie sich.«

Elliot machte einen Schritt auf sie zu.

Der Riese zog eine Pistole mit Schalldämpfer aus einem Schulterhalfter, das unter seinem grauen Sportsakko verborgen war. »Ich rate Ihnen, vernünftig zu sein.«

Elliot wich bis zur Spüle zurück.

»So ist es besser«, lobte der Riese.

»Viel besser«, bestätigte Bob.

»Wer sind Sie?« fragte Elliot.

»Wenn Sie zur Zusammenarbeit bereit sind, wird Ihnen nichts passieren«, versicherte der Riese.

»Fangen wir an!« meinte Bob.

»Die Frühstücksecke dort drüben eignet sich hervorragend für unsere Zwecke«, sagte der Riese.

Bob ging zu dem Eichentisch, stellte seine schwarze Arzttasche ab, öffnete sie und holte einen kleinen Kassettenrecorder hervor. Andere Gegenstände folgten: ein dünner Gummischlauch, ein Sphygmomanometer – ein Gerät zum Blutdruckmessen –, zwei Fläschchen mit einer bernsteinfarbenen Flüssigkeit und eine Packung Einwegspritzen.

Elliot ließ alle Fälle, die er gegenwärtig in seiner Kanzlei bearbeitete, im Geist Revue passieren und suchte nach einem möglichen Zusammenhang mit diesen beiden Eindringlingen, aber er fand beim besten Willen keine Erklärung.

Der Riese winkte Elliot mit der Pistole. »Setzen Sie sich an den Tisch.«

»Nicht bevor Sie mir verraten, was das alles soll.«

»*Ich* gebe hier die Befehle.«

»Und ich weigere mich, sie zu befolgen.«

»Wenn Sie nicht sofort gehorchen, sind Sie ein toter Mann.«

»O nein, Sie werden mich nicht erschießen«, entgegnete Elliot, obwohl er insgeheim bei weitem nicht so zuversichtlich war. »Sie sind mit einer ganz bestimmten Absicht hierher gekommen, und die könnten Sie nicht realisieren, wenn Sie mich umbringen.«

»Bewegen Sie Ihren Arsch endlich zum Tisch rüber!« kommandierte der Riese in scharfem, wütenden Ton.

»Nicht bevor Sie mir eine Erklärung geben.«

Der Riese starrte ihn an.

Elliot hielt seinem Blick ungerührt stand.

»Hören Sie«, bequemte sich der Riese schließlich zu einer Auskunft, »wir müssen Ihnen nur ein paar Fragen stellen.«

Elliot wußte, daß es in dieser Situation in erster Linie darauf ankam, kein Zeichen von Schwäche zu zeigen, seine Angst zu verbergen. »Nun, ich muß schon sagen«, bemerkte er deshalb ironisch, »für Leute, die eine Meinungsumfrage machen, haben Sie recht unkonventionelle Methoden.«

»Sehr komisch«, erwiderte der Riese ohne die Spur eines Lächelns. »Und jetzt vorwärts!«

»Was wollen Sie mit den Spritzen?«

»Vorwärts, habe ich gesagt!«

»Wofür sind die Spritzen?«

Der Riese seufzte. »Wir müssen sicher sein, daß Sie wahrheitsgemäß antworten.«

»Drogen?«

»Sie sind äußerst wirksam und zuverlässig.«

»Ja, und wenn Sie mit mir fertig sind, wird mein Gehirn total im Eimer sein.«

»Nein, nein«, beteuerte Bob. »Diese Drogen richten keinerlei bleibende physische oder geistige Schäden an.«

»Was sind das für Fragen, die Sie mir stellen wollen?«

»Allmählich reißt mir wirklich die Geduld!« erklärte der Riese.

»Das beruht auf Gegenseitigkeit«, sagte Elliot.

»Vorwärts mit Ihnen!«

Elliot bewegte sich nicht von der Stelle und verschwendete keinen Blick auf die Mündung der Pistole. Die Burschen sollten glauben, daß eine Waffe ihn nicht im geringsten schrecken konnte. Innerlich vibrierte er allerdings wie eine Stimmgabel.

»Ich sage es Ihnen jetzt zum allerletzten Mal – *vorwärts*!«

»Was für Fragen wollen Sie mir stellen?«

Der Riese schien einem Wutausbruch nahe.

»Um Himmels willen, Vince, dann sag's ihm eben«, mischte Bob sich ein. »Er wird die Fragen ja ohnehin hören, wenn er sich endlich hinsetzt. Wir vergeuden nur unnötig Zeit.«

Vince, der Riese, kratzte sich nachdenklich am Kinn und holte schließlich einige gefaltete Blätter aus der Innentasche seines Jacketts, wobei er die Pistolenmündung jedoch weiterhin auf Elliot gerichtet hielt.

»Sie sollen uns sämtliche Fragen beantworten, die auf dieser Liste stehen«, erklärte Vince. »Es sind eine ganze Menge, dreißig oder vierzig, aber die Sache wird nicht lange dauern, wenn Sie sich hinsetzen und keine Schwierigkeiten machen.«

»Fragen worüber?« beharrte Elliot.

»Christina Evans.«

Elliot war im ersten Moment völlig perplex. *Tina*? Damit hatte er nun wirklich nicht gerechnet. Er schüttelte den Kopf, so als wollte er auf diese Weise seine Zunge lösen, und fragte: »Christina Evans? Was wollen Sie denn über sie wissen?«

»Weshalb die Frau eine Exhumierung der Leiche ihres Sohnes wünscht.«

Elliot starrte ihn bestürzt an. »Woher wissen Sie überhaupt etwas davon?«

»Das ist völlig unwichtig«, sagte Vince.

»Ja«, unterstützte ihn Bob. »Woher wir es wissen, ist völlig irrelevant. Von Bedeutung ist einzig und allein, *daß* wir es wissen.«

»Sind Sie beide die Dreckskerle, die ihre üblen Scherze mit Tina treiben?«

»Was?«

»Sind Sie es, die ihr Botschaften schicken?«

»Was für Botschaften denn?«

»Haben Sie das Zimmer des Jungen verwüstet?«

»Wovon reden Sie eigentlich?« fragte Vince. »Davon haben wir bisher keine Ahnung gehabt.«

»Jemand schickt dieser Christina Evans Botschaften über den Jungen?« erkundigte sich Bob.

Sie schienen völlig überrascht zu sein, und Elliot entschied sofort, daß sie mit der Sache nichts zu tun hatten. Sie machten außerdem auch nicht den Eindruck von Psychopathen, die Befriedigung darin finden, wehrlose Frauen zu ängstigen. Ihr Auftreten deutete vielmehr darauf hin, daß sie irgendeiner Organisation angehörten, obwohl der Riese seinem Äußeren nach auch als einfacher Ganove durchgehen konnte. Eine Pistole mit Schalldämpfer, Hauptschlüssel aller Art und Wahrheitsserum – das alles sprach dafür, daß hinter diesen Männern eine einflußreiche Gruppe stand.

»Was sind das für Botschaften, die Christina Evans erhält?« fragte Vince, ohne Elliot auch nur einen Moment aus den Augen zu lassen.

»Das dürfte eine der vielen Fragen sein, auf die Sie keine Antwort erhalten werden«, erwiderte Elliot kaltblütig.

»O doch, wir werden die Antworten bekommen«, sagte Vince mit drohendem Unterton.

»Wir werden sie bekommen«, echote Bob.

»Gehen Sie jetzt endlich zum Tisch rüber und nehmen dort Platz?« erkundigte sich Vince. »Oder muß ich Ihnen mit der Pistole Beine machen?«

»Kennebeck!« rief Elliot, dem plötzlich ein Licht aufgegangen war. »Sie können unmöglich von der geplanten Exhumierung wissen, wenn Kennebeck Sie nicht informiert hat.«

Die beiden Männer tauschten einen Blick. Sie waren sichtlich betreten, daß der Name des Richters gefallen war.

»Deshalb also hat er mich hingehalten«, fuhr Elliot fort. »Er wollte Ihnen Zeit geben, mich aufzusuchen. Aber weshalb in drei Teufels Namen sollte Kennebeck etwas dagegen haben, daß Dannys Grab geöffnet wird? Und das gilt auch für Sie beide. Verdammt, wer sind Sie, und weshalb versetzt die Möglichkeit einer Exhumierung Sie derart in Aufregung und Schrecken?«

»Wir sind nicht im geringsten aufgeregt«, protestierte Vince mit hochrotem Kopf.

»Jemand ist jedenfalls ganz schön beunruhigt«, sagte Elliot. »Ihr Eindringen ins Haus, Ihr ganzes Benehmen, die Pistole, die Drogen – das alles deutet nicht gerade auf bloße Neugier hin. Warum? Was steckt hinter dieser Sache?«

Der Riese war jetzt nicht nur ungeduldig, sondern auch zornig. »Hör zu, du blödes Arschloch, ich habe jetzt endgültig die Schnauze voll. Ich werde keine einzige Frage mehr beantworten, sondern dir eine Kugel in den Bauch verpassen, wenn du dich nicht schleunigst drüben hinsetzt.«

Elliot tat so, als hätte er die Drohung nicht gehört. Ihn ängstigte inzwischen etwas anderes weit mehr als die Pistole. Ein eiskalter Schauer jagte ihm über den Rücken, als ihm allmählich klar wurde, was das Auftauchen dieser beiden Männer über den Unfall aussagte, bei dem Danny angeblich ums Leben gekommen war. »Etwas ist mit Dannys Tod nicht in Ordnung... mit dem Tod all dieser Pfadfinder... Die Version, die überall verbreitet wurde, entspricht nicht den Tatsachen... Die Geschichte von dem Busunglück ist eine Lüge – stimmt's?«

Die beiden Männer schwiegen.

»Die Wahrheit ist weitaus schlimmer«, fuhr Elliot fort. »O ja... so muß es sein... In Wirklichkeit muß etwas so Schreckliches geschehen sein, daß irgendwelche mächtigen Leute eine Menge Zeit und Energie darauf verwendet haben, die Sache zu vertuschen. Vermutlich ist es sogar die Regierung. Na klar, für wen sonst würde Kennebeck schon arbeiten? Er war sein Leben lang ein loyaler Staatsdiener. All die Jahre beim militärischen Nachrichtendienst... und danach seine Arbeit im zivilen Bereich... Vermutlich hat er immer noch Kontakte zu allen Geheimdiensten... Einmal ein Agent, immer ein Agent... Für welche Organisation arbeiten Sie beide? Jedenfalls nicht für das FBI – dort sind heutzutage nur Ivy Leaguers gefragt, hochgezüchtete Leute von den vornehmsten Colleges im Nordosten. Nein, für das FBI seid ihr zwei Jungs viel zu gewöhnlich... Das gleiche gilt für den CIA... Auch dafür habt ihr nicht das nötige Niveau... Was ist es dann? Mit Sicherheit nicht der CID – von militärischer Disziplin ist euch nichts anzumerken. Soll ich einmal raten? Ihr arbeitet für irgendeine Organisation, von deren Existenz die Öffentlichkeit überhaupt nichts weiß und die ganz im geheimen etwas Schmutziges betreibt. Habe ich recht?«

Der Riese hatte vor Wut einen hochroten Kopf und atmete schwer. »Verdammt, ich sagte doch, daß von jetzt ab nur noch *Sie* Fragen beantworten!« brüllte er.

»Regen Sie sich nicht auf«, beruhigte ihn Elliot. »Ich kenne diese Spielchen aus eigener Erfahrung, weil ich früher mal – in der Armee – beim Nachrichtendienst war. Ich bin also kein Outsider. Ich weiß, wie diese Sachen laufen. Ich kenne die Regeln und die Taktiken. Sie brauchen bei mir also nicht so geheimnistuerisch zu sein. Legen Sie Ihre Karten offen auf den Tisch. Dann bin ich bereit, mit Ihnen zusammenzuarbeiten.«

Bob, der eine Explosion seines Kollegen Vince kommen sah, die ihre Mission nur behindert hätte, ergriff hastig das Wort. »Hören Sie, Stryker, die meisten Ihrer Fragen können wir nicht beantworten, weil wir nicht informiert sind. Ja, wir arbeiten für eine Regierungsorganisation. Ja, es ist eine, von der Sie bisher nie etwas gehört haben und höchstwahrscheinlich auch in Zukunft nichts hören werden. Aber wir wissen nicht, warum dieser Danny Evans so wichtig ist. Wir wissen, *daß* er es ist, aber nicht *warum*. Verstehen Sie? Natürlich tun Sie das. Man hat uns keine Einzelheiten mitgeteilt, und die *wollen* wir auch gar nicht wissen. Sie verstehen, was ich meine – je weniger man weiß, umso weniger kann man später für etwas verantwortlich gemacht werden. Verdammt, wir sind in dieser Organisation nur kleine Fische. Man sagt uns nur so viel, wie wir unbedingt wissen müssen. Werden Sie jetzt vernünftig sein? Kommen Sie her, setzen Sie sich, lassen Sie mich Ihnen diese Spritze geben und beantworten Sie uns ein paar Fragen. Danach können wir alle unser normales Leben weiterführen. Wir können doch nicht ewig hier herumstehen.«

»Wenn Sie für einen staatlichen Nachrichtendienst arbeiten, so kommen Sie bitte mit allen notwendigen Papieren wieder«, sagte Elliot. »Zeigen Sie mir Durchsuchungsbefehle und Vorladungen.«

»Reden Sie keinen solchen Unsinn, Mann!« knurrte Vince.

»Die Behörde, für die wir arbeiten, existiert offiziell nicht«, erklärte Bob geduldig. »Wie könnte eine Behörde, die gar nicht existiert, bei Gericht eine Vorladung erwirken? Das ist Ihnen doch vollkommen klar, Mr. Stryker.«

»Wenn ich mir nun die Droge verabreichen lasse – was geschieht dann mit mir, sobald Sie Ihre Antworten haben?« fragte Elliot.

»Nichts«, erwiderte Vince.

»Nicht das geringste«, versicherte Bob.

»Wie kann ich dessen sicher sein?«

Der Riese war zwar vor Zorn immer noch rot im Gesicht, entspannte sich aber etwas, weil er glaubte, daß Elliot endlich zum Nachgeben bereit war. »Ich sag's Ihnen doch – sobald wir die nötigen Informationen haben, verduften wir. Wir müssen nur herausfinden, warum diese Evans das Grab öffnen lassen will. Wir müssen wissen, ob jemand zu ihr übergelaufen ist. Wenn dem so ist, müssen wir dieses Schwein an ein Scheunentor nageln. Aber gegen Sie haben wir nicht das geringste. Sobald Sie unsere Fragen beantwortet haben, verschwinden wir.«

»Und lassen mich ungehindert zur Polizei gehen?«

»Die verdammten Bullen kümmern uns einen feuchten Dreck«, erwiderte Vince arrogant. »Schließlich können Sie ihnen weder sagen, wer wir sind, noch, wo sie anfangen sollen, nach uns zu suchen. Sie werden nichts ausrichten können. Aber selbst *wenn* sie uns auf die Spur kämen, könnten wir Druck auf sie ausüben, damit sie die Sache ganz schnell fallenlassen. Wie Sie ja selbst erkannt haben, arbeiten wir für eine Staatsbehörde. Hier geht's um wichtige Dinge wie nationale Sicherheit. Die Regierung darf Gesetze beugen, wenn sie will, denn schließlich erläßt sie sie auch.«

»Ganz so hat man es uns allerdings beim Jurastudium nicht beigebracht«, sagte Elliot.

»Pah, die Universität ist ein Elfenbeinturm.« Bob zupfte nervös an seiner Krawatte.

»Stimmt«, kam Vince ihm sofort zu Hilfe. »Und dies hier ist das reale Leben. Werden Sie jetzt also endlich ein braver Junge sein und sich drüben hinsetzen?«

»Bitte, Mr. Stryker«, fügte Bob hinzu.

»Nein«, sagte Elliot. Sein intuitives Gespür für Gefahr, das durch die Zeit beim militärischen Nachrichtendienst geschärft war, läutete alle Sturmglocken, nachdem er die Situation analysiert hatte. Sobald diese beiden Männer ihre Antworten hatten, würden sie ihn töten. Davon war er überzeugt. Wenn sie die Absicht hätten, ihn am Leben zu lassen, würden sie sich nicht in seiner Gegenwart mit ihren richtigen Vornamen anreden, und sie würden auch nicht soviel Zeit darauf verwenden, ihn zur freiwilligen Mitarbeit zu überreden, sondern ohne jedes Zögern Gewalt anwenden. Es gab nur einen Grund, weshalb sie darauf verzichteten – sie wollten ihn nicht verletzen, weil sein Tod wie ein Unfall oder Selbstmord aussehen sollte, wobei Selbstmord wahrscheinlicher war. Während er noch unter dem Einfluß der Droge stand, würden sie ihn höchstwahrscheinlich dazu bringen, einen Abschiedsbrief zu schreiben. Danach könnten sie ihn in seine Garage tragen, in seinen Wagen setzen, ihm den Sicherheitsgurt anlegen und den Motor anlassen, ohne die Garagentür zu öffnen. Von der Droge betäubt, würde er sich nicht bewegen können, und das Kohlenstoffmonoxyd würde den Rest besorgen. In ein oder zwei Tagen würde jemand ihn dort finden, mit blau-grün-grauem Gesicht, heraushängender dunkler Zunge und weit aufgerissenen Augen. Und wenn sein Körper keine Verletzungen aufwies, die gegen einen Selbstmord sprachen, würde die Polizei den Fall rasch zu den Akten legen. Er war überzeugt davon, daß die Aktion so ablaufen sollte. Schließlich kannte er die Tricks und Taktiken in diesem Spiel.

»Nein«, sagte er noch einmal, diesmal lauter. »Wenn ihr wollt, daß ich mich drüben an den Tisch setze, werdet ihr mich gewaltsam dorthin schleifen müssen.«

16

Tina hatte die Unordnung in Dannys Zimmer beseitigt und war auch mit dem Verpacken seiner Sachen fast fertig. Sie wollte alles einer Wohlfahrtsorganisation übergeben. Beim Anblick mancher Gegenstände, die mit besonderen Erinnerungen verknüpft waren, hatte sie mehrmals mit den Tränen gekämpft, aber dann doch die Zähne zusammengebissen und dem Wunsch widerstanden, die Arbeit unvollendet zu lassen.

Jetzt waren nur noch einige Kartons übrig, die hinten im Schrank standen. Sie versuchte, eine dieser Schachteln hochzuheben, aber sie war viel zu schwer; Tina mußte sie nach vorn ziehen, um im rotgoldenen Licht der Nachmittagssonne einen Blick auf den Inhalt werfen zu können.

Als sie den Karton öffnete, stellte sie fest, daß er einen Teil von Dannys Comic-Heften enthielt. Horrorgeschichten. Sie hatte diese morbide Neigung in ihm nie ganz verstehen können. Monsterfilme, Horror-Comics, Vampirgeschichten, Schrecken jeder Art. Seine Vorliebe für das Makabre war ihr nicht ganz geheuer gewesen, aber sie hatte Danny nie verboten, sich damit zu beschäftigen. Die meisten seiner Freunde hatten dieses lebhafte Interesse an Geistern und Dämonen geteilt, und da Danny sich daneben für viele andere Dinge interessiert hatte, war sie mit der Zeit zu der Ansicht gelangt, daß es keinen Grund zur Besorgnis gab.

Das Titelbild des obersten Heftes war schreiend aufgemacht und zeigte eine schwarze Kutsche, gezogen von vier schwarzen Pferden mit bösartig funkelnden Augen. Ein bleicher Mond erhellte gespenstisch die nächtliche Straße, und auf dem Kutschbock saß ein Mann ohne Kopf. Aus seinem Hals schoß rotes Blut hervor, und an seinem weißen Rüschenhemd klebten Blutklumpen. Sein Kopf stand neben ihm auf dem Bock und grinste teuflisch, offenbar sehr lebendig trotz der Tatsache, daß er brutal vom Rumpf abgetrennt worden war.

Tina schnitt eine Grimasse. Wie hatte Danny nur ruhig schlafen können, wenn er vor dem Zubettgehen solche Horrorgeschichten las? Er hatte immer fest und tief geschlafen, ohne böse Träume. Es war erstaunlich.

Sie zog einen zweiten Karton aus dem Schrank heraus. Er war genauso schwer wie der erste, und sie vermutete, daß er weitere Comic-Hefte enthielt, öffnete ihn aber, um sich zu vergewissern.

Sie schrie laut auf.

Er starrte sie aus der Schachtel an. Vom Titelblatt eines Horror-Comics. *Er*. Der Mann. Der Mann ganz in Schwarz. Dasselbe Gesicht. Ein mit welker Haut bespannter Schädel. Hindurchschimmernde Knochen. Rote unmenschliche Augen mit einem Ausdruck von wildem Haß. Die Madenschwärme an seiner Wange und im Augenwinkel. Das Grinsen mit gebleckten gelben Zähnen. Es war die gräßliche Gestalt aus ihren Alpträumen der beiden letzten Nächte. Sie waren völlig identisch, in jeder abstoßenden Einzelheit.

Wie war so etwas nur möglich? Wie konnte sie von diesem Monster geträumt haben, das ihr nun als Titelbild einer Horrorgeschichte entgegenstarrte?

Sie wich unwillkürlich vor der Schachtel zurück.

Die glühenden scharlachroten Augen schienen sie zu verfolgen.

Ich muß es vor langer Zeit einmal gesehen haben, dachte Tina. Ich muß dieses grausige Bild gesehen haben, als Danny das Heft nach Hause brachte, und es hat sich meinem Unterbewußtsein tief eingeprägt. Und jetzt wurde es zu einem Bestandteil meiner Alpträume.

Das war die einzig mögliche logische Erklärung.

Aber Tina wußte, daß diese einfache Erklärung nicht stimmte.

Sie hatte diese Zeichnung nie zuvor gesehen. Als Danny angefangen hatte, von seinem Taschengeld Horror-Comics zu kaufen, hatte sie sich die Hefte sorgfältig angeschaut, um entscheiden zu können, ob sie harmlos waren. Aber nachdem sie beschlossen hatte, ihn dieses Zeug lesen zu lassen, wenn es ihm Spaß machte, hatte sie nie wieder auch nur einen Blick darauf geworfen.

Und doch hatte sie von dem Mann in Schwarz geträumt.

Und hier war er nun, grinste sie aus der Schachtel an.

Neugierig auf die Geschichte, zu der diese Illustration gehörte, griff Tina nach dem Heft, und als ihre Finger gerade das glänzende Titelbild berührten, klingelte es an der Tür.

Sie zuckte erschrocken zusammen.

Wieder klingelte es, und nun erst erkannte sie das Geräusch.

Mit klopfendem Herzen ging sie zur Vordertür.

Durch den Spion konnte sie einen glattrasierten jungen Mann sehen, der eine Mütze mit irgendeinem Emblem trug. Er lächelte in den Spion hinein.

Ohne die Tür zu öffnen, rief sie: »Was wünschen Sie?«

»Gaswerke. Wir müssen die Leitungen überprüfen.«

Tina runzelte die Stirn. »Am Neujahrstag?«

»Notdienst«, erklärte der Mann. »Hier in der Gegend soll irgendwo eine Gasleitung undicht sein.«

Nach kurzem Zögern öffnete sie die Tür einen Spalt breit, ohne die schwere Sicherheitskette abzunehmen, und musterte den Mann aufmerksam. »Eine undichte Leitung?«

Er lächelte beruhigend. »Vermutlich besteht überhaupt kein Grund zur Aufregung. Wir haben einen Druckabfall in unseren Leitungen festgestellt und versuchen nun, die Ursache dafür herauszufinden. Es ist nicht notwendig, Menschen zu evakuieren oder sonstige gravierende Vorsichtsmaßnahmen zu treffen. Wie gesagt, zur Panik ist überhaupt kein Grund vorhanden. Aber wir versuchen, jedes Haus zu überprüfen. Haben Sie einen Gasherd in der Küche?«

»Nein.«

»Und was ist mit der Heizung?«

»Ja, ich habe Gasheizung.«

»Soviel ich weiß, haben alle Häuser in dieser Gegend Gasheizung. Ich würde gern einen Blick darauf werfen und die Zuleitungen und Ventile kontrollieren – für jeden Fall.«

Sie musterte ihn wieder von Kopf bis Fuß. Er trug eine Uniform der Gaswerke und hatte einen großen Werkzeugkasten mit dem Emblem der Gaswerke in der Hand.

»Können Sie sich ausweisen?« fragte sie trotzdem.

»Na klar.« Er griff in seine Hemdtasche und zeigte eine beschichtete Identitätskarte mit dem Stempel der Gaswerke, seinem Foto und seinem Namen.

Etwas verlegen sagte Tina: »Entschuldigen Sie bitte. Es ist nicht etwa so, daß Sie wie ein Verbrecher aussehen, aber ich...«

»Ist völlig in Ordnung«, unterbrach er sie. »Sie brauchen sich nicht zu entschuldigen. Es war ganz richtig, nach meinem Ausweis zu fragen. Heutzutage muß man verrückt sein, wenn man die Tür öffnet, ohne genau zu wissen, wer dort steht.«

Sie schloß die Tür, um die Kette abnehmen zu können, und öffnete sie weit.

»Wo ist die Heizungsanlage?« fragte er.

»In der Garage.«

»Wenn Sie wollen, kann ich auch die Garagentür benutzen.«

»Ach was, kommen Sie gleich mit.«

Er trat über die Schwelle.

Sie schloß hinter ihm die Tür ab.

»Sie haben es hier sehr gemütlich.«

»Danke.«

»Sie müssen einen ausgezeichneten Farbensinn haben. Diese Erdtöne sind wunderschön, ein bißchen wie bei uns zu Hause. Meine Frau hat auch einen guten Farbensinn.«

»Ich finde diese Töne beruhigend.«

»Ganz meiner Meinung.«

»Zur Garage geht's hier entlang.«

Er folgte ihr durch die Küche in den kurzen Korridor, von dort in die Waschküche und schließlich in die Garage.

Tina schaltete das Licht ein. Schatten huschten über die Wände.

Es roch etwas muffig, aber kein Gasgeruch war wahrzunehmen.

»Hier bei mir scheint alles in Ordnung zu sein«, bemerkte Tina.

»Vermutlich haben Sie recht«, sagte der Mann, »aber trotzdem muß ich alles kontrollieren. Es könnte sich um ein unterirdisches Leck auf Ihrem Grundstück handeln. Vielleicht entweicht das Gas unterhalb der Grundmauern. Dann merken Sie hier oben zunächst nichts, und trotzdem sitzen Sie auf einer Bombe.«

»Ein äußerst beruhigender Gedanke!«

»Macht das Leben interessant.«

»Es ist nur gut, daß Sie nicht in der Werbeabteilung der Gaswerke arbeiten.«

Er grinste. »Machen Sie sich keine Sorgen. Würde ich hier so fröhlich herumstehen, wenn ich diese Möglichkeit wirklich ernsthaft in Betracht zöge?«

»Kaum.«

»Jede Wette. Aber ganz im Ernst – Sie brauchen wirklich nicht beunruhigt zu sein. Ich mache nur eine Routinekontrolle.«

Er ging zur Heizungsanlage, stellte seinen schweren Werkzeugkasten ab, ging in die Hocke und nahm eine Metallplatte ab. Ein flackernder Flammenring kam dahinter zum Vorschein und tauchte sein Gesicht in gespenstisch blaues Licht.

»Nun?« fragte Tina.

Er blickte zu ihr hoch. »Das wird so etwa fünfzehn oder zwanzig Minuten dauern.«

»Oh, ich dachte, es ginge schneller.«

»In einer solchen Situation sollte man gründlich sein.«

»O ja, daran ist mir viel gelegen.«

»Hören Sie, lassen Sie sich von mir nicht stören, wenn Sie irgend etwas zu tun haben. Ich werde mit Sicherheit nichts benötigen.«

Tina dachte an das Comic-Heft mit dem Mann in Schwarz auf dem Titelblatt. Sie war sehr neugierig auf die Geschichte, der dieses Monster entstammte, denn sie hatte das seltsame Gefühl, daß diese Geschichte Ähnlichkeiten mit Dannys Tod aufweisen würde. Sie wußte nicht, wie sie auf diese absurde Idee kam, aber sie wurde den Gedanken einfach nicht los.

»Na ja«, sagte sie, »ich habe gerade im hinteren Zimmer ein bißchen aufgeräumt. Wenn Sie sicher sind...«

»Aber ja«, versicherte er. »Ich möchte Sie wirklich nicht von der Hausarbeit abhalten.«

Sie ließ ihn in der Garage allein.

17

Als Elliot sich weigerte, zum Frühstückstisch am anderen Ende der Küche hinüberzugehen, machte Bob, der kleinere der beiden Männer, mit sichtlichem Widerstreben einen Schritt in seine Richtung.

»Warte«, rief Vince.

Bob blieb sofort erleichtert stehen.

»Komm mir nicht in die Quere«, fuhr Vince fort, während er die Blätter mit den maschinengetippten Fragen wieder in seine Sakkotasche schob, um die linke Hand frei zu haben. »Überlaß dieses dumme Arschloch jetzt mal völlig mir.«

Bob kehrte zum Tisch zurück, und Elliot konzentrierte seine Aufmerksamkeit auf den zweiten ungebetenen Besucher.

Vince hielt die Pistole in der rechten Hand und ballte die linke zur Faust. Er grinste, und aus seiner Stimme klang

Hohn. »Wollen Sie sich wirklich mit mir anlegen, kleiner Mann? Ich habe mich an sehr vielen Straßenkämpfen beteiligt, als ich jünger war, und nie verloren. Kein einziges Mal. Ich habe starke Arme, weil ich nämlich Gewichte hebe. Und sehen Sie diese Hand?« Er zeigte Elliot seine mächtige Faust. »Meine Hände waren stets mein größter Vorteil. Ideale Hände für einen Basketballspieler, aber auch für Straßenkämpfe nicht schlecht geeignet, was? Verdammt, Ihr ganzer Kopf ist nicht viel größer als meine Faust! Wissen Sie, was passiert, wenn diese Faust zuschlägt?«

Elliot konnte es sich lebhaft vorstellen, und er schwitzte unter den Achseln und am Rücken, aber er bewegte sich nicht von der Stelle und reagierte auch nicht auf den Spott des Riesen.

»Sie werden das Gefühl haben, daß ein Güterzug Sie gerammt hat, wenn diese Faust Sie trifft. Das kann ich Ihnen versichern. Werden Sie jetzt endlich aufhören, so verdammt eigensinnig zu sein?«

Diese beiden Burschen gaben sich wirklich größte Mühe, Gewaltanwendung zu vermeiden, und das bestätigte nur Elliots Verdacht, daß seine Leiche später keine Verletzungen aufweisen sollte, die mit Selbstmord unvereinbar waren.

Der Riese machte einen Schritt auf ihn zu. »Wollen Sie vielleicht Ihre Meinung ändern und kooperativ sein?«

Elliot blieb stehen, wo er war.

Vince kam noch einen Schritt näher.

Elliot wartete ab.

Das Lächeln des Riesen verwandelte sich in ein hämisches Grinsen.

Er genießt das, dachte Elliot. Er liebt es, Menschen einzuschüchtern und Drohungen auszustoßen. Und vermutlich liebt er es auch, diese Drohungen in die Tat umzusetzen.

»Ein guter kräftiger Boxhieb in den Magen«, sagte Vince genießerisch, »und Sie kotzen sich die Seele aus dem Leib.«

Wieder ein Schritt.

»Und wenn Sie Ihr Gedärm ausgekotzt haben, werde ich Sie bei den Eiern packen und zum Tisch zerren.«

Noch ein Schritt.

Der Riese blieb stehen.

Sie waren nur noch auf Armeslänge voneinander getrennt.

Elliot blickte kurz zu Bob hinüber, der immer noch am Frühstückstisch stand und mit der Packung Spritzen spielte.

»Dies ist Ihre letzte Chance, es auf einfache Weise hinter sich zu bringen«, warnte Vince.

Elliot griff blitzschnell nach dem Meßbecher und schüttete den Weinessig in Vinces Gesicht. Der Riese schrie vor Überraschung und Schmerz auf und war vorübergehend blind. Elliot ließ den Meßbecher fallen und packte die Pistole, aber Vince drückte in einer Reflexhandlung auf den Abzug, und die Kugel sauste dicht an Elliots Gesicht vorbei und zerschmetterte das Fenster hinter der Spüle. Elliot sprang geduckt vor, ohne die Pistole loszulassen, die der Riese seinerseits umklammert hielt. Er beugte seinen Arm und schmetterte seinen Ellbogen in Vinces Kehle. Der Kopf des Mannes flog nach hinten, und Elliot schlug ihm mit der flachen Handkante gegen den Adamsapfel, rammte sein Knie in den Unterleib des Gegners und entriß dessen erschlafften Fingern die Waffe. Vince krümmte sich stöhnend, und Elliot ließ die Pistole auf seinen Kopf niedersausen.

Der Riese brach in die Knie und stürzte aufs Gesicht. Er blieb regungslos auf dem Boden liegen.

Der ganze Kampf hatte weniger als zehn Sekunden gedauert.

Der Riese hatte sich überschätzt. Fünfzehn Zentimeter größer und fünfzig Pfund schwerer als Elliot, hatte er sich für unbesiegbar gehalten. Er war einem verhängnisvollen Irrtum erlegen.

Wie Elliot am Vorabend Tina erzählt hatte, hatte er den

Kampfsport auch nach seinem Ausscheiden aus dem Militärdienst weiter betrieben, um körperlich in Form zu bleiben. Er trainierte dreimal wöchentlich mit dem besten Lehrer von Vegas und beherrschte Aikido, Karate, Judo und einige andere exotische Disziplinen.

Sobald Vince am Boden lag, wollte Elliot die Pistole auf den zweiten Eindringling richten, aber Bob hielt sich nicht mehr in der Küche auf. Er rannte bereits durch das Eßzimmer. Offenbar war er nicht bewaffnet, und die Geschwindigkeit und Leichtigkeit, mit der sein bewaffneter Kollege kampfunfähig geschlagen worden war, mußte ihn sehr beeindruckt haben.

Elliot verfolgte ihn, kam aber nur langsam voran, weil Bob auf seiner Flucht die Eßzimmerstühle umgeworfen hatte. Auch im Wohnzimmer waren Möbel umgefallen, und Bücher lagen auf dem Fußboden verstreut, so daß der Weg zum Eingangsflur ein regelrechter Hindernislauf war.

Als Elliot aus dem Haus stürzte, hatte Bob bereits die Straße überquert und sprang in eine dunkelgrüne Chevrolet-Limousine, und bis Elliot die Auffahrt hinabgerannt war, fuhr der Wagen mit aufheulendem Motor und quietschenden Reifen davon; die Zulassungsnummer konnte Elliot nicht erkennen, weil das Nummernschild mit Lehm beschmiert war.

Er eilte ins Haus zurück.

Der Mann in der Küche war noch bewußtlos und würde es vermutlich mindestens noch eine weitere Viertelstunde bleiben. Elliot prüfte seinen Puls und hob ein Lid etwas an. Vince würde überleben; allerdings würde er vielleicht ein Krankenhaus aufsuchen müssen, und in den nächsten Tagen würde er erhebliche Schluckbeschwerden haben.

Elliot durchsuchte seine Taschen. Er fand etwas Kleingeld, einen Kamm, eine Brieftasche und die Blätter mit den Fragen, die er hätte beantworten sollen.

Er faltete die Blätter noch einmal zusammen und schob sie in seine Hüfttasche.

Vinces Brieftasche enthielt 92 Dollar, sonst nichts – keine Kreditkarten, keinen Führerschein, keinerlei Dokumente. Jetzt wußte Elliot definitiv, daß der Mann nicht vom FBI war. Diese Leute hatten immer ihre Ausweise bei sich. Ebenso die Leute vom CIA, auch wenn ihre Papiere meistens auf einen falschen Namen ausgestellt waren. Das Fehlen jeglicher Dokumente beunruhigte Elliot zutiefst, denn diese totale Anonymität roch nach einer absolut geheimen Polizeiorganisation.

Geheimpolizei. Dieser Gedanke jagte Elliot einen kalten Schauder über den Rücken. Nicht in den guten alten USA. Bestimmt nicht. In der Sowjetunion, ja. In einer südamerikanischen Bananenrepublik, ja. In der Hälfte aller Staaten dieser Welt gab es Geheimpolizei, moderne Gestapos, und die Menschen lernten es, mit der Angst zu leben. Aber doch nicht in Amerika, verdammt noch mal!

Aber selbst wenn die Regierung tatsächlich eine geheime Polizeitruppe geschaffen hatte, warum nahmen sie ausgerechnet ihn aufs Korn? Warum lag ihnen soviel daran, die wirklichen Umstände von Dannys Tod zu vertuschen? Was in aller Welt mochte dort in der Sierra in Wirklichkeit geschehen sein?

Tina!

Er begriff schlagartig, daß sie in viel größerer Gefahr schwebte als er selbst. Wenn diese Leute ihn umbringen wollten, um die Exhumierung zu verhindern, so *mußten* sie auch Tina töten. *O Gott!*

Er zitterte am ganzen Leibe.

Er rannte zum Küchentelefon und nahm den Hörer ab. Dann fiel ihm ein, daß er ihre Nummer nicht kannte. Er schlug hastig das Telefonbuch auf, aber eine Christina Evans war nicht verzeichnet.

Scheiße!

Bei der Auskunft würde man ihm eine Geheimnummer bestimmt nicht angeben, und wenn er die Polizei anrief, würde er zuerst die ganze Situation erklären müssen, und bis dahin könnte für Tina schon jede Hilfe zu spät kommen.

Die schreckliche Aussicht, Tina zu verlieren, lähmte ihn förmlich. Er dachte an ihr schelmisches Lächeln, an ihre dunklen Haare im Wind, an ihre Augen, die so klar und tiefblau waren wie ein sauberer Bergbach... Der Druck in seiner Brust wurde so stark, daß er kaum noch atmen konnte.

Dann fiel ihm ihre Adresse ein. Sie hatte sie ihm bei der Premierenparty gegeben. Sie wohnte nicht weit von ihm entfernt. Er konnte in knapp fünf Minuten bei ihr sein.

Er hielt immer noch die Pistole in der Hand, und er beschloß, sie zu behalten. Vielleicht würde er sie noch benötigen. Sogar mit großer Wahrscheinlichkeit.

Er rannte zu seinem Wagen in der Auffahrt.

18

Tina ließ den Mann von den Gaswerken in der Garage allein und kehrte in Dannys Zimmer zurück. Sie holte das Comic-Heft aus der Schachtel und setzte sich auf die Bettkante.

Das Magazin enthielt ein halbes Dutzend illustrierter Horrorgeschichten, und jene, zu der das Titelblatt gehörte, war sechzehn Seiten lang. Mit Lettern aus vermodernden Leichentüchern hatte der Künstler den Titel auf der ersten Seite entworfen, über dem düsteren Bild eines regengepeitschten Friedhofs. Tina starrte auf diesen Titel in ungläubigem Schrecken.

DER JUNGE, DER NICHT TOT WAR.

Sie dachte an die Wörter auf der Tafel und an das Printout des Computers: *Nicht tot, nicht tot, nicht tot...*

Ihre Hände zitterten so stark, daß sie Mühe hatte, die Geschichte zu lesen.

Sie spielte in der Mitte des neunzehnten Jahrhunderts, als der schmale Grat zwischen Leben und Tod für die Ärzte noch ziemlich verschwommen war. Ein Junge namens Kevin stürzte vom Dach und prallte mit dem Kopf auf dem Boden auf, wodurch er in ein tiefes Koma fiel. Die schwachen Lebenszeichen des Jungen waren mit den medizinischen Mitteln jener Zeit nicht zu erkennen. Der Arzt erklärte ihn für tot, und seine gramgebeugten Eltern übergaben ihn der Erde. Damals wurden Leichen nicht einbalsamiert, nichts wurde unternommen, um sie wenigstens einige Zeit vor der Verwesung zu bewahren; deshalb war es möglich, daß der Junge lebendig begraben wurde. Kevins Eltern verließen sofort nach der Beerdigung die Stadt; sie wollten einen Monat in ihrem Landhaus verbringen, um fern von Arbeitsdruck und sozialen Verpflichtungen ihren Sohn betrauern zu können. Aber in der ersten Nacht hatte die Mutter eine Vision, daß Kevin lebendig begraben worden war und nach ihr rief. Diese Vision war so lebendig und erschütternd, daß sie und ihr Mann beschlossen, unverzüglich in die Stadt zurückzukehren und das Grab im Morgengrauen öffnen zu lassen. Aber der Tod war der Meinung, daß Kevin ihm gehörte, weil die Beerdigung bereits stattgefunden hatte und das Grab zugeschaufelt war. Der Tod wollte die Eltern um jeden Preis daran hindern, das Grab rechtzeitig zu erreichen und ihren Sohn zu retten. Der größte Teil der Geschichte schilderte die Bemühungen des Todes, die Eltern auf ihrer nächtlichen Kutschfahrt aufzuhalten; sie wurden von allen möglichen Versionen wandelnder Toter angegriffen, von Vampiren und Zombies und Geistern und Dämonen. Aber die Eltern überwanden alle Hindernisse. Sie erreichten den Friedhof im Morgengrauen, ließen das Grab öffnen und fanden ihren Sohn am Leben, aus dem Koma erwacht. Die letzte Szene zeigte die Eltern und den Jungen, wie sie den Friedhof verließen. Der Tod blickte ihnen nach und sprach: »Nur ein zeitweiliger Sieg. Früher oder später gehört ihr alle mir. Eines Tages kommt ihr hierher zurück. Ich werde auf euch warten.«

Es war nur eine absurde Horrorgeschichte. Und doch... es schien gewisse Parallelen zwischen dieser makabren Geschichte und ihren eigenen Erlebnissen zu geben.

Sie legte das Magazin aufs Bett, mit dem Titelblatt nach unten, um nicht in das wurmzerfressene rotäugige Gesicht des Todes blicken zu müssen.

Der Junge, der nicht tot war.

Es war gespenstisch.

Sie hatte geträumt, daß Danny lebendig begraben worden war. In ihrem Traum war eine unheimliche Gestalt erschienen, die aufs Haar dem Titelbild eines Horror-Comics aus Dannys Sammlung glich. Und die Titelgeschichte dieses Heftes handelte von einem Jungen etwa in Dannys Alter, der irrtümlich für tot erklärt, lebendig begraben und dann gerettet wurde.

Zufall?

Nein. Für einen bloßen Zufall gab es zu viele Übereinstimmungen.

Tina hatte plötzlich das seltsame Gefühl, als wäre ihr Alptraum nicht ihrem eigenen Unterbewußtsein entsprungen, sondern als hätte irgend jemand den Traum in sie hineinprojiziert, um...

Um – was?

Um ihr zu sagen, daß Danny lebendig begraben worden war?

Das war unmöglich. Er konnte nicht lebendig begraben worden sein. Die Leiche war gräßlich verstümmelt gewesen, versengt, gefroren. Das hatte ihr sowohl der Gerichtsmediziner als auch der Bestatter gesagt. Außerdem lebten sie nicht mehr im neunzehnten Jahrhundert. Heutzutage konnten die Ärzte selbst schwächste Lebenszeichen wie Atmung und Gehirnströme ermitteln.

Danny war tot. Und er war mit Sicherheit tot gewesen, als man ihn begraben hatte.

Und selbst *wenn* er – was so gut wie ausgeschlossen war – lebendig begraben worden wäre, warum hatte es dann ein ganzes Jahr gedauert, bis sie eine Botschaft aus der Geisterwelt erhielt, oder woher auch immer solche hellseherischen Fähigkeiten stammten?

Sie erschrak über ihre eigenen Gedanken. Geisterwelt? Visionäre Botschaften? Hellseherische Fähigkeiten? Sie glaubte nicht an diesen übernatürlichen Quatsch. Zumindest war sie immer davon überzeugt gewesen, daß sie nicht daran glaubte. Und doch zog sie jetzt allen Ernstes die Möglichkeit in Betracht, daß ihre Träume ihr von irgendwelchen überirdischen Mächten eingegeben wurden. Das war totaler hirnverbrannter Unsinn. Alle Träume hatten ihren Ursprung in den Erfahrungsvorräten der Psyche; Träume wurden nicht wie ätherische Telegramme von Geistern, Göttern oder Dämonen gesandt. Ihr plötzlicher Aberglaube erschreckte sie, weil er darauf hindeutete, daß der Entschluß, Dannys Leiche exhumieren zu lassen, nicht den erhofften stabilisierenden Effekt auf ihre Emotionen hatte.

Tina stand auf, trat ans Fenster und blickte auf die friedliche Straße hinaus, auf die Palmen und Olivenbäume.

Ich muß mich auf die nackten grausamen Fakten konzentrieren, rief sie sich streng zur Ordnung. Ich muß diese verrückte Idee, daß der Traum mir von irgendeiner überirdischen Macht gesandt wurde, schnellstens vergessen. Es war *mein* Traum, meinem Unterbewußtsein entsprungen. Davon muß ich völlig überzeugt sein. Und dann muß ich mir überlegen, welche logischen Erklärungen es für die Ähnlichkeiten zwischen meinem Alptraum und der Horrorgeschichte geben kann.

Soweit sie sehen konnte, gab es nur eine einzige vernünftige Erklärung. Sie mußte die gräßliche Gestalt des Todes auf dem Umschlag gesehen haben, als Danny das Magazin gekauft hatte.

Aber sie wußte, daß dem nicht so war.

Und selbst wenn sie das Bild schon einmal flüchtig gesehen hätte, so wußte sie doch genau, daß sie die Geschichte nie gelesen hatte. DER JUNGE, DER NICHT TOT WAR. Sie hatte nur die allerersten Hefte gelesen, die Danny gekauft hatte, um entscheiden zu können, ob diese Lektüre schädlich war oder nicht. Das Erscheinungsdatum auf dem Umschlag besagte, daß die Nummer mit dem Abdruck von DER JUNGE, DER NICHT TOT WAR erst etwas über zwei Jahre alt war, und schon lange vorher hatte sie entschieden, daß die Horror-Comics harmlos waren; daraufhin hatte sie diese Lektüre ihres Sohnes nicht länger überwacht.

Sie war wieder am Ausgangspunkt ihrer Überlegungen angelangt.

Ihr Traum hatte unbestreitbar große Ähnlichkeit mit der illustrierten Horrorgeschichte. Aber sie hatte diese Geschichte vor wenigen Minuten zum erstenmal gelesen. Das war eine Tatsache.

Verdammt!

Gereizt und frustriert, weil sie das Rätsel nicht lösen konnte, wandte sie sich vom Fenster ab und ging auf das Bett zu, um noch einen Blick auf das Magazin zu werfen.

Der Mann von den Gaswerken rief nach ihr.

Er wartete an der Vordertür auf sie. »Ich bin fertig«, erklärte er. »Ich wollte Ihnen nur Bescheid sagen, daß ich gehe, damit Sie hinter mir wieder abschließen können.«

»Alles in Ordnung?«

»O ja, hier ist alles in bester Ordnung. Falls irgendwo in dieser Gegend eine undichte Stelle in der Leitung ist, so jedenfalls nicht auf Ihrem Grundstück.«

Sie wünschten einander einen schönen Tag und ein gutes neues Jahr, und sie schloß hinter ihm ab.

Sie ging in Dannys Zimmer zurück und nahm das schreiend grelle Magazin zur Hand. Der Tod grinste sie schauerlich vom Titelblatt an. Sie setzte sich wieder auf die Bettkante und begann die Geschichte ein zweites Mal zu lesen, in der Hoffnung, daß sie darin etwas Wichtiges finden würde, das sie beim erstenmal übersehen hatte.

Wenige Minuten später klingelte es – viermal hintereinander.

Mit dem Magazin in der Hand ging sie nachsehen, wer gekommen war. In den zehn Sekunden, die sie für den Gang zur Tür brauchte, klingelte es noch dreimal.

»Nur nicht so hektisch«, murmelte sie vor sich hin.

Sie blickte durch den Spion und sah Elliot draußen stehen.

Als sie ihm die Tür öffnete, stürzte er hastig ins Haus und sah sich nach allen Richtungen um, während er aufgeregt fragte: »Bist du okay? Ist alles in Ordnung?«

»Aber ja. Was hast du denn?«

»Bist du allein?«

»Jetzt nicht mehr.«

Er schloß die Tür ab. »Pack einen Koffer.«

»Was?«

»Ich glaube nicht, daß du hier in Sicherheit bist.«

»Elliot, ist das eine Pistole?«

»Ja, ich...«

»Eine echte Pistole?«

»Ja. Ich habe sie dem Mann abgenommen, der versucht hat, mich umzubringen.«

»Oh! Warum war er so böse auf dich? Hat er gehört, wie du Opernarien pfeifst?«

»Tina, ich scherze nicht.«

Sie wußte nicht, was mit ihm los war, warum er sich so eigenartig benahm; aber sie konnte nicht glauben, daß jemand tatsächlich versucht hatte, ihn zu töten. »Welcher Mann? Wann?«

»Vor wenigen Minuten, in meinem Haus.«

»Aber...«

»Hör zu, Tina, sie wollten mich töten, nur weil ich dir bei der Exhumierung von Dannys Leiche behilflich bin.«

Sie starrte ihn fassungslos an. »Wovon redest du?«

»Mord. Konspiration. Verdammt komische Sache. Höchstwahrscheinlich wollen sie auch dich umbringen.«

»Aber das ist...«

»Verrückt«, vollendete er ihren Satz. »Ich weiß. Trotzdem ist es wahr.«

»Elliot...«

»Kannst du schnell einen Koffer mit dem Nötigsten pakken?«

Sie blickte in seine dunklen ausdrucksvollen Augen und begriff endlich, daß er nicht versuchte, sie mit einem spannenden Spiel zu unterhalten, sondern daß es sein blutiger Ernst war.

»Mein Gott, Elliot, hat wirklich jemand versucht, dich umzubringen?«

»Ich werde dir später alles erklären.«

»Bist du verwundet?«

»Nein, nein. Aber ich glaube, wir beide müssen sehr vorsichtig sein.«

»Hast du die Polizei verständigt?«

»Ich bin mir nicht sicher, ob das eine gute Idee wäre.«

»Warum nicht?«

»Vielleicht steckt die Polizei in dieser Sache irgendwie mit drin. Wo bewahrst du deine Koffer auf?«

Sie war von den Neuigkeiten noch völlig benommen. »Wohin willst du denn?«

»Das weiß ich noch nicht.«

»Aber...«

»Tina, du mußt dich beeilen. Pack deine Siebensachen, und dann machen wir, daß wir hier wegkommen, bevor diese Typen auch bei dir auftauchen.«

»Ich habe Koffer im Schlafzimmerschrank.«

Er schob sie sanft, aber energisch vor sich her.

Sie war völlig verwirrt, und allmählich stieg Angst in ihr auf.

»War heute nachmittag irgend jemand hier?« fragte er auf dem Weg zum Schlafzimmer.

»Nein.«

»Hat niemand auf deinem Grundstück herumgeschnüffelt oder bei dir geklingelt?«

»Nein.«

»Ich begreife nicht, warum sie zuerst zu mir gekommen sind.«

»Das heißt, der Gasmann war hier«, verbesserte sich Tina auf der Schwelle zum Schlafzimmer.

»Wer?«

»Ein Mann von den Gaswerken.«

Elliot packte sie bei den Schultern und drehte sie zu sich herum. »Ein Arbeiter der Gaswerke?«

»Ja. Aber mach dir keine Sorgen, ich habe mir seinen Ausweis zeigen lassen.«

Elliot runzelte die Stirn. »Aber heute ist doch Feiertag.«

»Er kam vom Notdienst.«

»Weshalb denn das?«

»Sie hatten Druckabfall in den Leitungen und dachten, irgendwo hier in der Umgebung sei eine undichte Stelle.«

Elliots Gesicht verdüsterte sich immer mehr. »Und was wollte dieser Kerl von dir?«

»Meine Heizungsanlage kontrollieren und sich vergewissern, daß nirgends Gas ausströmt.«

»Du hast ihn hoffentlich nicht eingelassen?«

»Doch. Er hatte eine Ausweiskarte der Gaswerke, mit Foto und Namen und Stempel. Er hat meine Heizung überprüft, aber alles war in Ordnung.«

»Wann war das?«

»Er ist weggegangen, kurz bevor du kamst.«

»Und wie lange war er hier?«

»Fünfzehn oder zwanzig Minuten.«

»Soviel Zeit hat er benötigt, um die Heizung zu kontrollieren?«

»Ja.«

»Warst du die ganze Zeit über bei ihm?«

»Nein. Ich habe Dannys Zimmer ausgeräumt und...«

»Wo ist deine Heizungsanlage?«

»In der Garage.«

»Zeig sie mir.«

»Und was ist mit dem Koffer?«

»Dazu ist vielleicht keine Zeit mehr.« Er war sehr bleich, und Schweißperlen standen auf seiner Stirn.

Sie fühlte, wie auch sie blaß wurde.

»Mein Gott, du glaubst doch nicht etwa...«

»Die Heizung!«

»Hier entlang...«

Sie führte ihn rasch in die Waschküche, von wo eine Tür zur Garage führte. Noch während sie die Hand nach dem Türknopf ausstreckte, stieg ihr das Gasgeruch in die Nase.

»Nicht öffnen!« brüllte Elliot und fiel ihr grob in den Arm, so als hätte sie eine Tarantel berühren wollen.

»Das Schloß könnte einen Funken auslösen«, erklärte Elliot. »Nichts wie weg hier! Durch die Vordertür. Komm! *Schnell!*«

Sie eilten den Weg zurück, den sie gekommen waren.

Tina hatte immer noch das Horror-Magazin in der Hand, und nun umklammerte sie es, als sei es ihr wichtigster Besitz.

Elliot riß die Vordertür auf und stieß sie in die goldene Spätnachmittagssonne hinaus.

»Auf die Straße!« schrie er.

Ein grauenvolles Bild tauchte vor Tinas geistigem Auge auf: ihr Haus, das durch die Gasexplosion in die Luft flog, unzählige Splitter – Holz, Glas, Metall – die sich in ihren Körper bohrten, und das grinsende Gesicht des Todes mit seinen rotglühenden Augen und den gelben Zähnen...

Der Fliesenweg durch ihren Rasen schien kilometerlang zu sein, aber schließlich erreichte sie doch die Straße. Elliots 450 SL stand auf der anderen Straßenseite, und sie war noch zwei oder drei Meter davon entfernt, als eine Explosionswelle sie erfaßte und nach vorne schleuderte, gegen den Mercedes.

Sie schlug sich heftig ein Knie am Metall auf, spürte den

Schmerz jedoch vor Entsetzen überhaupt nicht. Sie wirbelte herum und schrie Elliots Namen. Er war dicht hinter ihr. Auch er taumelte unter der Wucht der Druckwelle, aber er war unverletzt.

Die Garage war explodiert. Die große Tür hing zerbrochen in den Angeln, und das Dach hatte sich in einen Konfettiregen aus Ziegelscherben verwandelt. Im nächsten Moment erschütterte eine zweite Explosion das Haus, eine riesige Flammenwelle überrollte das ganze Gebäude, und auch die letzten Fensterscheiben zerbarsten.

Tina stand wie gelähmt da und beobachtete, wie die Flammen aus einem Fenster schlugen und einige trockene Palmblätter in Brand setzten.

Elliot schob sie beiseite, um die Tür auf der Beifahrerseite öffnen zu können. »Steig ein. *Schnell*!«

»Aber mein Haus brennt!«

»Da ist nichts mehr zu retten.«

»Wir müssen doch auf die Feuerwehr warten.«

»Je länger wir hier herumstehen, desto bessere Zielscheiben geben wir ab.«

»Aber...«

Er riß sie am Arm herum, damit sie das brennende Haus nicht mehr sehen konnte, das sie förmlich hypnotisierte.

»Um Gottes willen«, schrie er, »steig ein! Wir müssen hier weg, bevor die Schießerei losgeht!«

Wie betäubt von der unglaublichen Geschwindigkeit, mit der sich ihre Welt in Nichts auflöste, gehorchte Tina seinem Befehl.

Er warf ihre Tür zu, rannte zur Fahrerseite und setzte sich ans Steuer.

»Bist du in Ordnung?« fragte er.

Sie nickte stumm.

»Zumindest leben wir noch«, versuchte er sie zu trösten.

Er legte die Pistole auf seinen Schoß, mit der Mündung zur Tür. Seine Hände zitterten, als er den Zündschlüssel benutzte, um den Motor anzulassen.

Tina starrte ungläubig durch das Seitenfenster auf die langen blutroten Flammenzungen, die im orangefarbenen Nachmittagslicht gierig ihr Haus verzehrten.

19

Elliots angeborener Instinkt für Gefahr war so geschärft wie früher beim Militär, als er losfuhr.

Er warf einen Blick in den Rückspiegel und sah etwa einen halben Block hinter sich einen schwarzen Lieferwagen.

»Wir werden verfolgt«, sagte er.

Tina, die immer noch ihr Haus betrachtet hatte, drehte sich vollends nach hinten um und schaute aus dem Heckfenster des Sportwagens. »Ich wette, daß in diesem Karren der Kerl sitzt, der meine Heizung präpariert hat.«

»Darauf kannst du Gift nehmen.«

»Ich wünschte, dieses Schwein fiele mir in die Hände«, rief sie hitzig. »Ich würde ihm die Augen auskratzen.«

Elliot war froh, daß sie ihren tranceartigen Zustand überwunden hatte, und ihre Spannkraft und Belastbarkeit beeindruckte und ermutigte ihn.

»Leg deinen Sicherheitsgurt an«, sagte er. »Wir werden ein scharfes Tempo vorlegen müssen.«

Sie tat, wie ihr geheißen. »Willst du versuchen, sie abzuhängen?«

»Nicht nur *versuchen*.«

Dies war ein Wohngebiet, und die erlaubte Höchstgeschwindigkeit betrug vierzig Stundenkilometer. Elliot trat aufs Gas, und der niedrige Zweisitzer schoß davon.

Der Lieferwagen blieb zurück, bis anderthalb Blocks zwischen den beiden Fahrzeugen lagen, doch dann beschleunigte auch er.

»Einholen kann er uns nicht«, sagte Elliot. »Bestenfalls kann er den jetzigen Abstand halten.«

Die Straße entlang kamen Leute aus ihren Häusern, aufgeschreckt durch die Explosion. Der durch die Gegend rasende Mercedes lenkte vorübergehend ihre Aufmerksamkeit auf sich.

Zwei Blocks weiter ging Elliot rasant in eine Kurve. Die Reifen quietschten, und der Wagen rutschte etwas seitwärts, geriet aber dank der hervorragenden Federung und dank Elliots Fahrkünsten nicht ins Schleudern.

»Du glaubst doch nicht, daß sie wirklich auf uns schießen würden?« fragte Tina.

»Ich weiß es nicht. Nach ihrem Plan solltest du bei einem Gasunglück ums Leben kommen, und für mich hatten sie, glaube ich, einen vorgetäuschten Selbstmord vorgesehen. Aber jetzt, nachdem das nicht geklappt hat, könnten sie in Panik geraten und vielleicht sogar eine Schießerei auf offener Straße riskieren. Ich weiß nicht, was sie jetzt tun werden. Ich weiß nur, daß sie es sich nicht leisten können, uns einfach davonkommen zu lassen.«

»Aber wer...«

»Ich werde dir alles erzählen, was ich weiß – aber nicht jetzt.«

»Was haben sie denn mit Danny zu tun?«

»Später«, sagte er ungeduldig.

»Aber das ist doch alles völlig verrückt.«

»Wem sagst du das?«

Er bog mehrmals scharf ab, in der Hoffnung, den schwarzen Lieferwagen abhängen zu können. Viel zu spät sah er das Hinweisschild an der vierten Ecke – KEINE DURCHFAHRT. Der Mercedes brauste in die schmale Sackgasse hinein, die auf beiden Seiten nur von etwa zehn Häusern gesäumt war.

»Verdammt!«

»Du mußt wenden.«

»Dann fahren wir ihnen direkt in die Arme.«

»Du hast immerhin die Pistole.«

»Vermutlich sitzen mehrere Typen in dem Wagen, und sie sind mit Sicherheit bewaffnet.«

Beim fünften Haus auf der linken Straßenseite war die Garagentür geöffnet, und die Garage war leer.

»Wir müssen uns ein Weilchen verstecken«, sagte Elliot.

Er fuhr so dreist in die offene Garage hinein, als wäre es seine eigene, schaltete den Motor aus, sprang aus dem Auto und rannte zu der schweren Tür. Sie ließ sich nicht schließen, und er begriff, daß sie mit einem automatischen System versehen war.

»Geh mal etwas zurück«, rief Tina.

Sie war ebenfalls ausgestiegen und hatte den Kontrollknopf an der Garagenwand entdeckt.

Die Tür schloß sich und schützte sie vor einer Entdekkung von der Straße her.

»Das war knapp!« murmelte Elliot.

Tina griff nach seiner Hand und drückte sie kraftvoll, obwohl ihre eigene Hand eiskalt war.

»Wollen wir nur hoffen, daß die Leute, die hier wohnen, nicht ausgerechnet jetzt nach Hause kommen.«

»Wir bleiben ja nicht lange hier, nur so lange, bis die Männer im Lieferwagen der Ansicht sind, daß wir sie abgehängt haben. Wenn sie uns in den nächsten fünf Minuten nicht sichten, werden sie hier bestimmt nicht mehr nach uns Ausschau halten.«

»Aber wer sind diese Männer überhaupt?«

»Nun, alles fing damit an, daß ich mit Richter Kennebeck gesprochen habe. Er...«

Die Tür zum Haus öffnete sich quietschend. Elliot und Tina zuckten erschrocken zusammen.

Ein großer Mann mit mächtigem Brustkorb in zerknitterter Hose und weißem T-Shirt schaltete das Garagenlicht ein und betrachtete die Eindringlinge neugierig. Er hatte muskulöse Arme, die fast so dick wie Elliots Schenkel waren. Und es mußte schwierig sein, für seine Kragenweite ein passendes Hemd zu finden. Trotz des Bierbauchs, der ihm über die Hose hing, schien er körperlich gut in Form zu sein.

»Wer sind Sie?« fragte er mit einer weichen, sanften Stimme, die nicht zu seinem Äußeren paßte.

Elliot wurde von der gräßlichen Vorstellung geplagt, daß der Mann auf den Knopf drücken und die Garagentür öffnen würde, genau in dem Augenblick, wenn der schwarze Lieferwagen langsam die Straße entlangfuhr.

Um Zeit zu gewinnen sagte er: »Oh, hallo! Ich heiße Elliot, und das hier ist Tina.«

»Tom«, stellte der Mann sich seinerseits vor. »Tom Polumby.«

Ihr plötzliches Auftauchen in seiner Garage schien Tom Polumby nicht zu beunruhigen. Vermutlich war ein Mann seiner Statur nicht so leicht zu erschrecken.

»Hübscher Wagen«, sagte er, und die Ehrfurcht in seiner Stimme war nicht zu überhören. Er verschlang den Mercedes mit seinen Blicken.

Elliot konnte sich nur mit Mühe ein Lachen verbeißen. *Hübscher Wagen!* Sie waren in seine Garage gefahren und hatten die Tür hinter sich geschlossen, und alles, was der Mann zu sagen hatte, war *hübscher Wagen*!

»Wirklich ein toller Karren!« Tom starrte den 450 SL immer noch bewundernd an.

Offenbar war ihm noch nie in den Sinn gekommen, daß Einbrecher, psychopathische Mörder und andere Verbrecher einen Mercedes-Benz erwerben konnten, wenn sie das nötige Kleingeld hatten. Für ihn schien festzustehen, daß jeder, der einen Mercedes fuhr, ein ehrenwerter Mensch war.

Elliot fragte sich, wie Tom wohl reagiert hätte, wenn sie in einem Pinto aufgekreuzt wären.

Tom wandte endlich seinen Blick von dem Sportwagen ab. »Was tun Sie hier?« fragte er liebenswürdig.

»Wir werden erwartet«, erwiderte Elliot.

»Häh? Ich habe Sie jedenfalls nicht erwartet.«

»Wir kommen... wegen des Bootes.« Elliot sagte einfach das Erstbeste, was ihm einfiel, nur damit Tom sie noch nicht hinauswarf.

Tom blinzelte verblüfft. »Welches Boot? Ich besitze überhaupt kein Boot.«

»Das Boot mit den Evinrude-Motoren.«

»Hier werden Sie kein Boot finden.«

»Da muß irgendein Mißverständnis vorliegen«, sagte Elliot.

»Vermutlich haben Sie die falsche Adresse erwischt«, meinte Tom und streckte seine Hand nach dem Knopf aus, der die Garagentür öffnen würde.

»Warten Sie, Mr. Polumby«, rief Tina hastig. »Irgendwas stimmt hier nicht. Dies *ist* die Adresse, die man uns angegeben hat.«

Tom hielt mitten in seiner Bewegung inne.

»Sie sind allerdings nicht der Mann, den wir hier treffen wollten, das stimmt. Vermutlich hat er nur vergessen, Ihnen wegen des Bootes Bescheid zu sagen.«

Elliot sah sie bewundernd an.

»Wie heißt denn der Bursche, den Sie hier treffen wollten?« fragte Tom mit gerunzelter Stirn.

»Sol Fitzpatrick.«

»Hier wohnt niemand, der so heißt.«

»Aber er hat uns doch die Adresse angegeben!« rief Tina. »Er hat uns gesagt, die Garage würde offen stehen, und wir sollten gleich reinfahren.«

Elliot hätte sie umarmen mögen. »Ja«, unterstützte er sie. »Sol sagte, wir sollten in die Garage fahren, damit auf der Auffahrt Platz für das Boot ist, wenn er es herbringt.«

Tom kratzte sich am Kopf und zupfte sich am Ohr. »Fitzpatrick?«

»Ja.«

»Nie gehört. Wozu soll er denn überhaupt ein Boot herbringen?«

»Weil wir es ihm abkaufen wollen«, erklärte Tina.

Tom schüttelte den Kopf. »Nein, ich meinte – warum ausgerechnet *hierher*?«

»Nun«, erwiderte Elliot, »wir hatten es so verstanden, daß er hier wohnt.«

»Aber das tut er nicht«, sagte Tom. »Hier wohne ich mit meiner Frau und unserer kleinen Tochter, sonst niemand. Einen Mann namens Fitzpatrick werden Sie hier nicht finden.«

»Aber warum hat er uns dann diese Adresse angegeben?« fragte Tina verwundert.

»Meine Dame«, antwortete Tom, »das kann ich Ihnen beim besten Willen nicht sagen. Das heißt... Sagen Sie mal, haben Sie das Boot vielleicht schon bezahlt?«

»Nun ja...«

»Eine Anzahlung?« erkundigte sich Tom neugierig.

»Wir haben ihm wirklich einige hundert Dollar gegeben, damit er das Boot nicht anderweitig verkauft, bevor wir es uns angesehen haben.«

»Na, ich glaube, dieses Geld können Sie in den Wind schreiben«, grinste Tom.

»Sie wollen doch wohl nicht sagen, daß Sol Fitzpatrick uns betrogen hat?« Tinas Verblüffung wirkte sehr überzeugend.

Es gefiel Tom offensichtlich, daß Leute, die sich einen Mercedes leisten konnten, trotzdem nicht besonders clever waren. »Wenn er die Mäuse kassiert, Ihnen diese Adresse angegeben und behauptet hat, daß er hier wohnt, würde *ich* sagen, daß der gute Sol Fitzpatrick vermutlich überhaupt kein Boot besitzt.«

»Verdammt!« rief Elliot.

»Wir sind also auf einen Schwindel reingefallen?« empörte sich Tina.

»Sie werden's leichter verschmerzen«, riet Tom ihnen grinsend, »wenn Sie sich sagen, daß dieser Fitzpatrick Ihnen eine nützliche Lehre erteilt hat.«

»Man hat uns betrogen«, murmelte Tina kopfschüttelnd.

»Für mich ist das sonnenklar«, meinte Tom.

Tina wandte sich Elliot zu. »Was glaubst *du*?«

Elliot warf einen Blick auf seine Armbanduhr. »Ich denke, daß die Gefahr vorüber ist«, sagte er.

»Gefahr?« fragte Tom.

Tina schob sich graziös an ihm vorbei und drückte auf den Knopf, der die Garagentür öffnete. Sie schenkte ihrem verdutzten Gastgeber ein bezauberndes Lächeln und nahm auf dem Beifahrersitz Platz, während Elliot die Fahrertür öffnete.

Polumby ließ seine Blicke verblüfft von Elliot zu Tina und wieder zurück schweifen. »Gefahr?« wiederholte er.

»Vielen Dank für Ihre Hilfe, Tom.« Elliot setzte sich ans Steuer und fuhr im Rückwärtsgang aus der Garage.

Seine Freude über den Einfallsreichtum, den Tina und er im Umgang mit Polumby an den Tag gelegt hatten, verflog schlagartig, als sie ihren Zufluchtsort verließen. Er hörte seinen lauten Herzschlag und rechnete jeden Moment damit, daß eine Kugel die Windschutzscheibe durchschlagen und in seinem Kopf landen würde.

Er war diese Art von Anspannung nicht mehr gewöhnt. Körperlich war er gestählt, aber geistig und seelisch war er jetzt sensibler als in seiner Jugend. Viel Zeit war seit dem Krieg vergangen, seit seiner Tätigkeit beim militärischen Nachrichtendienst, seit den schwülen Nächten in Saigon und anderen Städten Südostasiens. Damals war ihm seine jugendliche Spannkraft sehr von Nutzen gewesen, und er hatte auch weit weniger Respekt vor dem Tod gehabt. In jenen Tagen war es ihm leichtgefallen, den Jäger zu spielen, menschliche Beute zu hetzen. Ja, in gewisser Weise hatte es ihm sogar Spaß gemacht, wenn er selbst gejagt wurde, denn in solchen Fällen konnte er seine Intelligenz unter Beweis stellen, indem er den Verfolger überlistete. Aber er hatte sich sehr verändert. Inzwischen war er schon seit Jahren ein erfolgreicher, sehr kultivierter Anwalt, verweichlicht durch seinen gehobenen Lebensstil. Er hatte nie damit gerechnet, noch einmal in jenes Spiel verwickelt zu werden. Aber so unglaublich es auch sein mochte – nun wurde er wieder gejagt, und er fragte sich, wie lange es ihm gelingen würde, seine Feinde zu überlisten.

Tina blickte in beide Richtungen, als Elliot von der Auffahrt in die Straße einbog. »Kein schwarzer Lieferwagen zu sehen«, meldete sie.

In einiger Entfernung stieg eine häßliche Rauchsäule gen Himmel, schwarz wie die Nacht, nur an den oberen Rändern von den letzten Strahlen der untergehenden Sonne rötlich verfärbt. Der Rauch kam natürlich aus Tinas Haus, besser gesagt, aus dessen Trümmern.

Während Elliot durch das ruhige Wohngebiet kreuzte, um auf eine Hauptverkehrsstraße zu gelangen, hielt er an jeder Kreuzung nervös Ausschau nach dem schwarzen Lieferwagen.

Tina schien die Chancen, ihren Feinden zu entkommen, genauso pessimistisch einzuschätzen wie er. Sie beugte sich entweder weit vor und spähte in jede neue Straße, in die sie einbogen, oder aber sie verrenkte sich den Hals nach hinten, um festzustellen, ob ihre Verfolger ihnen auf den Fersen waren. Ihr Gesicht war bleich und angespannt, und sie nagte fortwährend an ihrer Unterlippe.

Erst als sie ohne Zwischenfälle den Charleston Boulevard erreichten, begannen sich beide ein wenig zu entspannen. Sie waren jetzt weit entfernt von Tinas Haus. Wer auch immer nach ihnen suchte, wie mächtig diese Organisation auch sein mochte – diese Stadt war einfach zu riesig, als daß in jeder Ecke Gefahr lauern konnte. Mit seinen knapp 350 000 ständigen Einwohnern, den zwölf Millionen Touristen im Jahr und der weiten Wüstenfläche, über die es sich erstreckte, bot Las Vegas Tausende dunkler, stiller Winkel, wo zwei Menschen auf der Flucht eine kurze Atempause einlegen und einen Schlachtplan entwerfen konnten.

»Wohin willst du?« fragte Tina, als Elliot sich mit seinem

Wagen auf dem Charleston Boulevard in westliche Richtung einordnete.

»Fahren wir einfach ein Stück durch die Gegend. Wir haben eine ganze Menge zu besprechen, und wir müssen Pläne schmieden.«

»Welche Pläne?«

»Wie wir es schaffen wollen zu überleben.«

20

Er erzählte ihr während der Fahrt, was vor wenigen Stunden in seinem Haus geschehen war: die beiden Männer, ihr Interesse an einer möglichen Exhumierung von Dannys Leiche, ihr Eingeständnis, daß sie für irgendeine Regierungsstelle arbeiteten, die Spritze für die Wahrheitsdroge...

Tina unterbrach seinen Bericht mit zahlreichen Fragen – den gleichen, die auch er selbst sich gestellt hatte, ohne Antworten darauf zu finden. Schließlich sagte sie: »Vielleicht sollten wir zu deinem Haus zurückfahren. Wenn dieser Vince noch dort ist, könnten wir diese Drogen doch bei ihm anwenden. Selbst wenn er wirklich nicht weiß, weshalb seine Organisation sich für die Exhumierung interessiert, wird er doch auf jeden Fall wissen, wer seine Vorgesetzten sind. Wir könnten auf diese Weise einige Namen erfahren, und möglicherweise auch andere wichtige Dinge.«

Sie mußten an einer Ampel halten. Elliot drückte zärtlich Tinas Hand und schöpfte neue Kraft aus dieser Berührung.

»Ich würde Vince liebend gern befragen«, sagte er, »aber das geht leider nicht.«

»Warum nicht?«

»Aus zweierlei Gründen. Zum einen wird er mit größter Wahrscheinlichkeit gar nicht mehr in meinem Haus sein. Er hat sich bestimmt längst aus dem Staub gemacht. Und selbst wenn er länger bewußtlos war, als ich schätzte, haben einige seiner Kollegen ihn vermutlich rausgeholt, während ich auf dem Weg zu dir war. Zum anderen – und das ist das Wichtigste – würden wir uns direkt in die Höhle des Löwen begeben, wenn wir zu mir gingen.«

«Glaubst du, daß sie dein Haus observieren?«

»Davon bin ich fest überzeugt.«

Die Ampel schaltete auf grün, und Elliot ließ widerwillig Tinas Hand los.

»Diese Leute können uns nur erwischen, wenn wir einen taktischen Fehler begehen«, erklärte er. »Wer immer sie auch sein mögen – allwissend sind sie nicht. Wir können uns eine ganze Weile verstecken, wenn es sein muß. Wenn sie uns nicht finden, können sie uns auch nicht töten.«

»Du hast vorhin gesagt, wir könnten nicht zur Polizei gehen.«

»Stimmt.«

»Warum denn nicht?«

»Die Polizei könnte in diese Affäre verwickelt sein, zumindest in der Form, daß die Bosse von Vince Druck auf sie ausüben. Außerdem haben wir es ja mit einer Regierungsorganisation zu tun, und Regierungsstellen pflegen miteinander zu kooperieren.«

»Das alles ist so absurd.«

»Ich weiß.«

»Augen allüberall!«

»Wenn sie einen Richter in der Tasche haben – warum nicht auch ein paar Bullen?«

»Aber du sagtest mir doch, daß du Kennebeck respektierst, daß er ein guter Richter ist.«

»Das stimmt auch. Er ist ein sehr versierter Jurist, und er ist gerecht.«

»Warum sollte er dann mit diesen Killern kooperieren? Warum sollte er seinen Amtseid derart verletzen?«

»Einmal ein Agent, immer ein Agent«, sagte Elliot. »Auf mich trifft das zwar nicht zu, aber sehr oft ist es tatsächlich so. Für manche dieser Leute ist das die einzige Loyalität, zu der sie überhaupt fähig sind. Kennebeck hatte zahlreiche Posten bei verschiedenen Geheimdienstorganisationen. Das war dreißig Jahre lang seine Welt. Und als er dann ausschied, etwa vor zehn Jahren, war er immer noch relativ jung – dreiundfünfzig, und deshalb sah er sich nach einem neuen Aufgabenbereich um. Er war von Haus aus Jurist, wollte sich aber keine Kanzlei aufbürden, kandidierte deshalb für einen Posten bei Gericht und gewann die Wahl. Ich glaube, daß er seinen Job sehr ernst nimmt, aber immerhin war er wesentlich länger Agent, als er jetzt Richter ist, und diese Zeit hat ihn vermutlich für immer entscheidend geprägt. Es wäre natürlich auch möglich, daß er in Wirklichkeit nie ausgeschieden ist, daß er immer noch für irgendeinen geheimen Laden arbeitet. Vielleicht war dieses angebliche Ausscheiden nur ein Trick, damit er hier in Vegas zum Richter gewählt werden konnte. Einen ihrer eigenen Leute beim Gericht sitzen zu haben, in wichtiger Position, dürfte für Kennebecks Bosse ein verlockender Gedanke sein.«

»Hältst du das für wahrscheinlich? Ich meine – wie konnten sie sicher sein, daß er das Rennen gewinnen würde?«

»Vielleicht durch Wahlbetrug.«

»Ist das wirklich dein Ernst?«

»Ja. Verdammt, erst vor wenigen Jahren hat doch ein texanischer Wahlmanager enthüllt, wie Lyndon Johnsons erste lokale Wahl manipuliert wurde. Dieser Mann sagte, er wolle nur nach all den Jahren sein Gewissen erleichtern. Und was passierte? Gar nichts! Kein Hahn krähte danach. So etwas kommt eben hin und wieder vor, hieß es. Und wenn es sich um eine kleine lokale Wahl handelt wie in Kennebecks Fall, wäre so ein Wahlbetrug ganz leicht, sofern man über genügend Geld verfügt und Rückendeckung aus irgendwelchen Regierungskreisen hat.«

»Aber weshalb hätten sie Kennebeck dann nicht an ein

Gericht in Washington, New York oder sonst eine Stadt berufen, die wichtiger als Las Vegas ist?«

»Oh, Vegas *ist* eine sehr wichtige Stadt«, widersprach Elliot. »Für schmutzige Geldgeschäfte aller Art ist hier das beste Pflaster. Wenn man einen gefälschten Paß, Führerschein oder sonstwas benötigt, hat man hier die Auswahl unter mehreren der besten Fälscher der Welt. In Vegas findet man auch jederzeit illegale Waffenhändler großen Formats, kann sich eine kleine Söldnertruppe für eine militärische Operation in Übersee aufstellen lassen oder für Privatzwecke einen Mörder dingen. Nevada hat weniger Gesetzesparagraphen als alle anderen Bundesstaaten. Die Steuersätze sind niedrig, und es wird überhaupt keine Einkommensteuer erhoben. Die Ausführungsbestimmungen für Banken, Immobilienmakler und andere Berufszweige – außer für Casinoinhaber – sind hier weit weniger kompliziert als in anderen Staaten der USA, was für jeden Bürger sehr angenehm ist, aber verständlicherweise besonders geschätzt wird von Leuten, die schmutziges Geld ausgeben und investieren wollen. In Nevada genießt man mehr persönliche Freiheit als anderswo im Land, und das ist meiner Ansicht nach gut, aber überall, wo den Menschen viel persönliche Freiheit eingeräumt wird, gibt es Elemente, die diese liberale Gesetzgebung zu ihrem eigenen Vorteil mißbrauchen. Vegas ist ein außerordentlich wichtiges Betätigungsfeld für Dunkelmänner und Agenten aller Arten.«

»Demnach sind wirklich überall Augen?«

»In gewissem Sinn – ja!«

»Aber selbst wenn Kennebecks Bosse sehr viel Einfluß auf die Polizei haben – würde diese wirklich zulassen, daß man uns ermordet? Würde die Polizei wirklich soweit gehen?«

»Sie könnte uns vermutlich nicht wirkungsvoll schützen.«

»Welche Regierungsstelle könnte denn soviel Machtbefugnis haben, das Recht in dieser Form brechen zu dürfen?

Welche Art von Organisation darf unschuldige Bürger töten, nur weil sie ihr zufällig irgendwie in die Quere gekommen sind?«

»Das frage ich mich auch«, sagte Elliot. »Und du kannst mir glauben, daß es mich wahnsinnig beunruhigt.«

Sie mußten wieder an einer Ampel halten.

»Du bist also, wenn ich dich richtig verstanden habe, der Meinung, daß wir uns ganz allein unserer Haut wehren müssen?«

»Zumindest für den Augenblick – ja!«

»Aber das ist hoffnungslos.«

»Nein.«

»Zwei ganz normale Bürger gegen *sie*?«

Elliot warf unwillkürlich einen Blick in den Rückspiegel, was er alle paar Minuten tat, seit sie den Charleston Boulevard entlangfuhren. Sie wurden von niemandem verfolgt, aber er mußte sich immer wieder vergewissern.

»Es ist nicht hoffnungslos«, sagte er. »Wir brauchen nur etwas Zeit zum Nachdenken, etwas Zeit, um einen Plan auszuarbeiten. Vielleicht fällt uns dann auch jemand ein, der uns helfen könnte.«

»Beispielsweise?«

Die Ampel schaltete auf grün.

»Beispielsweise die Presse«, antwortete Elliot beim Überqueren der Kreuzung. »Wir haben Beweise, daß etwas Ungewöhnliches vorgeht – die Pistole mit dem Schalldämpfer, die ich Vince abgenommen habe, die Tatsache, daß dein Haus in die Luft gesprengt wurde... Ich bin mir ziemlich sicher, daß wir einen Reporter finden können, der daraus eine tolle Story macht, wie namenlose, gesichtslose Personen versuchen, uns an einer Exhumierung von Dannys Leiche zu hindern. Wenn meine Theorie in die Zeitungen käme, daß die Geschichte von dem Busunglück eine Lüge war, daß dort in der Sierra etwas wesentlich Geheimnisvolleres passiert ist, würden sehr viele Leute auf eine Exhumierung der Leichen *all* jener Pfadfinder drängen. Kennebecks Bosse wollen uns zum Schweigen bringen, bevor wir irgendwelche Zweifel an der offiziellen Version eines Unfalls verbreiten können. Sobald diese Saat aber erst einmal aufgeht, sobald die Eltern der anderen Jungen und die ganze Stadt eine Untersuchung verlangen, wird es Kennebecks Kumpanen nichts mehr nutzen, uns zu eliminieren. Nein, unsere Lage ist nicht hoffnungslos, und es sieht dir gar nicht ähnlich, so schnell aufzugeben.«

Sie seufzte. »Ich gebe ja nicht auf.«

»Gut.«

»Ich kann nicht aufgeben, bis ich endlich weiß, was wirklich mit Danny geschehen ist.«

»So ist es besser«, lobte er. »Das hört sich schon wieder nach der Christina Evans an, die ich kenne.«

Die Dämmerung ging in Dunkelheit über, und Elliot schaltete die Scheinwerfer ein.

»Es ist nur...«, versuchte Tina zögernd zu erklären, »weißt du... ein ganzes Jahr lang habe ich versucht, mich mit der Tatsache abzufinden, daß Danny bei jenem Busunglück ums Leben kam. Und nun, da ich das gerade einigermaßen verarbeitet habe, erfahre ich, daß sein Tod vielleicht ganz andere Gründe hatte. Plötzlich... plötzlich wird alles wieder aufgewühlt.«

»Du wirst wieder Ruhe finden.«

»Glaubst du?«

»O ja, denn wir werden dieser Sache auf den Grund gehen.«

Er schaute in den Rückspiegel.

Nichts Verdächtiges.

Er spürte, daß Tina ihn beobachtete, und nach einer Weile sagte sie: »Weißt du was?«

»Was?«

»Ich glaube – in gewisser Weise macht dir das alles Spaß.«

»Was macht mir Spaß?«

»Diese Verfolgungsjagd.«

»O nein. Es macht mir keineswegs Spaß, regelrechten Riesen eine Pistole abnehmen zu müssen.«

»Davon bin ich überzeugt, aber das meinte ich auch gar nicht.«

»Und ich hätte es mir ganz bestimmt nicht ausgesucht, mein schönes friedliches, ruhiges Leben auf diese Weise durcheinanderbringen zu lassen. Ich wäre viel lieber weiterhin ein behäbiger, langweiliger Bürger als ein Mann auf der Flucht.«

»Ich sprach auch nicht davon, was du machen würdest, wenn du die Wahl hättest«, erklärte ihm Tina. »Aber nachdem es nun einmal passiert ist, nachdem es dir aufgezwungen wurde, bist du nicht ganz unglücklich. Ein Teil von dir – ein tief verborgener Teil – stellt sich bereitwillig dieser Herausforderung, genießt sie sogar ein wenig. Das kann ich sehen – an der Art, wie du dich bewegst, wie du sprichst, wie du dich verhältst. Ich weiß nicht so recht, wie ich diese Eigenschaft nennen soll, aber jedenfalls war sie heute morgen noch nicht spürbar.«

»Quatsch!«

»Nein, es stimmt. Ich kann es nur nicht gut beschreiben... aber es ist eine Art von... von animalischer Wachsamkeit... von Energie... von List und Geschick, die bisher nicht zum Vorschein kamen.«

»Das einzig Neue an mir ist, daß ich heute morgen noch nicht solchen Schiß hatte wie jetzt.«

»Aber diese Angst, das Bewußtsein einer tödlichen Bedrohung – das hat eine Saite in dir zum Schwingen gebracht, stimmt's? Ich vermute, daß du dich in gewisser Weise in deine Jugend zurückversetzt fühlst.«

Er lächelte. »Die guten alten Zeiten von Spionen und Gegenspionen? Ich muß dich enttäuschen – danach sehne ich mich überhaupt nicht zurück. Ich befürchte, du fantasierst dir einfach ein verklärtes und melodramatisches Bild von mir zusammen. Ich bin alles andere als ein Draufgänger, als ein Mann mit Tatendrang. Ich bin immer noch derselbe, der ich gestern war.«

»Na ja, wie dem auch sein mag«, sagte Tina, »ich bin jedenfalls heilfroh, dich an meiner Seite zu haben.«

»Mir gefällt es besser, dich *auf* mir zu haben.«

»Sag mal – hattest du schon immer eine so schmutzige Fantasie?«

»Nein, ich mußte sie mühsam erarbeiten.«

»Das ist dir hervorragend gelungen.«

»Danke!«

»Mein Gott, hast du das gehört?«

»Was?«

»Wir lachen!«

»Na und?«

»Mitten in einer Katastrophe lachen wir, albern wir herum.«

»Lachen ist eine Medizin gegen Trübsal, der beste Schutz vor Verzweiflung, das beste Heilmittel gegen Melancholie.«

»Wer hat das gesagt«, fragte sie. »Shakespeare?«

»Groucho Marx, glaube ich.«

»Kein großer Unterschied.« Sie bückte sich seufzend und hob etwas vom Boden auf. »Und zu allem übrigen ist da auch noch dieses verdammte Ding.«

»Was hast du gefunden?«

»Nichts – es ist etwas, das ich mitgebracht habe.«

In der Hast, vor der Gasexplosion aus dem Haus zu kommen, war ihm nicht aufgefallen, daß sie etwas bei sich gehabt hatte. Nun warf er einen kurzen Blick darauf, aber es war zu dunkel, als daß er hätte erkennen können, was es war.

»Es ist ein Horror-Comicheft«, erklärte sie. »Ich fand es beim Ausräumen in Dannys Sachen. Er lag in einer Schachtel, zusammen mit einer Menge weiterer Hefte dieser Art.«

»Und?«

»Erinnerst du dich an die Alpträume, von denen ich dir erzählt habe?«

»Ja.«

»Das Monster aus meinem Alptraum der letzten Nächte ist auf dem Titelblatt dieses Magazins abgebildet. Der Mann in Schwarz. Er ist es – in jeder kleinsten Einzelheit.«

»Dann mußt du das Heft schon einmal gesehen haben und...«

»Nein! Das war zwar auch mein erster Erklärungsversuch, aber ich weiß genau, daß ich dieses Bild nie zuvor gesehen habe. Ich habe mir Dannys Comics nie angesehen, wenn er sie nach Hause brachte.«

»Vielleicht hast du...«

»Warte«, unterbrach sie ihn. »Den unheimlichsten Teil habe ich dir ja noch gar nicht erzählt.«

Sie hatten inzwischen den Stadtkern hinter sich gelassen, und der Verkehr war nicht mehr so dicht.

Tina erzählte Elliot von DER JUNGE, DER NICHT TOT WAR.

Die Ähnlichkeiten zwischen der Horrorgeschichte und ihrer beider Versuch, Dannys Leiche exhumieren zu lassen, ließen Elliot unwillkürlich erschaudern.

»Und nun versucht jemand«, schloß Tina ihren Bericht, »mich daran zu hindern, das Grab meines Sohnes öffnen zu lassen, genauso wie in der Geschichte der Tod die Eltern des Jungen daran hindern wollte.«

Sie entfernten sich zu weit von der Stadt. Dunkelheit umgab sie auf beiden Seiten der Straße. Das Land begann zum Mount Charleston hin anzusteigen, wo – nur eine Autostunde entfernt – um diese Jahreszeit die Tannenwälder tief verschneit waren. Elliot wendete und fuhr wieder auf die Lichter der Großstadt zu, die über der schwarzen Wüstenebene einem großen strahlenden Pilz glichen.

»Es *gibt* Ähnlichkeiten«, gab Elliot zu.

»Das kann man wohl sagen. Viel zu viele.«

»Allerdings gibt es auch einen großen Unterschied. In der Geschichte wurde der Junge lebendig begraben. Aber Danny *ist* tot. Wir wissen nur nicht, *wie* er starb.«

»Das ist aber wirklich der einzige Unterschied. Und dann die Worte NICHT TOT im Titel der Geschichte. Und dieser Kevin war etwa in Dannys Alter...«

Nach kurzem Schweigen sagte Elliot: »Du hast recht. Es kann kein bloßer Zufall sein. Deine Träume, das Bild auf dem Horror-Magazin, diese Geschichte... Nein, das kann wirklich kein Zufall mehr sein.«

»Und wie erklärst du dir das alles?«

»Ich weiß es nicht«, gab er zu.

»Willkommen im Klub!«

Auf der rechten Straßenseite tauchte eine Raststätte auf, und Elliot bog in die Ausfahrt ab. Die einzige Lampe auf dem Parkplatz erhellte nur etwa ein Drittel des Gesamtgeländes. Elliot fuhr hinter das Restaurant und stellte seinen Mercedes an der dunkelsten Stelle zwischen einem Toyota Celica und einem kleinen Wohnwagen ab, so daß er von der Straße aus nicht zu sehen war.

»Hungrig?« fragte er.

»Nach allem, was wir in den letzten Stunden durchgemacht haben, ist es kaum zu glauben – aber ich sterbe vor Hunger.«

»Ich auch. Und mich überrascht das nicht im geringsten. Wir haben durch Angst und nervöse Anspannung mindestens zehntausend Kalorien verbraucht.«

»Vielleicht ließe sich daraus eine Diätkur machen.«

»*Die Schreckens-Diät*.«

Sie lächelte schwach. »Sehen wir uns, bevor wir hineingehen, doch einmal die Liste mit den Fragen an, die du beantworten solltest. Vielleicht gibt sie uns irgendwelche Aufschlüsse.«

»Im Lokal werden wir besseres Licht haben«, erwiderte Elliot. »Hier scheint nicht viel Betrieb zu sein. Wir müßten uns eigentlich ungestört unterhalten können. Nimm auch dieses Horror-Magazin mit. Ich möchte die Geschichte lesen.«

Er stieg aus, und seine Aufmerksamkeit wurde von einem Seitenfenster des Wohnwagens angezogen, neben dem er geparkt hatte. Er warf einen Blick in den völlig dunklen Innenraum und hatte das unbehagliche Gefühl, als würde sich dort jemand verstecken und ihn heimlich beobachten.

Du darfst nicht in Verfolgungswahn geraten! rief er sich selbst zur Ordnung.

Er wandte sich von dem Wohnwagen ab, aber als sein Blick auf eine besonders dunkle Stelle um den Müllcontainer herum fiel, hatte er wieder das beklemmende Gefühl, beobachtet zu werden.

Er hatte Tina erklärt, Kennebecks Bosse seien nicht allmächtig, und das mußte er auch sich selbst immer wieder ins Gedächtnis rufen. Tina und er hatten es offenbar mit einer mächtigen, gesetzlosen und gefährlichen Organisation zu tun, die um jeden Preis das Geheimnis der Tragödie in der Sierra wahren wollte. Aber jede Organisation bestand aus *Menschen*, und kein Mensch war allwissend und allgegenwärtig.

Und dennoch...

Während sie über den Parkplatz zur Imbißstube gingen, wurde Elliot das Gefühl nicht los, daß jemand – oder etwas – sie beobachtete. Nicht unbedingt ein Mensch... irgend etwas... Seltsames... Unheimliches. Das war natürlich ein absurder Gedanke, der ihm normalerweise nie in den Sinn gekommen wäre, und das warf ein schlechtes Licht auf seinen Geisteszustand.

Tina blieb stehen, als sie den rötlichen Lichtkegel der Lampe erreichten, und blickte zum Mercedes zurück. Ihr Gesicht hatte einen sonderbaren Ausdruck.

»Was ist?« fragte Elliot.

»Ich weiß nicht...«

»Siehst du etwas?«

»Nein.«

Beide starrten in die Dunkelheit.

»Fühlst du es auch?« sagte Tina.

»Was?«

»Ich habe so ein… so ein prickelndes Gefühl.«

Er schwieg.

»Du spürst es auch, nicht wahr?« fragte sie.

»Ja.«

»So als wären wir nicht allein.«

»Es ist verrückt«, sagte er, »aber mich scheinen Augen anzustarren.«

Sie schauderte. »Aber es ist niemand hier.«

»Nein. Zumindest sehe ich niemanden.«

Sie versuchten, in der Finsternis irgendeine Bewegung auszumachen.

»Stehen wir beide am Rande eines Nervenzusammenbruchs?« fragte Tina.

»Wir sind verständlicherweise ein bißchen nervös«, versuchte er die Sache zu bagatellisieren, aber in Wirklichkeit war er nicht davon überzeugt, daß nur ihre überreizte Fantasie ihnen einen Streich spielte.

Ein kühler Wind kam auf, trug den Duft trockener Wüstenpflanzen mit sich und pfiff durch die Zweige der Dattelpalmen.

»Es ist ein so *starkes* Gefühl«, sagte Tina. »Und weißt du, woran es mich erinnert?«

»Woran denn?«

»Es ist das gleiche Gefühl, das ich in Angelas Büro hatte, als der Computer von selbst zu drucken begann. Es ist nicht nur das Gefühl, beobachtet zu werden. Es ist mehr als das – ich spüre eine *Präsenz*.«

Er wußte genau, was sie meinte, aber er wollte nicht darüber nachdenken, weil er keine logische Erklärung für dieses Phänomen wußte. Er war ein Mann, der es gern mit harten Fakten zu tun hatte; deshalb war er auch ein so guter Anwalt. Er war es gewohnt, alles nüchtern und sachlich zu analysieren. »Wir sind beide überreizt«, sagte er.

»Das ändert nichts an meinem Gefühl.«

»Komm, essen wir etwas.«

Aber sie blieb weiterhin stehen und starrte in die Dunkelheit außerhalb des Lichtkegels.

»Tina?«

Ein Windstoß fegte trockene Blätter über das Pflaster. Ein Vogel flog über ihre Köpfe hinweg; sie konnten ihn nicht sehen, aber sie hörten seinen Flügelschlag.

Tina räusperte sich. »Es ist so, als würde die Nacht selbst uns beobachten... die Nacht, die Schatten... die Augen der Finsternis.«

Der Wind zerzauste Elliots Haare, klapperte mit dem losen Metallgriff eines Abfallkübels, schaukelte die Leuchtreklame der Raststätte hin und her.

Tina und Elliot bemühten sich, nicht ständig über die Schultern hinweg zurückzublicken, während sie zum Eingang der Imbißstube gingen.

21

Das lange L-förmige Lokal war mit viel Chrom, Glas, Plastik und rotem Vinyl ausgestattet. Aus der Musikbox erklang ein Country-and-Western-Song von Kenny Rogers. Es duftete köstlich nach Spiegeleiern, gebratenem Speck und Würstchen. In Las Vegas war es durchaus nicht unüblich, daß jemand um diese Tageszeit ein herzhaftes Frühstück zu sich nahm. Tina wurde der Mund wäßrig, sobald sie die Schwelle übertreten hatte.

Es waren nur elf Gäste im Lokal, und sie saßen alle in der Nähe des Eingangs an der Längsseite, fünf auf Hockern an der Theke, die übrigen sechs in den roten Nischen. Elliot und Tina nahmen möglichst weit von ihnen entfernt Platz, in der letzten Nische der kürzeren Seite.

Eine rothaarige Bedienung mit Sommersprossen namens Elvira nahm ihre Bestellung auf – Cheeseburger, Pommes Frites, Krautsalat und Bier.

Als die Kellnerin sich entfernt hatte, sagte Tina: »Sehen wir uns doch mal die Papiere an, die du diesem Vince abgenommen hast.«

Elliot zog die Blätter aus seiner Hosentasche, entfaltete sie und legte sie auf den Tisch. Es waren drei Blätter, und auf jedem standen zehn oder zwölf mit der Schreibmaschine geschriebene Fragen.

Sie steckten ihre Köpfe zusammen und lasen die erste Seite schweigend durch.

1. Wie lange kennen Sie Christina Evans?
2. Warum hat Christina Evans ausgerechnet Sie und keinen anderen Anwalt bevollmächtigt, die Exhumierung der Leiche ihres Sohnes zu erwirken?
3. Aus welchem Grund zweifelt sie an den offiziellen Angaben über den Tod ihres Sohnes?
4. Hat sie irgendeinen Beweis, daß diese offiziellen Angaben falsch sind?
5. Wenn ja, welchen?
6. Woher hat sie diesen Beweis?
7. Haben Sie jemals etwas vom Projekt Pandora gehört?
8. Besitzen Sie oder Mrs. Evans irgendwelche Informationen über streng geheime militärische Forschungsanlagen in den Sierra Mountains?

Elliot blickte von der Fragenliste auf. »Hast du jemals etwas vom Projekt Pandora gehört?«

»Nein.«

»Und von geheimen Labors in den High Sierras?«

»Aber ja. Mrs. Neddler hat mir alles darüber erzählt.«

»Mrs. Neddler?«

»Meine Putzfrau.«

»Tss, tss – alberne Späße!«

»In einer derartigen Situation!«

»Medizin gegen Trübsal, Schutz vor Verzweiflung.«

»Groucho Marx«, sagte sie.

»Sie haben die 64 000 Dollar gewonnen!«

»Offenbar glauben sie, daß einer der am Projekt Pandora Beteiligten sie verraten hat.«

»Sieht ganz danach aus.«

»War jemand vom Projekt Pandora in Dannys Zimmer und hat jene Botschaft auf die Tafel geschrieben und später am Computer herumgespielt?«

»Vielleicht.«

»Aber du glaubst es nicht?«

»Na ja, wenn jemand Gewissensbisse hätte«, wandte Elliot ein, »könnte er doch direkt Kontakt mit dir aufnehmen.«

»Vielleicht hat er Angst. Nach unseren eigenen Erfahrungen zu schließen, hätte er auch guten Grund dafür.«

»Vielleicht«, sagte Elliot wieder. »Aber ich glaube, daß die Sache komplizierter ist. Frag mich nicht, warum. Es ist nur so ein Gefühl.«

Sie lasen rasch die übrigen Fragen durch, erfuhren aber nichts Interessantes mehr. In den meisten Fragen ging es darum, wieviel Tina über den tatsächlichen Hergang des Unglücksfalls in der Sierra wußte, wieviel sie Elliot davon erzählt hatte, wieviel sie Michael davon erzählt hatte, mit wieviel anderen Personen sie darüber gesprochen hatte. Es gab keine weiteren ›Delikatessen‹ wie die Erwähnung des Projekts Pandora, nichts, was ihnen weiterhelfen konnte.

Elvira brachte zwei Gläser und zwei eiskalte Flaschen Coors.

Aus der Musikbox erklang jetzt ein trauriger Song von Barbara Mandrell.

Elliot trank einen Schluck Bier und überflog die Horrorgeschichte in Dannys Comic-Heft. »Erstaunlich!« kommentierte er, als er die Lektüre beendet hatte.

»Du würdest es noch weitaus erstaunlicher finden, wenn du diese Alpträume gehabt hättest«, sagte Tina. »Und was wollen wir jetzt unternehmen?«

Nach kurzem Nachdenken fragte Elliot: »Waren die Särge der dreizehn anderen Pfadfinder bei den Beerdigungen ebenfalls geschlossen?«

»Nicht alle – etwa die Hälfte.«

»Und die Eltern dieser Jungen – haben sie die Leichen wie du niemals gesehen?«

»O doch. Alle anderen Eltern wurden gebeten, ihre Kinder zu identifizieren, obwohl einige der Leichen in so schlimmem Zustand waren, daß man sie nicht für ein Begräbnis mit offenem Sarg zurechtmachen konnte. Michael und ich waren die einzigen, denen dringend geraten wurde, uns den Anblick der sterblichen Überreste zu ersparen. Danny war am schlimmsten verstümmelt.« Sogar nach dieser langen Zeit drohte der Schmerz sie zu überwältigen, als sie an Dannys letzte Lebensminuten dachte – an sein Entsetzen, an seine Qualen, selbst wenn sie nicht lange gedauert haben konnten. Sie blinzelte, um ihre Tränen zurückzudrängen, und trank einen großen Schluck Bier. »Warum fragst du?«

»Ich dachte, wir könnten uns mit den anderen Eltern verbünden«, erklärte Elliot. »Wenn sie die Leichen ihrer Kinder nicht gesehen hätten, wären sie vermutlich leicht zu überreden, mit uns gemeinsam eine Öffnung *aller* Gräber zu verlangen. So viele Stimmen zum Schweigen zu bringen, hätten Vinces Bosse nicht riskieren können, und damit wären wir in Sicherheit gewesen. Aber diesen Plan muß ich leider vergessen. Wenn die anderen Eltern ihre toten Kinder gesehen haben, können sie nicht wie du irgendwelche Zweifel hegen, und sie werden die Tragödie inzwischen halbwegs überwunden haben. Wenn wir ihnen nun eine haarsträubende Geschichte über eine mysteriöse Verschwörung auftischen, werden sie uns mit größter Wahrscheinlichkeit kein Gehör schenken wollen – um die alten, gerade erst vernarbten Wunden nicht wieder aufzureißen.«

»Wir sind also immer noch allein?«

»Ja.«

»Du sagtest doch, wir könnten versuchen, das Interesse

der Presse zu wecken. Hast du schon an einen bestimmten Reporter gedacht?«

»Ich kenne einige Burschen von der Lokalpresse«, erwiderte Elliot. »Aber vielleicht wäre es unklug, sich an die Lokalpresse zu wenden. Möglicherweise erwarten Vinces Bosse genau diese Reaktion von uns und liegen schon auf der Lauer. Wir könnten tot sein, bevor wir einem Reporter mehr als zwei Sätze erzählt haben. Ich glaube, wir müssen uns an die Presse in anderen Städten wenden, aber zu diesem Zweck hätte ich gern mehr Fakten in der Hand.«

»Aber du sagtest doch, wir hätten genug Material, um einen guten Zeitungsmann interessieren zu können. Die Pistole... und mein Haus...«

»Für unsere Lokalpresse würde es zweifellos genügen«, sagte Elliot. »In Vegas erinnert man sich noch an den Unfall in der Sierra; er war eine lokale Tragödie. Aber die Presse in Los Angeles, New York oder in einer anderen Großstadt wird sich nicht allzu sehr für diese Sache interessieren, wenn sie nicht einen Aspekt wittert, der überregionale Bedeutung hat. Möglicherweise könnten wir sie schon jetzt davon überzeugen, daß das eine tolle Story abgibt, aber ich bin mir nicht ganz sicher. Mir wäre es am liebsten, wenn ich dem Reporter gleich eine einleuchtende Theorie mitliefern könnte, was jenen Pfadfindern in Wirklichkeit zustieß – irgendeine echte Sensation.«

»Beispielsweise?«

Er schüttelte den Kopf. »Vorläufig kann ich nur Spekulationen anstellen. Meiner Meinung nach ist es aber am wahrscheinlichsten, daß die Pfadfinder etwas gesehen haben, was sie nicht sehen durften.«

»Das Projekt Pandora?«

Er trank einen Schluck Bier und wischte sich mit dem Finger etwas Schaum von den Lippen. »Ja. Ein militärisches Geheimnis. Ich kann mir nicht vorstellen, daß etwas anderes eine große Organisation wie jene, mit der wir es hier zu tun haben, auf den Plan rufen würde. Diese Leute verschwenden ihre Zeit nicht mit Bagatellen.«

»Aber das hört sich so absurd an. Militärische Geheimnisse... ist das nicht ein bißchen weit hergeholt?«

»Für den Fall, daß du es nicht wissen solltest – in Nevada gibt es mehr Militäranlagen als in jedem anderen Bundesstaat. Ich spreche nicht nur von den bekannten Einrichtungen wie Nellis Air Force Base und dem nuklearen Testgelände. Dieser Staat eignet sich hervorragend für mehr oder weniger geheime Forschungszentren auf dem Gebiet modernster Waffen. Überleg doch mal – in Nevada gibt es Tausende von Quadratkilometern unbesiedelten Landes. Die Wüsten. Die unzugänglichen Gegenden der Gebirge. Und der größte Teil dieser Gebiete gehört dem Staat. Wenn man Anlagen in solch abgelegenen Landstrichen errichtet, ist es sehr leicht, sie völlig geheimzuhalten und perfekt abzusichern.«

Tina, die mit beiden Händen ihr Bierglas umklammerte, beugte sich weit vor. »Und du meinst, daß Mr. Jaborski, Mr. Lincoln und die Pfadfinder in den High Sierras über eine solche Anlage stolperten?«

»Es wäre möglich.«

»Und daß sie etwas sahen, was nicht für ihre Augen bestimmt war – irgendein wichtiges militärisches Geheimnis?«

»Vielleicht.«

»Und was dann? Du glaubst doch nicht etwa, daß sie deshalb... *ermordet* wurden?«

»Jedenfalls ist das eine Theorie, die einen guten Reporter interessieren müßte«, sagte Elliot.

»Aber die Regierung würde doch nicht eine Gruppe von Kindern töten, nur weil sie versehentlich eine neue Waffe oder sowas Ähnliches gesehen haben!«

»Nein?«

Der aufkommende Nachtwind rüttelte an der großen Fensterscheibe neben ihrer Nische. Durch umherwirbelnde

Staubwolken und Papierfetzen hindurch sah man den Verkehr auf dem Charleston Boulevard.

Tina fröstelte. »Aber was könnten die Kinder denn schon gesehen haben? Du sagst doch selbst, daß solche Anlagen mitten in der Wildnis leicht zu sichern sind. Die Jungen können doch gar nicht sehr dicht an eine scharf bewachte Anlage herangekommen sein. Mehr als ein flüchtiger Blick war mit Sicherheit nicht möglich.«

»Vielleicht genügte schon dieser flüchtige Blick, um sie zum Tode zu verurteilen.«

»Kinder sind keine guten Beobachter«, wandte Tina ein. »Sie sind sehr leicht zu beeindrucken, sehr emotional und neigen zu Übertreibungen. Selbst wenn sie tatsächlich etwas gesehen haben, wären sie mit vierzehn verschiedenen Geschichten zurückgekommen, von denen keine ganz exakt gewesen wäre. Eine Gruppe von Pfadfindern hätte die Sicherheit einer geheimen Anlage nicht bedrohen können.«

»Du hast wahrscheinlich recht«, gab Elliot zu.

»Natürlich habe ich recht.«

»Aber sture Militärs, die für die Sicherheit verantwortlich sind, könnten anderer Meinung gewesen sein.«

»Nun, sie müßten aber wirklich überaus töricht gewesen sein, wenn sie eine Liquidierung für die einfachste Lösung gehalten haben. Soviel Leute zu töten und einen Unfall vorzutäuschen – das ist doch wesentlich riskanter, als die Jungen ihre fantasievoll ausgeschmückten Geschichten erzählen zu lassen.«

»Du darfst nicht vergessen, daß zu der Gruppe auch zwei Erwachsene gehörten. Die Leute hätten den Berichten der Jungen vermutlich kein Gewicht beigemessen, aber Jaborski und Lincoln hätten sie Glauben geschenkt. Vielleicht stand so viel auf dem Spiel, daß die Sicherheitsbeamten in der Anlage entschieden, daß Jabroski und Lincoln sterben mußten. Und daraufhin mußten sie natürlich auch die Kinder töten, damit es für die beiden ersten Morde keine Zeugen gab.«

»Aber das... das ist diabolisch!«

»Ja – aber nicht unwahrscheinlich.«

Tina betrachtete den nassen Kreis, den ihr Glas auf dem Tisch hinterlassen hatte. Während sie über Elliots Theorie nachdachte, zeichnete sie mit einem Finger Augen, Nase und einen grimmigen Mund in diesen Kreis und fügte Hörner an. Eine böse dämonische Fratze starrte sie nun vom Tisch an. Sie verwischte sie mit der Handfläche und sagte: »Ich weiß nicht... verborgene Einrichtungen... militärische Geheimnisse... das kommt mir alles so unglaubhaft vor.«

»Mir nicht«, widersprach Elliot. »Mir scheint es durchaus eine plausible, ja sogar wahrscheinliche Möglichkeit zu sein. Aber ich behaupte nicht, daß es sich tatsächlich so abgespielt hat. Es ist nur eine Theorie. Aber eine solche Theorie wird fast jeden ehrgeizigen Reporter förmlich elektrisieren – wenn wir genügend Fakten haben, um sie zu stützen.«

»Was ist mit Richter Kennebeck?«

»Was soll mit ihm sein?«

»Er könnte uns bestimmt sagen, was wir wissen wollen.«

»Uns bei Kennebeck sehen zu lassen, würde einem Selbstmord gleichkommen«, sagte Elliot. »Vinces Freunde warten dort mit Sicherheit auf uns.«

»Bestünde nicht die Möglichkeit, sie irgendwie auszutricksen, um dennoch an Kennebeck heranzukommen?«

Er schüttelte den Kopf. »Unmöglich.«

Sie lehnte sich seufzend zurück.

»Außerdem kennt Kennebeck vermutlich auch nicht die ganze Geschichte«, fuhr Elliot fort. »Ihm geht es bestimmt wie meinen beiden Besuchern – man hat ihm nur gesagt, was er unbedingt wissen muß.«

Elvira brachte ihr Essen. Die Cheeseburger waren saftig, die Pommes frites knusprig, und der Krautsalat war pikant, aber nicht sauer.

Während des Essens sprachen Tina und Elliot nicht über

ihre Probleme. Sie redeten überhaupt nicht viel, sondern lauschten den Country-and-Western-Songs aus der Musikbox und blickten auf den Charleston Boulevard hinaus, wo der Staubsturm die Autofahrer zwang, ihr Tempo zu drosseln. Und beide dachten an jene Dinge, über die sie nicht sprechen wollten – über die mysteriösen Todesumstände der Pfadfindergruppe und über die Mordanschläge dieses Tages, denen sie nur knapp entgangen waren.

Erst als sie ihre Mahlzeit beendet hatten, sagte Tina: »Du meintest vorhin, wir sollten weitere Beweise sammeln, bevor wir uns an die Presse wenden.«

»Uns bleibt keine andere Wahl.«

»Aber wie sollen wir das anstellen? Wer könnte uns dazu verhelfen?«

»Darüber habe ich beim Essen nachgedacht«, erwiderte Elliot. »Das Beste wäre natürlich, wenn wir das Grab öffnen könnten. Wenn die Leiche exhumiert und von einem erstklassigen Pathologen noch einmal gründlich untersucht würde, fänden sich mit Sicherheit Beweise dafür, daß die Todesursache nicht mit der offiziell verbreiteten Version übereinstimmt.«

»Aber wir können das Grab nicht selbst öffnen«, wandte Tina ein. »Wir können uns nicht nachts auf den Friedhof schleichen und mehrere Tonnen Erde wegschaufeln. Außerdem ist es ein privater Friedhof, der von einer hohen Mauer umgeben und vermutlich mit einer Alarmanlage zum Schutz vor Vandalen ausgestattet ist.«

»Und Kennebecks Freunde lassen den Friedhof bestimmt überwachen«, fügte Elliot hinzu. »Nun, wenn wir die Leiche nicht untersuchen können, müssen wir uns eben mit dem Nächstbesten zufriedengeben. Wir sollten uns unbedingt mit dem Mann unterhalten, der Dannys Leiche als letzter sah.«

»Wen meinst du damit?«

»Nun... den Gerichtsmediziner.«

»Den Mann in Reno?«

»Wurde dort der Totenschein ausgestellt?«

»Ja, die Leichen wurden aus dem Gebirge nach Reno gebracht.«

»Aber wenn ich es mir näher überlege... vielleicht sollten wir den Gerichtsmediziner doch lieber überspringen«, grübelte Elliot. »Immerhin war er es, der den Unfalltod bestätigte. Die Wahrscheinlichkeit ist ziemlich groß, daß er von Kennebecks Leuten bestochen wurde. Er dürfte mit Sicherheit nicht auf unserer Seite stehen, und mit ihm Kontakt aufzunehmen, könnte für uns schlimme Folgen haben. Vielleicht werden wir uns später doch noch mit ihm unterhalten müssen, aber als erstes sollten wir den Bestatter aufsuchen. Er kann uns bestimmt eine Menge Interessantes erzählen. Ist er hier in Vegas?«

»Nein«, antwortete Tina. »Ein Bestatter in Reno hat die Leiche präpariert und dann zur Beerdigung hierher gebracht. Der Sarg war versiegelt, als er hier ankam, und wir haben ihn, wie gesagt, nicht mehr öffnen lassen.«

Elvira kam an ihren Tisch und fragte, ob sie noch etwas wünschten, was beide verneinten. Sie legte ihnen die Rechnung hin und räumte ab.

Sobald sie sich entfernt hatte, fragte Elliot: »Erinnerst du dich an den Namen des Bestatters in Reno?«

»Ja. Bellicosti – Luciano Bellicosti.«

Elliot trank sein Bier aus. »Okay, dann machen wir einen Ausflug nach Reno.«

»Können wir Bellicosti nicht einfach anrufen?«

»Heutzutage scheint jedes Telefon angezapft zu sein. Außerdem werden wir besser entscheiden können, ob er die Wahrheit sagt, wenn wir ihm in die Augen sehen können. Nein, telefonisch läßt sich sowas Heikles nicht erledigen. Wir müssen nach Reno.«

Ihre Hand zitterte, als sie ihr Glas zum Mund führte, um es auszutrinken.

»Was ist?« fragte Elliot.

Das wußte sie selbst nicht genau. Sie wurde plötzlich von

einer neuen Angst gepeinigt, die noch schlimmer war als die Furcht der vergangenen Stunden. Es fiel ihr schwer, ihre Gefühle in Worte zu fassen. »Ich... ich nehme an... daß ich einfach... daß ich Angst habe, nach Reno zu fahren.«

Er legte seine Hand auf die ihrige. »Dort haben wir weniger zu befürchten als hier. Die Mörder suchen *hier* nach uns.«

»Das weiß ich«, sagte sie. »Sicher, ich fürchte mich vor diesen Typen. Aber wovor ich noch viel größere Angst habe... ist... die Wahrheit über Dannys Tod herauszufinden. Und ich habe sehr stark das Gefühl, daß wir sie in Reno erfahren werden.«

»Ich dachte, du *wolltest* die Wahrheit wissen.«

»Das stimmt auch, aber gleichzeitig habe ich Angst davor, weil sie schrecklich sein wird. Ich ahne, daß die Wahrheit grauenvoll sein wird.«

»Vielleicht auch nicht.«

»O doch!«

»Die einzige Alternative wäre, aufzugeben und dann nie zu erfahren, was in Wirklichkeit geschah.«

»Und das wäre noch qualvoller«, gab sie zu.

»Außerdem bleibt uns gar nichts anderes übrig als herauszufinden, was hinter dem angeblichen Busunglück steckt. Wenn wir die Wahrheit wissen, können wir damit an die Öffentlichkeit treten. Das ist praktisch unsere einzige Überlebenschance.«

»Und wann wollen wir uns auf den Weg nach Reno machen?« fragte Tina.

»Noch heute abend. Jetzt gleich. Wir werden mit meiner Cessna Skylane fliegen, einer hübschen kleinen Maschine, die uns in wenigen Stunden nach Reno bringen wird. Am besten bleiben wir dort einige Tage, auch wenn wir mit Bellicosti gesprochen haben. Diese Typen werden uns hier in Vegas suchen, und in einer anderen Stadt werden wir beide etwas leichter atmen können, bis uns einfällt, wie wir aus diesem Schlamassel wieder rauskommen.«

»Aber ich habe nicht einmal eine Zahnbürste, von anderen Dingen ganz zu schweigen. Wir sind beide ohne Mäntel, und in Reno ist es um diese Jahreszeit verdammt kalt.«

»Wir kaufen alles, was wir brauchen, bevor wir losfliegen.«

»Ich habe keinen Penny bei mir.«

»Aber ich – ein paar Hunderter Bargeld und außerdem Kreditkarten. Mit Hilfe der Karten könnten wir sogar rund um die Welt fliegen.«

»Aber heute ist Feiertag und...«

»Und wir befinden uns in Las Vegas«, fiel Elliot ihr ins Wort. »Hier findet man immer irgendwo einen offenen Laden; auf jeden Fall werden aber die Geschäfte in den Hotels geöffnet sein, weil sie an Feiertagen besonders gute Umsätze machen. Wir werden Mäntel und alles sonstige schnell besorgen können.«

»Ich werde dir das Geld zurückgeben, sobald...«

»Mach dir darüber keine Gedanken«, unterbrach er sie wieder, während er aufstand und ein gutes Trinkgeld für die Bedienung auf den Tisch legte. »Komm. Ich werde mich sicherer fühlen, wenn wir erst einmal aus dieser Stadt verschwunden sind.«

Sie ging mit ihm zur Kasse in der Nähe des Eingangs. Der Kassierer, ein weißhaariger Mann mit extrem dicken Brillengläsern, erkundigte sich mit freundlichem Lächeln, ob das Essen geschmeckt habe, was Elliot aufrichtig bejahte. Mit arthritischen Fingern begann der Alte langsam das Wechselgeld abzuzählen.

Das Lokal hatte sich inzwischen gefüllt; etwa vierzig Personen saßen in den Nischen an der Längsseite, lachten und unterhielten sich angeregt. Alle schienen frohgelaunt zu sein, weil noch drei freie Tage vor ihnen lagen.

Plötzlich beneidete Tina diese unbeschwerten Menschen, für die dies ein ganz normaler Abend ihres ganz normalen Lebens war und die auch auf eine ganze normale friedliche Zukunft hoffen konnten. Keiner dieser

Menschen brauchte sich mit professionellen Mördern herumzuschlagen, mit unheimlichen Verschwörungen, verkleideten Gasmännern, Pistolen, Exhumierungen... Sie wußten überhaupt nicht, wie glücklich sie waren. Sie hatten das Gefühl, als würde sie ein breiter, unüberbrückbarer Abgrund von Leuten wie diesen trennen, und sie fragte sich, ob sie wohl jemals wieder auch nur halb so entspannt und sorgenfrei sein würde, wie diese Gäste es zu sein schienen.

Ein kalter Luftzug streifte ihren Nacken.

Sie drehte sich zur Tür um, aber niemand war hereingekommen.

Die Luft blieb kühl.

Aus der Musikbox, die links von der Tür stand, erklang ein populärer Country-Song:

»Baby, Baby, Baby, ich liebe dich noch,
Unsere Liebe wird leben, das weiß ich.
Und du kannst darauf wetten,
Daß unsere Liebe noch nicht tot ist.
Nein, unsere Liebe ist nicht tot –
nicht tot –
nicht tot –
nicht tot –«

Die Platte war hängengeblieben.

Tina starrte die Musikbox erschrocken an.

»nicht tot –
nicht tot –
nicht tot –«

Elliot wandte sich vom Kassierer ab und legte Tina eine Hand auf die Schulter. »Was, zum Teufel...?«

Tina konnte nicht sprechen. Sie konnte sich auch nicht bewegen.

Die Luft wurde kälter.

Tina schüttelte es.

Die anderen Gäste hielten in ihren Unterhaltungen inne und drehten sich nach der Musikbox um.

»nicht tot –
nicht tot –
nicht tot –
nicht tot –«

Tina hatte plötzlich das von Würmern zerfressene Gesicht des Todes vor Augen.

»Gebt dem Scheißding mal ’nen ordentlichen Fußtritt!« rief jemand.

Elliot trat an die Musikbox heran und schüttelte sie behutsam. Die Nadel glitt aus dem Kratzer heraus, und die nächste Liedzeile erklang. Aber gleich darauf blieb die Nadel wieder an der Stelle mit den gleichen Wörtern hängen.

»nicht tot –
nicht tot –
nicht tot –«

Tina hätte am liebsten jeden der Gäste an der Kehle gepackt, beschimpft und bedroht, bis einer von ihnen zugeben würde, die Musikbox manipuliert zu haben. Gleichzeitig war ihr jedoch schon klar, daß die Erklärung für dieses Phänomen nicht so einfach war, daß niemand der Anwesenden etwas damit zu tun hatte. Soeben noch hatte sie diese Leute um ihr alltägliches Leben beneidet. Es war einfach absurd anzunehmen, daß einer von ihnen im Dienst jener Organisation stand, die ihr Haus in die Luft gesprengt hatte. Ein solcher Verdacht war nicht nur lächerlich, sondern geradezu paranoid. All diese Menschen aßen zufällig in der Raststätte zu Abend.

»nicht tot –
nicht tot –
nicht tot –«

Elliot schüttelte das Gerät wieder, aber diesmal bewegte sich die Nadel nicht von der Stelle.

Die Luft wurde noch kälter. Tina hörte, daß einige Gäste Bemerkungen darüber machten.

Elliot schüttelte die Musikbox jetzt kräftiger, aber sie wiederholte beharrlich mit der Stimme des Country-Sängers jene Botschaft, so als hielte eine unsichtbare Hand den Plattenarm mit eisernem Griff fest.

Der weißhaarige Mann kam hinter der Kasse hervor. »Ich kümmere mich um die Sache, Leute. Moment, bitte.« Dann rief er einer der Bedienungen zu: »Jenny, überprüf mal den Thermostat. Wir brauchen heute abend Warmluft, kein Airconditioning.«

Elliot trat beiseite, als der alte Mann sich näherte.

Obwohl in diesem Augenblick niemand die Musikbox berührte, wurde die Lautstärke aufgedreht, und die beiden Wörter dröhnten und hallten durch den Raum, ließen die Scheiben vibrieren und die Bestecke auf den Tischen klirren.

»NICHT TOT –
NICHT TOT –
NICHT TOT –«

Einige Leute hielten sich die Ohren zu.

Tina war dazu außerstande. Ihre Arme hingen steif herab, mit geballten Fäusten, und sie hatte einfach nicht die Kraft, sie zu heben. Sie wollte schreien, brachte aber keinen Laut hervor.

Kälter, immer kälter.

Sie begann eine geisterartige Präsenz zu spüren, wie in Angelas Büro, als der Computer sich von selbst eingeschaltet hatte, und sie hatte auch jenes Gefühl, beobachtet zu werden, wie zuletzt auf dem Parkplatz der Raststätte.

Der alte Mann ging neben der Musikbox in die Hocke, tastete auf der Rückwand nach dem Ausschaltknopf und drückte mehrmals darauf.

»NICHT TOT –
NICHT TOT –
NICHT TOT –«

»Ich muß den Stecker rausziehen!« schrie der Alte.

Die Lautstärke nahm abermals zu. Die beiden Wörter donnerten mit markerschütternder Kraft aus den Lautsprechern, und es schien unglaublich, daß das Gerät überhaupt über ein solches Volumen verfügte.

Elliot rückte es von der Wand ab, damit der Alte an die Schnur herankommen konnte.

In diesem Augenblick begriff Tina, daß sie von der Präsenz, die diese unheimliche Vorstellung gab, nichts zu befürchten hatte. Ganz im Gegenteil. Die Erleuchtung kam ihr blitzartig. Ihre geballten Fäuste öffneten sich. Ihre angespannten Muskeln entspannten sich. Ihr Herz dröhnte nun nicht mehr wie ein Schmiedehammer, pochte allerdings immer noch beschleunigt, aber nicht mehr vor Entsetzen, sondern vor freudiger Erregung.

Während der weißhaarige Kassierer mit seinen knotigen Fingern am Stecker rüttelte, der in der Steckdose festklemmte, hätte Tina ihn am liebsten daran gehindert. Sie wollte sehen, was als nächstes geschehen würde. Aber sie wußte nicht, wie sie ihre merkwürdige Bitte begründen sollte, und gleich darauf gelang es dem Alten, den Stecker herauszuziehen.

Das monotone Gebrüll aus den Lautsprechern verstummte jäh, und die nachfolgende Stille wirkte geradezu überwältigend.

Nach einer Sekunde überraschter Erleichterung applaudierten alle dem Weißhaarigen.

Jenny rief ihm zu: »He, Al, ich hab' den Thermostat nicht angerührt. Er zeigt eine Temperatur von zwanzig Grad an. Wirf lieber mal selbst einen Blick darauf.«

»Du mußt ihn aber irgendwie verstellt haben«, widersprach Al, »denn es wird wieder warm.«

»Ich habe ihn nicht angerührt«, wiederholte Jenny.

Al glaubte ihr nicht – im Gegensatz zu Tina.

Elliot wandte sich von der Musikbox ab und warf Tina einen besorgten Blick zu. »Wie geht es dir?«

»Gut! Mein Gott, besser als seit langem!«

Er war verblüfft über ihr strahlendes Lächeln. »Aber was soeben hier geschehen ist, das...«

»Ich weiß, was es ist«, fiel sie ihm ins Wort. »Elliot, ich weiß genau, was es ist.«

»Du... du weißt es?«

»Ja!« rief sie aufgeregt. »Komm, gehen wir.«

Sie öffnete die Tür und eilte hinaus.

22

Der scharfe Ostwind blies immer noch, wirbelte Staubwolken auf und fegte von der Wüste weißen pulverigen Sand heran.

Tina und Elliot eilten mit eingezogenen Köpfen über den Parkplatz.

Als sie im Mercedes saßen, im Dunkeln, sagte Tina atemlos: »Kein Wunder, daß wir des Rätsels Lösung nicht finden konnten.«

»Tina, was in aller Welt hat dich plötzlich so heiter gestimmt?«

»Wir haben das Pferd vom Schwanz her aufgezäumt«, erklärte sie. »Nur deshalb kam uns alles so mysteriös vor.«

»Wovon redest du eigentlich? Hast du die Musikbox gehört? Ich weiß beim besten Willen nicht, wie dieser Vorfall dich erheitern konnte. Mir ist fast das Blut in den Adern gefroren. Es war unheimlich, gespenstisch.«

»Hör zu«, berichtete sie aufgeregt. »Wir dachten, daß jemand mich mit diesen Botschaften quälen will, daß jemand mir damit Dannys Tod immer wieder unter die Nase reiben will – oder aber, daß jemand mich auf Umwegen wissen lassen will, daß Danny auf andere Weise ums Leben kam als mir gesagt wurde. Aber es ist kein Sadist, der mir diese Botschaften zukommen läßt, und es ist auch nicht jemand, der das wirkliche Geschehen in der Sierra enthüllen möchte. Diese Botschaften stammen weder von Michael, noch von einem Wildfremden, noch von einem meiner Bekannten oder Verwandten. Sie sind genau das, was sie zu sein scheinen!«

»Und das wäre?« fragte er verwirrt.

»Es sind Hilferufe.«

»Was?«

»Sie kommen von Danny!«

Elliot starrte sie fassungslos an. »Willst du damit sagen, daß Danny..., daß er als Gespenst herumspukt und soeben die Aufregung in der Imbißstube verursacht hat?«

»Nein, nein. Ich sage, daß Danny nicht tot ist.«

»Jetzt mal ganz ruhig... ganz ruhig«, sagte er sanft.

»Mein Danny lebt! Davon bin ich überzeugt!«

»Diese Möglichkeit haben wir doch bereits durchgesprochen und verworfen«, brachte er ihr in Erinnerung.

»Wir haben uns geirrt«, erwiderte Tina. »Jaborski, Lincoln und all die anderen Jungen mögen in den High Sierras ums Leben gekommen sein, aber nicht Danny. Ich weiß es. Ich *fühle* es. Es ist wie... wie eine Erleuchtung... fast wie eine Vision. Vielleicht gab es irgendeinen Unfall, aber er spielte sich auf keinen Fall so ab, wie die Behörden es uns weismachten. Es war etwas ganz anderes, etwas sehr Sonderbares.«

»Darin sind wir uns völlig einig, aber...«

»Die Regierung hat etwas zu verbergen, und jene Organisation, für die Kennebeck arbeitet, wurde mit der Vertuschung beauftragt.«

»Auch in diesem Punkt sind wir einer Meinung«, sagte Elliot. »Das sind alles logische Schlußfolgerungen aus den Geschehnissen der letzten Stunden. Aber wie kommst du darauf, daß Danny lebt? Das läßt sich nicht aus den übrigen Erkenntnissen ableiten.«

»Ich sage dir nur, was ich *weiß*, was ich *fühle*«, erwiderte sie. »Im Lokal verspürte ich schlagartig eine ungeheure Beruhigung, in den Sekunden, bevor der alte Mann den Stekker der Musikbox herauszog. Es war nicht einfach ein Gefühl inneren Seelenfriedens, nein, es kam von außen her... es überrollte mich wie eine riesige Welle. Oh, verdammt, ich kann es nicht richtig in Worte fassen. Ich weiß nur, was ich in diesem Moment fühlte. Danny versuchte mich zu beruhigen, mir mitzuteilen, daß er noch am Leben ist. Ich *weiß* es. Danny hat den Unfall überlebt, aber sie konnten ihn nicht nach Hause lassen, weil er berichtet hätte, daß die Regierung für den Tod der anderen verantwortlich war – und damit wäre auch die streng geheime militärische Anlage in aller Munde gewesen.«

»Du klammerst dich an Strohhalme«, sagte er.

»Nein! Nein, das tu ich nicht!«

»Wo soll Danny denn sein?«

»Sie halten ihn irgendwo gefangen. Ich weiß nicht, warum sie ihn nicht auch getötet haben. Ich weiß nicht, wie lange sie ihn festhalten wollen. Aber ich weiß, daß es sich so und nicht anders verhält. Vielleicht weicht meine Darstellung in einigen Einzelheiten von der Realität ab, aber sie kommt der Wahrheit sehr nahe.«

»Tina...«

Sie ließ sich nicht unterbrechen. »Diese geheime Polizeitruppe... diese Leute hinter Kennebeck... sie glauben, daß einer der am Projekt Pandora Beteiligten sie verraten hat, daß er mir erzählt hat, was in Wirklichkeit mit Danny geschah. Das ist natürlich ein Irrtum. Das ist Danny, der irgendwie... mit mir Kontakt aufzunehmen versucht... mit irgendwelchen geistigen Kräften, nehme ich an... Danny hat jene Botschaft auf die Tafel geschrieben!«

»Der einzige Beweis, den du dafür hast, ist diese... diese Erleuchtung, diese Vision, die du hattest. Und das ist überhaupt kein Beweis.«

»Für mich *ist* es ein Beweis«, widersprach sie energisch. »Und wenn du so etwas selbst erlebt hättest, würdest auch du es als Beweis gelten lassen. Es war Danny, der mit mir Verbindung aufnehmen wollte, als ich gestern nachmittag im Desert Mirage arbeitete... er fand mich im Büro... er bediente sich des Computers, um mir seine Botschaft mitzuteilen. Und diesmal versuchte er es mit Hilfe der Musikbox. Er muß... er muß übersinnliche Kräfte haben. Ja, das ist es! Er hat übersinnliche Kräfte und setzt sie ein, um mir mitzuteilen, daß er lebt und meine Hilfe braucht. Er bittet mich, ihn zu finden und zu retten. Und die Leute, die ihn gefangenhalten, *wissen nicht, daß er das tut*! Sie glauben, einen Verräter in ihrer Mitte zu haben.«

»Tina, das ist zweifellos eine sehr fantasievolle Theorie, aber...«

»Es ist keine Theorie. Es ist die Wahrheit. So und nicht anders sehen die Tatsachen aus. Ich fühle es tief im Innern. Hast du triftige Gegenargumente? Kannst du mir beweisen, daß ich mich irre?«

»Nun, mein allererster Einwand – gab es in all den Jahren, bevor Danny mit Jaborski ins Gebirge fuhr, jemals Hinweise darauf, daß er übersinnliche Kräfte besitzt?«

»Zugegebenermaßen – nein.«

»Wie kommt es dann, daß er plötzlich über solche Kräfte verfügt?«

»Wart mal... mir fallen jetzt doch einige merkwürdige Dinge aus seiner Kindheit ein.«

»Beispielsweise?«

»Als er acht oder neun Jahre alt war, wollte er genau wissen, womit sein Vater seinen Lebensunterhalt verdiente. Er interessierte sich für alle Einzelheiten. Michael setzte sich mit ihm an den Kartentisch und erklärte ihm Blackjack. Danny war gerade alt genug, um die Spielregeln zu begreifen, aber er war ganz gewiß nicht alt genug, um alle ausgespielten Karten im Gedächtnis behalten und daraus seine Chancen errechnen zu können, wie manche der erstklassigen Spieler es tun. Danny war kein mathematisches Genie, und trotzdem gewann er ständig. Michael verwendete eine Dose Erdnüsse, um den Einsatz von Chips zu demonstrieren, und Danny gewann alle Erdnüsse.«

»Michael hat ihn eben gewinnen lassen«, sagte Elliot. »Ganz einfach.«

»Das dachte ich zunächst auch. Aber Michael hat mir geschworen, daß dem nicht so war, und er schien selbst sehr erstaunt über Dannys Glückssträhne zu sein. Außerdem ist Michael nicht so geschickt, daß er beim Mischen irgendwelche Tricks anwenden könnte. Und dann war da auch noch die Sache mit Elmer.«

»Wer ist Elmer?«

»Das war unser Hund – ein frecher kleiner Köter. Eines Tages vor etwa zwei Jahren – ich war gerade in der Küche und habe Apfelkuchen gebacken – kam Danny angelaufen und erzählte mir, er könne Elmer nirgends finden. Der Hund muß durch die Gartenpforte hinausgeschlüpft sein, als ein Arbeiter kam, um unseren Swimmingpool mit den nötigen Chemikalien zu versorgen. Danny schluchzte, Elmer würde nicht mehr nach Hause kommen, weil er von einem Lastwagen überfahren worden sei. Ich versuchte ihn zu beruhigen, sagte ihm, wir würden Elmer bestimmt gesund und munter wiederfinden. Aber wir haben ihn nie gefunden.«

»Aber das ist doch noch lange kein Beweis dafür, daß der Hund tatsächlich von einem Lastwagen überfahren wurde.«

»Für Danny war es Beweis genug. Er trauerte wochenlang um Elmer.«

Elliot seufzte. »Beim Blackjack zu gewinnen – nun, das ist einfach Glück. Und vorauszusagen, daß ein entlaufener Hund überfahren wird – das ist nichts weiter als eine relativ wahrscheinliche Vermutung. Aber selbst wenn man das als Beispiele für gewisse übersinnliche Fähigkeiten gelten lassen wollte, wären solche Kleinigkeiten Lichtjahre entfernt von den Kräften, die du Danny jetzt zuschreibst.«

»Das weiß ich«, sagte sie. »Auf irgendeine Weise haben diese Fähigkeiten sich ganz enorm entwickelt. Vielleicht situationsbedingt – durch die Angst, durch den seelischen Stress.«

»Warum hat er dann nicht schon vor Monaten begonnen, mit dir Kontakt aufzunehmen?« fragte Elliot.

»Vielleicht hat es ein ganzes Jahr gedauert, bis seine Kräfte dazu ausreichten. Ich weiß es nicht. Mein Gott, wie sollte ich auch eine Antwort darauf haben?«

»Beruhige dich«, sagte er. »Du hast mich selbst aufgefordert, Gegenargumente anzuführen, und genau das tue ich jetzt.«

»Nein«, widersprach sie. »Deine Gegenargumente sind nicht überzeugend. Danny lebt! Er wird irgendwo gefangengehalten, und er versucht mich auf geistigem Wege zu erreichen. Er ist imstande, Gegenstände zu bewegen, ohne sie zu berühren – nur durch Gedankenkraft. Wie nennt man diese Fähigkeit doch gleich noch?«

»Telekinese.«

»Richtig. Das ist es! Er ist telekinetisch veranlagt. Hast du etwa eine bessere Erklärung für die Vorgänge in der Imbißstube?«

»Zugegebenermaßen – nein.«

»Willst du mir etwa weismachen, die Nadel sei rein zufällig bei diesen beiden Wörtern hängengeblieben?«

»Nein«, erwiderte Elliot. »Ein Zufall war das ganz bestimmt nicht. Das wäre sogar noch unwahrscheinlicher als die Möglichkeit, daß Danny es getan hat.«

»Du gibst also zu, daß ich recht habe?«

»Nein«, mußte er sie enttäuschen. »Ich weiß keine bessere Erklärung, aber deine kann ich auch nicht akzeptieren. Ich habe nie an diesen ganzen übersinnlichen Quatsch geglaubt.«

Einige Minuten lang schwiegen beide und starrten auf den dunklen Parkplatz hinaus. Schließlich sagte Tina: »Ich weiß, daß ich recht habe, Elliot. Meine Theorie erklärt alles, sogar die Alpträume. Danny versucht auch auf diese Weise, mich zu erreichen. Er hat mir in den vergangenen Wochen diese schrecklichen Träume gesandt. Deshalb unterschieden sie sich auch von allen anderen Träumen, die ich in meinem Leben hatte, deshalb waren sie so kraftvoll, so lebendig.«

Ihr neues Argument versetzte ihn in noch größere Bestürzung. »Moment mal, jetzt sprichst du ihm außer der Telekinese auch noch andere Fähigkeiten zu.«

»Na und?«

»Bald wirst du noch behaupten, er sei allmächtig wie Gott!«

»Keineswegs. Ich rede nur von Telekinese und von der Gabe, meine Träume zu beeinflussen. Das erklärt auch, weshalb ich von der gräßlichen Gestalt des Todes in jenem Comic-Heft geträumt habe. Wenn Danny mir Botschaften in Träumen zukommen läßt, ist es nur natürlich, daß er Bilder verwendet, die ihm vertraut sind – wie das Monster aus einer Horrorgeschichte, die ihn beeindruckt haben muß.«

»Aber wenn er dir Träume einzugeben vermag«, wandte Elliot ein, »warum drückt er sich dann nicht deutlicher aus, warum teilt er dir nicht einfach mit, was geschehen ist und wo er sich befindet? Dann könntest du ihm doch viel leichter helfen. Warum sollte er sich so umständlicher Methoden bedienen? Er bräuchte dir doch nur ein kurzes geistiges Telegramm zu senden, mit exakten Angaben.«

»Sei nicht sarkastisch«, bat sie.

»Ich bin nicht sarkastisch. Ich stelle nur eine knallharte Frage, die deine Theorie aushöhlt.«

Sie ließ sich nicht beirren. »Nein, denn ich habe dafür eine Erklärung. Offensichtlich gehört Telepathie nicht zu seinen Fähigkeiten. Er kann nur Gegenstände bewegen und meine Träume beeinflussen, aber er kann keine konkreten Gedanken übertragen. Er kann mir kein ›kurzes geistiges Telegramm‹ schicken, weil seine übersinnlichen Kräfte dazu nicht ausreichen. Deshalb muß er mich auf Umwegen zu erreichen versuchen.«

»Weißt du, daß wir uns wie zwei ausgezeichnete Kandidaten für eine Gummizelle anhören?«

»Nein, dieser Meinung bin ich keineswegs.«

»Ein vernünftiger, logisch denkender Mensch kann doch nicht an diese ganzen Psi-Phänomene glauben!«

»Dann erklär mir, was in der Imbißstube passiert ist.«

»Verdammt, ich kann es nicht erklären!« Er hörte sich wie ein Priester an, dessen Glaube tief erschüttert worden war. Nur war der Glaube, an dem Elliot zu zweifeln begann, nicht religiöser, sondern wissenschaftlicher Art.

»Du mußt aufhören, wie ein Jurist zu denken«, riet sie ihm. »In diesem speziellen Fall kommst du nicht weiter, wenn du Fakten logisch aneinanderreihst.«

»Aber genau das hat man mich als einzig richtige Methode gelehrt.«

»Ich weiß«, sagte sie teilnahmsvoll. »Aber die Welt ist voll von unlogischen Dingen, die nichtsdestotrotz wahr sind. Und hier haben wir es mit einem solchen Fall zu tun.«

Der Wind heulte um den Sportwagen, rüttelte an den Scheiben, versuchte einzudringen.

»Wenn Danny diese unglaublichen Kräfte besitzt«, fragte Elliot weiter, »warum sendet er dann nur dir Botschaften, nicht auch Michael?«

»Vielleicht ist seine Beziehung zu Michael nicht eng genug«, sagte Tina nachdenklich. »Weißt du, in den letzten Jahren unserer Ehe hatte Michael eine Menge Liebschaften und verbrachte nur noch sehr wenig Zeit zu Hause. Danny litt darunter, sogar noch mehr als ich. Ich habe ihn nie gegen Michael aufzuhetzen versucht. Ich habe das Verhalten seines Vaters sogar zu entschuldigen versucht, weil ich nicht wollte, daß er ihn haßte. Aber Danny fühlte sich natürlich von seinem Vater im Stich gelassen. Deshalb ist es ganz verständlich, daß er jetzt mich und nicht Michael um Hilfe bittet.«

Elliot dachte kurz darüber nach.

Eine Staubwolke hüllte das Auto ein.

»Glaubst du immer noch, meine Theorie erschüttern zu können?« fragte Tina.

»Nein. Dein Plädoyer war sehr überzeugend.«

»Danke, Euer Ehren.«

»Aber ich kann immer noch nicht glauben, daß du recht hast. Oh, ich weiß, daß viele intelligente Leute an Parapsychologie glauben, aber ich gehöre nicht zu ihnen. Ich vermag deine Ideen einfach noch nicht zu akzeptieren. Ich werde weiterhin versuchen, eine weniger exotische Erklärung für die Geschehnisse zu finden.«

»Falls dir eine einfällt«, sagte Tina, »verspreche ich dir, sie ernsthaft in Erwägung zu ziehen.«

Er legte ihr eine Hand auf die Schulter. »Ich habe nur deshalb so hart mit dir diskutiert, Tina, weil... weil ich mir Sorgen um dich mache.«

»Um meinen Gesundheitszustand?«

»Nein, nein. Was mir Sorgen bereitet, ist die Tatsache, daß du jetzt wieder hoffst, Danny könnte am Leben sein. Und das ist meiner Meinung nach gefährlich, weil die Ernüchterung dann umso schlimmer sein wird.«

»Das wird nicht geschehen«, beteuerte sie. »Und zwar, weil Danny wirklich lebt.«

»Und wenn nicht?«

»Er lebt!«

»Wenn du feststellst, daß er tot ist, wirst du ihn sozusagen ein zweites Mal betrauern müssen.«

»Aber er ist nicht tot!« beharrte sie. »Ich fühle es. Ich spüre es. Ich *weiß* es, Elliot.«

Elliot konnte es an Hartnäckigkeit durchaus mit ihr aufnehmen. »Und wenn er *doch* tot ist?«

Nach kurzem Überlegen antwortete sie: »Dann werde ich damit fertig werden.«

»Bist du sicher?«

»Hundertprozentig.«

Er blickte ihr intensiv in die Augen, und sie hatte das Gefühl, als wollte er in sie hineinsehen, bis ins tiefste Innere. Schließlich beugte er sich vor und küßte ihren Mundwinkel, ihre Wange, ihre Augen.

»Ich will nicht, daß dir das Herz bricht«, murmelte er.

»Das wird nicht geschehen.«

»Ich werde jedenfalls mein möglichstes tun, um es zu verhindern.«

»Das weiß ich.«

»Leider liegt es nicht in meiner Macht, viel dagegen zu tun. Wir müssen uns einfach vom Strom der Ereignisse treiben lassen.«

Sie erwiderte seine Küsse, legte eine Hand auf seinen Nacken und drückte ihn fest an sich. Seine Lippen und seine Wärme zu spüren, erfüllte sie mit einem tiefen Glücksgefühl.

»Weißt du, was ich jetzt am liebsten täte?« fragte er.

»Ich kann es mir vorstellen.«

»Ich möchte in ein Hotel gehen, uns als Mr. und Mrs. Smith eintragen und mit dir eine Nacht wilder Leidenschaft verbringen.«

»Entfesselte Lust«, sagte sie.

»Sexuelle Ausschweifung.«

»Hört sich an, als hätten wir die gleichen schmutzigen Schundromane gelesen«, stellte Tina fest.

»Wäre es nicht wundervoll, wenn das Leben gelegentlich wirklich so klar und geradlinig wie in Schundromanen wäre?«

Er legte seinen Arm um sie, hielt sie fest umschlungen und verbarg sein Gesicht in ihrer Halsgrube.

Trotz ihrer Späße erkannte Tina, daß es nicht Sex war, den er im Augenblick brauchte. Er mußte sie nur berühren und festhalten, ihre Nähe spüren und daraus Trost schöpfen. Und sie brauchte das gleiche: Zuneigung, Beruhigung, Überwindung des schrecklichen Gefühls menschlicher Einsamkeit – eine Geborgenheit, wie Tiere sie vielleicht im Winterschlaf erleben. Aber sie hatte immer geglaubt, daß nur Frauen dieses Bedürfnis nach einer Zärtlichkeit, die mit Sex nichts zu tun hatte, hegten. Es überraschte und rührte sie, daß Elliot genauso ihres Trostes und Schutzes bedurfte wie umgekehrt. Bei Michael hatten Zärtlichkeiten unweigerlich ins Bett geführt, waren nicht mehr als eine geschickte Verführungstaktik gewesen. Während Elliot und sie sich umschlungen hielten, begriff sie deutlicher als je zuvor, wieviel sie bisher im Leben entbehrt hatte.

»Eines Tages werden wir eine der Flitterwochen-Suiten in einem Hotel am Strip beziehen müssen«, fuhr Elliot mit dem sexuellen Geplänkel fort, das nur amüsieren, nicht aber verführen sollte. »Du weißt schon... eines dieser Zimmer mit Spiegeln an der Decke, einem überdimensionalen Bett...«

»Einem Vibrator in der Matratze.«

»Parfümierten Ölen.«

»Eines Tages«, murmelte sie im deutlichen Bewußtsein, daß sie einander zu überzeugen versuchten, sie würden ihr gefährliches Abenteuer überleben und dann Zeit für allerhand närrische Freuden haben.

Er ließ sie los und lehnte sich seufzend in seinem Sitz zurück. »Im Augenblick müssen wir allerdings Einkäufe machen. Wir brauchen Mäntel und Zahnbürsten und andere prosaische Dinge.«

»Hört sich wirklich nicht so aufregend an wie eine Flitterwochen-Suite.«

Er ließ den Motor an. »Ein kleiner Hoffnungsschimmer bleibt uns noch«, sagte er. »Wir werden in Reno eine Unterkunft benötigen. Vielleicht gibt es dort auch Hotelzimmer mit Spiegeln an der Decke. Schließlich hat Las Vegas kein Monopol auf verruchte Ausschweifungen.«

Trotz ihrer Versuche, sich gegenseitig aufzuheitern, und trotz ihrer neuen Überzeugung, daß Danny am Leben war, verspürte Tina wieder Angst, als sie den Charleston Boulevard entlangfuhren. Sie fürchtete sich jetzt nicht mehr vor der schrecklichen Wahrheit, die sie in Reno erfahren würde. Was mit Danny geschehen war, konnte sich natürlich immer noch als grauenvoll und niederschmetternd erweisen, aber sie glaubte nicht, daß es so schwer zu bewältigen sein würde wie sein Tod. Was sie jetzt ängstigte, war die Möglichkeit, daß sie Danny lebendig finden und dann doch nicht imstande sein würde, ihn zu retten. Bei dem Versuch, Danny zu befreien, könnten Elliot und sie ums Leben kommen. Getötet zu werden, nachdem Danny ihr wiedergeschenkt worden war – das wäre wirklich ein gemeiner Zug des Schicksals. Sie wußte aus Erfahrung, daß das Schicksal unzählige gemeine Züge bereithalten konnte, und eben deshalb hatte sie eine solche Angst.

23

Willis Bruckster verglich seinen Keno-Schein mit der Serie von Gewinnziffern, die über die elektronische Leuchttafel flimmerten. Er bemühte sich, außerordentlich interessiert und gespannt zu wirken, obwohl er überhaupt keinen Wetteinsatz für das Spiel gemacht hatte. Keno war für ihn nur eine Tarnung. Er wollte den allgegenwärtigen Sicherheitsbeamten im Casino nicht auffallen, und das ging am einfachsten, wenn man sich wie ein unbedarfter Neuling benahm. Deshalb trug Bruckster einen billigen Freizeitanzug, dunkelgrüne Schuhe und weiße Socken; er hatte eine Kamera umgehängt und hielt eine Anzahl von Discount-Coupons in der Hand, die von den Casinos ausgegeben werden, um Leute an die Spielautomaten zu locken. Und er spielte Keno, ein Spiel, das weder für besonders gewiefte Profis noch für Betrüger – also für die beiden Kategorien, auf die es die Sicherheitsbeamten besonders abgesehen hatten – von Reiz war. Bruckster sah so unauffällig und einfältig aus, daß es ihn nicht gewundert hätte, wenn einer der Beamten bei seinem Anblick gegähnt hätte.

Er war fest entschlossen, seinen Auftrag erfolgreich durchzuführen. Seine weitere Karriere hing davon ab. Die Organisation wollte jeden eliminiert sehen, der möglicherweise auf eine Exhumierung von Danny Evans' Leiche drängen könnte. Dies war eine echte Notsituation. Der Chef der Abteilung Nevada schwitzte Blut und Wasser, weil alle Augen in der Washingtoner Zentrale auf ihn gerichtet waren. Die Agenten, die auf Elliot Stryker und Christina Evans angesetzt worden waren, hatten bei der Ausführung der Morde bisher versagt, und ihre Unfähigkeit gab Bruckster die Möglichkeit zu glänzen. Wenn er hier im überfüllten Casino erfolgreich zuschlug, würde er bestimmt befördert werden.

Bruckster stand in der Nähe der Rolltreppen, die von den Einkaufsarkaden zum Casino des MGM Grand Hotels führten. Während ihrer Arbeitspausen konnten die Kartengeber ihre steifen Nacken und bleiernen Arme in einem Raum im Tiefgeschoß neben den Rolltreppen ausruhen. Eine Gruppe war vor kurzem hinuntergefahren und mußte bald wieder zurückkommen, um dann bis zum Schichtwechsel weiterzuarbeiten. Bruckster wartete auf einen dieser Kartengeber – auf Michael Evans.

Er hatte eigentlich nicht erwartet, daß der Mann im Dienst sein würde. Er hatte damit rechnen müssen, daß Evans vor dem zerstörten Haus herumstehen und zuschauen würde, wie die Feuerwehrleute in den rauchenden Trümmern nach der Leiche seiner Ex-Frau suchten. Aber als Bruckster vor einer halben Stunde ins Grand gekommen war, hatte Evans mit den Spielern geplaudert, gescherzt und gelacht. Vielleicht wußte er noch nichts von der Explosion in seinem ehemaligen Heim, vielleicht war ihm das Schicksal seiner Ex-Frau aber auch einfach scheißegal, um es vulgär auszudrücken. Vielleicht war bei der Scheidung viel schmutzige Wäsche gewaschen worden.

Es war Bruckster nicht gelungen, an Evans heranzukommen, als der Mann seinen Blackjack-Tisch zu Beginn der Pause verlassen hatte. Deshalb hatte er hier Position bezogen und vorgegeben, sich für die Keno-Leuchttafel zu interessieren. Er war zuversichtlich, daß er den Mann erledigen würde, wenn dieser in wenigen Minuten aus dem Aufenthaltsraum zurückkam.

Die letzte Ziffer tauchte auf der Tafel auf. Willis Bruckster betrachtete die Ziffernserie und zerknüllte sodann seinen Spielschein mit einem Ausdruck von Enttäuschung und Ärger, so als hätte er einige sauer verdiente Dollar verloren.

Er warf einen Blick auf die Rolltreppen. Einige Kartengeber in schwarzen Hosen, weißen Hemden und kastanienbraunen Krawatten kamen gerade herauf, und auch Evans war dabei.

Bruckster entfernte sich ein Stück von den Rolltreppen, glättete seinen Keno-Schein und verglich ihn noch einmal mit den Ziffern auf der elektronischen Tafel, so als hoffte er, sich beim erstenmal geirrt zu haben.

Michael Evans war ein attraktiver und charmanter Bursche mit einem federnden Gang. Er blieb kurz stehen, um einige Worte mit einer hübschen Bedienung zu wechseln, die ihm verführerisch zulächelte. Seine Kollegen gingen schon an Bruckster vorüber, und als Evans sich von dem Mädchen trennte, war er der letzte in der Prozession, die den Blackjack-Tischen zustrebte.

Bruckster blieb dicht hinter seinem Opfer, während sie sich durch die Mänge drängten. Er griff in eine Tasche seines Freizeitanzugs und holte eine kleine Sprühflasche hervor, die er bequem in seiner Faust verstecken konnte.

Sie mußten stehenbleiben, weil eine lachende Menschenmenge den Mittelgang versperrte. Bruckster benutzte diese Gelegenheit, um Evans auf die Schulter zu tippen.

Der Kartengeber drehte sich um.

»Ich glaube, Sie haben dies hier verloren«, sagte Bruckster lächelnd.

Er streckte seine Hand etwa einen halben Meter unterhalb von Evans' Augen aus, so daß dieser gezwungen war, nach unten zu schauen.

Das feine Spray traf ihn genau ins Gesicht, an Nase und Lippen, und drang sofort in die Nasenlöcher ein. Evans reagierte erwartungsgemäß. Er atmete überrascht die Luft ein, als er besprüht wurde.

Dadurch gelangte der tödliche Sprühregen tief in seine Nase, wo das Gift mit unglaublicher Geschwindigkeit durch die Sinusmembrane absorbiert wurde. Innerhalb von zwei Sekunden befand es sich im Blutkreislauf und gelangte zum Herzen.

Evans' überraschter Ausdruck verwandelte sich in Schrecken und verzerrte sich sodann vor rasendem Schmerz. Er taumelte, ein schaumiger Speichelfaden lief aus seinem Mundwinkel über das Kinn. Er verdrehte wild die Augen und stürzte zu Boden.

Bruckster schob seine Sprühdose in die Tasche, dann rief er: »Hier ist jemand bewußtlos geworden!«

Köpfe drehten sich nach ihm um.

»Machen Sie Platz! Holen Sie einen Arzt! Um Himmels willen, schnell!« schrie er in die Menge.

Niemand hatte den Mord beobachtet.

Bruckster kniete rasch neben Michael Evans nieder und fühlte ihm den Puls. Nicht einmal der schwächste Herzschlag war mehr vorhanden.

Nase, Lippen und Kinn des Opfers waren mit einem dünnen Flüssigkeitsfilm überzogen, aber das war nur das harmlose Mittel, in dem das Gift enthalten gewesen war. Der Giftstoff selbst war bereits verdampft. Und in wenigen Sekunden würde auch das Bindemittel verdampft sein, so daß dem Arzt nichts Ungewöhnliches auffallen würde.

Ein uniformierter Sicherheitsbeamter schob sich durch die Menge der neugierigen Gaffer und ging neben Bruckster in die Hocke. »Was ist passiert?«

»Sieht mir ganz nach einem Herzschlag aus.«

»Kennen Sie ihn?«

»Nie zuvor gesehen.«

Auch der Sicherheitsbeamte konnte keinen Puls feststellen. Er begann mit Wiederbelebungsversuchen, stellte sie aber nach wenigen Minuten ein. »Ich glaube, es ist hoffnungslos.«

»Sieht ganz so aus«, stimmte Bruckster niedergeschlagen zu.

»Herzschlag – wie Sie gesagt haben.«

»Ich nehme es an.«

Das Gift hinterließ keine Spuren. Der Hotelarzt würde bei seiner Untersuchung Herzinfarkt feststellen. Und so würde es auch auf dem Totenschein stehen.

Ein perfekter Mord.

Will Bruckster hatte Mühe, ein zufriedenes Lächeln zu unterdrücken.

24

Richter Harold Kennebeck hatte ein ausgefallenes Hobby – er baute Flaschenschiffe. Die Wände seines Arbeitszimmers legten Zeugnis von seinem Eifer ab. In verglasten Schränken und Vitrinen standen Segelschiffe aller Epochen und Nationen – mit äußerster Sorgfalt und Kunstfertigkeit gearbeitet – in originell geformten Flaschen, die genau auf das jeweilige Modell abgestimmt waren.

Kennebeck stand vor einer der Vitrinen und betrachtete das perfekt nachgebildete Takelwerk einer französischen Fregatte aus dem Ende des 18. Jahrhunderts. Mit seinen Gedanken war er jedoch nicht bei dem Modell, sondern bei den letzten Entwicklungen im Fall Evans. Der Anblick seiner in Glasbehältern verschlossenen Schiffe beruhigte und entspannte ihn; deshalb liebte er es, sie zu betrachten, wenn er über ein Problem nachgrübelte oder besonders nervös war.

Je länger er darüber nachdachte, desto weniger konnte Kennebeck glauben, daß diese Evans wirklich die Wahrheit über ihren Sohn wußte. Wenn jemand vom Projekt Pandora ihr tatsächlich erzählt hätte, was mit jener Busladung von Pfadfindern geschehen war, so hätte die Frau bestimmt nicht gleichmütig reagiert. Sie wäre erschrocken und entsetzt gewesen – und verdammt zornig. Sie wäre geradewegs zur Polizei oder zu den Zeitungen gelaufen, oder auch zu beiden.

Statt dessen hatte sie sich an Elliot Stryker gewandt.

Und genau das war das Paradoxe an der Sache. Einerseits benahm sie sich so, als sei ihr die Wahrheit nicht bekannt. Aber andererseits hatte sie Stryker beauftragt, die Exhumierung der Leiche ihres Sohnes durchzusetzen, und das deutete darauf hin, daß sie *irgend etwas* wußte.

Wenn man Stryker Glauben schenken wollte, so waren die Motive der Evans ganz unschuldig. Angeblich hatte die Frau Schuldgefühle, weil ihr der Mut gefehlt hatte, vor der Beerdigung einen Blick auf die verstümmelte Leiche ihres Sohnes zu werfen. Sie machte sich Vorwürfe, dem Jungen nicht auf angemessene Weise die letzte Ehre erwiesen zu haben. Ihre Gewissensbisse hatten sich allmählich zu einem ernsthaften psychologischen Problem gesteigert. Sie war sehr verstört und litt jede Nacht unter schrecklichen Alpträumen. So lautete jedenfalls Strykers Version.

Kennebeck war geneigt, dem Anwalt zu glauben. Zufälle gab es nun einmal, auch wenn man das beim Geheimdienst mit der Zeit oft vergaß. Christina Evans hatte an der offiziellen Version des Unfalls in der Sierra höchstwahrscheinlich nicht den geringsten Zweifel gehegt; sie hatte wahrscheinlich keine Ahnung vom Projekt Pandora gehabt, als sie eine Exhumierung beantragte, aber sie hatte dafür einen besonders unglückseligen Zeitpunkt ausgesucht.

Wenn sich hätte feststellen lassen, daß die Frau wirklich nichts von der Vertuschungsaffäre wußte, hätte die Organisation die Exhumierung mit legalen Mitteln verzögern können, zumal der Ex-Ehemann der Evans dagegen Einspruch erhoben hätte. In der Zwischenzeit hätten Agenten die Leiche eines Jungen auftreiben können, die im Verwesungsstadium Dannys Körper entsprochen hätte, vorausgesetzt er hätte wirklich das letzte Jahr im Sarg verbracht. Das Grab wäre nachts heimlich geöffnet und die sterblichen Überreste des falschen Jungen anstelle der Steine in den Sarg gelegt worden. Danach hätte man der verstörten Mutter einen verspäteten Blick auf ihren Sohn erlauben können. Natürlich wäre das alles eine komplizierte Angelegenheit gewesen, und die Gefahr einer Entdeckung hätte bestanden, aber die Risiken wären in akzeptablen Grenzen geblieben, und zumindest hätte man bei einem solchen Vorgehen niemanden töten müssen.

Bedauerlicherweise hatte George Alexander, der Chef der Abteilung von Nevada, nicht die Geduld und die Nerven besessen, die eigentlichen Motive der Frau feststellen zu lassen. Er hatte sofort das Schlimmste angenommen und entsprechend gehandelt. Als Kennebeck ihn über Strykers Antrag auf Exhumierung informierte, war der Abteilungschef sofort ganz massiv vorgegangen und hatte für Stryker einen Selbstmord, für Christina Evans eine tödliche Gaskatastrophe und für ihren geschiedenen Ehemann einen Herzinfarkt beschlossen. Zwei dieser Mordversuche waren fehlgeschlagen. Stryker und die Frau waren verschwunden. Und jetzt saß die gesamte Organisation tief in der Tinte.

Kennebeck hörte hinter sich ein Geräusch, wandte sich von der französischen Fregatte ab und sah George Alexander, der das Arbeitszimmer soeben durch die Tür zur Halle betreten hatte. Der Distriktchef war ein schlanker eleganter Mann von distinguiertem Aussehen. Er trug Schuhe von Gucci, einen teuren Anzug, ein maßgeschneidertes Seidenhemd und eine Cartier-Uhr. Sein perfekt frisiertes braunes Haar war an den Schläfen von grauen Fäden durchzogen. Seine grünen Augen hatten einen wachsamen Ausdruck; aber nur ein aufmerksamer Beobachter konnte erkennen, daß sie auch etwas Bedrohliches ausstrahlten. Er hatte ein wohlgeformtes Gesicht mit hohen Backenknochen, einer schmalen geraden Nase und dünnen Lippen. Wenn er lächelte, bog sich sein linker Mundwinkel leicht nach oben, was ihm ein hochmütiges Aussehen verlieh – aber im Moment hatte Alexander nichts zu lachen.

Kennebeck kannte diesen Mann seit fünf Jahren und hegte seit dem Tag ihrer ersten Begegnung eine tiefe Abneigung gegen ihn. Dieses Gefühl beruhte vermutlich auf Gegenseitigkeit.

Die Feindschaft begründete sich – zumindest teilweise – aus der Tatsache, daß sie in sehr verschiedenen Welten geboren worden waren, beide stolz auf ihre Herkunft waren und auf die jeweils andere verächtlich herabsahen. Harry Kennebeck stammte aus einer sehr armen Familie und hatte es, zumindest seiner eigenen Einschätzung nach, sehr weit gebracht. Alexander hingegen war der Abkömmling einer alten pennsylvanischen Familie, die seit fast hundertfünfzig Jahren reich und mächtig war. Kennebeck hatte sich durch harte Arbeit und eiserne Entschlossenheit hochgearbeitet. Alexander wußte nicht einmal vom Hörensagen, was harte Arbeit war; ihm war alles zugefallen, so als wäre er ein Prinz von Gottes Gnaden.

Was Kennebeck außerdem ärgerte, war Alexanders Heuchelei. Die ganze verdammte Familie bestand aus Heuchlern. Die Alexanders waren sehr stolz darauf, seit langem hohe öffentliche Ämter zu bekleiden. Viele von ihnen waren Präsidialbeauftragte gewesen und hatten wichtige Regierungsposten innegehabt; einige hatten sogar im Kabinett gedient, obwohl keiner jemals geruht hatte, bei irgendeiner Wahl zu kandidieren. Die berühmten Alexanders aus Pennsylvania hatten stets ihre Stimmen erhoben, wenn es um die Rechte von Minderheiten, um den Kreuzzug gegen die Todesstrafe, um liberale Politik und sozialen Idealismus aller Art ging. Gleichzeitig hatten jedoch viele Mitglieder dieser hochehrenwerten Familie dem FBI, CIA und verschiedenen anderen Geheimdienstorganisationen ausgezeichnete Dienste erwiesen – selbstverständlich in aller Heimlichkeit, denn öffentlich kritisierten und schmähten sie diese Organisationen. Jetzt war George Alexander in Nevada Abteilungschef der ersten total geheimen Polizeitruppe der Nation, aber diese Tatsache schien sein liberales Gewissen absolut nicht zu belasten.

Kennebeck selbst gehörte politisch dem äußerst rechten

Flügel an. Er war ein Faschist und schämte sich dessen nicht im geringsten. Als er in jungen Jahren seine Karriere beim Nachrichtendienst begonnen hatte, war er sehr erstaunt gewesen, daß nicht alle Leute im Spionagegeschäft seine ultrakonservativen politischen Ansichten teilten. Er hatte erwartet, daß seine Kollegen superpatriotische Rechte sein würden. Aber es gab unter ihnen auch ziemlich viel Liberale. Mit der Zeit war Kennebeck klargeworden, daß die extrem Linken und die extrem Rechten zwei wichtige Ziele gemeinsam hatten: Sie wollten für mehr Ordnung in der Gesellschaft sorgen, und sie strebten eine weitgehende Zentralisierung der Macht in Händen einer starken Regierung an. Die beiden Flügel der äußersten Rechten und äußersten Linken vertraten in bestimmten Einzelfragen verschiedene Ansichten, aber ihr einzig wichtiger Streitpunkt war die Frage, wer zur privilegierten herrschenden Klasse gehören sollte, sobald die Macht erst einmal genügend zentralisiert war.

Ich bin wenigstens ehrlich, was meine Motive betrifft, dachte Kennebeck, während er Alexander auf sich zukommen sah. Ich vertrete in der Öffentlichkeit die gleichen Ansichten wie privat, und das ist eine Tugend, derer er sich nicht rühmen kann. Ich bin kein Heuchler. Ich bin mit Alexander überhaupt nicht zu vergleichen. Mein Gott, er ist ein so eingebildetes, doppelzüngiges Dreckschwein!

»Ich habe soeben mit den Männern gesprochen, die Strykers Haus bewachen«, berichtete Alexander. »Er ist noch nicht aufgetaucht.«

»Ich habe Ihnen gleich gesagt, daß er sich dort nicht mehr sehen lassen wird«, sagte Kennebeck.

»Früher oder später schon.«

»Nein. Er wird sich versteckt halten, bis er absolut sicher ist, daß für ihn keine Lebensgefahr mehr besteht.«

»Irgendwann wird er bestimmt zur Polizei gehen, und dann haben wir ihn!«

»Wenn er glauben würde, daß die Polizei ihm helfen

kann, hätte er sich gleich als erstes an sie gewandt«, widersprach Kennebeck. »Aber das hat er nicht getan. Und er wird es auch nicht tun.«

Alexander warf einen Blick auf seine Uhr. »Nun, dann kreuzt er vielleicht noch hier auf. Ich bin sicher, daß er Ihnen eine Menge Fragen stellen möchte.«

»Oh, dessen bin ich mir verdammt sicher«, sagte Kennebeck. »Er würde mir bestimmt am liebsten das Fell über die Ohren ziehen. Aber er wird nicht herkommen, weder heute noch irgendwann in nächster Zeit. Er weiß, daß wir hier auf ihn warten. Er kennt die Spielregeln nur allzu gut. Vergessen Sie nicht, daß er dieses Spiel früher selbst gespielt hat.«

»Das ist lange her«, entgegnete Alexander ungeduldig. »Er ist seit fünfzehn Jahren ein reiner Zivilist. Er muß völlig aus der Übung sein. Selbst wenn er damals ein Naturtalent war, kann er heute unmöglich noch so tüchtig wie früher sein.«

»Aber das versuche ich Ihnen doch schon die ganze Zeit klarzumachen«, sagte Kennebeck und strich sich eine schneeweiße Locke aus der Stirn. »Elliot ist alles andere als ein Dummkopf. Er war der beste und intelligenteste junge Offizier, den ich je hatte. Er *war* ein Naturtalent. Und damals war er jung und relativ unerfahren. Deshalb könnte er jetzt, als reifer Mann, sogar noch tüchtiger sein.«

Alexander weigerte sich, das zur Kenntnis zu nehmen. Trotz der Tatsache, daß zwei von den drei geplanten Morden fehlgeschlagen waren, wirkte Alexander selbstsicher wie eh und je; er war überzeugt davon, daß er siegen würde.

Er ist immer so verdammt arrogant, dachte Kennebeck. Und meistens hat er dafür nicht den geringsten Grund. Wenn er sich seiner Fehler und Mängel bewußt wäre, würde er vermutlich unter seinem in sich zusammenbrechenden Ego zermalmt werden.

Alexander ging zu dem riesigen Ahornschreibtisch und setzte sich in Kennebecks Ohrensessel.

Der Richter starrte ihn gereizt an.

Alexander tat so, als bemerkte er Kennebecks Verärgerung nicht. »Wir werden Stryker und diese Frau noch vor morgen früh finden. Daran habe ich nicht den geringsten Zweifel. Wir lassen alle Hotels und Motels von unseren Leuten überprüfen...«

»Du lieber Himmel, das ist reine Zeitverschwendung!« fiel Kennebeck ihm ins Wort. »Elliot ist viel zu schlau, um einfach in ein Hotel zu spazieren und sich mit seinem Namen einzutragen. Außerdem gibt es in Vegas mehr Hotels und Motels als in jeder anderen Stadt der Welt.«

»Ich bin mir der Schwierigkeiten durchaus bewußt«, erklärte Alexander pikiert. »Aber wir könnten Glück haben. Selbstverständlich werden auch Strykers Partner in der Kanzlei, seine Freunde und die Freunde dieser Frau observiert werden – sämtliche Personen, bei denen sie Zuflucht suchen könnten.«

»Sie haben nicht genügend Leute, um all diesen Möglichkeiten nachzugehen«, sagte der Richter. »Warum wollen Sie das nicht einsehen? Sie sollten Ihre Männer klüger einsetzen, sie nicht so dünn streuen. Sie sollten...«

»Die Entscheidungen treffe *ich*«, unterbrach ihn Alexander in eisigem Ton.

»Was ist mit dem Flughafen?«

»Wir kümmern uns selbstverständlich darum«, erwiderte Alexander. »Einige unserer Leute überprüfen die Passagierlisten sämtlicher Flüge.« Er hob einen Brieföffner mit Elfenbeingriff vom Schreibtisch auf und begann ihn in den Händen zu drehen. »Auch wenn wir unsere Leute ein bißchen dünn streuen müssen, so spielt das keine Rolle. Ich weiß nämlich ohnehin, wo wir Stryker festnageln werden. *Hier*. In diesem Haus. Deshalb hänge ich immer noch hier herum. Oh, ich weiß, ich weiß, Sie glauben nicht, daß er sich hier sehen läßt. Aber Sie waren vor langer Zeit Strykers Mentor, der Mann, zu dem er aufblickte, und nun haben Sie ihn verraten. Er wird herkommen, um Sie zur Rede zu stellen, auch wenn er weiß, daß es riskant ist. Dessen bin ich mir sicher. Ich *weiß* es.«

»Allmächtiger Himmel.« rief Kennebeck erbittert. »Sie verkennen total die Art unserer Beziehung. Er...«

»Ich kenne die menschliche Natur«, beendete Alexander die Diskussion.

Wütend drehte sich Kennebeck wieder der Flasche mit der französischen Fregatte zu. Plötzlich fiel ihm etwas Wichtiges über Elliot Stryker ein. »Ah!« murmelte er.

Alexander blickte von dem emaillierten Zigarettenetui auf, das er gerade betrachtet hatte. »Was ist?«

»Elliot ist ein Pilot. Er besitzt ein eigenes Flugzeug.«

Alexander runzelte die Stirn.

»Lassen Sie auch die kleinen Privatmaschinen überprüfen, die vom Flughafen starten?« erkundigte sich Kennebeck.

»Nein, nur die Verkehrsflugzeuge.«

»Ah.«

»Er hätte bei Dunkelheit starten müssen«, sagte Alexander. »Glauben Sie, daß er eine Lizenz für Instrumentenflüge besitzt? Die meisten Hobbypiloten dürfen nur bei Tageslicht fliegen.«

»Informieren Sie lieber Ihre Männer am Flughafen«, riet ihm Kennebeck. »Ich weiß aber schon jetzt, was sie herausfinden werden. Ich wette hundert Dollar, daß Elliot sich vor Ihrer Nase aus der Stadt abgesetzt hat.«

Die Cessna Turbo Skylane RG flog drei Kilometer über der Wüste von Nevada durch die Dunkelheit.

»Elliot?«

»Hmmm?«

»Es tut mir leid, daß ich dich in diese Sache hineingezogen habe.«

»Gefällt dir meine Gesellschaft nicht?«

»Du weißt, was ich meine. Es tut mir wirklich sehr leid.«

»Hör mal, du hast mich in nichts hineingezogen. Ich habe mich freiwillig bereit erklärt, dir bei der Exhumierung behilflich zu sein, und alles weitere ist nun wirklich nicht deine Schuld.«

»Trotzdem... du bist jetzt auf der Flucht... du schwebst in Lebensgefahr... und das alles nur meinetwegen.«

»Unsinn! Du konntest schließlich nicht ahnen, welche Folgen meine Unterredung mit Kennebeck haben würde.«

»Ich habe trotzdem Schuldgefühle.«

»Wenn nicht mich, so hätte es irgendeinen anderen Anwalt getroffen. Und der hätte vielleicht nicht mit Vince umzugehen gewußt. In diesem Falle wären jetzt sowohl er als auch du tot. Wenn du es unter diesem Aspekt betrachtest, war es so noch das Beste.«

»Du bist großartig.«

»O nein.«

»Und mutig!«

»Mut ist eine Tugend der Narren.«

»Und gerissen!«

»Nicht so gerissen, wie ich mir einbilde.«

»Und stark!«

»Ich vergieße bei traurigen Filmen Krokodilstränen. Du siehst also, ich bin alles andere als ein Held.«

»Aber du kannst kochen!«

»*Das* stimmt.«

Die Cessna geriet in ein Luftloch und verlor neunzig Meter an Höhe, bevor sie sich wieder fing und aufstieg.

»Ein großartiger Koch, aber ein lausiger Pilot«, kommentierte Tina.

»Der Sturm ist Gottes Werk. Beschwer dich also bei ihm.«

»Wie lange dauert es noch, bis wir in Reno landen?«

»Achtzig Minuten.«

George Alexander legte den Hörer auf. Er saß immer noch in Kennebecks Ohrensessel. »Stryker und die Frau sind vor über zwei Stunden mit seiner Cessna vom

McCarran International gestartet. Er hat als Flugziel Flagstaff angegeben.«

Der Richter unterbrach seine Wanderung durch das Zimmer. »Arizona?«

»Das ist das einzige Flagstaff, das mir bekannt ist. Aber weshalb sollten sie ausgerechnet nach Arizona gehen?«

»Das tun sie vermutlich auch nicht«, sagte Kennebeck. »Er will Sie vermutlich nur irreführen.« Perverserweise war er stolz auf Strykers Schläue.

»Wenn sie tatsächlich nach Flagstaff geflogen sind«, sinnierte Alexander, »müßten sie dort schon gelandet sein. Ich werde den dortigen Flughafen anrufen, mich als FBI-Mann ausgeben und Erkundigungen einziehen.«

Weil die Organisation offiziell überhaupt nicht existierte, konnte sie auch nicht in ihrem eigenen Namen Informationen einholen. Deshalb gaben sich die Agenten normalerweise als Angehörige des FBI aus und benutzten auch falsche Ausweise mit den Namen echter FBI-Agenten.

Während Alexander telefonierte, ging Kennebeck von einem Flaschenschiff zum anderen, aber diesmal vermochten seine Modelle ihn nicht zu beruhigen.

Eine Viertelstunde später legte Alexander den Hörer auf. »Stryker ist nicht auf dem Flugfeld von Flagstaff gelandet. Und sie haben ihn auch noch nicht in ihrem Flugraum gesichtet.«

»Aha! Er hat also doch eine falsche Fährte gelegt.«

»Es sei denn, daß er unterwegs abgestürzt ist«, sagte Alexander hoffnungsvoll.

Kennebeck schnitt eine Grimasse. »Er ist nicht abgestürzt. Aber wohin, in drei Teufels Namen, mag er geflogen sein?«

»Wahrscheinlich in die entgegengesetzte Richtung«, vermutete Alexander. »Nach Südkalifornien.«

»Ah ... Los Angeles?«

»Oder Santa Barbara. Burbank. Long Beach. Ontario.

Orange County. Es gibt ziemlich viele Flughäfen, die er mit seiner kleinen Cessna ansteuern kann.«

Beide dachten schweigend nach. Schließlich rief Kennebeck: »Reno! Sie sind nach Reno geflogen!«

»Sie waren doch überzeugt davon, daß die beiden nichts von den Labors in der Sierra wissen«, wandte Alexander ein. »Haben Sie Ihre Meinung geändert?«

»Nein. Ich glaube immer noch, daß Sie sich diese Mordaufträge hätten sparen können. Ich glaube auch nicht, daß sie ins Gebirge wollen. Sie wissen nicht, wo die Laboratorien sind. Sie wissen über Projekt Pandora nur das, was sie der Fragenliste entnehmen konnten, die Stryker diesem Trottel Vince abgenommen hat.«

»Warum dann ausgerechnet Reno?«

Kennebeck begann wieder auf und ab zu gehen. »Überlegen Sie doch mal – nachdem wir versucht haben, sie umzubringen, wissen sie natürlich, daß die Geschichte von dem angeblichen Busunglück erstunken und erlogen ist. Sie ahnen jetzt, daß mit der Leiche des Jungen etwas nicht stimmt. Sie würden das Grab bestimmt auf eigene Faust öffnen, wenn sie könnten, aber sie gehen mit Sicherheit davon aus, daß wir den Friedhof observieren. Wenn sie schon nicht selbst nachsehen können, was wir Danny zugefügt haben – was glauben Sie, was die beiden tun werden? Ich kann es Ihnen verraten. Sie werden die Person befragen wollen, die angeblich als letzte die Leiche gesehen hat. Sie werden sich den Zustand der Leiche in allen Einzelheiten schildern lassen wollen.«

»Richard Pannafin war der Gerichtsmediziner in Reno, der den Totenschein ausgestellt hat.«

»Nein, zu Pannafin werden sie nicht gehen, weil sie vermuten, daß er an der Verschwörung beteiligt war.«

»Was ja auch stimmt, obwohl er nur widerwillig mitgemacht hat.«

»Deshalb werden sie sich an den Bestatter wenden, der angeblich die Leiche des Jungen für die Beerdigung präpariert hat.«

»Bellicosti!«

»Heißt er so?«

»Ja. Luciano Bellicosti«, sagte Alexander. »Aber wenn sie vorhaben, Bellicosti aufzusuchen, dann verstecken sie sich nicht einfach und lecken ihre Wunden. Allmächtiger Himmel, das würde ja bedeuten, daß sie in die Offensive gegangen sind!«

»Daran zeigt sich eben Strykers Ausbildung beim Nachrichtendienst«, stellte Kennebeck befriedigt fest. »Das versuchte ich Ihnen ja dauernd klarzumachen. Er wird nicht leicht zu erledigen sein. Er könnte mit etwas Glück unserer ganzen Organisation vernichtenden Schaden zufügen. Und die Frau gehört offenbar auch nicht zu jenen, die vor Problemen davonlaufen. Wir müssen auf diese beiden mehr Sorgfalt und Mühe verwenden als sonst üblich. Was ist mit diesem Bellicosti? Wird er den Mund halten?«

»Ich weiß nicht recht«, erwiderte Alexander unbehaglich. »Wir haben ihn fest in der Hand. Er ist ein italienischer Einwanderer. Nachdem er acht oder neun Jahre hier gelebt hatte, stellte er einen Antrag auf amerikanische Staatsbürgerschaft. Er hatte seine Papiere noch nicht erhalten, als wir plötzlich einen willfährigen Bestatter brauchten. Wir ließen seinen Antrag bei der Einwanderungsbehörde auf Eis legen und drohten ihm mit Ausweisung, wenn er den Auftrag nicht in unserem Sinne ausführen würde. Er war alles andere als begeistert von der Sache, aber die Staatsbürgerschaft erwies sich letztlich doch als gutes Lockmittel. Trotzdem... ich glaube nicht, daß auf den Mann hundertprozentig Verlaß ist.«

»Dies ist eine verdammt wichtige Angelegenheit«, sagte Kennebeck. »Und dieser Bellicosti scheint mir zuviel zu wissen.«

»Genau!« Alexander griff nach dem Telefonhörer. »Er muß liquidiert werden. Und der Gerichtsmediziner vorsichtshalber auch.«

»Sie wollen doch nicht so drastische Maßnahmen treffen, bevor Sie nicht mit hundertprozentiger Sicherheit wissen, daß Stryker tatsächlich nach Reno unterwegs ist? Und Sie können erst sicher sein, wenn er dort gelandet ist.«

Alexander zögerte mit der Hand auf dem Hörer. »Wenn ich abwarte, gebe ich Stryker die Chance, uns bei Bellicosti zuvorzukommen.« Er nagte an seiner Unterlippe. »Vielleicht besteht eine Möglichkeit herauszufinden, ob er wirklich Reno ansteuert. Er wird dort ein Auto benötigen. Vielleicht hat er eins vorbestellt. Ich werde unser Informationsbüro beauftragen, bei allen Mietwagenagenturen anzurufen, die am Flughafen von Reno auch nachts Wagen verleihen. Das dürften nicht viele sein, und folglich müßte eine Überprüfung keine Schwierigkeiten bereiten.«

»Gute Idee«, mußte Kennebeck widerwillig zugeben.

Zehn Minuten später wußten sie, daß Elliot Stryker bei Avis einen Wagen bestellt hatte, der kurz vor Mitternacht bereitstehen sollte.

»Das war ein bißchen nachlässig von ihm«, kommentierte Kennebeck, »wenn man bedenkt, wie geschickt er bisher vorgegangen ist.«

»Er glaubt, daß wir ihn in Arizona suchen, nicht in Reno.«

»Trotzdem ist es nachlässig«, sagte Kennebeck enttäuscht.

»Es ist also doch so, wie ich Ihnen sagte«, lächelte Alexander. »Er ist nicht mehr so tüchtig wie früher.«

»Wir sollten uns nicht zu früh freuen«, mahnte Kennebeck. »Noch haben wir ihn nicht geschnappt!«

»Aber bald«, versicherte Alexander, nun wieder völlig selbstsicher. »Unsere Leute in Reno werden schnelle Arbeit leisten müssen, aber sie werden es schaffen. Ich glaube nicht, daß es eine gute Idee wäre, Stryker und die Frau an einem öffentlichen Ort wie dem Flughafen zu liquidieren. Meiner Ansicht nach sollten wir sie nach ihrer Landung auch nicht beschatten lassen. Stryker wird bestimmt nach eventuellen Verfolgern Ausschau halten, und wenn er sie wie hier in Vegas abhängt, wird er gewarnt sein.«

»Lassen Sie von Ihren Leuten einen Sender am Mietwagen anbringen. Dann können sie ihn verfolgen, ohne gesehen zu werden.«

»Wir werden es versuchen«, sagte Alexander. »Wir haben allerdings weniger als eine Stunde Zeit. Aber selbst wenn wir es nicht mehr schaffen, einen Sender am Wagen anzubringen, so ist es nicht weiter tragisch. Wir wissen ja, wohin die beiden wollen. Wir brauchen nur Bellicosti zu erledigen und ihnen in seinem Haus aufzulauern.«

Er nahm den Hörer ab und rief das Büro der Organisation in Reno an.

25

In Reno, das sich selbst als ›Größte Kleinstadt der Welt‹ anpries, herrschten kurz vor Mitternacht Minustemperaturen um fünf Grad. Der Himmel über den Parkplatzlampen war völlig schwarz; weder der Mond noch Sterne waren zu sehen. Schneeflocken tanzten im Wind.

Elliot war froh, daß sie sich vor dem Abflug in Las Vegas die Zeit genommen hatten, schwere Anoraks zu kaufen. Er wünschte, sie hätten auch an Handschuhe gedacht. Ihn fror an den Händen.

Er warf ihren einzigen Koffer in den Kofferraum des gemieteten Chevrolets, den ein Avis-Angestellter ihnen soeben übergeben hatte. In der kalten Luft wirbelten die Auspuffgase als weiße Wolken um Elliots Beine. Er schloß den Kofferraum und betrachtete aufmerksam alle schneebestäubten Fahrzeuge auf dem Parkplatz. Sie schienen leer zu sein. Er hatte auch nicht das Gefühl, beobachtet zu werden. Vielleicht hatten die Jagdhunde die falsche Spur aufgenommen und suchten in Flagstaff nach ihnen. Er öffnete die

Fahrertür und stieg ein. Tina hantierte schon an der Heizung herum.

»Mein Blut friert gleich ein«, sagte sie.

Elliot hielt seine Hand über die Ventilation. »Es kommt schon warme Luft.«

Er öffnete den Reißverschluß seines Anoraks und holte die Pistole heraus, die er gleich nach der Landung unter seinen Gürtel geschoben hatte. Er legte sie zwischen Tina und sich auf den Sitz, mit der Mündung zum Armaturenbrett.

»Glaubst du wirklich, daß wir Bellicosti um diese Zeit noch aufsuchen können?« fragte Tina.

»Na klar. So spät ist es noch nicht.«

Tina hatte in einer Telefonzelle am Flughafen die Adresse des Bestattungsinstituts von Luciano Bellicosti herausgesucht, und der Avis-Angestellte hatte ihnen den kürzesten Weg auf dem kostenlosen Stadtplan eingezeichnet, der zum Service der Mietwagenagentur gehörte.

Elliot schaltete die Innenleuchte ein und studierte die Karte, dann übergab er sie Tina. »Ich glaube, ich kann den Weg problemlos finden. Sollte ich mich aber doch verfahren, mußt du Steuermann spielen.«

»Aye, aye, Käpt'n.«

Er schaltete die Innenleuchte wieder aus und streckte die Hand nach dem Schalthebel aus.

Mit einem vernehmbaren Klicken schaltete das Licht sich wieder ein.

Er schaltete es aus.

Es schaltete sich ein.

Auch das Radio schaltete sich von selbst ein. Der Frequenzzeiger bewegte sich über die Leuchtskala, von links nach rechts, dann von rechts nach links, dann wieder von links nach rechts. Der Abstimmknopf drehte sich, obwohl niemand ihn berührte. Musikfetzen und Satzfragmente gingen schrill ineinander über.

»Das ist Danny!« sagte Tina.

Die Scheibenwischer begannen mit ihrer höchsten Geschwindigkeit über die Scheiben zu gleiten, und ihre metronomischen Schläge untermalten die chaotischen Klänge aus dem Radio.

Die Scheinwerfer blinkten so schnell, daß sie einen stroboskopischen Effekt erzeugten: die weißen Schneeflocken schienen mit kurzen, ruckartigen Bewegungen dem Boden zuzustreben.

Die Luft im Wagen war kalt und wurde mit jeder Sekunde noch kälter.

Elliot hielt seine Hand an die Ventilation. Nach wie vor kam warme Luft heraus, aber sie konnte die fallende Lufttemperatur nicht stabilisieren.

Das Handschuhfach öffnete sich.

Der Aschenbecher schob sich selbsttätig heraus.

Tina lachte vor Entzücken.

Ihr Lachen bestürzte Elliot, aber dann mußte auch er sich eingestehen, daß er sich von dem Schabernack des Poltergeistes nicht bedroht fühlte. Im Gegenteil, er spürte, daß das ein Freudenausbruch war, der aufgeregte Willkommensgruß eines Kindes. Er stellte zu seiner größten Überraschung fest, daß er spürbare Wellen von Liebe und Zuneigung empfing. Er hätte so etwas niemals für möglich gehalten, und er wußte, daß er es nie jemandem würde erklären können. Ein nicht unangenehmer Schauer lief ihm über den Rücken. Offensichtlich war es diese überwältigende Erfahrung, von Wellen der Liebe gepufft zu werden, die Tina zum Lachen gebracht hatte.

»Wir kommen, Danny«, sagte sie. »Hör mich, wenn du es kannst, mein Kleiner. Wir werden dich befreien. Wir kommen!«

Das Radio schaltete sich aus, danach die Innenleuchte.

Die Scheibenwischer blieben stehen.

Die Scheinwerfer hörten auf zu blinken.

Stille trat ein.

Völlige Stille.

Schneeflocken fielen lautlos auf die Windschutzscheibe. Im Wagen wurde die Luft rasch wieder wärmer.

»Warum wird es jedesmal kalt, wenn er... wenn er seine übersinnlichen Kräfte einsetzt?« fragte Elliot.

»Wer weiß? Vielleicht bewegt er die Gegenstände, indem er sich die Wärmeenergie in der Luft irgendwie zunutze macht, sie umwandelt oder irgend etwas. Vielleicht hat die Kälte aber auch eine völlig andere Ursache. Wir werden es wahrscheinlich nie erfahren. Vielleicht versteht Danny es selbst nicht. Aber das ist auch nicht wichtig. Wichtig ist einzig und allein, daß mein Danny *lebt*. Daran kann kein Zweifel mehr bestehen. Jetzt kann daran nicht mehr der geringste Zweifel bestehen. Und aus deiner Frage erkenne ich, daß auch du jetzt daran glaubst.«

»Ja«, gab Elliot zu, immer noch verwirrt über das gerade Geschehene, das ihn zwang, seine Ansichten über parapsychologische Phänomene zu revidieren. »Ja, ich glaube wirklich, daß du mit deiner Vermutung recht haben könntest.«

»Ich weiß es.«

»Irgend etwas höchst Ungewöhnliches muß dieser Pfadfindergruppe zugestoßen sein. Und mit deinem Sohn muß etwas regelrecht Unheimliches geschehen sein.«

»Aber er ist wenigstens nicht tot!«

»Mach dir keine allzu großen Hoffnungen«, sagte er besorgt. »Okay? Wir haben noch einen sehr weiten Weg vor uns. Wir wissen nicht einmal, wo sich Danny befindet und in welchem Zustand er ist. Wir müssen noch viele Hürden nehmen, bevor wir ihn finden und befreien können. Möglicherweise werden wir beide getötet werden, bevor wir auch nur in seine Nähe kommen.«

Er fuhr los, verließ den Parkplatz. Soweit er feststellen konnte, wurden sie nicht verfolgt.

26

Der Raum befand sich drei Stockwerke unter der Erdoberfläche. Er gehörte zur geheimen Forschungsanlage in der Sierra und war etwa zwölf Meter lang und sechs Meter breit. Die niedrige Decke war mit einem porösen cremefarbenen schalldichten Material verkleidet, das fast wie Naturstein aussah. Leuchtröhren warfen ihr kaltes Licht auf Computer und Tische, die mit Zeitschriften, Akten, Diagrammen und wissenschaftlichen Instrumenten beladen waren. Auch zwei Kaffeebecher standen dort.

In die Mitte der Westwand – einer der beiden kürzeren Wände – gegenüber dem Eingang ins Zimmer war ein knapp zwei Meter breites und einen Meter hohes Fenster eingebaut, das den Blick in den angrenzenden, nur halb so großen Raum erlaubte. Dieses Fenster bestand aus zwei jeweils zweieinhalb Zentimeter dicken bruchsicheren Scheiben im Abstand von zweieinhalb Zentimeter. Dieser Zwischenraum war mit einem schweren Gas gefüllt. Die Rahmen waren aus rostfreiem Stahl und an den Ecken zusätzlich mit Gummi abgedichtet. Dieses Fenster war so konstruiert, daß es weder durch Schüsse, noch durch ein Erdbeben, noch durch sonstige Einwirkungen zerstört werden konnte.

Weil es für die Männer, die in dem großen Zimmer arbeiteten, wichtig war, den kleinen Raum ständig im Auge behalten zu können, wurde das Glas mit Hilfe von Deckenventilatoren in beiden Räumen ständig mit warmer trockener Luft angeblasen, um ein Beschlagen der Scheiben zu verhindern. Dennoch waren sie im Augenblick zu drei Vierteln mit einer dünnen Frostschicht überzogen.

Zwei Männer in weißen Laborkitteln hielten sich in dem größeren Raum auf. Dr. Carlton Dombey, ein Mann mit Lockenkopf und buschigem Schnurrbart, stand am Fenster und spähte durch eine der wenigen frostfreien Stellen ins Nebenzimmer. Dr. Aaron Zachariah, jünger als Dombey, glattrasiert und braunhaarig, beugte sich über einen Computer, dessen Bildschirm Daten lieferte.

»Die Temperatur ist drüben während der letzten anderthalb Minuten wieder um ein halbes Grad gefallen«, sagte Zachariah besorgt. »Das kann für den Jungen nicht gut sein.«

»Es scheint ihm bisher aber nie etwas ausgemacht zu haben«, meinte Dombey.

»Ich weiß, aber...«

»Kontrollier mal seine Daten.«

Zachariah ging zu einer anderen Computeranlage, auf deren Bildschirmen Danny Evans' Herzschlag, Blutdruck, Körpertemperatur und Gehirnströme ständig abzulesen waren. »Puls normal, vielleicht sogar etwas langsamer als vorhin. Blutdruck okay, Temperatur unverändert. Nur das EEG weist Besonderheiten auf.«

»Wie immer während dieser verdammten Temperaturstürze«, sagte Dombey. »Seltsame Gehirnstromaktivität, aber kein anderer Hinweis auf körperliches Unbehagen.«

»Wenn es drüben lange so kalt bleibt, werden wir ihn in ein anderes Zimmer verlegen müssen«, meinte Zachariah.

»Wir haben keines zur Verfügung«, erwiderte Dombey. »In allen anderen laufen Tierexperimente.«

»Dann werden wir eben die Tiere umquartieren müssen. Der Junge ist schließlich wichtiger. Wir brauchen ihn noch für weitere Daten.«

»Wir werden ihn nicht verlegen müssen. Diese Kälte wird nicht lange anhalten.« Dombey spähte in den kleineren Raum, wo der Junge regungslos auf einem Krankenbett lag, unter einem weißen Laken und einer gelben Decke. »Zumindest war es bisher immer so. Die Temperatur fällt abrupt, bleibt zwei bis höchstens fünf Minuten niedrig und steigt dann wieder auf die normale Höhe an.«

»Was, zum Teufel, ist eigentlich mit den Ingenieuren los? Warum können sie diesen Schaden nicht beheben?«

»Sie behaupten, die Heizungsanlage funktioniere perfekt.«

»Aber das stimmt doch nicht, verdammt noch mal!« Zachariah trat nun ebenfalls ans Fenster und suchte sich eine frostfreie Stelle. »Als es vor etwa einem Monat anfing, war es längst nicht so schlimm. Die Temperatur fiel nur um wenige Grad, und das nur einmal pro Nacht. Tagsüber nie. Die Gesundheit des Jungen wurde dadurch nicht gefährdet. Aber in den letzten Tagen wird es immer schlimmer mit diesen Temperaturstürzen. Und da behaupten diese Idioten, die Anlage funktioniere perfekt!«

»Ich habe gehört, daß die Leute herzitiert worden sind, die diese Heizung gebaut haben«, sagte Dombey. »Die werden bestimmt in kürzester Zeit herausfinden, was mit dem verdammten Ding los ist. Aber ich begreife nicht, warum du dich eigentlich so aufregst. Wir sollen mit dem Jungen doch sowieso Experimente machen, bis er stirbt. Weshalb bist du dann so besorgt um seine Gesundheit?«

»Das kann doch nicht dein Ernst sein«, erwiderte Zachariah erregt. »Wenn der Junge schließlich stirbt, müssen wir ganz sicher sein können, daß es wirklich die Injektionen waren, die ihn getötet haben. Und wenn er noch häufig solchen Temperaturschwankungen ausgesetzt wird, werden wir nicht wissen, ob sie nicht vielleicht zu seinem Tod beigetragen haben. Das sind keine sauberen Forschungsmethoden.«

Dombey lachte bitter und wandte sich vom Fenster ab. »Sauber? Diese ganze Sache war niemals sauber. Sie stank von Anfang an zum Himmel.«

Zachariah sah ihn tadelnd an. »Ich spreche nicht von der moralischen Haltung dieses Unternehmens.«

»Aber ich!«

»Mir geht es um die klinischen Maßstäbe.«

»Ich habe keine Lust, mir deine Ansichten anzuhören«, sagte Dombey. »Ich habe nämlich gräßliche Kopfschmerzen.«

»Ich versuche nur, gewissenhaft zu sein«, schmollte Zachariah. »Du kannst mir doch nicht zum Vorwurf machen, daß diese Arbeit schmutzig ist. Ich habe in bezug auf die Forschungspolitik nicht viel zu sagen.«

»Du hast *nichts* zu sagen«, korrigierte Dombey. »Genau wie ich. Wir sind doch nur ganz kleine Fische. Deshalb müssen wir hier auch sozusagen die Babysitter spielen.«

»Aber selbst wenn ich bei den wichtigen Entscheidungen mitzureden hätte«, sagte Zachariah, »würde ich wahrscheinlich den gleichen Kurs wie Dr. Tamaguchi einschlagen. Er *mußte* diese Forschung betreiben. Ihm blieb gar keine andere Wahl, als wir festgestellt haben, wie weit die verdammten Russen auf diesem Gebiet sind. Vergiß nicht, daß dieses hübsche kleine Projekt ursprünglich von den Russen stammt. Wenn du jemandem Vorwürfe machen willst, weil du Schuldgefühle hast, mußt du dich an die Adresse der Russen wenden und nicht an meine.«

»Ich weiß, ich weiß«, sagte Dombey müde und fuhr sich nervös mit der Hand durch die Locken. »Wenn irgendeine Regierung auf der Erde fähig ist, eine derartige Waffe einzusetzen, so die Sowjetunion. Uns bleibt keine andere Wahl als das Gleichgewicht der Kräfte zu wahren. Davon bin ich überzeugt. Und doch... weißt du... manchmal frage ich mich, ob wir dabei nicht immer mehr die autoritären Methoden der Sowjets übernehmen. Werden wir nicht selbst allmählich zu einem totalitären Staat, obwohl wir lautstark behaupten, ein solches Regime zu verabscheuen?«

»Möglicherweise.«

»Ich glaube – definitiv.«

»Welche andere Wahl haben wir denn?«

»Vermutlich keine.«

»Sieh mal!« rief Zachariah.

»Was ist?«

»Die Scheibe wird klar. Drüben muß es wieder warm werden.«

Die beiden Wissenschaftler spähten in den Nebenraum.

Der abgezehrte Junge drehte seinen Kopf langsam in ihre

Richtung und starrte sie durch die Seitengitter seines Bettes hindurch an.

»Diese verdammten Augen!« murmelte Zachariah.

»Ganz schön durchdringend, was?«

»Wenn er einen so anstarrt... das jagt mir manchmal einen Schauer über den Rücken. Diese Augen sind irgendwie unheimlich.«

»Du fühlst dich einfach schuldig, wenn er dich ansieht.«

»Nein, das ist es nicht allein. Seine Augen sind... sonderbar. Als er vor einem Jahr herkam, waren sie ganz anders.«

»Wie könnte es auch anders sein?« sagte Dombey traurig. »Jetzt drücken diese Augen Schmerz und Einsamkeit aus.«

»Mehr als das«, meinte Zachariah. »In diesen Augen steht etwas... etwas... es gibt kein Wort dafür.«

Er wandte sich vom Fenster ab und kehrte zu den Computern zurück, um sein Unbehagen verdrängen zu können.

Teil IV

Freitag, 2. Januar

27

Größtenteils waren die Straßen in Reno trocken, trotz des kürzlichen Schneefalls, aber hier und da lauerten vereiste Stellen auf unvorsichtige Autofahrer. Elliot Stryker fuhr deshalb langsam und umsichtig.

»Wir müßten bald da sein«, sagte Tina.

Nach einem halben Kilometer kam auf der linken Seite Luciano Bellicostis Haus und Geschäft in Sicht. Ein großes, schwarz umrandetes Schild wies ihn großartig als BESTATTUNGSUNTERNEHMER UND TRAUERBERATER aus. Das riesige Haus im Pseudo-Kolonialstil stand auf einem Hügel, von der Straße weit zurückversetzt. Daneben befand sich passenderweise ein Friedhof. Die lange kurvige Auffahrt schlängelte sich wie ein schwarzes Band durch den schneebedeckten Rasen. Steinpfeiler und elektrische Laternen säumten den Weg zum Vordereingang, und aus mehreren Erdgeschoßfenstern schimmerte warmes Licht.

Elliot beschloß im letzten Moment, nicht in die Auffahrt einzubiegen, sondern auf der Straße zu bleiben.

»Warum fährst du weiter?« fragte Tina.

»Vorsicht ist besser als Nachsicht. Hat dir das noch nie jemand gesagt?«

»Du hast es soeben nachgeholt.«

»Einfach zum Vordereingang zu stürzen und Bellicosti sofort mit Fragen zu überschütten – das wäre emotional befriedigend, mutig und kühn. Und sehr dumm.«

»Aber hier können sie uns doch nicht auflauern. Sie wissen doch gar nicht, daß wir in Reno sind.«

»Man soll den Gegner nie unterschätzen«, sagte Elliot. »Sie haben mich und dich unterschätzt, und das war ein schwerer Fehler. Wir werden nicht den gleichen Fehler machen. Ich habe nicht den geringsten Wunsch, ihnen in die Hände zu fallen.«

Hinter dem Friedhof bog er in eine Seitenstraße ab, parkte am Bordstein, schaltete die Scheinwerfer aus und stellte den Motor ab.

»Und was nun?« erkundigte sich Tina.

»Ich gehe zu Fuß zum Bestattungsinstitut«, erklärte Elliot. »Ich nehme den Weg durch den Friedhof und schleiche mich von hinten ans Haus heran.«

»*Wir* werden uns von hinten anschleichen.«

»Nein.«

»Doch.«

»Du wartest hier auf mich.«

»Blödsinn!«

Das bleiche Licht einer Straßenlampe fiel auf ihr Gesicht. Sie sah einfach hinreißend aus, und am liebsten hätte er sie in die Arme genommen.

Aber das Licht enthüllte zugleich auch die eiserne Entschlossenheit in ihren Gesichtszügen und in den strahlend blauen Augen. Sie würde nicht zulassen, daß er sie wie ein zerbrechliches Porzellanpüppchen behandelte.

Obwohl ihm klar war, daß er gegen sie unterliegen würde, versuchte er, sie zum Nachgeben zu überreden. »Sei doch vernünftig, Tina. Wenn es Schwierigkeiten gibt, könntest du die Nerven verlieren.«

»Also wirklich, Elliot, red doch kein dummes Zeug. Hältst du mich für eine Frau, die leicht die Nerven verliert?«

»Der Schnee ist ziemlich tief, und du trägst keine Stiefel.«

»Du auch nicht.«

»Wenn sie uns nun aber im Haus auflauern...«

»Könntest du meine Hilfe brauchen«, vollendete sie seinen Satz. »Und falls sie uns keine Falle gestellt haben, möchte ich unbedingt dabei sein, wenn du Bellicosti befragst.«

»Hör mal, wir verschwenden hier nur unnötige Zeit!« sagte er ungeduldig.

»Ich bin ganz deiner Meinung.« Mit diesen Worten öffnete sie ihre Tür und stieg aus.

In diesem Augenblick erkannte er, daß er sie liebte.

Er schob die Pistole in eine Anoraktasche und stieg ebenfalls aus. Er schloß den Chevrolet nicht ab, um keine Verzögerung zu riskieren, falls Tina und er es eilig haben sollten, von hier wegzukommen.

Auf dem Friedhof reichte ihm der Schnee bis zur Mitte der Waden, durchnäßte seine Hosenbeine und Socken und schmolz in seinen Schuhen.

Tina, die leichte Segeltuchschuhe mit Gummisohlen trug, mußte noch schlimmer daran sein, aber sie hielt tapfer mit ihm Schritt, ohne zu jammern.

Der scharfe feuchte Wind war stärker als bei ihrer Landung auf dem Flughafen. Er fegte durch den Friedhof, pfiff zwischen den Grabsteinen und verhieß mehr Schnee, viel mehr Schnee, als er bisher gebracht hatte.

Eine niedrige Steinmauer und eine Reihe haushoher Tannen trennten den Friedhof von Bellicostis Grundstück. Sie kletterten über die Mauer und blieben für einen Augenblick im Schutz der Bäume stehen, während Elliot den Weg bis zur Rückseite des Hauses aufmerksam beobachtete.

Er brauchte Tina nicht zu sagen, daß sie still sein solle. Sie wartete geduldig neben ihm, mit verschränkten Armen, die Hände zum Aufwärmen in den Achselhöhlen.

Elliot hatte Angst um sie, aber zugleich war er glücklich, daß sie bei ihm war.

Bellicostis Haus war knapp hundert Meter entfernt. Es gab eine große Garage für drei Wagen. Eine kleine Hinterveranda. Einige immergrüne Büsche, die aber zu niedrig waren, als daß sich jemand dahinter verstecken konnte. Und eine Menge gähnend dunkler Fenster, hinter denen ohne weiteres jemand stehen und nach ihnen Ausschau halten konnte.

Elliot kniff seine Augen zusammen, um besser erkennen zu können, ob sich hinter den Glasscheiben etwas bewegte.

Er sah nichts Verdächtiges.

Nicht das geringste.

Er hielt die Wahrscheinlichkeit, daß man hier eine Falle für sie aufgestellt hatte, für relativ gering. Falls aber doch Mörder im Haus auf sie warteten, so rechneten sie vermutlich damit, daß ihre Opfer sich in Sicherheit wähnen und ganz naiv den Haupteingang benutzen würden. Die Killer würden deshalb hauptsächlich die Auffahrt im Auge behalten.

Elliot sagte sich, daß er auf keinen Fall die ganze Nacht hier stehenbleiben konnte.

Er trat aus dem Schutz der Rottannen heraus. Tina hielt sich dicht an seiner Seite.

Der heftige Wind wirbelte Schneekristalle vom Boden auf und peitschte sie ihnen in die vor Kälte geröteten Gesichter.

Elliot kam sich auf dem schimmernden Schneefeld wie eine Zielscheibe vor. Er bedauerte zutiefst, daß sie keine helle Kleidung trugen. Falls jemand an einem der Fenster stand, würde er sie sofort entdecken.

Das Knirschen des Schnees unter ihren Füßen kam ihm erschreckend laut vor. Aber er wußte, daß sie sich in Wirklichkeit fast lautlos bewegten. Er war einfach nervös.

Sie erreichten das Haus ohne Zwischenfälle, blieben kurz stehen und tauschten einen Händedruck, um sich gegenseitig Mut zu machen.

Elliot holte die Pistole aus seiner Tasche, nahm sie in die rechte Hand und entsicherte sie mit der linken. Seine kalten Finger waren so steif und ungeschickt, daß er sich fragte, ob er die Waffe im Notfall überhaupt schnell genug würde handhaben können.

Sie schlichen um die Ecke des Hauses und bewegten sich dicht an der Mauer entlang.

Beim ersten Fenster, hinter dem Licht brannte, blieb Elliot stehen. Er bedeutete Tina mit einer Geste, sich hinter ihm zu halten. Vorsichtig beugte er sich vor und spähte durch einen schmalen Spalt in der heruntergelassenen Jalousie. Um ein Haar hätte er einen Schreckensschrei ausgestoßen.

Er sah einen Toten.

Einen nackten Mann, der in der Badewanne saß.

Ein Handgelenk war aufgeschlitzt. Das Wasser war blutig.

Elliot betrachtete das fahle Gesicht des Toten. Er wußte, daß es Luciano Bellicosti war, und er wußte auch, daß Bellicosti sich nicht selbst getötet hatte. Der blaulippige Mund war weit aufgerissen, so als wollte er gegen die Unterstellung eines Selbstmordes protestieren.

Elliot hätte Tina am liebsten beim Arm gepackt und mit sich gezogen, zurück zum Wagen. Aber sie spürte, daß er etwas Wichtiges gesehen hatte, und er kannte sie nun schon gut genug, um zu wissen, daß sie nicht von der Stelle weichen würde, bevor sie nicht selbst einen Blick darauf geworfen hatte. Deshalb trat er einen Schritt zurück und schob sie ans Fenster. Er legte ihr eine Hand auf die Schulter, während sie sich vorbeugte, und er spürte, wie sie beim Anblick der Leiche erstarrte. Als sie sich ihm wieder zuwandte, hatte auch sie nur den einen Wunsch, schleunigst von hier wegzukommen.

Sie hatten jedoch keine zwei Schritte gemacht, als Elliot eine eigenartige langgestreckte Erhebung im Schnee auffiel, die sich kaum merklich bewegte. Er feuerte sofort vier Schüsse darauf ab, die dank dem ausgezeichneten Schalldämpfer vom Rascheln und Knistern des Windes völlig übertönt wurden.

Tief geduckt rannte er zu der Stelle hin und fand einen Mann in weißem kälteisoliertem Skianzug. Er hatte im

Schnee gelegen, sie beobachtet und abgewartet; jetzt hatte er ein nasses Loch in der Brust, und seine Kehle war zerfetzt. Sogar in dem schwachen Licht vom Schnee konnte Elliot erkennen, daß dieser Mann den gleichen starren Blick hatte wie Bellicosti in seiner Badewanne.

Zumindest ein Killer hielt sich im Haus auf, vermutlich sogar mehrere.

Zumindest ein Mann hatte draußen im Schnee gewartet.

Lagen auch noch andere hier auf der Lauer?

Wie viele?

Wo?

Elliot spähte in die Dunkelheit und rechnete fast damit, daß sich Hunderte zorniger, rachsüchtiger Killer aus dem Schnee erheben würden.

Aber alles blieb ruhig.

Elliot stand langsam auf. Er konnte noch nicht richtig fassen, daß er so blitzschnell und so gewalttätig reagiert hatte. Ihn erfüllte eine warme animalische Befriedigung, die ihm etwas Unbehagen bereitete, weil er sich gern als zivilisierten Menschen sah. Gleichzeitig verspürte er heftige Übelkeit und hatte einen säuerlichen Geschmack im Mund. Er wandte dem Mann, den er umgebracht hatte, rasch den Rücken zu.

Tina tauchte vor ihm im Schnee auf wie eine Märchenfee. »Sie wissen, daß wir in Reno sind«, flüsterte sie.

»Ja.«

»Sie wußten sogar, daß wir zu Bellicosti kommen würden.«

»Aber sie rechneten damit, daß wir den Vordereingang benutzen würden.«

»Warum...«

Er nahm sie beim Arm. »Psst! Machen wir lieber, daß wir hier wegkommen.«

Sie traten den Rückzug an, so schnell sie nur konnten. Elliot befürchtete bei jedem Schritt, daß hinter ihnen Schüsse fallen würden.

Er half Tina, über die Mauer zu steigen, und als er ihr folgte, war er plötzlich überzeugt davon, daß jemand ihn am Anorak gepackt hatte. Er riß sich keuchend los, aber als er von der anderen Seite der Mauer zurückblickte, war kein Mensch zu sehen.

Offenbar hatten die Männer in Bellicostis Haus noch nicht bemerkt, daß ihr Kollege im Schnee tot war, und warteten geduldig darauf, daß ihre Opfer in die Falle laufen würden.

Elliot und Tina eilten zwischen den Grabsteinen durch und wirbelten dabei Schnee auf. Ihre Atemwolken nahmen in der Kälte sofort gespenstische Umrisse an.

Als sie den Friedhof zur Hälfte durchquert hatten und Elliot sicher war, daß sie nicht verfolgt wurden, blieb er stehen, lehnte sich an ein großes Grabdenkmal und versuchte, sein hektisches Keuchen unter Kontrolle zu bringen. Die zerfetzte Kehle seines Opfers tauchte mit ungeheurer Intensität vor seinem geistigen Auge auf, und sein Magen rebellierte. Er taumelte einige Schritte durch den Schnee und übergab sich.

Ich habe einen Menschen getötet.

Die Tatsache, daß er in Notwehr gehandelt hatte, vermochte sein Gewissen nicht zu beruhigen.

Er wusch sich den Mund mit Schnee aus und spürte plötzlich eine Hand auf seiner Schulter.

»Wie geht es dir?« fragte sie teilnahmsvoll.

»Ich habe ihn umgebracht.«

»Andernfalls hätte er uns getötet!«

»Ich weiß... trotzdem... der Gedanke macht mich ganz krank.«

»Ich dachte... nun ja, als du bei der Armee warst...«

»Ja«, sagte er leise. »Ja, ich habe früher auch schon Menschen getötet. Aber, wie du gesagt hast, das war in der Armee... in Südostasien... im Krieg. Ich habe damals mindestens ein halbes Dutzend Männer erschossen. Aber das ist lange her. Irgendwie war es im Krieg etwas anderes. Damals war ich Soldat. Jetzt komme ich mir wie ein Mörder vor.« Er schüttelte den Kopf, so als könnte er damit die belastenden Gedanken vertreiben, nahm wieder eine Handvoll Schnee in den Mund und spuckte ihn aus, nachdem er geschmolzen war. »Es geht schon wieder.« Er steckte die Pistole in die Anoraktasche. »Es war nur der Schock. Aber ich werd' schon damit fertig. Du brauchst keine Angst zu haben, daß ich schlapp mache.«

»Dummer Junge! Ich weiß genau, daß du nicht zusammenklappst.« Sie umarmten sich flüchtig, dann fuhr Tina fort: »Warum sind sie uns nicht vom Flughafen hierher gefolgt, wenn sie genau wußten, daß Reno unser Ziel war? Dann hätten sie gewußt, daß wir Bellicostis Haus nicht durch die Vordertür betreten würden.«

»Ich weiß nicht«, erwiderte er. Sein klares Denkvermögen war immer noch durch die Erschütterung beeinträchtigt, einen Mord begangen zu haben. »Vielleicht befürchteten sie, ich würde die Verfolger bemerken und dann auf der Hut sein, oder aber sie hielten es für überflüssig, uns zu beschatten, weil sie sicher waren, daß wir Bellicosti aufsuchen würden.«

»Komm, gehen wir zum Auto. Ich friere.«

»Ich auch. Außerdem sollten wir aus dieser Gegend verschwinden, bevor sie den Toten im Schnee entdecken.«

In der ruhigen Seitenstraße hielt Elliot Tina die Beifahrertür des Chevrolets auf und ging dann hinten um den Wagen herum. Er öffnete gerade die Fahrertür, als er aus dem Augenwinkel eine Bewegung wahrnahm. Er wußte, noch bevor er aufsah, was ihn erwartete. Eine weiße Ford-Limousine war langsam um die Ecke gebogen; sie fuhr an den Bordstein heran und bremste abrupt; zwei Türen wurden aufgerissen, und zwei große, kräftige Männer sprangen heraus.

»Verdammt!« Elliot schlug die Wagentür hinter sich zu und steckte hastig den Zündschlüssel ins Schloß.

»Wir wurden also doch verfolgt«, sagte Tina.

»Ja.« Er ließ den Motor an. »Ein Sender. Sie müssen uns damit erst jetzt geortet haben.«

Er hörte keinen Schuß, aber eine Kugel zerschmetterte das hintere Seitenfenster und blieb in der Rückenlehne des Vordersitzes stecken. Splitter von Sicherheitsglas flogen durchs Auto.

»Kopf runter!« schrie Elliot, während er einen Blick über die Schulter warf.

Die beiden Männer kamen auf dem stellenweise vereisten Pflaster zum Glück nur langsam voran.

Elliot drückte aufs Gas. Der Chevrolet brauste mit quietschenden Reifen los.

Zwei Kugeln prallten rasch hintereinander vom Metall des Mietwagens ab.

Elliot beugte sich tief übers Lenkrad, um nicht von einer eventuellen Kugel durchs Rückfenster getroffen zu werden. An der Ecke ignorierte er das Halteschild und riß das Steuer hart nach links herum.

Tina hob den Kopf, stellte fest, daß die Straße hinter ihnen leer war und sah Elliot fragend an. »Ein Sender? Heißt das, daß sie ihn irgendwo am Auto angebracht haben?«

»Ja.«

»Sollten wir dann nicht lieber zu Fuß fliehen?«

»Nicht bevor wir diese Clowns losgeworden sind«, erwiderte er. »Andernfalls schnappen sie uns sehr schnell. Zu Fuß hätten wir keinerlei Chance.«

»Also was dann?«

Er bog an einer Kreuzung nach rechts ab. »Hinter der nächsten Ecke halte ich kurz an und steige aus. Du übernimmst sofort das Steuer.«

»Wohin willst du denn?«

»Ich verstecke mich im Gebüsch und warte, bis sie ebenfalls um die Ecke biegen. Du fährst weiter, aber nicht zu schnell. Sie sollen das Auto sehen und ihre Aufmerksamkeit darauf konzentrieren. Ich durchlöchere derweil zumindest einen ihrer Reifen.«

»Wir sollten uns nicht trennen«, sagte sie.

»Es ist unsere einzige Chance.«

»Und wenn sie dich nun gefangennehmen?«

»Dazu wird es nicht kommen.«

»Dann wäre ich ganz allein.«

»Sie werden mich nicht fangen, weil sie nicht mit einer Falle rechnen. Sie werden deshalb völlig überrascht sein. Aber du mußt sehr schnell das Steuer übernehmen. Wenn wir länger als ein paar Sekunden anhalten, werden sie es auf ihrem Empfänger registrieren, und dann könnten sie Verdacht schöpfen.«

Er bog an der Kreuzung rechts ab und hielt mitten auf der Straße.

»Elliot, du...«

»Wir haben keine andere Wahl«, schnitt er ihr das Wort ab, riß seine Tür auf und sprang aus dem Wagen.

»Aber ich...«

»Beeil dich!«

Er rannte zu einer Hecke aus immergrünen Büschen, die den Rasen eines niedrigen Ziegelhauses säumten, und duckte sich an einer Stelle außerhalb des Lichtkegels der Straßenlampe. Während Tina weiterfuhr, holte er die Pistole aus seiner Tasche.

Gleich darauf schoß der weiße Ford mit hoher Geschwindigkeit um die Ecke.

Elliot stand auf, zielte mit beiden Händen und feuerte drei Schüsse ab. Die beiden ersten prallten auf Metall, aber die dritte traf den rechten Vorderreifen.

Die Limousine, die ohnehin viel zu schnell in die Kurve gegangen war, geriet infolge des geplatzten Reifens völlig außer Kontrolle. Sie schleuderte quer über die Straße, raste auf den Bordstein zu, durchbrach eine Hecke, zerstörte ein Vogelbad aus Gips und kam in der Mitte eines schneebedeckten Rasens zum Stehen.

Elliot rannte los. Tina hatte etwa hundert Meter entfernt angehalten, aber die Strecke kam ihm kilometerweit vor.

Seine Schritte hallten wie Trommelschläge durch die Stille der Nacht. Als er das Auto erreichte, hatte Tina die Tür schon geöffnet. Er sprang in den Wagen und rief: »Los, weiter!«

Sie trat aufs Gaspedal, und der Chevrolet brauste davon.

Nach zwei Blocks sagte er: »Bieg an der nächsten Ecke rechts ab.« Und nach zwei weiteren Kreuzungen: »Halt am Straßenrand an. Ich will die Wanze finden, die sie am Wagen angebracht haben.«

»Aber sie können uns jetzt doch nicht mehr verfolgen.«

»Sie haben immer noch den Empfänger, der ihnen verrät, in welche Richtung wir fahren, selbst wenn sie uns mit dem durchschossenen Reifen nicht auf den Fersen bleiben können.«

Sie hielt an, und Elliot stieg aus. Er tastete die Innenflächen der Kotflügel ab, wo ein kleiner Sender mühelos installiert werden konnte. Nichts. Auch an der vorderen Stoßstange blieb seine Suche erfolglos. Er entdeckte den mit einem Magneten haftenden Sender an der Unterseite der hinteren Stoßstange, riß ihn ab und warf ihn in hohem Bogen weg.

Als er wieder im Wagen saß, bei laufendem Motor und voll eingeschalteter Heizung, brachten beide zunächst keine Silbe hervor. Trotz der warmen Luft fröstelten sie beim Gedanken an das soeben überstandene Abenteuer.

Nach minutenlangem Schweigen murmelte Tina: »Mein Gott, haben die ein Tempo drauf!«

»Wir sind ihnen aber immer noch eine Nasenlänge voraus«, sagte Elliot.

»Eine halbe.«

»Ja, das dürfte eher zutreffen.«

»Bellicosti hätte uns also tatsächlich die Fakten liefern können, die wir brauchen, um einen gewieften Reporter für den Fall zu interessieren.«

»Ja, deshalb mußte er sterben.«

»Und wie können wir diese Tatsachen jetzt erfahren?«

»Irgendwie«, antwortete er vage.

»Was tun wir als nächstes?«

»Die Sache ist nicht hoffnungslos, Tina.«

»Das habe ich auch nicht behauptet. Ich frage mich nur, wie wir weiter vorgehen sollen.«

»Heute nacht fällt uns bestimmt nichts Vernünftiges mehr ein«, erwiderte er müde. »Wir sind beide völlig erschöpft und überreizt, und in diesem Zustand Beschlüsse zu fassen, wäre gefährlich. Wir müssen uns ein wenig ausruhen. Morgen früh, wenn wir wieder klar denken können, wird uns dann bestimmt eine Lösung einfallen.«

»Glaubst du wirklich, daß du schlafen könntest?«

»O ja! Dieser Tag hatte es wirklich in sich. Ich war gezwungen, in meinem eigenen Haus um mein Leben zu kämpfen. In deinem Haus flog ich um ein Haar in die Luft. Ein schwarzer Lieferwagen hetzte mich durch Las Vegas, und hier in Reno setzte eine weiße Limousine mir hart zu. Und ich habe einen Mann getötet. Das genügt fürs erste. Erzähl mir nicht, daß du von Kraft und Energie überschäumst.«

»Nein«, gab sie zu. »Ich bin völlig ausgelaugt.«

»Freut mich zu hören. Ich weiß zwar, daß du eine starke Frau bist, aber wenn du jetzt noch in Höchstform wärest, wärest du viel zu stark für mich.«

»Was glaubst du – wo könnten wir einigermaßen in Sicherheit übernachten?«

»Wir werden einen altbewährten Trick anwenden«, erwiderte Elliot. »Anstatt uns in einem abgelegenen Motel zu verkriechen, werden wir uns im besten Hotel der Stadt einquartieren.«

»Harrah's?«

»Genau. Eine derartige Frechheit werden sie uns nicht zutrauen.«

»Es ist riskant.«

»Fällt dir etwas Besseres ein?«

»Nein.«

»Riskant ist *alles.*«

»Also gut. Versuchen wir's!«

Sie fuhren in die Stadtmitte und ließen den Chevrolet auf einem öffentlichen Parkplatz stehen, vier Blocks von Harrah's entfernt.

»Ich wünschte, wir bräuchten das Auto nicht aufzugeben«, sagte Tina, während er ihren Koffer aus dem Kofferraum holte.

»Sie werden danach suchen.«

Sie gingen zu Fuß zum Hotel. Es war kalt und windig. Auch um Viertel vor zwei strahlten die Straßen in grellem Neonlicht. Aus den Casinos war laute Musik zu hören, vermischt mit Stimmengewirr, Gelächter und dem Lärm der Spielautomaten.

Obwohl es in Reno nachts nicht ganz so verrückt zuging wie in Las Vegas und viele Touristen schon zu Bett gegangen waren, herrschte im Casino von Harrah's doch noch ziemlich viel Betrieb. Ein junger Seemann hatte offenbar eine Glückssträhne beim Würfelspiel und wurde von einer erregten Zuschauerschar angefeuert.

Elliot und Tina fuhren mit dem Lift ins Foyer hinauf. Alle großen Hotels von Nevada waren so angelegt, daß die Gäste das Casino passieren mußten, um zur Empfangshalle zu gelangen. Auf diese Weise sollten sie sofort zum Spielen verführt werden, und viele ließen sich auch beim Verlassen des Hotels noch einmal in Versuchung führen. Aber das vornehme Harrah's bewies sein Stilgefühl, indem es die Rezeption in den ruhigen ersten Stock verlegt hatte.

Offiziell war das Hotel an diesem verlängerten Wochenende völlig ausgebucht, aber Elliot wußte, daß einige Zimmer immer freigehalten wurden, für den Fall, daß lukrative Stammgäste ohne Voranmeldung eintrafen. Ein gefalteter Zwanzigdollarschein, dem Angestellten am Empfang diskret in die Hand gedrückt, wirkte meistens Wunder, wenn man unerwartet ein Zimmer benötigte.

Diese Taktik wandte auch Elliot erfolgreich an und trug

sich sodann als ›Clifford Montgomery‹ ein – eine kleine Reverenz an seinen Lieblingsschauspieler. Dazu erfand er eine Adresse in Seattle. Der Rezeptionsangestellte fragte nach einem Ausweis oder einer Kreditkarte, und Elliot erzählte eine traurige Geschichte, wie er auf dem Flughafen das Opfer eines Taschendiebs geworden sei, und bezahlte zwei Übernachtungen im voraus mit einem Bündel Banknoten, die er vor Betreten des Hotels in seine Anoraktasche gesteckt hatte.

Sie erhielten ein geräumiges, gemütlich eingerichtetes Zimmer im neunten Stock. Elliot schloß die Tür ab, verriegelte sie, legte die Sicherheitskette vor und schob zusätzlich noch die Rückenlehne des schweren Schreibtischsessels unter die Klinke.

»Ich komme mir wie im Gefängnis vor«, sagte Tina.

»Nur mit dem Unterschied, daß die Mörder in diesem Fall draußen frei herumlaufen«, fügte Elliot hinzu.

Als sie kurze Zeit später im Bett lagen und einander im Arm hielten, dachten sie zunächst nicht an Sex. Beide hatten einfach das Bedürfnis nach Wärme, Zärtlichkeit und Geborgenheit, um zu spüren, daß sie nach diesem alptraumhaften Tag noch am Leben waren. Nach einer Weile überkam sie jedoch ein heftiges Verlangen, ihre Küsse wurden leidenschaftlicher, und plötzlich lag Elliot auf Tina, und sie umschlang ihn mit Armen und Beinen. Dieser Liebesakt war erstaunlich intensiv. Die Wollust überrollte beide wie eine mächtige Welle und schenkte ihnen in wenigen Minuten tiefe Befriedigung.

Danach lagen sie dicht nebeneinander auf dem Rücken und hielten sich bei der Hand, während ihr Pulsschlag sich allmählich wieder beruhigte.

Etwas später sagte er: »Du hattest recht.«

»Womit?«

»Mit dem, was du gestern abend in Vegas gesagt hast.«

»Du mußt meinem Gedächtnis etwas nachhelfen.«

»Du meintest, diese Jagd mache mir Spaß.«

»Tief im Innersten – ja, ich glaube, daß es so ist.«

»Ich weiß es jetzt«, gab er zu. »Anfangs wollte ich es nicht glauben, wollte es mir zumindest nicht eingestehen.«

»Warum nicht? Ich wollte dich mit dieser Feststellung in keiner Weise kritisieren.«

»Das weiß ich. Es ist nur... weißt du, über fünfzehn Jahre habe ich ein sehr ruhiges Leben geführt, und ich war überzeugt davon, daß ich Aufregungen und Nervenkitzel, die ich als junger Mann genoß, nicht mehr benötigte... nicht mehr wollte.«

»Das stimmt meiner Ansicht nach auch«, erwiderte Tina. »Du suchst sie nicht mehr, du brauchst sie nicht mehr. Aber nachdem du jetzt zum erstenmal seit deiner Militärzeit wieder in echter Lebensgefahr schwebst, reagiert ein Teil von dir auf diese Herausforderung. Es ist wie bei einem ehemaligen Athleten, der nach langer Zeit wieder einmal auf dem Spielfeld steht, seine Muskeln und Reflexe testet und stolz darauf ist, daß er noch nicht alles verlernt hat.«

»Es ist mehr als das«, gestand Elliot. »Ich glaube... tief im Innern... verschaffte es mir eine krankhafte Befriedigung, als ich... als ich jenen Mann erschoß.«

»Geh mit dir selbst nicht zu streng ins Gericht.«

»Das tu ich nicht. Ich versuche nur, ganz ehrlich mir selbst gegenüber zu sein.«

»Es sah für mich wirklich nicht so aus, als hättest du diese Notwehrhandlung genossen. Es sei denn, daß bei dir Genuß immer von Erbrechen begleitet wird.«

»Ich übergab mich, weil... weil mir plötzlich zu Bewußtsein kam, wie sehr es mich befriedigte, so schnell reagiert und so gut gezielt zu haben. Ich... ich wurde plötzlich mit einem wilden Tier konfrontiert, das mein Gesicht hatte.«

»Du solltest froh sein, daß du diesen Dreckskerl getötet hast«, sagte sie sanft und drückte ihm zärtlich die Hand.

»Findest du?«

»Hör zu – wenn ich diese Typen in die Finger bekäme, die mich daran hindern wollen, Danny zu finden und zu retten – ich hätte keinerlei Skrupel, sie umzubringen. Ich bin wie eine Löwin, der man ihr Junges geraubt hat. Vielleicht wäre es das Natürlichste und Bewundernswerteste, was ich tun könnte, diese Schurken zu töten.«

»Steckt demnach in jedem von uns etwas von einem wilden Tier?«

»Ja.«

»Aber macht das die Tatsache akzeptabler?«

»Ich glaube, wir müssen akzeptieren, daß Gott uns so erschaffen hat. Wir sind nun einmal so und nicht anders. Wer könnte uns das zum Vorwurf machen?«

»Vielleicht hast du recht.«

»Wenn ein Mensch aus Sadismus tötet, wenn Morden jemandem eine perverse Befriedigung bereitet, oder wenn man nur für irgendein Ideal seine Gegner umbringt wie manche Revolutionäre – das ist Grausamkeit... oder Wahnsinn. Aber was du getan hast, war etwas ganz anderes. Der Selbsterhaltungstrieb gehört zu den mächtigsten Instinkten, die Gott uns eingepflanzt hat. Wir wollen überleben, selbst wenn wir dazu andere Menschen töten müssen. Steht nicht in der Bibel: ›Ein jegliches hat seine Zeit... geboren werden und sterben... würgen und heilen...‹«

Nach längerem Schweigen sagte Elliot leise: »Ich danke dir.«

»Wofür denn? Ich habe doch überhaupt nichts getan.«

»Du hast zugehört.«

»Dazu habe ich schließlich meine Ohren.«

»Und du hast sehr vernünftige Dinge gesagt.«

»Dafür habe ich meine Stimme.«

Er berührte ihre Brüste. »Und wofür hast du die?«

»Natürlich für dich.«

»Und dies hier?«

»Auch für dich.«

»Das ist ein schönes Geschenk.«

»Gefällt es dir?«

»Ich liebe es.«

»Dann tu's doch!«

»Ich glaube nicht, daß ich schon wieder dazu imstande bin.«

»O doch, das bist du.«

Diesmal war ihre Vereinigung langsamer und zärtlicher. Als Tina den Höhepunkt erreichte, spürte Elliot, wie die Lust sie überrollte wie eine Flutwelle. Sie zuckte und bebte wie eine zarte Unterwasserpflanze in unsichtbarer Strömung. Auch Elliot hielt sich nun nicht mehr zurück, und danach fühlte er sich völlig leer, angenehm erschöpft. Wenige Minuten später schlief Tina fest.

Auch Elliot war viel zu müde, um sich noch Gedanken über die gefährlichen Typen zu machen, die ihnen nach dem Leben trachteten. Er fiel ebenfalls in einen tiefen Schlaf.

28

Kurt Hensen, George Alexanders rechte Hand, döste während des unruhigen Fluges von Las Vegas nach Reno. Der kleine Düsenjet für zehn Passagiere, der ihrer Organisation gehörte, wurde von den Winden tüchtig gebeutelt. Hensen, ein stämmiger Mann mit weißblonden Haaren und grausamen Augen, hatte Angst vor dem Fliegen und mußte immer einige Beruhigungstabletten einnehmen, bevor er an Bord ging. Wenige Minuten nach dem Start schlummerte er dann stets ein.

Der zweite Passagier war George Alexander. Der Erwerb des Jets war seiner Meinung nach eine der wichtigsten Leistungen in den drei Jahren, seit er die Abteilung von Nevada leitete. Obwohl er mehr als die Hälfte seiner Arbeitszeit in seinem Büro in Las Vegas verbrachte, mußte er doch auch relativ oft andere Orte aufsuchen, sowohl in Nevada als auch in anderen Bundesstaaten. Im ersten Jahr hatte er

Linienflüge buchen müssen oder einen verläßlichen Privatpiloten für die konventionelle zweimotorige Maschine engagieren müssen, die sein Vorgänger aus dem Budget der Organisation abgezwackt hatte. George Alexander hatte es als absurd und kurzsichtig empfunden, daß ein Mann in seiner Position auf diese relativ primitiven Transportmittel angewiesen war. Seine Zeit war für das Land außerordentlich kostbar. Er hatte komplizierte Aufträge auszuführen, die oft dringende Entscheidungen anhand von Informationen aus erster Hand in weit entfernten Orten erforderten. Nach langwierigen Verhandlungen mit dem obersten Chef der Organisation hatte Alexander die Anschaffung des kleinen Jets durchgesetzt und daraufhin sogleich zwei Piloten – beide ehemalige Militärs – eingestellt.

Manchmal knauserte die Organisation zu ihrem eigenen Nachteil mit den Geldmitteln. Und George Lincoln Stanhope Alexander, der sowohl das beträchtliche Vermögen der pennsylvanischen Alexanders als auch die noch enormeren Reichtümer der Stanhopes aus Delaware im Hintergrund hatte, konnte absolut kein Verständnis für übertriebene Sparsamkeit aufbringen.

Er wußte natürlich, daß die geheime Organisation jeden Dollar zweimal umdrehen mußte, weil ihr Budget nur finanziert werden konnte, indem Geldmittel aus anderen Regierungsbehörden umgeleitet wurden. Drei Milliarden Dollar stammten beispielsweise jährlich aus dem Gesundheitsministerium. Ein Agent der Organisation, ein Mann namens Jacklin, hatte eine sehr hohe Position in diesem Ministerium. Seine Aufgabe war es, neue Wohlfahrtsprojekte zu entwickeln, den Gesundheitsminister und den Kongreß von ihrer Notwendigkeit zu überzeugen und sodann mit bürokratischen Tricks die Tatsache zu verschleiern, daß die Projekte nie realisiert wurden. Die riesigen Geldmittel flossen so in den Fond der Geheimorganisation. Im Gesundheitsministerium wurde ständig soviel Geld verschwendet, daß nicht einmal die drei Milliarden auffielen. Auch das

Verteidigungsministerium, dessen Budget etwas kleiner war, konnte für die Geheimorganisation immerhin eine Milliarde jährlich unauffällig abzweigen. Kleinere Summen – von hundert Millionen bis zu einer halben Milliarde – stammten aus anderen Ministerien.

Zugegebenermaßen, die Organisation zu finanzieren war nicht ganz einfach; aber andererseits war ein kleiner Jet für den Leiter der enorm wichtigen Abteilung von Nevada keine Extravaganz, und Alexander glaubte, durch seine besseren Leistungen im vergangenen Jahr auch den alten Mann in Washington davon überzeugt zu haben, daß diese Investition sich gelohnt hatte.

Alexander war stolz auf seine einflußreiche Position, aber gleichzeitig frustrierte es ihn, daß kaum jemand wissen durfte, wie bedeutend er war.

Manchmal beneidete er seinen Vater und seine Onkel. Die meisten von ihnen hatten ihrem Land offen gedient, in Positionen, wo jeder ihre Selbstlosigkeit und aufopfernde Tätigkeit bewundern konnte. Verteidigungsminister, Staatssekretär, Botschafter in Frankreich... Auf solchen Posten wurde ein Mann geschätzt und respektiert.

George hingegen war eine solch einflußreiche Position bis vor sechs Jahren verwehrt geblieben, bis zu seinem sechsunddreißigsten Lebensjahr. Zwar waren seine Tätigkeiten diplomatischer und geheimdienstlicher Natur nie eine direkte Beleidigung für seinen Familiennamen gewesen, aber es hatte sich doch stets um relativ unwichtige Posten in Asien und Südamerika gehandelt, und wichtige Zeitungen wie die New York Times hatten ihn nie auch nur einer Erwähnung gewürdigt.

Vor sechs Jahren war jedoch die neue Geheimorganisation gegründet worden, weil FBI und CIA durch die ständigen Angriffe in den Medien und im Kongreß stark geschwächt waren. Der Präsident hatte George mit der Aufgabe betraut, in Südamerika eine zuverlässige Abteilung der neuen, streng geheimen Organisation aufzubauen. Das war ein aufregender und wichtiger Auftrag gewesen. George hatte über die Verwendung von Summen in Millionenhöhe zu entscheiden gehabt, und mit der Zeit waren ihm Hunderte von Agenten in einem Dutzend Länder unterstellt gewesen. Nach drei Jahren hatte der Präsident sich über Georges Leistungen begeistert geäußert und ihn gebeten, die Leitung der Abteilung von Nevada zu übernehmen, an deren Spitze ein unfähiger Mann stand. Das war einer der sechs bedeutendsten Posten in der Hierarchie der Geheimorganisation. Der Präsident hatte George in Aussicht gestellt, daß er in nicht allzu ferner Zukunft zum Chef der gesamten Westlichen Division befördert werden könnte, und wenn er dort dann genauso hervorragende Arbeit leistete wie in Südamerika und Nevada, war es durchaus möglich, daß er eines Tages den Sessel des Direktors in Washington einnehmen und die volle Verantwortung für sämtliche in- und ausländischen Geheimdienstoperationen tragen würde. Dann wäre er einer der mächtigsten Männer in den Vereinigten Staaten; sein Einfluß würde über den eines Staatssekretärs oder Verteidigungsministers weit hinausgehen.

Aber er konnte niemandem von seiner glänzenden Karriere berichten. Er würde auch nicht mit öffentlichen Ehren überhäuft werden wie andere Mitglieder seiner Familie. Die Organisation war streng geheim und mußte es auch bleiben, wenn sie ihren Zweck erfüllen sollte. Über die Hälfte der Leute, die für sie arbeiteten, wußte nichts von ihrer Existenz; sie glaubten, im Dienste des FBI, CIA, des Finanzministeriums oder des Nachrichtendienstes zu stehen. Nur absolut vertrauenswürdige Mitarbeiter in höheren Positionen waren über die wahre Natur der Organisation informiert. Es war äußerst wichtig, daß speziell die Medien nichts von dieser ersten Geheimpolizei in der zweihundertjährigen Geschichte der Vereinigten Staaten erfuhren.

Während Alexander aus der schwach beleuchteten Kabine des Jets auf die Wolken hinabblickte, fragte er sich wieder einmal, was sein Vater und seine Onkel wohl sagen würden, wenn sie wüßten, daß er im Dienst seines Landes oft gezwungen gewesen war, Mordbefehle zu erteilen. Bei drei Missionen in Südamerika hatte er sogar selbst auf den Abzug drücken müssen, und das hatte ihm eine solche Befriedigung verschafft, daß er später bei verschiedenen Gelegenheiten freiwillig die Rolle des Vollstreckers übernommen hatte. Was würden die älteren Alexanders, die bekannten Staatsmänner, davon halten, daß er seine Hände mit Blut besudelt hatte? Daß es mitunter seine Pflicht war, den Befehl zum Töten zu geben, würde seine Familie wahrscheinlich verstehen. Alle Alexanders waren Idealisten, solange es um theoretische Diskussionen ging, aber wenn sie in der Praxis Entscheidungen treffen mußten, waren sie nüchterne Pragmatiker. Sie wußten genau, daß die Bereiche der inneren militärischen Sicherheit und der internationalen Spionage alles andere als Kinderspielplätze waren. Vielleicht würden sie ihm sogar verzeihen, daß er höchstpersönlich auf den Abzug gedrückt hatte. *Schließlich*, so dachte Alexander, *habe ich nie einen wirklich wertvollen Menschen getötet*. Seine Opfer waren stets Spione und Verräter gewesen, darunter einige kaltblütige Mörder. *Abschaum*, dachte er, *ich habe nur menschlichen Abschaum liquidiert*. Es war keine schöne Aufgabe, und doch war ihr ein gewisses Maß an echter Würde und Heldentum eigen. Zumindest sah George selbst seine Tätigkeit in diesem Licht. Er hielt sich für einen Helden. Und er war sicher, daß sein Vater und sein Onkel ihm ihren Segen geben würden – wenn er ihnen das alles erzählen dürfte.

Der Jet wurde plötzlich von besonders starken Höhenwinden erfaßt, und fast eine Minute lang schwankte und schaukelte er beängstigend.

Kurt Hensen schnaubte im Schlaf, wachte jedoch nicht auf.

Als der Flug etwas ruhiger wurde, blickte Alexander auf die milchigweißen, feminin anmutenden Rundungen der

Wolkenfelder hinab und dachte an Christina Evans. Die Frau war sehr reizvoll. Ihre Akte lag auf dem Nebensitz. Er schlug sie auf und betrachtete ihr Foto. Sehr attraktiv, gar kein Zweifel. Er beschloß, sie mit eigener Hand zu töten, und dieser Gedanke verschaffte ihm sogleich eine Erektion.

Töten bereitete ihm große Lust. Er versuchte nicht, sich selbst etwas vorzumachen, auch wenn er sein wahres Gesicht vor der ganzen Welt verbergen mußte. Sein Leben lang war er aus unerfindlichen Gründen vom Tod fasziniert gewesen, hatte sich intensiv damit beschäftigt. Und nun betrachtete er sich als eine Art Todesengel, als Scharfrichter von Gottes Gnaden. Exekutionen waren für ihn in vieler Hinsicht erregender und befriedigender als Sex. Er wußte, daß seine Vorliebe beim FBI oder in anderen Polizeiabteilungen, die im Licht der Öffentlichkeit standen, nicht lange geduldet worden wäre. Aber in dieser völlig unbekannten Geheimorganisation konnte er seiner Leidenschaft frönen.

Er schloß die Augen und dachte an Christina Evans.

29

In Tinas Traum war Danny am Ende eines langen Tunnels angekettet. Er saß in einer kleinen, grell beleuchteten Höhle, aber der Weg zu ihm lag im Dunkeln und sah bedrohlich aus. Danny rief immer wieder nach ihr, flehte sie an, ihn zu retten, bevor die Decke seines unterirdischen Kerkers einstürzen und ihn lebendig begraben würde. Sie machte sich auf den Weg zu ihm, fest entschlossen, ihn zu befreien, und etwas griff aus einem engen Spalt in der Felswand nach ihr. Aus diesem Spalt fiel weiches, feuriges Licht, und von dem rötlichen Hintergrund hob sich eine Silhouette ab. Im nächsten Moment blickte sie direkt ins grinsende Gesicht des Todes, der sie aus den Tiefen der Hölle zu beobachten schien. Die scharlachroten Augen. Die welke Haut.

Die Maden auf seiner Wange. Sie schrie entsetzt auf, aber dann bemerkte sie, daß der Tod sie nicht erreichen konnte. Der Spalt in der Wand war nicht breit genug, um ihm den Zutritt in den Tunnel zu ermöglichen; er konnte nur seinen Arm hindurchstrecken, und seine langen Knochenfinger versuchten vergeblich, sie zu packen. Danny begann wieder zu rufen, und sie ging weiter den dunklen Tunnel entlang. Ein Dutzendmal kam sie an Öffnungen in der Wand vorbei, und jedesmal starrte der Tod sie daraus an, brüllte und tobte und verfluchte sie, aber keine der Spalten war groß genug, als daß er hätte zu ihr gelangen können. Sie erreichte Danny, und als sie ihn berührte, fielen die Ketten an seinen Armen und Beinen von ihm ab. Sie sagte: »Ich hatte Angst«, und Danny sagte: »Ich habe die Öffnungen verkleinert, damit dir nichts geschehen konnte.«

Um halb neun am Freitagmorgen erwachte Tina lächelnd, aufgeregt. Sie rüttelte Elliot wach. Er blinzelte schläfrig und setzte sich auf. »Was ist passiert?«

»Danny hat mir soeben wieder einen Traum gesandt.«

Er sah ihr seliges Lächeln. »Offenbar war es diesmal kein Alptraum.«

»Nein. Danny will, daß wir zu ihm kommen. Er will, daß wir einfach in sein Gefängnis hineingehen und ihn befreien.«

»Wir wären tot, noch bevor wir ihn erreicht hätten. Wir können nicht einfach losstürmen wie die Kavallerie. Wir müssen ihn mit Hilfe der Medien und der Gerichte befreien. Wir beide können unmöglich die ganze Organisation, für die Kennebeck arbeitet, außer Gefecht setzen, und zusätzlich auch noch die Sicherheitskräfte eines geheimen militärischen Forschungszentrums.«

»Aber Danny wird dafür sorgen, daß uns nichts geschieht«, erklärte sie zuversichtlich. »Er wird uns mit seinen übersinnlichen Kräften helfen, zu ihm zu gelangen.«

»Das ist unmöglich.«

»Du sagtest doch, daß du inzwischen an seine Fähigkeiten glaubst?«

»Das stimmt auch«, erwiderte Elliot gähnend. »Ich glaube daran. Aber... wie sollte er uns helfen können? Wie kann er unsere Sicherheit garantieren?«

»Ich weiß es nicht. Aber das war es, was er mir mit dem Traum sagen wollte. Dessen bin ich mir ganz sicher.«

Sie erzählte ihm ihren Traum in allen Einzelheiten, und er mußte zugeben, daß ihre Interpretation nicht total an den Haaren herbeigezogen war.

»Aber selbst wenn Danny uns auf irgendeine Weise Zutritt verschaffen könnte«, sagte er, »wissen wir ja überhaupt nicht, wo sie ihn gefangenhalten.«

»Diese geheime Militäranlage, von der wir gesprochen haben...«

»Sie kann sich Gott weiß wo befinden. Vielleicht existiert sie sogar nur in unserer Fantasie. Und falls sie existiert, so bedeutet das noch lange nicht, daß Danny sich dort aufhält.«

»Sie existiert, und Danny ist dort!« erklärte sie überzeugter, als sie in Wirklichkeit war.

Sie spürte, daß Danny irgendwo in Reichweite war. Sie glaubte fast schon, ihn in ihren Armen zu halten, und sie wollte sich von niemandem entmutigen lassen.

»Okay«, sagte Elliot und rieb sich den Schlaf aus den Augen. »Nehmen wir einmal an, daß unsere Theorie stimmt, daß diese geheime Anlage tatsächlich existiert. Das hilft uns auch nicht weiter. Sie könnte überall im Gebirge sein.«

»Nein«, widersprach Tina. »Sie muß nur wenige Kilometer von der Stelle entfernt sein, wo Jaborski mit den Pfadfindern kampieren wollte.«

»Okay, du dürftest recht haben. Aber das läßt immer noch zuviele Möglichkeiten offen. Wie sollen wir dieses unwegsame Gelände absuchen?«

Tinas Zuversicht war unerschütterlich. »Danny wird uns den Weg weisen.«

»Er wird uns sagen, wo er ist?«

»Ich glaube, er wird es versuchen. Ich spürte es in meinem Traum.«

»Aber wie will er das machen?«

»Ich weiß es nicht. Aber ich habe das Gefühl, wenn wir irgendeine Möglichkeit fänden, seine Energie in bestimmte Bahnen zu lenken...«

Sie starrte auf das zerknitterte Bettlaken, so als könnten die Falten des Leinens sie inspirieren; ihr konzentrierter Gesichtsausdruck glich dem einer Zigeunerin, die aus Teeblättern weissagt. »Karten!« rief sie plötzlich.

»Was?«

»Gibt es nicht Geländekarten der Wildnis zu kaufen? Wanderer und andere Naturfreunde benötigen so etwas doch. Karten, auf denen Hügel, Täler, Fluß- und Bachläufe, Fußpfade, ehemalige Holzfällerwege und all sowas eingezeichnet sind. Ich bin sicher, daß Jaborski Karten hatte. Ich *weiß* es. Ich habe sie bei jenem Elternabend gesehen, als er erklärte, daß diese Reise absolut ungefährlich sei.«

»Ich nehme an, daß jedes Geschäft für Sportartikel zumindest Karten der näheren Teile der Sierras führen müßte.«

»Wenn wir eine solche Karte finden und ausbreiten... nun, vielleicht wird Danny dann eine Möglichkeit finden, uns zu zeigen, wo er ist.«

»Wie denn?«

»Ich bin mir noch nicht sicher.« Sie schlug die Decke zurück und sprang aus dem Bett. »Besorgen wir zuerst die Karten. Über alles andere können wir uns später Gedanken machen. Komm, wir duschen und ziehen uns an. In einer Stunde öffnen die Geschäfte.«

Wegen des Fehlschlags im Haus von Bellicosti kam George Alexander erst um halb sechs am Freitagmorgen ins Bett, und weil er immer noch zornig war, daß seine Untergebenen die Frau und Stryker wieder hatten entkommen lassen, konnte er nicht gleich einschlafen. Gegen sieben schlummerte er endlich ein, und um zehn war er wieder auf den Beinen, müde und wie zerschlagen.

Er hatte nicht etwa den Wecker auf zehn Uhr gestellt, sondern wurde vom Telefon aus dem Schlaf gerissen. Der Direktor rief aus Washington an. Sie konnten ganz offen sprechen, da sie eine abhörsichere Direktleitung benutzten, und der Direktor nahm wirklich kein Blatt vor den Mund. Der alte Herr war in Rage, und während Alexander die Beschuldigungen und Forderungen demütig über sich ergehen ließ, begriff er, daß seine ganze Zukunft auf dem Spiel stand. Wenn es ihm nicht gelang, die Frau und Stryker schnellstens zur Strecke zu bringen, konnte er seinen Traum vergessen, in einigen Jahren auf dem Stuhl des Direktors zu thronen.

Nach diesem unerfreulichen Gespräch rief Alexander im Büro an, absolut nicht in der Stimmung, sich anzuhören, daß Elliot Stryker und Christina Evans immer noch auf freiem Fuß waren. Aber genau das wurde ihm mitgeteilt. Er befahl, augenblicklich Männer von anderen Aufträgen abzukommandieren und ganz gezielt mit der Suche zu beauftragen.

»Ich wünsche, daß sie noch heute geschnappt werden!« sagte Alexander. »Dieser Bastard hat jetzt einen unserer Leute auf dem Gewissen. Er muß schnellstens umgelegt werden.«

Und ich möchte auch dieses Luder erwischen, dachte Alexander. Ich will, daß diese Frau stirbt!

30

In der näheren Umgebung des Hotels gab es zwei Geschäfte für Sportartikel und zwei Waffenhandlungen. Das erste Sportartikelgeschäft führte keine Landkarten, im zweiten waren sie zur Zeit ausverkauft. Tina und Elliot fanden schließlich, was sie suchten, in einem der Waffengeschäfte: zwölf Wildniskarten der Sierras für Wanderer und Jäger in einer Kunstledermappe zum stolzen Preis von hundert Dollar.

Sobald sie wieder in ihrem Hotelzimmer waren, breiteten sie eine der Karten auf dem Bett aus, und Elliot fragte: »Und was jetzt?«

Tina überlegte kurz, ging dann zum Schreibtisch und holte aus der mittleren Schublade einen billigen Kugelschreiber, auf dem der Name des Hotels aufgedruckt war. Mit dem Stift in der Hand setzte sie sich vor die Karte aufs Bett.

»Menschen, die an Okkultismus glauben, sprechen oft von ›automatischem Schreiben‹. Hast du schon einmal etwas davon gehört?«

»Aber sicher«, antwortete er. »Geisterschrift. Angeblich führt ein Geist die Hand eines Lebenden, um eine Botschaft aus dem Jenseits zu übermitteln. Ich habe das immer für totalen Blödsinn gehalten.«

»Nun, ich werde jetzt etwas Ähnliches versuchen. Nur erwarte ich nicht, daß ein Geist meine Hand führt. Ich hoffe, daß Danny es tun wird.«

»Müßtest du dazu nicht in Trance sein, wie ein Medium bei der Séance?«

»Ich weiß nicht. Ich werde einfach versuchen, mich völlig zu entspannen und ganz offen und aufnahmebereit zu sein. Ich werde den Kuli an die Karte halten, und vielleicht wird Danny uns dann die Route aufzeichnen.«

Elliot zog einen Stuhl ans Bett heran und nahm darauf Platz. »Ich glaube zwar nicht, daß das klappen könnte, aber ich werde hier mucksmäuschenstill sitzen und abwarten.«

Tina starrte auf die Karte und bemühte sich, an nichts zu denken. Ihr Blick verschwamm ein wenig.

Eine Minute verging.

Zwei Minuten. Drei.

Sie versuchte es mit geschlossenen Augen.

Wieder eine Minute. Zwei.

Nichts.

Sie drehte die Karte um und probierte es mit der anderen Seite.

Immer noch nichts.

»Gib mir eine andere Karte«, bat sie.

Elliot faltete die erste Karte zusammen und reichte ihr die zweite aus der Mappe.

Eine halbe Stunde später, bei der sechsten Karte, glitt ihre Hand plötzlich über das Papier, so als hätte jemand sie angestoßen.

Sie hatte das eigenartige Gefühl, als zöge jemand *innen* an ihrer Hand, und sie versteifte sich unwillkürlich.

Die Kraft wich sofort von ihr.

»Was war los?« erkundigte sich Elliot.

»Danny hat's probiert.«

»Bist du sicher?«

»Hundertprozentig. Aber ich war so überrascht, daß ich Widerstand leistete, und das muß den Kontakt unterbrochen haben. Zumindest wissen wir jetzt aber, daß dies hier die richtige Karte ist. Ich werde es noch einmal versuchen.«

Sie setzte die Mine des Kugelschreibers wieder auf den Kartenrand und konzentrierte sich.

Im Zimmer begann es kühl zu werden.

Sie bemühte sich, weder an die kalte Luft noch an andere Dinge zu denken.

Ihre rechte Hand, in der sie den Stift hielt, kühlte schneller ab als ihr übriger Körper. Wieder spürte sie jenes unangenehme Ziehen von innen her. Ihre Finger waren nun eiskalt. Plötzlich glitt ihre Hand über die Karte, zuerst im Zickzack, dann kreisförmig; der Schreiber vollführte ein wirres Gekritzel.

Nach etwa einer halben Minute fühlte sie, wie die Kraft ihre Hand verließ.

Die Karte flog in die Luft, so als hätte jemand sie vor Wut oder Frustration hochgeschleudert.

Elliot stand auf und griff danach.

Aber die Karte riß sich los und flog mit lautem Rascheln bis zur Wand und wieder zurück, bevor sie wie ein toter Vogel Elliot vor die Beine fiel.

»Allmächtiger Himmel!« murmelte er. »Wenn ich nächstes Mal in der Zeitung lese, daß jemand behauptet, in einer fliegenden Untertasse entführt worden zu sein und einen Rundflug durchs Universum gemacht zu haben, werde ich lieber nicht darüber lachen. Falls ich noch viele unbelebte Gegenstände herumtanzen sehe, werde ich *alles* glauben, ganz egal, wie absurd es sich anhören mag.«

Tina stand vom Bett auf und massierte ihre kalten Finger. »Ich leiste vermutlich immer noch zuviel Widerstand. Es ist so unheimlich, wenn Danny die Kontrolle übernimmt... ich versteife mich automatisch. Du hattest wahrscheinlich recht, daß man in Trance versetzt sein muß.«

»Ich befürchte, daß ich dir da nicht helfen kann«, sagte er. »Ich bin ein verdammt guter Koch, aber ich bin kein Hypnotiseur.«

»Hypnose! Na klar, das wird bestimmt helfen.«

»Vielleicht. Aber wie willst du einen Hypnotiseur finden? Sie haben normalerweise keinen Laden an der Straßenecke.«

»Billy Sandstone!« rief sie.

»Wer?«

»Er ist Hypnotiseur und lebt hier in Reno. Ein Bühnenkünstler. Der Große Sandstone. Es ist eine großartige Nummer. Ich wollte ihn für *Magyck!* verpflichten, aber er hatte leider einen Exklusivvertrag mit einer Hotelkette. Billy könnte mich hypnotisieren. Vielleicht werde ich dann entspannt genug sein, daß Danny die Route aufzeichnen kann.«

»Hast du Sandstones Telefonnummer?«

»Nein, und er hat wahrscheinlich eine Geheimnummer.

Aber ich habe die Nummer seines Agenten und kann auf diese Weise mit Billy Verbindung aufnehmen.«

Sie eilte zum Telefon.

31

Billy Sandstone war ein mittelgroßer Mann in den Dreißigern, der größten Wert auf Ordnung und ein gepflegtes Äußeres legte.

Seine Schuhe waren auf Hochglanz poliert, die Falten seiner Hose messerscharf gebügelt und sein blaues Sporthemd sah frisch gestärkt aus. Sein Haar war sehr kurz geschnitten, und sein sorgfältig gestutzter Schnurrbart wirkte fast wie aufgemalt.

Auch Billys Eßzimmer war überaus ordentlich und gepflegt. Die Möbel glänzten mit seinen Schuhen um die Wette. Auf dem Tisch stand eine geschliffene Kristallvase mit frischen Rosen. Die Vorhänge fielen in korrekten Falten herab. Selbst der größte Pedant hätte in diesem Zimmer kein Stäubchen entdecken können.

Sie breiteten die Karte auf dem Tisch aus und setzten sich.

»Automatisches Schreiben ist totaler Humbug, Tina. Das mußt du doch wissen.«

»Ich weiß es, Billy. Aber trotzdem möchte ich, daß du mich hypnotisierst.«

»Du bist doch sonst so vernünftig, Tina«, wandte Billy ein. »So etwas sieht dir überhaupt nicht ähnlich.«

»Ich weiß.«

»Wenn du mir verraten würdest, *warum*... Wenn ich wüßte, was das alles soll, könnte ich dir vielleicht besser helfen.«

»Wenn ich es dir erklären wollte, Billy«, sagte sie, »wären wir noch heute abend hier.«

»Länger!« warf Elliot ein.

»Und wir haben nicht viel Zeit«, fuhr Tina fort. »Glaub mir, es ist eine äußerst dringende und wichtige Sache.«

Sie hatten ihm nichts von Danny erzählt. Sandstone hatte nicht die geringste Ahnung, was sie mit der Hypnose bezwecken wollten.

»Ich verstehe, daß Ihnen die Sache lächerlich vorkommen muß, Billy«, sagte Elliot. »Sie fragen sich wahrscheinlich, ob ich ein armer Irrer bin, der Tina angesteckt hat.«

»Was aber nicht der Fall ist«, ergänzte Tina.

»Stimmt auffallend«, rief Elliot, »ihr Geist war nämlich schon verwirrt, lange bevor ich sie kennenlernte.«

Der Scherz lockerte Sandstone auf, was Elliot auch beabsichtigt hatte.

»Ich versichere Ihnen, Billy«, fügte Elliot ernst hinzu, »daß wir unseren Verstand nicht verloren haben. Und hier geht es wirklich um Leben und Tod.«

»Okay«, sagte Billy. »Ihr habt jetzt keine Zeit, mir die Geschichte zu erzählen. Das akzeptiere ich. Aber werdet ihr sie mir später einmal erzählen, wenn ihr es nicht mehr so verdammt eilig habt?«

»Ich verspreche es dir«, sagte Tina. »Ich werde dir alles erzählen. Aber versetz mich jetzt bitte in Trance.«

»In Ordnung.« Billy Sandstone trug einen goldenen Siegelring. Er streifte ihn kurz vom Finger und steckte ihn verkehrt herum an, so, daß das Wappen zur Handfläche hin wies. Dann hielt er die Hand vor Tinas Augen. »Schau den Ring an und hör' nur auf meine Stimme.«

»Warte einen Moment«, sagte sie und nahm die Kappe des roten Filzstiftes ab, den Elliot am Zeitungsstand des Hotels gekauft hatte. Er hatte den Rotstift vorgeschlagen, damit sie eventuelle neue Markierungen von den bisherigen sinnlosen Kritzeleien unterscheiden könnten. Sie setzte den Schreiber aufs Papier. »Okay, Billy, fang an.«

Elliot konnte nicht genau feststellen, von welchem Zeitpunkt an Tina unter Hypnose stand, und er hatte keine Ahnung, wie Sandstone das bewerkstelligt hatte. Der Mann bewegte nur seine Hand langsam vor Tinas Gesicht hin und her und redete mit ruhiger, rhythmischer Stimme auf sie ein, wobei er häufig ihren Namen erwähnte.

Um ein Haar wäre auch Elliot in Trance versetzt worden. Er blinzelte krampfhaft und löste sich mühsam aus dem Bann dieser melodischen Stimme.

Tina starrte ins Leere.

Der Hypnotiseur senkte seine Hand und steckte seinen Ring wieder korrekt an den Finger. »Du schläfst jetzt tief, Tina.«

»Ja.«

»Deine Augen sind geöffnet, aber du schläfst ganz tief.«

»Ja.«

»Du wirst in diesem tiefen Schlaf bleiben, bis ich dir aufzuwachen befehle. Hast du verstanden?«

»Ja.«

»Du wirst völlig passiv bleiben, bis du den Drang verspürst, den Stift in deiner Hand zu benutzen.«

»Ja.«

»Wenn du diesen Drang verspürst, wirst du ihm keinen Widerstand entgegensetzen. Du wirst ihm nachgeben. Verstanden?«

»Ja.«

»Du wirst dich nicht ablenken lassen, falls Elliot und ich uns unterhalten. Du wirst nur reagieren, wenn ich dich direkt anspreche. Verstanden?«

»Ja.«

Sie warteten.

Eine Minute verging, eine zweite.

Billy Sandstone beobachtete Tina anfangs intensiv, doch nach kurzer Zeit begann er ungeduldig auf seinem Stuhl hin und her zu rutschen. Er blickte zu Elliot hinüber und sagte: »Ich glaube nicht, daß diese blödsinnige Geisterschrift...«

Die Karte raschelte und ließ ihn mitten im Satz verstummen. Ihre Ecken rollten sich auf und entrollten sich, immer und immer wieder.

Die Luft wurde kühler.

Die Karte hörte auf sich zu bewegen. Das Rascheln verstummte.

Tina senkte ihren Blick auf die Karte, und ihre Hand begann langsam und zögernd über das Papier zu gleiten. Sie hinterließ eine dünne, rote Linie, die Elliot paradoxerweise an einen Blutfaden erinnerte.

Sandstone rieb sich die Arme, denn im Zimmer wurde es immer kälter. Er warf einen Blick auf die Heizung und wollte aufstehen.

»Bleiben Sie ruhig sitzen«, riet ihm Elliot. »Sie brauchen die Heizung nicht zu kontrollieren. Das Airconditioning ist nicht eingeschaltet, und die Anlage spendet noch die gleiche Wärme wie vorhin.«

»Was?«

»Die Kälte kommt von dem... von dem Geist«, erklärte Elliot, der beschlossen hatte, lieber in der Terminologie des Okkultismus zu bleiben, um nicht die ganze Geschichte über Danny erzählen zu müssen.

»Geist?«

»Ja.«

»Wessen Geist?«

»Das weiß ich nicht so genau.«

»Meinen Sie das ernst?«

»O ja.«

Sandstone starrte ihn an, so als wollte er sagen: Sie sind total verrückt, aber sind Sie auch gefährlich?

Elliot deutete auf die Karte.

Während Tinas Hand langsam über das Papier glitt, begannen sich die Ecken wieder aufzurollen und zu entrollen.

»Wie macht sie das nur?« fragte Sandstone.

»Das macht nicht sie.«

»Vermutlich der Geist?«

»So ist es.«

Ein schmerzlicher Ausdruck huschte über Billys Gesicht, so als bereite ihm Elliots Glaube an Geister echtes physisches Unbehagen. Billy hatte offenbar ein festes Weltbild, das so geordnet war wie er selbst und seine Wohnung, und wenn er erst einmal anfinge, an Geister zu glauben, würde er auch seine Meinungen über viele andere Dinge ändern müssen, und dann würde das Leben in ein unerträgliches Chaos einmünden.

Der Hypnotiseur hatte Elliots volles Mitgefühl. Auch er sehnte sich im Augenblick verzweifelt nach dem streng strukturierten Leben in seiner Anwaltskanzlei, nach den logisch aufgebauten Paragraphen der Gesetzbücher und den unabänderlichen Regeln im Gerichtssaal.

Tina ließ den Stift aus ihren Fingern fallen und blickte von der Karte auf.

»Bist du fertig?« fragte Billy sie.

»Ja.«

»Bist du ganz sicher?«

»Ja.«

Mit wenigen einfachen Sätzen und einem Händeklatschen weckte der Hypnotiseur sie aus dem Trancezustand auf.

Sie blinzelte verwirrt, dann betrachtete sie die Route, die sie auf der Karte eingezeichnet hatte. »Es hat geklappt, Elliot!« rief sie. »Mein Gott, es hat tatsächlich funktioniert!«

»Sieht ganz so aus.«

Sie deutete auf das Ende der roten Linie. »Hier ist er, Elliot. Hier halten sie ihn gefangen.«

»Es wird nicht einfach sein, in dieses unwegsame Gelände vorzudringen«, meinte Elliot.

»Wir können es schaffen. Wir brauchen nur gute warme Kleidung und Schneeschuhe, falls wir sehr weit laufen müssen. Kannst du mit Schneeschuhen umgehen? Sehr schwierig wird es wohl nicht sein.«

»Halt, nicht so schnell«, dämpfte Elliot ihre Begeisterung. »Ich bin noch nicht überzeugt, daß dein Traum wirklich das bedeutete, was du glaubst. Ich weiß nach deiner

Schilderung des Inhalts nicht so recht, wie du zu der Schlußfolgerung kommst, daß Danny uns helfen wird, in die Anlage hineinzukommen. Vielleicht werden wir feststellen müssen, daß wir die Sicherheitssysteme nicht überwinden können.«

Billy Sandstone blickte völlig verdutzt von Tina zu Elliot.

»Es war nicht allein der *Inhalt* des Traumes, der mich zu dieser Schlußfolgerung führte. Viel wichtiger war, was ich dabei *fühlte*, aber das kann ich dir nicht erklären. Du könntest das nur verstehen, wenn du selbst diesen Traum gehabt hättest. Ich bin sicher, daß Danny mir sagen wollte, er könne uns helfen, zu ihm zu gelangen. Bin ich ein Mensch, der voreilig irgendwelche Schlüsse zieht?«

»Nein«, gab Elliot zu. Er zog die Karte zu sich heran und studierte die eingezeichnete Route sehr aufmerksam.

»Ich sagte, er würde uns zeigen, wo man ihn gefangenhält, und er hat es getan. Warum sollte ich dann nicht auch recht haben, daß er uns helfen wird, in sein Gefängnis hineinzukommen?«

»Es ist nur . . . wir würden ihnen damit direkt in die Arme laufen«, warnte Elliot.

»In wessen Arme?« erkundigte sich Billy, den seine beiden Besucher völlig vergessen zu haben schienen.

»Elliot, und was geschieht, wenn wir hierbleiben und uns verstecken, in der vagen Hoffnung, eine andere Lösung zu finden? Wieviel Zeit bleibt uns? Nicht viel. Sie werden uns früher oder später finden, und dann werden sie uns umbringen.«

»Umbringen?« rief Billy.

»Wir sind ihnen bisher entkommen, weil wir aktiv und angriffslustig waren«, fuhr Tina fort. »Wenn wir unser Verhalten ändern, wenn wir plötzlich übervorsichtig werden, könnte das unseren Untergang und nicht unsere Rettung bedeuten.«

»Ihr beide hört euch so an, als befändet ihr euch mitten in einem Krieg«, kommentierte Billy.

»Du hast vermutlich recht«, sagte Elliot, an Tina gewandt. »Ich habe beim Militär gelernt, daß man hin und wieder stehenbleiben muß, um die Truppen neu zu formieren, daß es aber verhängnisvoll sein kann, viel zu lange an einem Ort zu verharren.«

»Sollte ich mir vielleicht die Nachrichten anhören?« fragte Billy. »*Ist* ein Krieg ausgebrochen?«

»Was werden wir außer der warmen Kleidung, den Stiefeln und Schneeschuhen sonst noch benötigen?« erkundigte sich Elliot bei Tina.

»Einen Jeep.«

»Das ist eine schwierige Bestellung.«

»Wie wär's mit einem Panzer?« fragte Billy.

Nachdem Tina und Elliot beschlossen hatten, der Traumbotschaft zu vertrauen, waren sie so von der geplanten Rettungsoperation in Anspruch genommen, daß sie Sandstones Kommentare kaum zur Kenntnis nahmen.

»Wir brauchen unbedingt einen Jeep«, meinte Tina, »oder ein anderes Fahrzeug mit Vierradantrieb. Wir wollen doch nicht weiter als unbedingt notwendig zu Fuß gehen. Vielleicht läßt sich eine Wanderung überhaupt vermeiden. Es muß doch eine Straße zu dieser Anlage führen, auch wenn sie noch so geheim ist. Wenn alles gut geht, werden wir auf dem Rückweg Danny bei uns haben, und ich glaube nicht, daß sein Zustand einen langen Fußmarsch erlauben wird.«

»Ich könnte mir natürlich Geld von meiner Bank in Vegas hierher überweisen lassen«, sagte Elliot, »aber das würde sie möglicherweise auf unsere Spur führen. Und außerdem sind die Banken während der Feiertage geschlossen. Wir könnten also erst nächste Woche etwas unternehmen, und bis dahin haben sie uns vielleicht geschnappt.«

»Und was ist mit deiner American-Express-Karte?« fragte Tina.

»Du meinst, ich soll damit einen Jeep kaufen?«

»Es gibt doch kein Limit für die Karte, oder?«

»Nein, aber...«

»Ich habe einmal in der Zeitung von einem Mann gelesen, der mit seiner Kreditkarte einen Rolls-Royce gekauft hat. So etwas geht durchaus, wenn gewährleistet ist, daß die Rechnung bezahlt wird, wenn sie einen Monat später eingeht.«

»Es hört sich verrückt an, aber versuchen könnten wir's ja mal.«

»Ich habe einen Jeep«, sagte Billy Sandstone.

»Suchen wir erst einmal die Adresse des Händlers raus«, schlug Tina vor. »Dann werden wir ja sehen, ob sie die Kreditkarte akzeptieren.«

»Ich habe einen Jeep!« brüllte Sandstone.

Beide blickten ihn völlig verwirrt an.

»Ich trete jeden Winter einige Wochen lang am Lake Tahoe auf«, erklärte Billy. »Ihr wißt ja, wie es dort um diese Jahreszeit aussieht. Schnee bis zum Hintern. Und ich hasse es, das Pendelflugzeug Tahoe–Reno zu benutzen, weil die Maschine so verdammt klein ist. Und der Flughafen von Tahoe ist auch nicht gerade vertrauenerweckend. Deshalb fahre ich meistens einen Tag vor meinem ersten Auftritt mit dem Jeep runter. Das ist bei schlechtem Wetter im Gebirge das einzig sichere Fahrzeug.«

»Fährst du in den nächsten Tagen nach Tahoe?« erkundigte sich Tina.

»Nein, erst Ende des Monats.«

»Brauchen Sie den Jeep am Wochenende?« fragte Elliot.

»Nein.«

»Würden Sie ihn uns leihen?«

»Nun... ich glaube schon.«

Tina beugte sich über den Tisch, nahm Billys Kopf zwischen ihre Hände, zog ihn zu sich heran und küßte ihn. »Du bist ein Lebensretter, Billy. Und das meine ich im buchstäblichen Sinne.«

»Ich will verdammt sein«, sagte Elliot, »aber mir kommt es so vor, als hätten wir eine Glückssträhne. Vielleicht wird es uns tatsächlich gelingen, Danny dort rauszuholen.«

»Es *wird* uns gelingen«, versicherte Tina. »Ich weiß es.«

Die Rosen in der Kristallvase wirbelten umher wie eine Gruppe rothaariger Tänzerinnen.

Billy Sandstone sprang erschrocken auf und warf dabei seinen Stuhl um.

Die Vorhänge öffneten und schlossen sich immer wieder, obwohl kein Mensch in ihrer Nähe war.

Der kupferne Kronleuchter begann sich langsam im Kreis zu drehen.

Billy starrte mit weit aufgerissenem Mund auf die scheinbar zum Leben erwachten Gegenstände.

Elliot wußte genau, wie dem Hypnotiseur zumute war, und der Mann tat ihm herzlich leid.

Nach dreißig oder vierzig Sekunden war der ganze Spuk vorüber.

Im Zimmer wurde es rasch wieder warm.

»Wie habt ihr das nur gemacht?« wollte Billy wissen.

»Das waren nicht wir«, antwortete Tina.

»Bitte kein Geist!« flehte Billy.

»Nein, es war auch kein Geist«, beruhigte ihn Elliot.

»Ich borge euch meinen Jeep«, sagte Billy, »aber zuerst müßt ihr mir erzählen, was in aller Welt los ist. Es ist mir egal, wie eilig ihr es habt. Ihr könnt mir doch wenigstens das Wichtigste in Stichworten sagen. Andernfalls werde ich vor Neugier sterben.«

Tina sah Elliot fragend an. »Was meinst du?«

»Billy, es dürfte besser für Sie sein, wenn Sie nichts wissen«, sagte Elliot.

»Unmöglich.«

»Wir kämpfen gegen eine Gruppe verdammt gefährlicher Typen. Wenn die auch nur vermuten, daß Sie etwas wissen...«

»Hören Sie«, fiel Billy ihm ins Wort. »Ich bin nicht nur Hypnotiseur, sondern auch so eine Art Magier. Das war mein großer Berufstraum, aber leider fehlte mir das Geschick dafür. Deshalb muß ich meine Auftritte in erster Linie auf Hypnose konzentrieren. Aber die Magie ist nun einmal meine große Liebe. Ich muß einfach wissen, wie dieser Trick mit den Rosen und den Vorhängen funktioniert. Und auch der mit den aufgerollten Kartenecken. Ich *muß* es wissen!«

An diesem Morgen war es Elliot zu Bewußtsein gekommen, daß er und Tina die einzigen Menschen waren, die wußten, daß die offizielle Version über den Unfall in der Sierra eine gemeine Lüge war. Wenn sie beide umgebracht wurden, würde die Wahrheit mit ihnen sterben, und die Vertuschung würde weitergehen. In Anbetracht des hohen Preises, den sie für die wenigen Bruchstücke an Information bisher schon bezahlt hatten, war ihm der Gedanke unerträglich, daß all ihre Ängste und Qualen umsonst gewesen sein könnten.

»Haben Sie einen Kassettenrecorder, Billy?« fragte er deshalb.

»Klar. Aber es ist nur ein kleines tragbares Gerät. Ich verwende es, wenn ich neue Nummern einstudiere, zur Kontrolle.«

»Das wird vollkommen ausreichen«, sagte Elliot. »Hauptsache, es funktioniert. Wir werden Ihnen in Kurzform erzählen, worum es bei dieser Sache geht, und diesen Bericht gleichzeitig aufnehmen. Dann werde ich die Kassette meinem Partner mit der Post zuschicken.« An Tina gewandt, fügte er hinzu: »Keine große Rückendeckung, aber besser als nichts.«

»Ich hole den Recorder«, rief Billy und eilte eifrig aus dem Zimmer.

Tina faltete die Karte zusammen.

»Es ist schön, dich wieder lächeln zu sehen«, sagte Elliot.

»Ich muß verrückt sein«, erwiderte sie. »Vor uns liegt noch ein schwieriges und gefährliches Stück Arbeit. Wir haben immer noch diese Mörderbande auf dem Hals. Wir wissen nicht, was uns dort im Gebirge erwartet. Warum fühle ich mich also plötzlich so großartig?«

»Weil wir nicht mehr davonlaufen«, sagte Elliot. »Weil wir in die Offensive gehen. Und so tollkühn das auch sein mag, so stärkt es doch das Selbstbewußtsein.«

»Können wir zwei gegen eine große Regierungsorganisation wirklich ein Chance haben?«

»Nun«, antwortete Elliot, »ich glaube zufällig, daß Individuen eher zu verantwortungsbewußtem und moralischem Handeln fähig sind als irgendwelche Institutionen. Zumindest stehen wir also auf der Seite der Gerechtigkeit. Und ich glaube auch, daß Individuen schlauer und für den Überlebenskampf besser gerüstet sind als Regierungsinstitutionen. Hoffen wir nur, daß meine Philosophie sich nicht als unausgegorener Quatsch erweist.«

Um halb zwei kam Kurt Hensen in George Alexanders Büro. »Der Wagen, den Stryker bei Avis gemeldet hatte, ist gefunden worden. Er steht auf einem öffentlichen Parkplatz, etwa drei Blocks von hier entfernt.«

»Wurde er vor kurzem benutzt?« fragte Alexander.

»Nein. Der Motor ist kalt, und die Fenster sind vereist. Er muß über Nacht dort abgestellt gewesen sein.«

»Dieser Kerl ist nicht dumm«, sagte Alexander. »Er hat den verdammten Karren vermutlich aufgegeben.«

»Soll ich das Auto trotzdem beobachten lassen?«

»Ja«, erwiderte Alexander. »Früher oder später werden sie einen Fehler machen. Vielleicht kommen sie doch noch zum Wagen zurück. Ich glaube es zwar nicht, aber möglich wäre es immerhin.«

Hensen verließ den Raum.

Alexander holte ein Valium aus einem Tablettenröhrchen, das er immer in seiner Sakkotasche hatte, und spülte die Pille mit einem Schluck Eiswasser hinunter. Es war schon sein zweites Valium, seit er vor dreieinhalb Stunden aufgestanden war, aber er war immer noch nervös.

Stryker und die Frau erwiesen sich als ebenbürtige Gegner.

Alexander machte sich nichts aus ebenbürtigen Gegnern. Ihm waren Schwächlinge wesentlich lieber.

Wo steckte nur dieses verdammte Pärchen?

32

Die kahlen Laubbäume ragten wie vielarmige dunkle Skelette empor. Die Nadelbäume – Fichten, Rottannen, Kiefern und Lärchen – bogen sich unter der Schneelast. Ein scharfer Wind jagte die tiefhängenden Wolken über den düsteren Himmel und peitschte eisige Schneeflocken gegen die Windschutzscheibe des Jeeps.

Tina betrachtete ehrfürchtig den prächtigen Wald, der immer dichter wurde, je weiter sie auf der schmalen Landstraße nach Norden kamen. Vor einer Viertelstunde waren sie von der Interstate 80 abgebogen, entsprechend der Route, die Danny aufgezeichnet hatte. In kurzer Zeit würden sie auch von dieser zweispurigen Teerstraße auf einen Weg abbiegen müssen, der auf der Karte als ›ungepflastert, nicht lehmig‹ gekennzeichnet war, was immer das auch bedeuten mochte.

Nachdem sie Billy Sandstones Haus in seinem Jeep verlassen hatten, waren Tina und Elliot nicht ins Hotel zurückgekehrt, weil sie beide die Vorahnung gehabt hatten, daß ausgesprochen unfreundliche Zeitgenossen sie in ihrem Zimmer erwarten würden.

In einem Sportartikelgeschäft hatten sie wetterfeste Kleidung, Stiefel, Schneeschuhe, Lebensmittelkonserven und einige andere lebenswichtige Dinge gekauft. Wenn die Rettungsaktion so erfolgreich verlaufen würde, wie Tinas Traum es zu prophezeien schien, würden sie die meisten Gegenstände nicht benötigen. Aber falls der Jeep im Gebirge eine Panne bekam oder sich sonst etwas Unvorhergesehenes ereignen sollte, wollten sie wenigstens halbwegs ordentlich ausgerüstet sein.

Elliot hatte auch hundert Schuß Munition für die Pistole erworben, um bei der Begegnung mit ihren Feinden nicht ganz wehrlos zu sein.

Danach hatten sie Reno in westlicher Richtung, auf das Gebirge zu, verlassen, in einer Raststätte angehalten und sich auf den Toiletten umgezogen. Elliots kälteisolierter Anzug war grün mit einem gelben Streifen auf jeder Seite, der von Tina war blau und hatte weiße Streifen. Sie sahen wie zwei Skifahrer aus, die auf dem Weg zu den Pisten waren.

Als sie das Gebirge erreicht hatten, war ihnen klar geworden, wie bald schon die Dunkelheit über die Täler und Hohlwege hereinbrechen würde, und sie hatten überlegt, ob es klug war weiterzufahren, ob sie nicht lieber nach Reno zurückkehren, sich irgendwo wieder ein Hotelzimmer nehmen und am nächsten Morgen wieder losfahren sollten. Aber dazu hatten sie beide nicht die geringste Lust verspürt. Möglicherweise würden sie ihren Entschluß, nicht umzukehren, noch bereuen, aber genauso gut konnte es sich als Vorteil erweisen, sich der geheimen Anlage im Schutze der Dunkelheit zu nähern. Ausschlaggebend für ihren Entschluß war die Tatsache, daß sie von großem Elan erfüllt waren, daß sie das Gefühl hatten, das Glück sei momentan auf ihrer Seite, und daß sie das Schicksal nicht versuchen wollten, indem sie die Fahrt aufschoben.

Und nun waren sie also auf der Landstraße unterwegs, die stetig bergauf führte. Schneepflüge hatten die Fahrbahn geräumt; der Schnee türmte sich nun rechts und links bis zu zwei Meter Höhe.

Tina warf einen Blick auf die Karte, die auf ihren Knien lag. »Jetzt müßte die Abzweigung bald kommen.«

»Ganz schön einsam hier, was?« sagte Elliot.

»Ich habe das Gefühl, daß die ganze Zivilisation vernichtet werden könnte, und hier draußen würde man das überhaupt nicht mitbekommen.«

Sie hatten seit etwa drei Kilometern kein Gebäude mehr

gesehen, und seit fünf Kilometern waren sie keinem anderen Fahrzeug begegnet.

Die Dämmerung senkte sich über den Winterwald, und Elliot schaltete die Scheinwerfer ein.

Auf der linken Straßenseite kam in dem hohen Schneewall eine Lücke in Sicht. Elliot brachte den Jeep an dieser Stelle zum Stehen. Ein schmaler Weg bog hier von der Landstraße in die Wälder ab. Die Bäume bildeten einen regelrechten Tunnel um ihn, so daß er schon nach fünfzehn oder zwanzig Metern im Dunkeln nicht mehr zu erkennen war. Auch dieser Weg war von Schneepflügen geräumt worden; er war nicht geteert, hatte aber einen alten Kiesbelag; die Schlaglöcher waren jetzt mit hartem Schnee angefüllt.

»Das dürfte die ›ungepflasterte, nicht lehmige‹ Straße sein, von der auf der Karte die Rede ist«, sagte Tina.

»Zweifellos.«

»Ein ehemaliger Holzfällerweg?«

»Sieht mir eher nach dem Weg aus, der in alten Filmen immer zu Draculas Schloß führt«, kommentierte Elliot.

»Keine sehr ermutigende Feststellung.«

»Tut mir leid.«

»Leider hast du recht. Er sieht *wirklich* aus wie der Weg zu Draculas Schloß!«

Sie wagten sich mutig in diesen Baumtunnel, der in die Tiefe des Waldes führte.

33

In dem langen rechteckigen Raum drei Stockwerke unter der Erde summten, piepsten, klapperten und wisperten die Computer.

Dr. Carlton Dombey, der vor zwanzig Minuten seinen Dienst angetreten hatte, saß an einem der Tische vor der

Nordwand und studierte aufmerksam eine Serie Röntgenbilder und die dazugehörigen Computeranalysen.

»Hast du dir die Aufnahmen angesehen, die heute morgen vom Gehirn des Jungen gemacht wurden?« fragte er schließlich seinen Kollegen.

Dr. Aaaron Zachariah wandte sich von den Computerbildschirmen ab. »Ich wußte überhaupt nicht, daß es neue Bilder gibt.«

»Eine ganze Serie.«

»Irgendwas Interessantes?«

»Ja«, antwortete Dombey. »Die Wucherung auf dem Scheitellappen, die vor etwa sechs Wochen aufgetaucht ist.«

»Was ist damit?«

»Sie ist größer und dunkler geworden.«

»Dann ist es also tatsächlich ein bösartiger Tumor?«

»Das läßt sich noch nicht sagen.«

»Gutartig?«

»Das steht auch noch nicht fest.«

»Und welche Diagnose stellt der Computer?«

»Keine eindeutige«, erwiderte Dombey. »Diese Wucherung weist nicht alle spezifischen Besonderheiten eines Tumors auf.«

»Könnte es sich um Narbengewebe handeln?«

»Sieht nicht so aus.«

»Ein Blutgerinnsel?«

»Der Computer sagt entschieden nein.«

»Hat das verdammte Ding überhaupt etwas Nützliches zu sagen?«

»Vielleicht«, meinte Dombey. »Ich bin mir nicht sicher, ob es nützlich ist oder nicht.« Er runzelte die Stirn. »Eigenartig ist es auf jeden Fall.«

»Spann mich nicht so auf die Folter«, sagte Zachariah und trat an den Tisch heran, um selbst einen Blick auf die Aufnahmen zu werfen.

»Nach Ansicht des Computers hat das Gewächs die Struktur von normalem Gehirngewebe.«

Zachariah starrte ihn an. »Sag das noch einmal!«

»Der Computer meint, es könnte ein neues Stück Gehirngewebe sein.«

»Aber das ergibt doch überhaupt keinen Sinn.«

»Ich weiß.«

»Das Gehirn beginnt doch nicht plötzlich neue kleine Knoten zu bilden, die kein Mensch je zuvor gesehen hat.«

»Ich weiß.«

»Ich habe den Eindruck, daß der Computer dringend überprüft werden muß. Er spinnt offenbar total.«

»Sie haben ihn heute nachmittag kontrolliert«, sagte Dombey und deutete auf einen Stapel Print-outs auf dem Tisch. »Angeblich ist er hundertprozentig in Ordnung.«

»Genau wie die Heizungsanlage drüben im Isolierraum«, erwiderte Zachariah sarkastisch.

Dombey studierte immer noch die Testauswertungen und strich dabei mit einem Finger über seinen Schnurrbart. »Der Computer hat festgestellt, daß das Wachstum dieser Wucherung am Scheitellappen genau proportional zu der Anzahl von Injektionen verläuft, die der Junge erhalten hat. Das Gewächs tauchte nach der ersten Spritzenserie vor sechs Wochen auf. Je häufiger der Junge infiziert wird, desto schneller wächst das Gebilde im Gehirn.«

»Dann *muß* es ein Tumor sein«, erklärte Zachariah.

»Wahrscheinlich.«

Zachariah warf einen Blick auf das Fenster, durch das man die Vorgänge in der Isolierkammer beobachten konnte. »Verdammt, es geht schon wieder los!«

Zachariah eilte ans Fenster.

Dombey starrte die gefrorene Scheibe nachdenklich an. »Weißt du was? Das Problem mit dem Fenster – es tauchte zur gleichen Zeit auf wie dieses Gewächs am Scheitellappen.«

Zachariah drehte sich nach ihm um. »Na und?«

»Kommt dir das nicht äußerst merkwürdig vor?«

»Reiner Zufall, was denn sonst?«

»Nun ja...«

»Was geht dir im Kopf herum?«

»Könnte es nicht vielleicht einen Zusammenhang zwischen diesem Hirngewächs und dem Frost geben?«

»Willst du damit andeuten, daß der Junge für die Veränderungen der Lufttemperatur verantwortlich sein könnte?«

»Wäre das nicht denkbar?«

»Wie sollte so etwas möglich sein?«

»Das weiß ich nicht.«

»Nun, du hast diese Frage doch aber aufgeworfen.«

»Ich weiß es nicht«, wiederholte Dombey.

»Es ergibt keinen Sinn«, stellte Zachariah fest. »Überhaupt keinen Sinn. Wenn du weiterhin auf so merkwürdige Ideen kommst, Carl, wird man demnächst nicht nur die Computer und die Heizungsanlage überprüfen müssen, sondern auch deinen Geisteszustand.«

34

Der Kiesweg führte tief in den Wald hinein. Er war insgesamt relativ gut befahrbar, obwohl der Jeep dreimal in tiefe Bodensenken geriet.

Die Äste hingen von beiden Seiten immer tiefer herab, bis die eisverkrusteten Nadeln schließlich häufig über das Dach des Jeeps kratzten, was sich anhörte, als führe jemand mit den Fingernägeln über eine Schiefertafel.

Sie fuhren an einigen Schildern vorbei, die besagten, daß dieser Weg zu einem Naturreservat führe und nur mit einer Sondererlaubnis befahren werden dürfe.

»Ob sie diese geheime Militäranlage vielleicht als Naturreservat tarnen?« überlegte Elliot laut.

»Nein«, meinte Tina. »Dazu müßte man auf diesem Weg fünfzehn Kilometer zurücklegen. So ist es jedenfalls auf der Karte eingetragen. Laut Dannys Instruktionen müssen wir aber nach etwa acht Kilometern in nördliche Richtung abbiegen.«

»Wir haben schon fast acht Kilometer zurückgelegt, seit wir die Landstraße verlassen haben.«

Äste kratzten über das Dach, und Pulverschnee rieselte über die Windschutzscheibe auf die Motorhaube.

Während die Scheibenwischer den Schnee zur Seite schoben, beugte sich Tina plötzlich vor und spähte ins Scheinwerferlicht hinaus. »Halt mal an! Ich glaube, das muß die Abzweigung sein.«

Obwohl Elliot nur mit fünfzehn Stundenkilometern fuhr, konnte er den Jeep nicht rechtzeitig zum Stehen bringen, sondern mußte ein Stückchen zurücksetzen, bevor die Scheinwerfer auf den Weg fielen, den Tina entdeckt hatte.

»Er ist nicht geräumt«, sagte Elliot.

»Aber schau dir nur mal die vielen Reifenspuren an.«

»Ja, du hast recht.«

»Das ist der Weg, den wir einschlagen müssen, um zu Danny zu gelangen!« rief Tina zuversichtlich.

»Nur gut, daß wir den Jeep haben.«

Er bog auf den verschneiten Weg ein. Der Jeep, der mit Vierradantrieb und schweren Ketten an den Winterreifen ausgerüstet war, kam mühelos vorwärts.

Nach etwa hundert Metern stieg der Weg etwas an und beschrieb eine scharfe Rechtskurve. Dahinter standen die Bäume plötzlich nicht mehr so dicht am Rand, und Elliot und Tina konnten zum erstenmal, seit sie die Landstraße verlassen hatten, wieder freien Himmel über sich sehen.

Inzwischen war die Dunkelheit hereingebrochen.

Vor ihnen erstreckte sich eine völlig schneefreie, geteerte Straße, von der Dampf aufstieg und die stellenweise sogar völlig trocken war.

»Sie wird offenbar beheizt«, sagte Elliot.

»Und das hier – mitten in der Wildnis!«

Er hielt an, nahm die geladene Pistole vom Sitz und entsicherte sie für den Fall, daß es auf jede Sekunde ankommen würde.

»Wir können immer noch umkehren«, murmelte Tina.

»Möchtest du das?«

»Nein.«

»Ich auch nicht.«

Nach etwa hundertzwanzig Metern beschrieb die Straße eine scharfe Linkskurve, und zwanzig Meter weiter war sie durch ein hohes Gatter versperrt. Auf beiden Seiten dieses Gatters zog sich ein zwei Meter fünfzig hoher Stacheldrahtzaun in die Wälder hinein. Auch das Gatter selbst war mit Stacheldraht versehen und an der oberen Kante mit Spikes besetzt.

Rechts daneben war ein großes Schild angebracht:

PRIVATGELÄNDE
ZUTRITT NUR MIT KARTE
UNBEFUGTES BETRETEN BEI STRAFE VERBOTEN!

»Sie tarnen ihre Anlage als privaten Landbesitz«, sagte Tina.

»Und was jetzt?« fragte Elliot. »Du hast wohl nicht zufällig eine Karte bei dir, die das Gatter öffnen würde?«

»Danny wird uns helfen«, versicherte sie.

»Und wie lange sollen wir hier warten?«

»Nicht lange«, antwortete sie, und da schwang das Gatter auch schon auf.

»Verdammt noch mal!« rief Elliot.

Die beheizte Straße verlor sich vor ihnen in der Dunkelheit.

»Wir kommen, Danny«, sagte Tina ruhig.

»Und wenn nun jemand anderer das Tor geöffnet hat?« fragte Elliot. »Wenn Danny nun überhaupt nichts damit zu tun hatte? Vielleicht lassen sie uns nur ein, damit wir dann in der Falle sitzen.«

»Es war Danny.«

»Du bist so sicher.«

»Ja.«

Seufzend fuhr er durch das Tor, und das Gatter schloß sich hinter dem Jeep.

Die Straße stieg jetzt stetig an. An einigen Stellen ragten riesige Felsformationen auf beiden Seiten dachartig vor, an anderen Stellen windgeformte Schneekapuzen. Die Bäume schienen immer größer zu werden, je höher sie ins Gebirge kamen.

Ein zweites Tor kam zwei Kilometer weiter in Sicht, hinter einem Hügelkamm, auf einem kurzen, ebenen Abschnitt. Diesmal handelte es sich um einen richtigen Kontrollpunkt mit einer Wachstube rechts von der Straße.

Elliot bremste und griff nach der Pistole.

Sie waren höchstens zweieinhalb Meter von der hell beleuchteten Wachstube entfernt und konnten das Gesicht des Postens deutlich erkennen, der mit gerunzelter Stirn durchs Fenster spähte.

»Er überlegt bestimmt krampfhaft, wer wir sein könnten«, kommentierte Elliot. »Er hat weder uns noch den Jeep jemals gesehen, und Unbekannte dürften hier Seltenheitswert haben.«

Der Wachposten in der Bude nahm den Hörer eines Wandtelefons ab.

»Verdammt!« rief Elliot. »Ich muß ihn daran hindern.«

Er wollte gerade die Tür aufreißen, als Tina ihn am Arm packte. »Warte! Das Telefon funktioniert nicht. Sieh mal, er schüttelt es.«

Der Posten warf den Hörer auf die Gabel, schlüpfte hastig in einen Anorak und stürzte mit einer Maschinenpistole in der Hand ins Freie.

Das Tor öffnete sich von selbst.

Der Wachposten blieb wie angewurzelt stehen, völlig perplex.

Elliot trat stark aufs Gas, und der Jeep schoß vorwärts.

Der Posten zielte auf sie.

Tina warf instinktiv die Hände hoch, in einem völlig sinnlosen Versuch, die Kugeln abzuwehren.

Aber es kamen keine Kugeln angeflogen.

Kein durchschlagendes Metall, kein zerbrochenes Glas, kein Blut, kein jäher Schmerz.

Nicht einmal das Knattern von Schüssen.

Der Jeep brauste den nächsten Hügel hinauf, durch die Dampfwolken, die vom schwarzen Pflaster aufstiegen.

Immer noch waren keine Schüsse zu hören.

Elliot riß das Lenkrad plötzlich herum, als unvermutet eine scharfe Kurve auftauchte, und Tina glaubte sekundenlang, sie würden über die Straßenkante in die Tiefe stürzen, aber gleich darauf befanden sie sich hinter der Biegung, außerhalb der Schußlinie des Postens, und auf den vor ihnen liegenden hundertfünfzig Metern bis zur nächsten Kurve war nichts Bedrohliches zu sehen.

Elliot verlangsamte das Tempo des Jeeps.

»Hat Danny das alles bewerkstelligt?« fragte er.

»Muß er wohl.«

»Er hat das Telefon gestört, das Tor geöffnet und die Maschinenpistole unbrauchbar gemacht. Was *ist* dein Sohn eigentlich?«

Es begann heftiger zu schneien.

»Ich weiß es nicht«, antwortete Tina nach kurzem Nachdenken. »Ich weiß nicht, wie oder was er jetzt ist. Ich weiß nicht, was ihm widerfahren ist, und ich begreife nicht, was aus ihm geworden ist.«

Zum erstenmal kam ihr der beängstigende Gedanke, daß sie vielleicht einen völlig veränderten Jungen in die Arme schließen würde.

35

George Alexanders Männer gingen in der Innenstadt von Reno von einem Hotel zum anderen und zeigten jedesmal Fotos von Christina Evans und Elliot Stryker. Sie sprachen mit den Angestellten an der Rezeption, mit Pagen und anderem Hotelpersonal, und um halb fünf nachmittags erkannte ein Zimmermädchen bei Harrah's das Paar.

In Zimmer 918 fanden die Agenten einen billigen Koffer, einige schmutzige Kleidungsstücke, Zahnbürsten, Toilettengegenstände – und elf Landkarten in einer Kunstledermappe, die Elliot und Tina in ihrer Eile mitzunehmen vergessen hatten.

Alexander wurde um 17.05 Uhr über die Entdeckung informiert, und um 17.40 Uhr wurden alle Fundgegenstände in sein Büro gebracht.

Als Alexander feststellte, um welche Art von Landkarten es sich handelte und, daß eine fehlte – jene, die Stryker benötigen würde, um die Laboratorien des Projektes Pandora zu finden –, lief sein Gesicht vor Zorn und Besorgnis rot an. »Diese bodenlose Frechheit!« schrie er.

Kurt Hensen stand vor Alexanders Schreibtisch und sah die anderen Sachen durch, die aus dem Hotel hergebracht worden waren. »Was ist los?« erkundigte er sich.

»Die wollen ins Gebirge. Sie werden versuchen, ins Labor vorzudringen«, erwiderte Alexander. »Irgendein Verräter muß ihnen die ungefähre Lage verraten haben. Und jetzt haben sie sich *Karten* gekauft!«

Was Alexander besonders erboste, war das kaltblütige methodische Vorgehen dieser beiden. Was waren das nur für Leute? Warum versteckten sie sich nicht irgendwo in einer dunklen Ecke? Warum brachte die Angst sie nicht fast um den Verstand? Christina Evans war doch nur ein ehemaliges Showgirl! Alexander weigerte sich zu glauben, daß ein Showgirl besonders intelligent sein könnte. Und Stryker hatte zwar beim Militär gute Arbeit geleistet, aber das war schon sehr lange her. Woher nahmen sie nur ihre Kraft, ihre Ausdauer, ihren Mut? Sie mußten irgendeinen geheimen Vorteil haben. Was konnte das nur sein? Was war das für ein Vorteil, von dem er nichts wußte? Er lehnte sich in seinem Sessel zurück und grübelte darüber nach.

Hensen nahm eine der Karten zur Hand. »Ich sehe keinen Grund zur Besorgnis. Selbst wenn sie das erste Tor entdecken, kommen sie dort auf keinen Fall weiter. Das eingezäunte Gelände ist riesig, und das Labor befindet sich genau in der Mitte. Sie können nicht einmal in die Nähe gelangen, geschweige denn ins Innere.«

Alexander begriff schlagartig, worin ihr Vorteil bestand, weshalb sie so tatkräftig vorgingen. Er setzte sich wieder aufrecht hin. »Sie können sehr leicht hineingelangen, wenn sie dort einen Freund haben.«

»Was?«

»Das ist es!« Alexander stand auf. »Jemand vom Projekt Pandora hat dieser Evans nicht nur von ihrem Sohn erzählt, sondern dieser Verräter befindet sich jetzt auch in den Labors und wird Stryker und der Frau Türen und Tore öffnen. Irgendein Dreckschwein ist uns in den Rücken gefallen und will der Frau helfen, ihren Sohn dort herauszuholen.«

Alexander wählte die Nummer des militärischen Sicherheitsbüros in der Forschungsanlage. Es kam weder ein Freizeichen noch ein Besetztzeichen. Die Leitung war tot. Er legte auf und versuchte es gleich darauf noch einmal, mit dem gleichen negativen Ergebnis. Er wählte hastig die Nummer des Labordirektors Dr. Tamaguchi. Nichts. Nur die beunruhigende Stille.

»Etwas muß dort oben passiert sein«, sagte Alexander, während er den Hörer auf die Gabel warf. »Die Telefone funktionieren nicht mehr.«

»In der Wettervorhersage wurde ein Sturm angekündigt«, berichtete Hensen. »Vermutlich schneit es im Gebirge schon heftig. Vielleicht sind die Leitungen...«

»Reden Sie nicht solchen Unsinn, Kurt. Die Leitungen sind unterirdisch verlegt. Kein Sturm kann ihnen etwas anhaben. Rufen Sie Jack Morgan an. Sagen Sie ihm, er soll den Hubschrauber startklar machen. Wir treffen ihn am Flughafen, so schnell es nur geht.«

»Er wird ohnehin mindestens eine halbe Stunde brauchen«, sagte Hensen.

»Eine halbe Stunde, keine Minute länger!«

»Vielleicht wird er nicht fliegen wollen. Das Wetter muß im Gebirge scheußlich sein.«

»Es ist mir egal, selbst wenn es eiserne Basketbälle hagelt!« entgegnete Alexander scharf. »Wir fliegen hin. Mit einem Wagen würde es zu lange dauern. Etwas ist dort oben schiefgegangen, dessen bin ich mir sicher. Etwas geht in den Labors vor.«

Hensen machte ein skeptisches Gesicht. »Aber im Dunkeln ins Gebirge zu fliegen... bei Sturm...«

»Morgan ist ein hervorragender Pilot. Er hat in Vietnam Hubschrauber geflogen, und er war bei der Sicherheitspatrouille, als die Pipeline in Alaska gebaut wurde. Er hat Erfahrung mit Schnee.«

»Es wird nicht einfach sein.«

»Wenn Morgan einen leichten Job will«, erwiderte Alexander, sollte er in Disneyland Zeppelinpilot werden!«

»Aber es ist selbstmörderisch...«

»Und wenn *Sie* einen leichten Job wollen«, schnitt Alexander ihm das Wort ab, »hätten Sie nicht zu mir kommen dürfen. Unsere Arbeit erfordert ständig Risiken. Das wissen Sie genau. Sie arbeiten nicht für ein Damenhilfskomitee, Kurt.«

Hensen bekam einen hochroten Kopf. »Ich rufe Morgan an«, murmelte er.

»Ja, tun Sie das – und zwar schnell!«

36

Die Scheibenwischer kämpften gegen den Schnee an. Die Ketten an den Winterreifen klirrten auf der beheizten Straße. Der Jeep brauste einen letzten Hügel hinauf, auf ein riesiges Felsplateau an der Seite des Berges.

Elliot brachte den Jeep zum Stehen und betrachtete besorgt das vor ihm liegende Terrain.

Das Plateau, ein Werk der Natur, war von Menschenhand verändert worden. Es konnte ursprünglich nicht so regelmäßig geformt gewesen sein. Es war etwa 270 Meter breit und 180 Meter tief und bildete ein fast perfektes Rechteck. Der Boden war so eben wie ein Rollfeld und gepflastert. Es gab keinen einzigen Baum und auch nichts anderes, das jemandem als Versteck dienen könnte. Dünne Laternenpfähle standen in regelmäßigen Abständen auf der ebenen Fläche. Die Lampen spendeten nur schwaches rötliches Licht; offenbar sollten sie möglichst unauffällig sein, falls ein Flugzeug von den üblichen Luftlinien abwich, oder falls jemand in einem anderen Teil des Gebirges kampierte. Die Beleuchtung reichte jedoch aus, um den Spezialkameras zur Sicherung des Geländes scharfe Bilder zu liefern. Diese Kameras waren an jedem Laternenpfahl so angebracht, daß kein Zentimeter unbeobachtet blieb.

»Das Wachpersonal hat uns höchstwahrscheinlich schon auf den Bildschirmen gesichtet«, sagte Elliot düster.

»Es sei denn, daß Danny ihre Kameras lahmgelegt hat«, tröstete Tina ihn. »Und wenn er eine Maschinenpistole manipulieren kann – warum sollte ihm nicht auch das gelingen?«

»Ja«, stimmte Elliot ihr etwas erleichtert zu. »Du hast wahrscheinlich recht.«

Am anderen Ende des Betonfeldes stand ein einstöckiges, fensterloses Gebäude von etwa dreißig Meter Länge.

»Dort müssen sie ihn gefangenhalten«, sagte Elliot.

»Ich habe mir einen riesigen Komplex vorgestellt.«

»Er ist bestimmt riesig. Du siehst nur die vordere Mauer. Die übrige Anlage ist in den Felsen hineingebaut, Gott weiß, wie tief. Und ich nehme an, daß es mehrere unterirdische Stockwerke gibt.«

»Bis hinab zur Hölle!«

»Könnte sein.«

Er nahm seinen Fuß von der Bremse und fuhr durch das dichte Schneetreiben.

Einige Jeeps, Land Rover und andere Fahrzeuge mit Vierradantrieb, insgesamt acht, waren nebeneinander vor dem niedrigen Gebäude geparkt.

»Sieht so aus, als wären nicht viel Leute hier«, sagte Tina. »Ich dachte, eine große Besatzung würde sich in der Anlage aufhalten.«

»Das ist mit Sicherheit der Fall«, meinte Elliot. »Die Regierung würde sich bestimmt nicht soviel Mühe machen, dieses Ding hier in der Wildnis zu verstecken, nur um eine Handvoll Forscher oder wen auch immer zu beherbergen. Ich nehme an, daß die meisten Leute wochen- oder monatelang hier leben. Es wäre viel zu auffällig, wenn auf einem Waldweg, der angeblich nur zu einem Naturschutzgebiet führt, tagtäglich lebhafter Verkehr herrschen würde. Einige Führungskräfte kommen und gehen wahrscheinlich per Hubschrauber. Aber wenn das eine militärische Einrichtung ist, dürfte der größte Teil der Besatzung unter ähnlichen Bedingungen leben wie die Mannschaften der Unterseeboote; man erlaubt ihnen hin und wieder einen kurzen ›Landgang‹ in Reno, aber ansonsten sind sie über längere Zeiträume hinweg auf diesem ›Schiff‹ angeheuert.«

Er parkte neben einem anderen Jeep und schaltete den Motor und die Scheinwerfer aus.

Es herrschte unwirkliche Stille.

Bisher war niemand aus dem Gebäude gestürzt, um sie festzunehmen. Demnach hatte Danny mit hoher Wahrscheinlichkeit die Videokameras tatsächlich lahmgelegt.

Die Tatsache, daß sie unverletzt hierher gekommen waren, vermochte Elliot jedoch nicht zu beruhigen. Wie lange würde der Junge ihnen noch den Weg ebnen können? Danny schien unglaubliche Kräfte zu besitzen, aber er war nicht Gott. Früher oder später würde er irgend etwas übersehen. Er würde einen Fehler machen. Nur einen einzigen Fehler, der aber ihren Tod bedeuten würde.

»Nun«, sagte Tina, »die Schneeschuhe haben wir jedenfalls nicht gebraucht.« Ihr Versuch, unbekümmert zu erscheinen, war jedoch nicht allzu erfolgreich. Sie hegte insgeheim ähnliche Befürchtungen wie Elliot.

»Aber diese Seilrolle könnte uns noch gute Dienste leisten.« Elliot beugte sich über die Sitzlehne nach hinten und holte sie zwischen den anderen Ausrüstungsgegenständen hervor. »Es wird sich nicht vermeiden lassen, daß wir einigen Wachposten über den Weg laufen werden, wie clever Danny auch sein mag. Wir werden sie entweder erschießen oder auf andere Art und Weise außer Gefecht setzen müssen.«

»Wenn wir die Wahl haben«, sagte Tina, »würde ich lieber die Schnur als Kugeln verwenden.«

»Du sprichst mir aus der Seele.« Er nahm die Pistole zur Hand. »Schauen wir mal, ob wir überhaupt reinkommen.«

Sie stiegen aus dem Jeep.

Der Wind stürzte sich auf sie wie ein wildes Tier. Er knurrte leise, er bohrte seine scharfen Zähne in ihre ungeschützten Gesichter, und er geiferte sie mit Schnee an.

Die niedrige Betonfassade wurde von einer Stahltür unterbrochen. Sie hatte weder ein Schlüsselloch noch einen Schlitz, in den man eine Identitätskarte hätte schieben können. Diese Tür konnte nur von innen geöffnet werden, nachdem der Einlaßsuchende von einer Kamera überprüft worden war.

Die schwere Stahlplatte glitt zur Seite.

Hatte Danny ihnen die Tür geöffnet, fragte sich Elliot, oder war es ein grinsender Wachposten gewesen, der sie im Innern mit gezückter Waffe erwarten würde?

Hinter der Tür befand sich eine Kammer mit Stahlwänden von der Größe einer Fahrstuhlkabine, grell beleuchtet.

Tina und Elliot traten über die Schwelle, und die Tür schloß sich hinter ihnen.

Eine Kamera und ein Videomonitor waren an der linken Wand angebracht. Über den Bildschirm flatterten wirre

Zickzacklinien. Daneben befand sich eine beleuchtete Glasplatte, auf die man die rechte Hand legen mußte, damit ein Computer die Abdrücke kontrollieren und auf diese Weise feststellen konnte, ob man berechtigt war, die Anlage zu betreten.

Elliot und Tina legten ihre Hände nicht auf die Platte, aber die innere Tür öffnete sich, und sie konnten weitergehen.

Im nächsten Raum werkelten zwei uniformierte Männer an den Kontrollkonsolen unterhalb von zwanzig an der Wand montierten Monitoren herum. Auf sämtlichen Bildschirmen waren nichts als wirre Zickzacklinien zu sehen. Der jüngere Wachposten hörte, daß die Tür sich mit einem Zischen komprimierter Luft öffnete. Er drehte sich erschrocken um.

Elliot richtete die Pistole auf ihn. »Keine Bewegung!«

Aber der junge Mann wollte den Helden spielen. Er zog einen großen Revolver aus dem Halfter, zielte aus der Hüfte und drückte auf den Abzug, alles mit einer Geschwindigkeit, die im Wilden Westen große Bewunderung hervorgerufen hätte.

Zum Glück griff Danny auch diesmal wieder ein. Kein Schuß kam aus dem Revolver.

Elliot wollte den Mann nicht töten. »Ihre Pistolen werden Ihnen nichts nutzen«, sagte er schwitzend und betete innerlich, daß Danny ihn jetzt nicht im Stich lassen möge. »Seien Sie also vernünftig.«

Als der junge Posten sah, daß sein Revolver nicht funktionierte, benutzte er ihn als Wurfgeschoß.

Elliot duckte sich, aber nicht schnell genug. Die Waffe traf ihn an der Schläfe, und er taumelte rückwärts gegen die Stahltür.

Tina schrie auf. Durch Schmerztränen hindurch sah Elliot den jungen Mann auf sich zustürzen. Er gab einen Schuß ab.

Die Kugel durchschlug die linke Schulter des Postens

und wirbelte ihn herum. Er prallte mit voller Wucht gegen einen Schreibtisch, von dem ein Stapel weißer und rosa Papiere hinunterfiel, und stürzte sodann selbst zu Boden.

Elliot richtete die Pistole auf den älteren Wachposten, der inzwischen ebenfalls seinen Revolver gezogen und festgestellt hatte, daß er nicht funktionierte. »Lassen Sie die Waffe fallen, setzen Sie sich und machen Sie keine Schwierigkeiten!«

Der Mann warf gehorsam seine Waffe weg. »Wie seid ihr hier hereingekommen?« fragte er. »Wer seid ihr?«

»Das ist völlig uninteressant«, entgegnete Elliot. »Setzen Sie sich!«

Aber der Posten war beharrlich. »Wer seid ihr?«

»Die Nemesis«, antwortete Tina.

Fünf Minuten westlich von Reno geriet der Hubschrauber in ein Schneetreiben. Die Flocken waren hart, granulatartig; sie schlugen wie Treibsand gegen die Windschutzscheibe.

Jack Morgan, der Pilot, blickte zu George Alexander hinüber. »Das wird ganz schön haarig werden.«

»Ach was, dieses bißchen Schnee«, erwiderte Alexander gereizt.

»Ein Sturm«, korrigierte Morgan.

»Sie sind doch schon früher bei Sturm geflogen.«

»Im Gebirge werden die Strömungen mörderisch sein.«

»Wir werden es schaffen«, erklärte Alexander grimmig.

»Vielleicht, vielleicht auch nicht«, sagte Morgan. Er grinste. »Jedenfalls werden wir bei dem Versuch unseren Spaß haben.«

»Sie sind verrückt«, sagte Hensen, der direkt hinter dem Piloten saß.

»Schon in Vietnam haben alle gesagt, ich hätte sie nicht alle im Hinterstübchen. Na ja, sie hatten auch allen Grund dazu, mich für übergeschnappt zu halten.« Er lachte.

Hensen hatte eine Maschinenpistole auf dem Schoß. Er

ließ seine Hände langsam über die Waffe gleiten, so als streichelte er eine Frau. Er schloß die Augen, nahm die Pistole im Geist auseinander und setzte sie wieder zusammen, um sich abzulenken. Ihm war übel. Er versuchte verzweifelt, nicht daran zu denken, daß der Hubschrauber bei diesem Schneesturm mit großer Wahrscheinlichkeit in eine Gebirgsschlucht abstürzen würde.

37

Der verletzte Wachposten hatte starke Schmerzen, aber soweit Tina es beurteilen konnte, schwebte er nicht in Lebensgefahr. Die Kugel hatte die Wunde teilweise ausgebrannt. Das Loch in der Schulter sah beruhigend sauber aus und blutete auch nicht besonders stark.

»Sie werden am Leben bleiben«, versicherte Elliot dem jungen Mann.

»O Gott, ich sterbe!«

»Nein«, widersprach Elliot. »Ich glaube Ihnen gern, daß es höllisch schmerzt, aber es ist keine schwere Verletzung. Die Kugel hat keine lebenswichtigen Blutgefäße durchtrennt.«

»Verdammt, woher wollen Sie das wissen?« fragte der Verwundete mit zusammengebissenen Zähnen.

»Ich habe in Vietnam sehr oft solche Verletzungen gesehen«, antwortete Elliot. »Wenn Sie stilliegen, wird alles gut gehen. Andernfalls könnte allerdings irgendein angerissenes Blutgefäß reißen, und dann werden Sie verbluten.«

»Scheiße!« murmelte der Posten.

»Haben Sie mich verstanden?« fragte Elliot.

Der Mann nickte. Sein Gesicht war bleich, und er schwitzte.

Elliot fesselte und knebelte den älteren Wachposten an einen Stuhl. Den Verletzten wollte er nicht fesseln; deshalb führten er und Tina den Mann vorsichtig zu einer Vorratskammer und schlossen ihn dort ein.

»Was macht dein Kopf?« fragte Tina und legte ihre Fingerspitzen sanft auf die Beule an Elliots Schläfe.

Er zuckte zusammen. »Tut weh.«

»Das gibt einen ordentlichen blauen Fleck.«

»Ist nicht weiter schlimm«, beruhigte er sie.

»Ist dir schwindelig?«

»Nein.«

»Siehst du doppelt?«

»Nein. Du brauchst dir keine Sorgen zu machen. Es ist keine Gehirnerschütterung. Ich habe nur etwas Kopfschmerzen.«

»Weißt du was?«

»Was?«

»Ich liebe dich.«

»Ich liebe dich auch.«

Sie küßte ihn schnell.

»Komm«, sagte er. »Sehen wir zu, daß wir Danny finden und hier rausholen.«

Sie durchquerten den Raum. Tina trug die restliche Schnur, Elliot hielt die Pistole in der Hand.

Gegenüber der Stahltür, durch die sie hereingekommen waren, befand sich eine ganz normale Tür, die Tina geöffnet hatte, um nach dem Schuß nachzusehen, ob Verstärkung nahte. Die beiden Korridore hinter der Tür waren jedoch leer gewesen, und auch jetzt war kein Mensch zu sehen. Weiße Wände. Weiße Fliesenböden. Kalte Leuchtstoffröhren. Einer der Korridore führte fünfzehn Meter nach links und fünfzehn Meter nach rechts; mehrere Türen waren zu sehen, auf der rechten Seite außerdem vier Aufzüge. Der zweite Korridor führte tief in den Berg hinein; auch dort gab es zahlreiche Türen.

Tina und Elliot flüsterten miteinander.

»Glaubst du, daß Danny auf diesem Stockwerk ist?«

»Ich weiß es nicht.«

»Wo sollen wir unsere Suche beginnen?«

»Wir können doch nicht einfach eine Tür nach der anderen aufreißen.«

»Nein. In manchen Zimmern hält sich bestimmt jemand auf.«

»Genau, und je weniger Menschen wir begegnen...«

»Desto größer ist unsere Chance, lebend hier herauszukommen.«

Sie standen einen Augenblick lang unschlüssig herum und ließen ihre Blicke von einem Korridor zum anderen schweifen.

Kaum drei Meter von ihnen entfernt öffnete sich eine Lifttür.

Tina drückte sich an die Wand.

Elliot richtete die Pistole auf den Aufzug.

Niemand stieg aus.

Sie konnten nicht sehen, wer in der Kabine war.

Die Tür schloß sich.

Tina hatte das beängstigende Gefühl, daß jemand ihre Anwesenheit bemerkt hatte und nun Hilfe holte.

Noch bevor Elliot die Pistole senken konnte, glitt dieselbe Lifttür wieder auf. Gleich darauf schloß sie sich. Auf. Zu. Auf. Zu. Auf.

Die Luft wurde kalt.

Tina seufzte erleichtert. »Es ist Danny«, flüsterte sie. »Er zeigt uns den Weg.«

Nichtsdestotrotz schlichen sie auf Zehenspitzen zu dem Aufzug und spähten vorsichtig um die Ecke. Der Lift war leer. Sie stiegen ein, und die Tür schloß sich.

Um den Lift zu benutzen, mußte man eine entsprechende Ausweiskarte in einen Schlitz über den Knöpfen schieben. Mit Danny auf ihrer Seite konnten Tina und Elliot jedoch auf die Erlaubnis des Computers verzichten. Der Lift fuhr abwärts, und auf der Tafel über der Tür leuchtete anstatt der Vier – dem Stockwerk, auf dem sie eingestiegen waren – die Drei auf, sodann die Zwei. Die Luft in der Kabine wurde so eisig, daß Tina ihren Atem sehen konnte. Im dritten Untergeschoß öffnete sich die Tür.

Sie traten auf einen Gang hinaus, der genauso aussah wie jener im Erdgeschoß.

Die Lifttür schloß sich hinter ihnen, und die Luft wurde wieder warm.

Aus einem Raum, dessen Tür nur angelehnt war, waren Männer- und Frauenstimmen zu hören; mindestens ein halbes Dutzend Menschen, wenn nicht mehr, unterhielten sich angeregt, lachten fröhlich.

Tina wußte, daß sie und Elliot verloren sein würden, wenn jemand jetzt aus diesem Zimmer herauskäme und sie sähe. Danny schien mit unbelebten Dingen wahre Wunder vollbringen zu können, aber er konnte keine Kontrolle über Menschen ausüben, wie sich bei dem jungen Posten gezeigt hatte. Wenn sie entdeckt und von aufgebrachten Besatzungsmitgliedern gestellt wurden, würde Elliots Pistole wahrscheinlich keine ausreichende Abschreckung für diese Leute darstellen. Selbst wenn Danny die Waffen des Feindes wieder funktionsunfähig machte, würden sie nur entkommen können, wenn sie alle niederschossen, und sie wußte genau, daß sie beide nicht einmal aus Selbsterhaltungstrieb zu einem solchen Blutbad fähig wären.

»Wohin jetzt?« flüsterte Elliot.

»Ich weiß es nicht.«

Diese Etage hatte offenbar die gleichen Ausmaße wie das Erdgeschoß. Wieviel Räume mochte es hier geben? Vierzig? Fünfzig? Sechzig? Oder noch mehr?

Tina war der Verzweiflung nahe, als die Luft plötzlich wieder abkühlte. Sie wartete begierig auf ein Zeichen ihres Sohnes; trotzdem zuckte sie zusammen, als eine Leuchtstoffröhre an der Decke zu flackern begann, dann eine zweite links davon, dann eine dritte, noch weiter links.

Sie folgten den blinkenden Lampen bis zum Ende des Korridors und sahen sich einer luftdichten Stahltür gegenüber, wie man sie in Unterseebooten findet. Das polierte Metall glänzte matt, und die großen runden Nieten reflektierten das Licht.

Der schwere radförmige Verschluß drehte sich. Die Tür öffnete sich.

Elliot ging mit der Pistole voraus, und Tina folgte ihm dicht auf den Fersen.

Der rechteckige Raum war etwa zwölf Meter lang und sechs Meter breit. Hinter einem Fenster am entgegengesetzten Ende mußte sich offenbar eine Tiefkühlkammer befinden, denn die Scheibe war gefroren. Rechts von diesem Fenster befand sich eine weitere luftdichte Stahltür. An der linken Längsseite reihten sich Computer aneinander; auf den Bildschirmen flimmerten irgendwelche Daten. An der anderen Wand standen Tische mit Büchern, Aktenordnern und verschiedenen Instrumenten.

Ein Mann mit lockigen Haaren und buschigem Schnurrbart saß an einem dieser Tische und blätterte in einem Buch. Er war groß, breitschultrig, weiß gekleidet wie ein Arzt und mußte um die fünfzig Jahre alt sein.

Ein jüngerer Mann, glattrasiert und ebenfalls weiß gekleidet, saß vor einem Computerterminal und las die Informationen auf dem Bildschirm.

Beide Männer blickten entgeistert hoch.

Elliot richtete die Pistole drohend auf die beiden völlig sprachlosen Männer. »Tina, schließ die Tür«, sagte er. »Sieh zu, ob du sie verriegeln kannst.«

Die schwere Stahltür ließ sich zu Tinas Überraschung leichter bewegen als jede normale Wohnungstür. Sie drehte den Radgriff um und entdeckte einen Bolzen, der als Sperre diente, so daß das Rad sich von außen nicht mehr bewegen ließ.

»Fertig«, sagte sie.

Der Mann am Computer begann plötzlich auf die Tastatur zu hämmern.

»Hören Sie sofort damit auf!« rief Elliot.

Der Mann wollte offenbar den Computer instruieren, Alarm auszulösen.

Elliot gab einen Schuß ab, und der Monitor löste sich in Tausende von Glassplittern auf.

Der Mann schrie auf und ließ rasch seinen Bürostuhl ein Stück zurückrollen.

Elliot feuerte eine zweite Kugel in die Tastatur. Der Computer knisterte, gab ein rasselndes Geräusch von sich und verstummte.

Der Mann sprang von seinem Stuhl auf. »Verdammt, was glauben Sie eigentlich, wer Sie sind?«

»Ich bin jener, der die Pistole hat«, erwiderte Elliot scharf. »Und falls Ihnen das nicht passen sollte, kann ich Sie genauso zum Schweigen bringen wie diese verdammte Maschine. Und jetzt setzen Sie sich schleunigst wieder auf Ihren Arsch, wenn Sie nicht wollen, daß ich Ihr Gehirn wegpuste!«

Tina hatte Elliot noch nie in diesem Ton reden gehört, und sein Gesichtsausdruck war äußerst furchterregend. Er sah brutal und skrupellos aus.

Der junge Mann in Weiß war sichtlich beeindruckt. Er ließ sich bleich auf seinen Stuhl fallen.

»Okay«, sagte Elliot, an beide Männer gewandt. »Wenn Sie vernünftig sind, wird Ihnen nichts geschehen.« Er richtete die Pistole auf den älteren der beiden. »Wie heißen Sie?«

»Carl Dombey.«

»Was tun Sie hier?«

»Ich arbeite hier«, antwortete Dombey, verwirrt über die Frage.

»Ich meine – welchen Beruf üben Sie aus?«

»Ich bin Wissenschaftler und Forscher.«

»Auf welchem Gebiet?«

»Biologie und Biochemie.«

Elliot fixierte den jungen Mann. »Und was ist mit Ihnen?«

»Was soll mit mir sein?« fragte der Mann trotzig.

Elliot streckte den Arm aus, so daß die Mündung der Pistole auf den Nasenrücken des Mannes gerichtet war.

»Ich bin Dr. Zachariah«, sagte der junge Mann.

»Biologe?«

»Ja. Spezialisiert auf Bakteriologie und Virologie.«

Elliot ließ die Pistole sinken. »Wir haben einige Fragen, und ich nehme an, daß Sie uns die Antworten darauf geben können, meine Herren.«

Dombey, der im Gegensatz zu seinem Kollegen offenbar nicht den Wunsch verspürte, den Helden zu spielen, saß regungslos auf seinem Stuhl. »Um welche Fragen handelt es sich?« fragte er.

Tina trat neben Elliot und antwortete: »Wir wollen alles über meinen Sohn wissen. Über Danny Evans. Wir wollen wissen, was Sie ihm angetan haben. Wir wollen wissen, wo er ist.«

Ihre Worte übten auf die beiden Wissenschaftler eine überwältigende Wirkung aus. Dombey riß seine Augen so weit auf, daß sie fast aus den Höhlen traten. Und Zachariah starrte sie an, als wäre sie soeben von den Toten auferstanden.

»Mein Gott!« murmelte Dombey.

»Wie sind Sie hierher gekommen?« fragte Zachariah. »Das ist doch völlig unmöglich.«

»Meiner Ansicht nach ist es durchaus möglich«, widersprach Dombey. »Wenn ich länger darüber nachdenke, kommt es mir sogar geradezu unvermeidlich vor. Ich wußte, daß diese Geschichte viel zu schmutzig war, um anders als in einer Katastrophe enden zu können.« Er seufzte, so als wäre ihm eine schwere Last von den Schultern gefallen. »Ich werde all Ihre Fragen beantworten, Mrs. Evans.«

Zachariah drehte sich wütend nach ihm um. »Das kannst du doch nicht machen!«

»Nein?« sagte Dombey. »Nun, dann lehn dich einfach zurück und hör zu. Du wirst dich wundern, was ich machen kann.«

»Du hast einen Treueeid geschworen«, rief Zachariah. »Und Stillschweigen gelobt! Wenn du ihnen jetzt alles erzählst... der Skandal... die öffentliche Aufregung und Empörung... die Aufdeckung militärischer Geheimnisse... Du wirst zum Verräter an deinem Land werden.«

»Nein«, entgegnete Dombey. »Ich werde zum Verräter an dieser geheimen Forschungsanlage werden, und vielleicht auch an meinen Kollegen. Aber nicht an meinem Land. Mein Land ist alles andere als vollkommen, aber was Danny Evans angetan wurde, würde *mein* Land niemals billigen. Dieses ganze Danny-Projekt ist das Werk einiger weniger Größenwahnsinniger!«

»Dr. Tamaguchi ist nicht größenwahnsinnig!« widersprach Zachariah gekränkt.

»Natürlich ist er es«, erwiderte Dombey. »Er hält sich für einen großen Wissenschaftler, dem aufgrund seiner phantastischen Leistungen Unsterblichkeit beschieden sein wird. Und viele Leute um ihn herum, die ihn decken – sowohl Wissenschaftler als auch Politiker, Militärs und Geheimdienstleute – sind ebenfalls größenwahnsinnig. Was Danny Evans angetan wurde, hat mit großartigen wissenschaftlichen Leistungen nichts zu tun und wird niemandem zur Unsterblichkeit verhelfen. Es war krankhaft, und ich möchte damit nichts mehr zu tun haben.« Er wandte sich wieder Tina zu. »Stellen Sie Ihre Fragen.«

»Nein!« rief Zachariah. »Du verdammter Narr!«

Elliot nahm Tina das Seil ab und gab ihr die Pistole. »Es sieht so aus, als müßte ich Dr. Zachariah fesseln und knebeln, damit wir uns Dr. Dombeys Geschichte in Ruhe anhören können. Wenn einer der beiden eine falsche Bewegung macht, dann schieß.«

»Nur keine Sorge«, sagte sie. »Ich werde abdrücken, ohne zu zögern.«

»Ich lasse mich nicht fesseln!« erklärte Zachariah.

Elliot ging lächelnd mit dem Seil in der Hand auf ihn zu.

Eine kalte Luftströmung erfaßte den Hubschrauber und zog ihn in die Tiefe. Jack Morgan kämpfte mit dem Wind, und nur wenige Meter über den Baumwipfeln gelang es ihm, die Maschine endlich wieder in den Griff zu bekommen und hochzureißen.

»Hui!« sagte der Pilot. »Das ist ja, als wollte man ein wildes Pferd zähmen.«

Im grellen Scheinwerferlicht des Hubschraubers war außer dichtem Schneetreiben kaum etwas zu sehen.

»Das ist absoluter Wahnsinn!« stellte Hensen fest. »Wir fliegen nicht in einen gewöhnlichen Sturm, sondern in einen Blizzard.«

Alexander ignorierte ihn total. An den Piloten gewandt, sagte er: »Verdammt, Morgan, ich weiß, daß Sie's schaffen können.«

»Vielleicht«, erwiderte Morgan. »Ich wünschte, ich wäre mir dessen so sicher wie Sie. Aber eventuell schaff ich's tatsächlich. Ich werde jetzt versuchen, mich dem Plateau auf Umwegen zu nähern, indem ich mit dem Wind fliege, anstatt gegen ihn anzukämpfen. Diese Gegenströmungen sind absolut mörderisch. Wir müssen einen kleinen Zeitverlust in Kauf nehmen, wenn wir überhaupt ankommen wollen.«

Ein besonders starker Windstoß peitschte den Schnee mit solcher Wucht gegen die Windschutzscheibe, daß es sich in Kurt Hensens Ohren wie Maschinengewehrfeuer anhörte.

38

Zachariah lag gefesselt und geknebelt am Boden. In seinen Blicken spiegelten sich Haß und Zorn.

»Sie werden bestimmt als erstes Ihren Jungen sehen wollen«, sagte Dombey. »Anschließend kann ich Ihnen erzählen, wie er hierher in die Anlage kam.«

»Wo ist er?« fragte Tina mit zitternder Stimme.

»In der Isolierkammer«, antwortete Dombey. Er deutete auf das Fenster in der hinteren Wand. »Kommen Sie mit.« Er ging zu der großen Glasscheibe, auf der nur noch vereinzelte Eisflecken zu sehen waren.

Plötzlich hatte Tina Angst, sich von der Stelle zu rühren. Sie hatte Angst, mit eigenen Augen zu sehen, was man Danny angetan hatte.

Elliot berührte ihre Schulter. »Laß Danny nicht warten. Er hat schon so lange gewartet. Er hat dich so lange gerufen.«

Sie machte einen Schritt, einen zweiten, und gleich darauf stand sie neben Dombey am Fenster.

In der Mitte der Isolierkammer stand ein Krankenhausbett, umgeben von elektronischen medizinischen Apparaturen.

Danny lag auf dem Rücken im Bett, hatte aber seinen Kopf dem Fenster zugewandt. Er starrte sie durch das Seitengitter an.

»Danny«, flüsterte sie. Sie hatte Angst, daß der Zauber brechen würde, wenn sie seinen Namen laut aussprach, daß er dann für immer verschwinden würde.

Sein Gesicht war mager. Abgezehrt. Er sah viel älter als zwölf aus. Er machte den Eindruck eines kleinen alten Mannes.

Dombey ahnte, wie erschreckend der Anblick für sie sein mußte. »Er ist so mager«, erklärte er, »weil sein Magen in den letzten Wochen nur noch flüssige Speisen aufnimmt, und auch die in sehr kleinen Mengen.«

Dannys Augen wirkten eigenartig. Dunkel, wie früher. Groß und rund, wie früher. Sie waren tief eingesunken, von dunklen Ringen umgeben, und das waren sie früher nicht gewesen. Aber nicht deshalb kamen sie ihr so eigenartig vor. Sie konnte sich nicht erklären, was diese Augen von allen anderen unterschied, die sie jemals gesehen hatte. Aber als sie Dannys Blick begegnete, überlief sie ein

Schauer, und sie empfand ein überwältigendes Mitleid mit ihrem Kind.

Der Junge blinzelte, und mit großer Anstrengung und sichtlich unter Schmerzen zog er einen Arm unter der Dekke hervor. Dieser Arm bestand nur noch aus Haut und Knochen. Er streckte ihn durch die Gitterstäbe und öffnete flehend seine kleine schwache Hand, in einem verzweifelten Versuch, Tina zu erreichen, zu berühren.

Mit schwankender Stimme bat sie Dombey: »Ich möchte zu meinem kleinen Jungen. Ich möchte ihn in die Arme schließen.«

»Natürlich.«

Während sie zu dritt auf die Stahltür zugingen, die in den Raum hinter dem Fenster führte, fragte Elliot: »Weshalb ist er denn in einer Isolierkammer? Ist er krank?«

»Zur Zeit nicht«, antwortete Dombey, sichtlich sehr verlegen. »Im Augenblick ist er nur nahe am Verhungern, weil er kaum etwas im Magen behalten kann. Aber er ist nicht infektiös. Er *war* sehr infektiös, immer wieder, aber im Moment ist er es nicht. Er hatte eine einzigartige Krankheit, eine von Menschen im Labor gezüchtete Krankheit. Er ist der einzige, der diese Krankheit jemals überwunden hat. Er besitzt einen natürlichen Antikörper im Blut, der imstande ist, diesen künstlichen Virus zu vernichten. Das hat Dr. Tamaguchi fasziniert – er ist der Leiter dieses Forschungszentrums. Dr. Tamaguchi hat uns unablässig angetrieben, bis es uns gelang, diesen Antikörper zu bestimmen und herauszufinden, warum er die Krankheitserreger bekämpfen kann. Danach war Danny natürlich nicht mehr von wissenschaftlichem Nutzen. Und für Tamaguchi hieß das, daß der Junge überhaupt keine Lebensberechtigung mehr hatte... Er beschloß völlig skrupellos, Danny zu Tode zu testen. Seit fast zwei Monaten infizieren sie den Jungen immer und immer wieder, um festzustellen, wie oft er den Virus bekämpfen kann, bevor dieser Virus ihn schließlich umbringt. Sie müssen wissen, es gibt keine permanente Immunität gegen diese Krankheit... es ist wie bei Angina oder Erkältung... oder Krebs... man kann sie immer wieder bekommen, wenn man das Glück – oder Pech – hat, sie beim erstenmal zu überstehen. Heute hat er den Virus zum vierzehnten Mal abgewehrt. Obwohl er von Tag zu Tag schwächer wird, besiegt er den Virus aus einem uns unbekannten Grund jedesmal schneller. Aber jeder Sieg zehrt an seinen Kräften, und deshalb bringt die Krankheit ihn indirekt *doch* um. Im Augenblick ist er nicht infiziert, aber morgen wollen sie ihm wieder eine Injektion verabreichen.«

»Mein Gott«, murmelte Elliot. »O mein Gott!«

Tina starrte Dombey entsetzt an. »Ich kann nicht glauben, was ich soeben gehört habe.«

»Und dabei haben Sie noch nicht einmal die Hälfte gehört!« erklärte Dombey grimmig.

Er wandte sich von ihnen ab, drehte das Rad an der Stahltür und öffnete sie.

Vor wenigen Minuten, als Tina zum erstenmal durch das Fenster ihr erschreckend mageres Kind gesehen hatte, hatte sie sich fest vorgenommen, nicht zu weinen. Danny sollte sie nicht weinen sehen. Er brauchte Liebe und Aufmerksamkeit und Schutz. Ihre Tränen könnten ihn verstören. Und er sah so schwach aus, daß jede seelische Erschütterung für ihn tödliche Folgen haben könnte.

Während sie sich jetzt seinem Bett näherte, biß sie sich so hart auf die Unterlippe, daß sie blutete. Nur mit äußerster Willenskraft gelang es ihr, ihre Tränen zurückzuhalten.

Danny umklammerte mit schwacher, zitternder Hand das Bettgeländer und setzte sich mühsam auf, während er seine andere Hand sehnsüchtig nach ihr ausstreckte.

Tina legte die letzten Schritte zögernd zurück, mit rasendem Herzklopfen und zugeschnürter Kehle, überwältigt von einer Mischung aus Freude, ihn lebend wiederzusehen, und Entsetzen über seinen schrecklichen Zustand. Auch sie streckte nun ihren Arm aus, ihre Hände berührten sich, und seine dünnen Finger klammerten sich wild an ihr fest.

»Danny«, murmelte sie. »Danny, Danny!«

Von irgendwoher nahm er die Kraft, ihr trotz aller überstandener Qualen zuzulächeln. Dieses kaum merkliche Lächeln, das nur ein gespenstischer Schatten seines früheren strahlenden Lächelns war, brach ihr fast das Herz.

»Mom«, sagte er mit einer tonlosen Stimme, die sie kaum wiedererkannte.

»Jetzt ist alles gut«, murmelte sie.

Er begann zu zittern.

»Es ist vorbei, Danny. Jetzt wird alles wieder gut.«

»Mom... Mom...«

Sein tapferes Lächeln verschwand, und ein gequälter Seufzer entrang sich seiner Brust. »Oooooh, *Mommy*...«

Sie schob das Geländer herunter, setzte sich auf die Bettkante und nahm ihn in ihre Arme. Diese ausgemergelte, gemarterte Kreatur hatte nichts mehr von dem glücklichen, kräftigen, aktiven Jungen an sich, der vor einem Jahr freudig erregt zu der Reise ins Gebirge aufgebrochen war. Sie hatte anfangs Angst, ihn fest zu umarmen, so zerbrechlich wirkte er. Aber er umschlang sie mit einer Kraft, die sie in diesem abgezehrten Körper nie erwartet hätte. Zitternd und leise schluchzend, vergrub er sein Gesicht in ihrer Halsgrube, und sie spürte seine Tränen auf ihrer Haut. Nun konnte auch sie sich nicht länger beherrschen und ließ ihren eigenen Tränen freien Lauf. Als sie ihm eine Hand auf den Rücken legte, um ihn fest an sich zu drücken, hatte sie fast das Gefühl, ein Skelett zu umarmen. Sie zog ihn auf ihren Schoß, und mit all den Kabeln, die von den Elektroden auf seiner Haut zu den Geräten neben dem Bett führten, sah er wie eine Marionette aus. Als seine Beine unter der Decke hervorkamen und sein Klinikhemd sich nach oben verschob, erkannte sie, daß er zu schwach sein würde, um sich auch nur einen Augenblick auf den Beinen halten zu können, und sie wiegte ihn in ihren Armen, murmelte beruhigend auf ihn ein, sagte ihm, wie sehr sie ihn liebte.

Danny lebte.

39

Jack Morgans neue Flugstrategie erwies sich als durchschlagender Erfolg. Alexanders Zuversicht wuchs, daß sie das Forschungszentrum unbeschadet erreichen würden, und er bemerkte, daß sogar Kurt Hensen, der Fliegen haßte, jetzt ruhiger war als noch vor zehn Minuten.

Der Hubschrauber flog in nur drei Meter Höhe durch ein Tal, über einem zugefrorenen Fluß, dessen silbriges Band eine große Orientierungshilfe war. Der Schneefall war unvermindert heftig, aber der Sturm wurde durch die riesigen Nadelbäume entlang der Flußufer beträchtlich abgeschwächt.

»Wie lange brauchen wir noch?« fragte Alexander.

»Zehn Minuten«, antwortete Morgan. »Vielleicht fünfzehn. Wenn nicht...«

»Was?«

»Falls der Schnee nicht die Propellerflügel verklebt. Falls die Antriebswelle und die Scharniere des Rotors nicht vereisen.«

»Ist das wahrscheinlich?« fragte Alexander.

»Jedenfalls ist es eine Möglichkeit, mit der man rechnen muß«, erwiderte Morgan. »Außerdem besteht immer noch die Gefahr, daß ich im Dunkeln einen Hügel ramme.«

»Dazu sind Sie ein viel zu guter Pilot.«

»Nun«, sagte Morgan, »schiefgehen kann immer etwas. Dadurch wird Fliegen nie langweilig.«

Tina begann die Elektroden zu entfernen, die an acht Stellen an Dannys Kopf und Körper befestigt waren. Als sie behutsam das Pflaster löste, wimmerte er, und sie erschrak, wie wund die Haut darunter war.

Während Tina mit Danny beschäftigt war, befragte Elliot den Wissenschaftler. »Was wird hier betrieben? Militärische Forschung?«

»Ja.«

»Biologische Waffen?«

»Biologische und chemische. Es laufen immer etwa dreißig Projekte zur selben Zeit.«

»Ich dachte, die USA wären vor langer Zeit aus dem Wettrüsten auf dem Gebiet chemischer und biologischer Waffen ausgestiegen.«

»Für die Öffentlichkeit haben wir das auch getan«, erwiderte Dombey. »Nixon war der erste Präsident, der erklärt hat, die Vereinigten Staaten würden sich dieser Art schmutziger Kriegsführung niemals bedienen, und alle Präsidenten nach ihm haben das ebenfalls beteuert. Aber in Wirklichkeit geht das Wettrüsten auch auf diesem Gebiet unerbittlich weiter. Das läßt sich nicht vermeiden. Wir haben nur ein einziges Forschungszentrum dieser Art – nämlich dieses hier. Die Russen haben drei solche Anlagen. Sie glauben an biologische und chemische Kriegsführung. Sie sehen nichts Unmoralisches darin. Sie haben biologische und chemische Waffen erst vor kurzem in Afghanistan eingesetzt und damit etwa 20 000 Menschen getötet. Wenn sie irgendeine schreckliche neue Waffe hätten, von der wir nichts wüßten, der wir nichts Entsprechendes entgegenzusetzen hätten, könnten sie der Versuchung erliegen, sie gegen uns einzusetzen.«

»Aber wenn der Wettlauf mit den Sowjets zu Situationen wie dieser hier führt«, wandte Elliot ein, »wenn ein unschuldiges Kind in diese Maschinerie geraten kann und zermalmt wird – worin unterscheiden wir uns dann noch von den sowjetischen Führern? Unsere Angst vor dem Feind verwandelt uns selbst in Unmenschen.«

Dombey nickte und rieb sich den Schnurrbart. »Diese Fragen habe auch ich mir immer wieder gestellt, seit Danny in dieses Räderwerk geraten ist. Das Problem besteht darin, daß diese Art von Arbeit gerade auf skrupellose Menschen eine große Faszination ausübt, weil sie absolut geheim ist und man ein enormes Machtgefühl hat, wenn man Waffen entwickelt, die Hunderte und Tausende von Menschen töten könnten. Größenwahnsinnige Typen wie Tamaguchi mißbrauchen dann ihre Macht, pervertieren ihre Aufgaben. Aber wenn wir diese Art von Forschung einstellen würden, nur weil es Männer wie Tamaguchi gibt, würden wir so viel Grund an unsere Feinde verlieren, daß wir nicht lange überleben könnten. Deshalb bin ich der Meinung, daß wir mit dem kleineren Übel leben müssen.«

Tina entfernte behutsam eine mit Pflaster befestigte Elektrode von Dannys Nacken.

Das Kind hielt sie immer noch fest umschlungen, aber seine eingesunkenen Augen waren auf Dombey gerichtet.

»Die Philosophie oder Moral der biologischen Kriegsführung interessiert mich im Augenblick nicht«, sagte Tina. »Ich will wissen, wie in aller Welt Danny hierherkam.«

»Um Ihnen das zu erklären, muß ich zwanzig Monate zurückgehen«, sagte Dombey. »Damals setzte sich ein russischer Wissenschaftler namens Ilja Poparopov in die Vereinigten Staaten ab mit Mikrofilmaufzeichnungen über die gefährlichste neue biologische Waffe der Sowjets. Die Russen nannten sie ›Gorki-400‹, weil sie in den Labors bei Gorki entwickelt worden war und es sich um die vierhundertste Züchtung künstlicher Mikroorganismen in diesem Forschungszentrum handelte.

Gorki-400 ist eine perfekte Waffe. Es ist nur für Menschen tödlich und kann von keinem anderen Lebewesen übertragen werden. Wie die Syphilis, so kann auch Gorki-400 außerhalb eines menschlichen Organismus höchstens eine Minute überleben, was bedeutet, daß es im Gegensatz zu Milzbrand und anderen giftigen Bakterien keine Gegenstände oder ganze Orte verseuchen kann. Und sobald die Körpertemperatur eines an dieser Krankheit Verstorbenen unter dreißig Grad sinkt, stirbt auch Gorki-400 ab. Begreifen Sie die enormen Vorteile dieser Waffe?«

Tina war mit Danny so beschäftigt, daß sie nicht über Dombeys Worte nachdenken konnte, aber Elliot wußte, was der Wissenschaftler meinte. »Wenn ich Sie recht verstehe, könnten die Russen mit Gorki-400 eine Großstadt oder ein ganzes Land auslöschen und bräuchten keine komplizierte und teure Entseuchung durchzuführen, bevor sie das eroberte Territorium besetzen könnten.«

»Genau«, sagte Dombey. »Und Gorki-400 hat auch noch andere große Vorteile gegenüber den meisten anderen biologischen Waffen. Zum einen wird man schon vier Stunden nach einem Kontakt mit dem Virus zum infektiösen Krankheitsträger. Das ist eine unglaublich kurze Inkubationszeit. Zum anderen lebt kein Infizierter länger als vierundzwanzig Stunden. Die meisten sterben schon innerhalb von zwölf Stunden. Die Tötungsrate von Gorki-400 beträgt hundert Prozent. Die Russen haben sie an Gefangenen getestet und nie einen Antikörper oder ein Antibiotikum dagegen gefunden. Der Virus wandert ins Gehirn, und dort sondert er einen Giftstoff ab, der das Gehirngewebe buchstäblich zerfrißt und jenen Teil des Gehirns zerstört, der alle Körperfunktionen kontrolliert. Das Opfer hat schließlich keinen Puls mehr, keine funktionsfähigen Organe, kein Bedürfnis zu atmen.«

»Und diese Krankheit hat Danny überlebt!« murmelte Elliot fassungslos.

»Ja«, sagte Dombey. »Soviel wir wissen, ist er der einzige Mensch, der sie jemals überlebt hat.«

Tina hatte eine Wolldecke vom Bett gezogen und einmal gefaltet, um Danny darin einhüllen zu können. Sie blickte auf und fragte: »Aber wie wurde er denn nun überhaupt infiziert?«

»Es war ein Unfall«, antwortete Dombey.

»Diese Erklärung habe ich schon einmal gehört.«

»Diesmal hören Sie die Wahrheit«, sagte Dombey. »Ilja Poparopov wurde hierher gebracht, und wir begannen sofort mit ihm zu arbeiten, um ein genaues Duplikat des russischen Virus herzustellen. Das ist uns in relativ kurzer Zeit gelungen. Danach begannen wir nach einem Gegenmittel zu forschen.«

»Und irgend jemand handelte verantwortungslos«, vermutete Elliot.

»Ja«, bestätigte Dombey. »Jemand handelte verantwortungslos und unglaublich dumm. Vor fast dreizehn Monaten, als Danny und die anderen Pfadfinder ihre Reise ins Gebirge machten, steckte sich einer unserer Wissenschaftler, ein quirliger Bursche namens Larry Bollinger, versehentlich an, als er eines Morgens allein in diesem Labor arbeitete.«

Dannys Hand klammerte sich noch fester um Christinas Finger, und sie streichelte seinen Kopf, um ihn zu beruhigen, während sie sagte: »Aber Sie haben doch bestimmt Sicherheitsvorkehrungen für den Fall, daß...«

»Selbstverständlich«, erwiderte Dombey. »Das alles wird einem eingeschärft, sobald man hier zu arbeiten beginnt. Im Falle einer versehentlichen Ansteckung löst man sofort Alarm aus. Dann verschließt man den Raum, in dem man gearbeitet hat, und begibt sich, falls vorhanden, in eine angrenzende Isolierkammer. Eine Entseuchungscrew rückt sofort an, um das Labor zu desinfizieren. Falls man sich mit etwas infiziert hat, das heilbar ist, wird man natürlich behandelt. Falls man sich eine unheilbare Infektion zugezogen hat, wird man in der Isolierkammer versorgt, bis man stirbt. Unsere Arbeit ist nicht zuletzt deshalb sehr gut bezahlt, weil sie riskant ist. Das Risiko gehört einfach zu unserem Beruf.«

»Aber dieser Larry Bollinger hat es offenbar nicht so gesehen«, sagte Tina bitter. Sie hatte Mühe, Danny für den Transport zum Jeep in die Decke einzuwickeln, weil er sie nicht loslassen wollte. Endlich gelang es ihr, ihn mit zärtlichen Worten und Küssen auf seine mageren Hände zu überreden, seine Arme dicht an den Körper zu halten.

»Bollinger schnappte völlig über«, mußte Dombey zugeben. Es war ihm sichtlich peinlich, daß einer seiner Kollegen derart die Kontrolle über sich verloren hatte. Er begann in der Isolierkammer auf und ab zu gehen, während er seinen Bericht fortsetzte. »Bollinger wußte, wie schnell Gorki-400 zum Tode führt, und er geriet in Panik. Er redete sich offenbar ein, vor der Krankheit davonlaufen zu können. Er hat keinen Alarm ausgelöst, sondern einfach das Labor verlassen, sich in seiner Wohnung umgezogen und das Gebäude verlassen. Ihm fiel in der Eile wohl kein guter Vorwand ein, um einen der Jeeps benutzen zu können, deshalb sagte er den Wachtposten, er wolle ein paar Stunden skilaufen. Das machen wir oft im Winter. Es ist ein gutes körperliches Training, und man kommt für eine Weile raus aus diesem Erdloch. Bollinger ging also die Bergstraße hinab – jene Straße, auf der Sie vermutlich hergekommen sind. Ein Stück vor der Wachhütte am oberen Tor stieg er mit Hilfe der Skier auf einen Hügel, beschrieb einen Bogen um den Posten und kehrte weiter unten auf die Straße zurück, wo er die Skier liegenließ. Unsere Sicherheitskräfte haben sie später gefunden. Das untere Tor muß Bollinger etwa zweieinhalb Stunden nach seinem Aufbruch erreicht haben – drei Stunden, nachdem er sich infiziert hatte. Etwa um diese Zeit kam ein anderer Forscher ins Labor, sah den Behälter mit den Kulturen von Gorki-400 zerbrochen auf dem Boden liegen und löste Alarm aus. In der Zwischenzeit kletterte Bollinger trotz des Stacheldrahts über den Zaun. Dann wanderte er zu dem Weg, der ins Naturreservat führt, und schlug die Richtung zur etwa acht Kilometer entfernten Landstraße ein. Nach knapp fünf Kilometern...«

»Begegnete er Mr. Jaborski und den Pfadfindern«, vollendete Elliot den Satz.

»Und um diese Zeit war er bereits ansteckend«, fügte Tina hinzu.

»Ja«, sagte Dombey. »Er muß die Pfadfindergruppe etwa fünf oder fünfeinhalb Stunden nach seiner Infizierung getroffen haben. Er war um diese Zeit ziemlich erschöpft, denn die Flucht aus dem Laborgelände war sehr anstrengend gewesen, und außerdem spürte er bereits die ersten

Symptome von Gorki-400. Schwindelgefühl. Leichte Übelkeit. Der Leiter der Pfadfinderexpedition hatte den Kleinbus auf einer Waldlichtung etwa zwei Kilometer von der Straße entfernt geparkt und er, sein Assistent und die Jungen waren etwa einen Kilometer gewandert, als sie Larry Bollinger trafen. Sie wollten gerade vom Weg abbiegen und ihr Lager für die erste Nacht in der Wildnis irgendwo im Wald aufschlagen, wo es keine Spuren der Zivilisation mehr gab. Als Bollinger erfuhr, daß sie ein Fahrzeug hatten, versuchte er sie zu überreden, ihn nach Reno zu bringen. Als sie sich weigerten, erfand er eine Geschichte über einen Freund, der mit einem gebrochenen Bein im Gebirge lag. Jaborski nahm ihm dieses Märchen nicht ab, bot ihm aber an, ihn ins Naturreservat zu fahren und dort in der Beobachtungsstation um Hilfe zu bitten. Das war nicht nach Bollingers Geschmack, und er wurde hysterisch. Jaborski und der andere Begleiter hatten inzwischen das Gefühl, daß der Mann gefährlich war. Um diese Zeit trafen die Sicherheitskräfte am Schauplatz des Geschehens ein. Bollinger versuchte zu fliehen. Als ihm das nicht gelang, wollte er den Schutzanzug von einem der Männer aufreißen. Sie waren gezwungen, ihn zu erschießen.«

»Die Astronauten!« rief Danny.

Alle sahen ihn an.

Er kauerte, in die gelbe Decke gehüllt, auf dem Bett, und die Erinnerung ließ ihn schaudern. »Die Astronauten kamen und brachten uns weg.«

»Ja«, sagte Dombey. »In ihren Seuchenschutzanzügen dürften sie eine gewisse Ähnlichkeit mit Astronauten gehabt haben. Sie brachten die ganze Gruppe hierher und steckten alle in Isolierkammern. Einen Tag später waren alle außer Danny tot.« Dombey seufzte. »Nun... das weitere habe ich Ihnen ja schon erzählt.«

40

Der Hubschrauber flog immer noch dicht über dem zugefrorenen Fluß durch das Tal.

Die gespenstisch schimmernde Winterlandschaft erinnerte George Alexander an Friedhöfe. Er liebte Friedhöfe und ging gern stundenlang zwischen Grabsteinen spazieren. Solange er sich erinnern konnte, war er vom Tod fasziniert gewesen, hatte sich Gedanken über die Bedeutung, über den Sinn des Todes gemacht, hatte wissen wollen, was wohl auf der anderen Seite sein mochte – natürlich ohne sich selbst auf diese Reise ohne Wiederkehr begeben zu wollen. Er wollte nicht sterben; er wollte nur Bescheid wissen. Jedesmal, wenn er einen Menschen eigenhändig tötete, hatte er das Gefühl, eine Verbindung mit dem Jenseits herzustellen; und er hoffte, wenn er erst einmal genügend solcher Verbindungen geschaffen hatte, mit einer Vision von der anderen Seite belohnt zu werden. Eines Tages würde er vielleicht auf einem Friedhof stehen, vor dem Grab eines seiner Opfer, und die Person, die er getötet hatte, würde ihm vom Jenseits aus eine Art hellseherischen Dokumentarfilm über den Tod zukommen lassen. Und dann würde er wissen, was der Tod eigentlich war.

»Jetzt dauert es nicht mehr lange«, sagte Jack Morgan.

Alexander spähte in das dichte Schneetreiben hinaus. Er berührte die Pistole in seiner Schulterhalfter und dachte an Christina Evans.

»Töten Sie Stryker, sobald Sie ihn sehen«, befahl er Kurt Hensen. »Wir brauchen ihn nicht. Aber verletzen Sie die Frau nicht. Ich will sie verhören. Sie muß mir sagen, wer der Verräter ist, wer ihr geholfen hat, in die Forschungsanlage hineinzukommen. Ich will wissen, welches Dreckschwein das war, und ich werde sie zum Sprechen bringen – auch wenn ich ihr alle Finger brechen muß.«

Als Dombey in der Isolierkammer seinen Bericht beendet hatte, sagte Tina: »Danny sieht so schrecklich aus. Wird er sich je wieder ganz erholen?«

»Dessen bin ich mir ziemlich sicher«, erwiderte Dombey. »Er muß jetzt hauptsächlich aufgepäppelt werden. Er konnte nichts mehr im Magen behalten, weil sie ihn immer wieder infiziert haben, weil sie ihn – wie gesagt – zu Tode testen wollten. Aber sobald er diesen Ort verlassen hat, wird er wahrscheinlich rasch zunehmen. Da ist allerdings noch eine Sache...«

Die Besorgnis in seiner Stimme entging Tina nicht. »Was? Was ist los?« rief sie erschrocken.

»Seit er immer wieder infiziert wurde, hat sich auf dem Scheitellappen im Gehirn ein Gewächs gebildet.«

»Nein!« murmelte Tina.

»Aber es ist offenbar nicht lebensbedrohlich«, fuhr Dombey hastig fort. »Soweit wir feststellen konnten, ist es kein Tumor, weder ein bösartiger noch ein gutartiger. Das Gewächs weist jedenfalls keine der spezifischen Merkmale eines Tumors auf. Es ist auch kein Narbengewebe und kein Blutgerinnsel.«

»Was ist es dann?« fragte Elliot.

Dombey fuhr sich mit der Hand durch sein lockiges Haar. »Der Computer sagt, das Gewächs habe die gleiche Konsistenz wie normales Hirngewebe. Das ergibt zwar keinen Sinn, aber wir haben unsere Daten hundertmal überprüft und können keine möglichen Fehlerquellen in der Diagnose finden. Trotzdem ist sie unhaltbar. Und anhand der Röntgenaufnahmen läßt sich ebenfalls nicht sagen, worum es sich handelt. Bringen Sie Danny deshalb zu einem Gehirnspezialisten. Bringen Sie ihn, wenn es sein muß, zu einem Dutzend Gehirnspezialisten, bis einer Ihnen sagen kann, was Danny fehlt. Wie gesagt, es scheint nichts Lebensgefährliches zu sein, aber Sie sollten die Sache doch lieber im Auge behalten.«

Tina und Elliot tauschten einen Blick. Sie hatten den gleichen Gedanken: Konnte dieses Gewächs in Dannys Gehirn etwas mit den übernatürlichen Kräften des Jungen zu tun haben? Waren seine latenten übersinnlichen Kräfte durch den künstlichen Virus, mit dem man ihn so oft infiziert hatte, aktiviert worden? Das war auch nicht unwahrscheinlicher als alles andere, was ihm widerfahren war, und es schien Tina die einzig mögliche Erklärung für Dannys phänomenale neue Kräfte zu sein.

Elliot, der befürchtete, sie könnte ihre Überlegungen laut äußern und damit Dombey die unglaubliche Wahrheit verraten, warf einen Blick auf seine Armbanduhr und sagte: »Wir sollten von hier verschwinden.«

»Nehmen Sie einige Akten über Dannys Fall mit. Sie liegen auf dem Tisch neben der Ausgangstür. Wenn Sie der Presse Ihre Geschichte erzählen, werden die Unterlagen bestimmt nützlich sein. Machen Sie diese Geschichte publik, so schnell Sie können. Solange außer Ihnen beiden niemand weiß, was hier geschehen ist, schweben Sie in größter Lebensgefahr.«

»Das ist uns schmerzhaft bewußt«, sagte Elliot.

»Elliot, du wirst Danny tragen müssen«, bat Tina. »Er kann nicht laufen. Er ist so ausgemergelt, daß er nicht zu *schwer* für mich ist, aber er ist viel zu *groß*.«

Elliot gab ihr die Pistole und ging aufs Bett zu.

»Könnten Sie mir vorher noch einen großen Gefallen tun?« fragte Dombey.

»Welchen?«

»Bringen Sie Dr. Zachariah in diesen Raum und nehmen Sie ihm den Knebel aus dem Mund. Fesseln und knebeln Sie mich draußen im Labor. Ich werde ihnen dann weismachen, Dr. Zachariah hätte mit Ihnen kooperiert. Vielleicht könnten Sie es ebenfalls so darstellen, wenn Sie der Presse alles erzählen.«

Tina schüttelte verwirrt den Kopf. »Aber nach allem, was Sie zu Zachariah gesagt haben – daß hier Größenwahnsinnige am Werk sind und so weiter, und nachdem Sie auch uns gegenüber deutlich gemacht haben, daß Sie nicht mit allem einverstanden sind, was hier vorgeht – weshalb um alles in der Welt wollen Sie dann hierbleiben?«

»Das Einsiedlerleben gefällt mir, und die Bezahlung ist ausgezeichnet«, erwiderte Dombey. »Und wenn ich eine Arbeit in irgendeinem zivilen Forschungsprogramm annehme, wird es hier noch eine vernünftige Stimme weniger geben. Viele Leute, die hier arbeiten, sind sich ihrer Verantwortung durchaus bewußt. Wenn sie alle weggingen, würden sie diese Einrichtung ausschließlich Männern wie Tamaguchi und Zachariah überlassen. Was glauben Sie, was für eine Art von Forschung *dann* hier betrieben würde?«

»Aber sobald unsere Geschichte in den Medien Aufsehen erregt«, sagte Tina, »wird diese Anlage doch bestimmt geschlossen werden.«

»Keineswegs«, entgegnete Dombey. »Diese Arbeit muß gemacht werden. Das Kräftegleichgewicht mit der Sowjetunion muß gewahrt bleiben. Vielleicht wird öffentlich bekannt gegeben, man hätte dieses Forschungszentrum geschlossen, aber in Wirklichkeit wird es weiterhin bestehen. Allerdings werden bestimmt viele Posten umbesetzt werden, und das ist auch gut so. Wenn ich ihnen weismachen kann, daß Zachariah die Geheimnisse ausgeplaudert hat, werde ich vielleicht auf eine einflußreichere Position befördert werden.« Er lächelte. »Zumindest werde ich aber eine Gehaltserhöhung bekommen.«

»Okay«, sagte Elliot. »Wir werden Ihren Wunsch erfüllen. Aber wir müssen uns beeilen.«

Sie brachten Zachariah in die Isolierkammer und nahmen ihm den Knebel aus dem Mund. Er zerrte an seinen Fesseln und verwünschte Elliot, Tina, Danny und Dombey. Erst als sich die Stahltür hinter ihnen schloß, konnten sie seine Beschuldigungen nicht mehr hören.

Während Elliot Dombey mit der restlichen Schnur fesselte, sagte der Wissenschaftler: »Bitte befriedigen Sie meine Neugier.«

»Was möchten Sie wissen?«

»Wer hat Ihnen erzählt, daß Ihr Sohn hier war? Wer hat Sie in die Anlage eingelassen?«

Tina wußte nicht, was sie antworten sollte.

»Okay, okay«, sagte Dombey, als sie schwieg. »Ich kann verstehen, daß Sie niemanden verraten wollen. Aber sagen Sie mir wenigstens eines – war es jemand von den Sicherheitskräften, oder war es jemand vom medizinischen Personal? Es würde mich freuen, wenn es einer meiner Kollegen gewesen ist, der endlich das Richtige getan hat.«

Tina blickte Elliot an.

Er schüttelte den Kopf: *nein*.

Sie war ebenfalls der Meinung, daß es unklug wäre, jemanden wissen zu lassen, über welche Kräfte Danny verfügte. Die Welt würde ihn bestaunen wie das achte Weltwunder, würde in ihm aber gleichzeitig auch eine Art Monstrum sehen. Und falls die Leute in diesem Labor wüßten, daß Dannys übersinnliche Kräfte ein Resultat des Gehirngewächses waren, das sich durch die wiederholte Infizierung mit Gorki-400 gebildet hatte, so würden sie wieder endlose Testreihen mit ihm durchführen wollen. O nein, sie würde keiner Menschenseele verraten, wozu Danny imstande war. Jedenfalls nicht, bis sie und Elliot gründlich überlegt hatten, welche Auswirkungen diese Enthüllung für das weitere Leben des Jungen haben konnte.

»Es war tatsächlich jemand vom medizinischen Personal«, log Elliot. »Es war ein Arzt, der uns hier Zutritt verschaffte.«

»Gut«, sagte Dombey. »Ich bin glücklich, das zu hören. Ich wünschte, ich hätte selbst schon vor langer Zeit den Mut zu diesem Schritt gefunden.«

Elliot stopfte ihm ein Taschentuch in den Mund.

Tina öffnete die Stahltür zum Korridor. Elliot nahm Danny auf den Arm. »Du bist ja das reinste Fliegengewicht, Junge. Wir werden dich geradewegs zu McDonald's bringen und mit Hamburgern und Pommes frites vollstopfen müssen.«

Danny lächelte ihn an.

Mit der Pistole in der Hand trat Tina als erste auf den Gang hinaus. In dem Raum nahe den Fahrstühlen wurde immer noch geredet und gelacht, aber niemand von diesen Leuten kam auf den Korridor hinaus.

Danny öffnete die Lifttür und setzte gleich darauf den Aufzug in Bewegung. Seine Stirn war gefurcht, so als konzentriere er sich, aber das war auch der einzige Hinweis darauf, daß er etwas mit der Bewegung des Fahrhstuhls zu tun hatte.

Auch im Erdgeschoß waren die Korridore menschenleer.

Der Wachposten saß immer noch gefesselt und geknebelt auf seinem Stuhl. Er blickte ihnen mit einer Mischung aus Zorn und Angst nach.

Tina, Elliot und Danny traten in die kalte Nacht hinaus. Schnee peitschte ihnen sofort in die Gesichter.

Außer dem Heulen des Windes war noch ein anderes Geräusch zu hören, und nach einigen Sekunden konnte Tina es identifizieren.

Ein Hubschrauber!

Sie blickte in die Höhe und sah ihn über die Erhebung am westlichen Ende des Plateaus heranfliegen.

»Zum Jeep!« schrie Elliot. »Beeil dich!«

Sie rannten zum Wagen. Tina nahm Danny aus Elliots Armen, ließ ihn auf den Rücksitz gleiten und setzte sich neben ihn.

Elliot sprang hinters Lenkrad. Der Motor wollte nicht sofort anspringen.

Der Hubschrauber schwenkte auf sie zu.

»Wer ist in der Maschine?« fragte Danny, während er durchs Seitenfenster in die Nacht hinausstarrte.

»Ich weiß es nicht«, antwortete Tina. »Aber es sind keine guten Menschen, Baby. Sie sind wie das Monster aus deinem Comic-Heft, das du mir in meinen Träumen gezeigt hast. Sie wollen nicht, daß wir dich befreien.«

Danny starrte auf den Hubschrauber und runzelte wieder die Stirn.

»Gott sei Dank!« rief Elliot.

Aber Dannys Stirn blieb weiter gefurcht.

Tina begriff, was der Junge tun wollte, und sagte rasch: »Danny, warte!«

George Alexander ließ den Jeep nicht aus den Augen, während er dem Piloten befahl: »Setzen Sie direkt vor ihnen auf, Jack.«

»Wird gemacht«, sagte Morgan.

An Hensen gewandt, der die Maschinenpistole hatte, fuhr Alexander fort: »Wie schon gesagt, erschießen Sie Stryker auf der Stelle, nicht aber die Frau.«

Der Hubschrauber stieg plötzlich auf. Er hatte sich nur noch fünf oder sechs Meter über dem Boden befunden, aber nun ging er rasch auf eine Höhe von zwölf, fünfzehn, achtzehn Metern hinauf.

»Verdammt, was ist los?« fragte Alexander.

»Der Knüppel«, sagte Morgan, und in seiner Stimme schwang Furcht mit, was während des ganzen alptraumhaften Fluges nicht der Fall gewesen war. »Ich habe keine Kontrolle mehr über das verdammte Ding. Es muß eingefroren sein.«

Fünfundzwanzig Meter, achtundzwanzig, dreißig. Sie stiegen in die Nacht empor.

Dann fiel plötzlich der Motor aus.

»Was, zum Teufel?« rief Morgan.

Hensen schrie auf.

Alexander sah sich plötzlich mit dem Tod konfrontiert und wußte, daß seine Neugier in bezug auf das Jenseits bald befriedigt sein würde.

Der Jeep beschrieb einen weiten Bogen um die brennenden Trümmer des Hubschraubers und verließ das Plateau.

»Es waren böse Menschen«, sagte Danny. »Es ist gut so, Mom. Das waren wirklich sehr böse Menschen.«

Ein jegliches hat seine Zeit, brachte Tina sich selbst in Erinnerung. *Würgen und heilen ... lieben und hassen hat seine Zeit.*

Sie hielt Danny fest im Arm und blickte in seine dunklen Augen, und jene Worte aus der Bibel vermochten sie nicht zu trösten, zumindest nicht in dem Ausmaß, wie sie Elliot damit hatte trösten können. In Dannys Augen stand zuviel Schmerz geschrieben, ein viel zu großes Wissen. Sie fragte sich besorgt, wie ihrer aller Zukunft wohl aussehen würde.